ullstein

Das Buch

Wann finde ich endlich den Mann meiner Träume? Diese Frage stellt sich Olivia Holloway immer wieder. Obwohl die junge Bibliothekarin bildhübsch ist, hat sie kaum Erfahrung in Liebesdingen. Sie ist einfach zu schüchtern. Sobald sie von einem attraktiven Mann angesprochen wird, ergreift sie die Flucht. Der einzige Mann, in dessen Gegenwart sich Olivia uneingeschränkt wohl fühlt, ist ihr bester Freund Nate Sawyer. Nate ist das glatte Gegenteil von ihr: charmant, selbstbewusst und immer auf der Suche nach neuen Abenteuern. Vor allem aber ist Nate ein loyaler Freund und noch dazu unverschämt sexy. Genau der Richtige, findet Olivia, um ihr zu zeigen, wie man flirtet. Zuerst ist es nur ein Spiel – beide wollen ihre Freundschaft nicht gefährden. Doch aus dem Flirtunterricht wird schnell mehr, und Olivia erfährt zum ersten Mal, was es heißt, nach allen Regeln der Kunst verführt zu werden. Sie fühlt sich wie im siebten Himmel. Bis Nate von seinen Bindungsängsten eingeholt wird und plötzlich alles in Frage stellt …

Die Autorin

Samantha Young wurde 1986 in Stirlingshire, Schottland, geboren. Seit ihrem Abschluss an der University of Edinburgh arbeitet sie als freie Autorin und hat bereits mehrere Jugendbuchserien veröffentlicht. Mit *Dublin Street* und *London Road*, ihren ersten beiden Romanen für Erwachsene, stürmt sie die internationalen Bestsellerlisten.

Homepage der Autorin: www.samanthayoungbooks.com

Von Samantha Young sind in unserem Hause bereits erschienen:

Dublin Street – Gefährliche Sehnsucht
London Road – Geheime Leidenschaft
Jamaica Lane – Heimliche Liebe
Fountain Bridge – Verbotene Küsse (E-Book)

Into the Deep – Herzgeflüster

Samantha Young

Jamaica Lane

Heimliche Liebe

Roman

Aus dem Englischen von Sybille Uplegger

Ullstein

Besuchen Sie uns im Internet:
www.ullstein-taschenbuch.de

MIX
Papier aus verantwortungsvollen Quellen
FSC® C083411
FSC www.fsc.org

Deutsche Erstausgabe im Ullstein Taschenbuch
2. Auflage 2014

Titel der Originalausgabe: *Before Jamaica Lane*
Published by arrangement with NAL Signet,
a member of Penguin Group (USA) Inc.
Umschlaggestaltung: ZERO Werbeagentur, München
Titelabbildung: © Claudio Marinesco
Satz: Pinkuin Satz und Datentechnik, Berlin
Gesetzt aus der Dorian
Papier: Holmen Book Cream von Holmen Paper Central Europe, Hamburg GmbH
Druck und Bindearbeiten: CPI books GmbH, Leck
Printed in Germany
ISBN 978-3-548-28635-8

Für Tammy Blackwell
Weil Olivia ohne dich vermutlich nie
Bibliothekarin geworden wäre …

Liebe Leserinnen und Leser,

oft bekomme ich von Euch Tweets und Nachrichten mit Bildern von Streifzügen durch die Straßen von Edinburgh. Ob Ihr in der Dublin Street gefilmt habt oder mir ein Foto schickt, wie Ihr unter dem Straßenschild der London Road herumalbert – all das zeigt mir, wie sehr Ihr diese Reihe, ihre Figuren und Schauplätze ins Herz geschlossen habt, und das macht mich schier sprachlos. Denjenigen Lesern, die nach der Lektüre von *Jamaica Lane* nun vielleicht auf die Idee kommen, sich in der Stadt nach der gleichnamigen Straße umzusehen, möchte ich die Suche erleichtern: Ihr solltet wissen, dass ich mir, um einer einheitlichen Titelgestaltung willen, eine gewisse kreative Freiheit erlaubt und den tatsächlichen Straßennamen abgeändert habe. Die Jamaica Lane gibt es strenggenommen nicht. In Wirklichkeit heißt sie Jamaica Street North Lane, und dort können meine Leserinnen und Leser auch die winzige Zweizimmerwohnung finden, in der unser aktuelles Liebespaar herausfindet, dass es im Leben oft ganz anders kommt, als man erwartet hat …

Kapitel 1

Stirling, Schottland
Februar

Jedes Mal, wenn wir um eine Ecke bogen, peitschte uns der bitterkalte Wind ins Gesicht. Er hatte fast schon etwas Bösartiges, als wäre es für ihn ein Ärgernis, wenn ein Gebäude uns kurzzeitig Deckung bot. Mit eisigen Fingern umfing er meine geröteten Wangen. Ich schlang die Arme fester um mich und zog die Schultern hoch, um mich gegen die nächste Böe zu wappnen.

»Zum fünften und letzten Mal ... wo schleppst du uns eigentlich hin?«, fragte Joss und drückte sich enger an ihren Verlobten Braden. Er hatte seinen Wollmantel aufgeknöpft, damit sie sich hineinschmiegen konnte, und einen Arm um ihre Hüfte gelegt. Sie trug eine elegante, aber kurze Jacke und ein rotes enganliegendes Kleid, dazu Highheels. Das einzige Kleidungsstück, das ihr ein wenig Schutz vor dem schottischen Winter bot, war ein Schal.

Ellie und Jo ging es nicht viel anders: kurze Kleider, Stilettos, dünne Jacken. Ich war ein kleines bisschen besser dran, weil ich immerhin eine schwarze Hose trug, allerdings hatten mein Seidentop und der dünne, frackartige Blazer der Kälte so gut wie nichts entgegenzusetzen.

Da ich es im Gegensatz zu meinen Freundinnen nicht gewohnt war, auf hohen Absätzen zu laufen, kam ich nur langsam voran und bildete die Nachhut unserer kleinen Gruppe, die sich von Jo an ein unbekanntes Ziel führen ließ.

»Es ist nicht mehr weit«, beteuerte sie mit einem raschen

Blick über die Schulter, als sie uns durch die Hauptstraße des Stadtzentrums lotste. Ihr Verlobter Cam hatte den Arm um sie gelegt, um sie zu wärmen, und hinter ihnen kuschelten sich Bradens Schwester Ellie und sein bester Freund Adam ebenfalls eng aneinander. Auch sie waren seit kurzem verlobt.

Ich hatte dummerweise keinen Verlobten, der mich vor dem bitteren Wind hätte schützen können. »Es ist nicht mehr weit?«, wiederholte ich spitz. In den etwas mehr als neun Monaten, die ich nun schon in Edinburgh lebte, waren Jo und ich enge Freundinnen, fast Schwestern geworden. Insofern fand ich, dass mir eine kleine Stichelei durchaus zustand, zumal sie uns ohne ein Wort der Erklärung aus Edinburgh entführt und hierhergeschleppt hatte. Daher im Übrigen auch die völlig unangemessene Kleidung. »Das Recht, so was zu sagen, hast du verwirkt, als du den Taxifahrer gebeten hast, zur Waverley Station zu fahren.«

An der nächsten Kreuzung wich Jos entschuldigendes Lächeln einem Stirnrunzeln. Sie bedeutete uns anzuhalten. »Okay, ich glaube, jetzt müssen wir hier lang.«

»Bist du sicher?«, fragte ich. Mittlerweile hatten meine Zähne angefangen zu klappern.

»Hmmm.« Jo spähte über die Kreuzung auf ein Straßenschild und zückte dann ihr Handy. »Eine Sekunde, Leute.«

Meine Freunde drängten sich dicht aneinander, während ich ein kleines Stück abseitsstand und sie betrachtete. Ich kam zu dem Schluss, dass mir eigentlich egal war, wie sehr ich fror. Ich freute mich ganz einfach, mit ihnen zusammen zu sein. Ein bisschen wunderte ich mich immer noch darüber, wie sehr sie mir in der kurzen Zeit ans Herz gewachsen waren. Sie alle hatten mich vorbehaltlos in ihren Freundeskreis und in ihr Leben aufgenommen, teils um Jos willen, aber auch wegen Nate, Cams Jugendfreund und meinem neuen besten Kumpel.

Während ich so meinen Gedanken nachhing, drehte sich

Nate, der zuvor in eine Unterhaltung mit Adam und Ellie vertieft gewesen war, zu mir um, und ich kam in den Genuss seines umwerfenden Lächelns.

Ich blinzelte verwirrt, weil ich plötzlich wieder diese Anziehungskraft zwischen uns spürte, die mich ganz durcheinanderbrachte. Mittlerweile hatte ich Übung darin, das Gefühl zu ignorieren, aber in diesem Moment war ich nicht darauf gefasst gewesen, und es hatte mich kalt erwischt. Das war eben der Haken daran, mit einem Mann befreundet zu sein, der einen vollkommen verstand und zufällig auch noch der heißeste Leckerbissen auf zwei Beinen war, den man je im Leben getroffen hatte.

Dieses Flattern im Bauch, diese Woge unerwarteter Gefühle versetzten mich zurück an den Tag, an dem Nate und ich uns zum ersten Mal begegnet waren. Ganz ehrlich? Ich hätte einen Orden verdient, weil ich meine Gefühle für ihn so gut verbarg …

Sieben Monate zuvor …

Ellies Mutter Elodie Nichols und ihr Mann Clark hatten mich und meinen Vater mit einer Herzlichkeit willkommen geheißen, als wären wir immer schon Teil der Familie gewesen. Das tat nicht nur gut, es machte es mir auch leichter, mich in Jos Freundeskreis zu integrieren. Da mein Dad und ich beschlossen hatten, dauerhaft in Schottland zu bleiben, wollten wir so viel wie möglich an Jos Leben teilhaben. Sie war ein toller Mensch und hatte es in den letzten Jahren nicht leicht gehabt. Sie verdiente jemanden, der sich um sie kümmerte, und es war gut zu wissen, dass Cam diese Aufgabe nun übernommen hatte.

Zusammen mit Cole schloss ich die Tür zu Cams Wohnung auf. Cam und Jo wollten im Laden noch etwas zu knabbern besorgen, und ich hatte beschlossen, schon mal mit Cole vorzugehen, damit die beiden

Zeit für sich hatten. Cams Freunde Nate und Peetie, die ich beide noch nicht kannte, würden später vorbeikommen, und bis dahin wollte ich Jo und Cam ein bisschen Zweisamkeit ermöglichen.

Kaum hatten wir die Wohnung betreten, nahm Cole Kurs auf die Spielekonsole im Wohnzimmer, während ich in die Küche ging, um schon mal Schüsseln und Teller für die Snacks bereitzustellen. Ich wusch gerade das Geschirr ab, als ich eine tiefe, sehr männliche Stimme mit schottischem Akzent sagen hörte: »Äh … du bist nicht Cameron.«

Ich fuhr herum, und sämtliche Worte, die eventuell den langen, steilen Weg von meinem Hirn bis nach unten zu meiner Zunge geschafft hatten, gerieten auf den letzten Metern ins Stolpern und knallten der Länge nach hin. Diagnose: Gehirnerschütterung.

Oh.

Zweimal Oh.

Im Türrahmen, die Arme vor der Brust verschränkt, lehnte das verführerischste Exemplar Mann, das meine Augen je erblickt hatten.

Mein Herz begann, wie wild zu klopfen.

Der Unbekannte quittierte meine Sprachlosigkeit mit einer hochgezogenen Augenbraue. »Hat bei dir jemand den Stummschalter gedrückt?«

Das war so komisch, dass mir immerhin ein debiles Grinsen gelang, während ich den Fremden weiter begierig anstarrte. Meine Augen wanderten von seinem Kopf bis hinunter zu den Zehenspitzen, und während ich den Anblick in all seiner Herrlichkeit auf mich wirken ließ, spürte ich ein flaues Gefühl im Magen, unmittelbar gefolgt von einem erregten Kribbeln zwischen meinen Beinen.

Oh.

Okay.

Das war neu.

Ich versuchte – ebenso krampfhaft wie vergeblich –, das Kribbeln zu ignorieren. Wenn ich mit diesem Mann halbwegs vernünftig umgehen wollte, musste ich meine Erregung und meine Schüchternheit in den Griff bekommen. Ich nahm an, dass es sich um Nate handelte. Jo hatte mir bereits alles über Cams ungemein attraktiven Freund erzählt. Und sie hatte nicht übertrieben.

Er sah aus wie ein Filmstar, natürlich gebräunt, wie man es bei einem Schotten gar nicht vermutet hätte, und seine Augen waren so dunkel, dass sie fast schwarz wirkten. Gerade in diesem Moment funkelten sie diebisch. Er lächelte. Er hatte zwei sexy Grübchen und perfekte weiße Zähne. Dazu noch eine gerade, scharfe Nase und Lippen, die ich schamlos anstarren musste, weil sie mich an die eines gewissen dunkelhaarigen, leicht exzentrischen Schauspielers erinnerten, dessen Name mir gerade nicht einfiel. Den schlanken, muskulösen Oberarmen nach zu urteilen, die unter seinen T-Shirt-Ärmeln hervorschauten, war er ausgezeichnet in Form.

Es geschahen noch Zeichen und Wunder: Sein T-Shirt lenkte mich doch tatsächlich von besagten Muskeln ab, denn darauf standen die Worte: »Resistance is futile«.

Widerstand ist zwecklos? Die lähmende Schüchternheit, die mich überfiel, wann immer ich einem attraktiven Vertreter des männlichen Geschlechts gegenüberstand, war wie weggeblasen, und ich brach in schallendes Gelächter aus. »Bist du einer von den Borg, oder was?« Ich zeigte auf seine Brust. Der T-Shirt-Aufdruck war der bekannte Leitspruch einer außerirdischen Spezies aus Star Trek.

Verwundert schaute er an sich herab. Als er danach wieder den Kopf hob, waren seine dunklen Augen kugelrund vor Staunen. Er grinste. »Du hast es kapiert? Die meisten Frauen halten mich für einen eingebildeten Sack.«

Daraufhin musste ich noch mehr lachen. Ich lehnte mich gegen den Küchentresen. »Damit liegen sie vermutlich nicht ganz falsch. Außerdem kann man ihnen den Irrtum kaum verübeln. Du siehst nicht gerade aus wie ein typischer Trekkie.«

Mit einem Mal trat etwas Scharfes, Forschendes in seine Augen. Ich erschauerte, als er langsam den Blick über meinen Körper gleiten ließ, von oben nach unten und wieder zurück. Als er sprach, war seine Stimme noch tiefer als zuvor und ein bisschen rau. »Du auch nicht.«

Sein Blick war wie ein Streicheln auf meiner Haut. Wäre ich nicht ich gewesen, hätte ich glatt vermuten können, dass der Effekt wohlkalkuliert war.

So oder so … Das Atmen fiel mir ein wenig schwer. Die Luft kam mir plötzlich dünn vor, als hätte diese merkwürdige elektrische Spannung zwischen uns den Sauerstoff im Raum aufgebraucht.

»Bist du eine Freundin von Jo?«

Tapfer kämpfte ich die Schüchternheit nieder, die mich erneut zu überwältigen drohte. »Hat Cole dir nichts gesagt?«

»Peetie ist schon im Wohnzimmer, um dem Kurzen hallo zu sagen. Ich wollte mir was zu trinken holen, deswegen bin ich gleich in die Küche.« Er verschlang mich förmlich mit seinen Blicken, und anscheinend hatte mein Körper geschlafen, bis dieser Blick ihn aufgeweckt hatte, denn plötzlich kitzelte und kribbelte und prickelte es überall. »Definitiv die beste Entscheidung, die ich seit einer ganzen Weile getroffen habe.«

Äh … okay?

»Na ja, also – ich bin jedenfalls Olivia.«

Nate zog eine Braue hoch, dann räusperte er sich unvermittelt und stieß sich vom Türrahmen ab. Auf einmal war die Atmosphäre in der Küche wieder normal. »Du bist Olivia? Na klar – der Akzent. Klar doch.«

Ich nickte, leicht verdattert über seine Reaktion. »Und du bist dann wohl Nate?«

Sein Lächeln war höflich. Platonisch. Das passte schon eher. »Ja, der bin ich wohl.«

»Cam und Jo kommen gleich. Ich habe schon mal ein bisschen aufgeräumt.«

»Verstehe.« Er kam in die Küche geschlendert, und ich sah in unverhohlener Faszination zu, wie er sich ein Glas Cola eingoss. »Für dich auch eins?« Er gestikulierte mit dem Glas.

»Nein, danke.«

Sobald er getrunken hatte, schenkte er mir erneut ein Lächeln, und mir wurde klar, dass der Grund, weshalb ich bei ihm immerhin den einen oder anderen Satz herausbrachte, nicht nur sein T-Shirt war. Sondern auch seine Augen. Sie waren so unglaublich warm und freundlich, und ich fühlte mich ... vielleicht nicht gerade wohl, aber ... na ja, zumindest auch nicht unwohl. Das war in Gegenwart von Männern, die ich gerade erst kennengelernt hatte, ein absolutes Novum. Erst recht wenn es Männer waren, die ich attraktiv fand.

»Magst du Videospiele, Liv?«, fragte er freundlich.

»Äh, ja.«

»Na, dann lass den Abwasch stehen, und komm mit rüber zum Zocken«, sagte er.

Ich lachte leise. »Du fragst mich, ob ich mit dir spielen will?« Kaum waren mir die Worte entschlüpft, bereute ich sie. Ich wollte nicht flirten. Ich wusste gar nicht, wie man flirtete! Das war einfach nur meine Art von Humor, und jetzt dachte er garantiert, dass ich ihn angraben wollte ...

Nates Lachen riss mich aus meinen Gedanken. »Nur weil du das Star-Trek-Zitat erkannt hast. Normalerweise dürfen Mädchen bei uns nicht mitspielen. Mädchen bringen's nämlich nicht.«

Mit todernster Miene verschränkte ich die Arme vor der Brust. »Aber Jungs, oder was?«

Er grinste breit. »Wir werden sehen.« Dann seufzte er und deutete mit dem Kinn zur Tür. »Na, komm, Yankeebraut. Wenn ich dich schon in den Boden stampfen muss, soll es wenigstens kurz und schmerzlos sein. Ich bin kein Sadist.«

»Mich in den Boden stampfen?« Ich lachte laut. »Du verwechselst mich wohl mit jemand anderem – jemandem, der dir nicht gleich so was von den Arsch versohlen wird.«

»Hast du überhaupt eine Ahnung, von welchem Spiel wir reden?«

Ich schüttelte den Kopf. »Ist das wichtig? Ich schlag dich in jedem Spiel. Also, erst werfen wir uns ein paar Beleidigungen an den Kopf, und dann geht's ans große Arschversohlen.«

Nate warf lachend den Kopf in den Nacken. »O Mann. Na komm, wir gehen ins Wohnzimmer.« Er fasste mich am Ellbogen, und ich ver-

suchte, bei der Berührung nicht rot zu werden. »Ich muss dich Peetie vorstellen.«

Gerührt, weil Nate mich sofort mit einbezogen hatte, folgte ich ihm aus der Küche. Wahrscheinlich war ich in seinen Augen schon jetzt einer von den Jungs. Das passierte mir andauernd, aber es machte mir nichts aus. Es bedeutete lediglich, dass ich die Schmetterlinge in den Griff kriegen musste, die in meinem Bauch wild herumflatterten. Und mit »in den Griff kriegen« meinte ich, dass ich jedes einzelne dieser kleinen Biester zerquetschen musste, bis nicht einmal mehr das kleinste Fühlerchen zuckte …

»Liv? Liv, alles okay?«

Ich blinzelte, und plötzlich war ich wieder auf dem kalten, zugigen Gehsteig in Stirling.

Mit Nate, der direkt vor mir stand und zwischen dessen Augen eine kleine, steile Sorgenfalte zu sehen war. »Träumst du?«

Ich lächelte. »Sorry, ich glaube, die Kälte hat mir das Gehirn verödet.«

»Na, dann komm mal her.« Er bot mir seinen Arm an. »Bevor dir noch ein Finger abfällt.«

Dankbar kuschelte ich mich an ihn. »Hätte dir das nicht ein bisschen früher einfallen können? Vor drei Straßen oder so?«

»Aber dann hätte ich doch das nackte Grauen nicht gesehen, das sich beim Umrunden jeder neuen Straßenecke in deinem Gesicht gespiegelt hat«, zog er mich auf, während er gleichzeitig meinen Arm rieb.

Ich rümpfte die Nase, entgegnete aber nichts. Ich war an seine Neckereien gewöhnt.

»Tut mir leid, Leute«, rief Jo und sah sich schuldbewusst nach uns um. »Ich hätte euch bitten sollen, dickere Jacken anzuziehen.«

»W-w-wir sind Schotten«, stieß Ellie bibbernd hervor, während sie die Finger in Adams Mantel krallte. »Uns m-macht d-d-das n-nichts aus.«

Ich schlang fest den Arm um Nates Taille, als wir uns wieder in Bewegung setzten. »Also, ich bin Amerikanerin«, protestierte ich. »*Und* ich komme aus Arizona.«

»Ich bin auch Amerikanerin, und ich habe kein Problem mit der Kälte«, tat Joss uns kund, wobei sie allerdings gelassener klang, als sie aussah. Sie schwankte kurz, als der Absatz ihres Schuhs in einer Fuge des Kopfsteinpflasters versank. Braden hielt sie fest, während sie lauthals den Boden verfluchte.

»Das liegt an dem eins neunzig großen Schutzschild, hinter dem du dich versteckst«, gab ich trocken zurück.

Sie lachte und schmiegte sich noch enger an Braden. »Kann schon sein.«

»Uns ist auch kalt«, ließ Nate nun verlauten. »Wir sind bloß dran gewöhnt, deswegen jammern wir nicht andauernd rum.«

»Niemand jammert rum«, widersprach Joss. »Das ist bloß unsere Warnung an Jo. Wenn wir nicht bald da sind, müssen wir sie als Brennholz verwenden.«

Jo lachte. »Wir haben's fast geschafft … glaub ich …«

Wir bogen in eine Nebenstraße ein. Jo schaute stirnrunzelnd zu den Häusern hoch, während wir ihr folgten. Es war eine ganz gewöhnliche Straße, gesäumt von parkenden Autos und Lieferwagen.

Heute war Cams achtundzwanzigster Geburtstag, und eigentlich waren wir davon ausgegangen, dass wir in Edinburgh feiern würden, deswegen hatten wir uns entsprechend in Schale geworfen. Aber dann hatte Jo uns mit ihrem geheimen Plan überrascht, und irgendwie waren wir in Stirling gelandet. Stirling war eine hübsche Stadt mit einem prächtigen Schloss und malerischen, gewundenen Gassen, aber vermutlich auch die winzigste Stadt auf dem Planeten Erde.

Ich hatte keinen blassen Schimmer, was Jo sich bei diesem Ausflug gedacht hatte.

Plötzlich erschien ein breites Grinsen auf ihrem Gesicht. Sie blieb an einer Straßenecke gegenüber einer Bar stehen. »Hier ist es.«

Wir schauten die Bar an und tauschten verständnislose Blicke. Die Bar hatte absolut nichts Besonderes an sich. Sie war ... nun ja, eben eine Bar.

»Wo ist ›hier‹?«, fragte Cam leise. Seine Mundwinkel zuckten belustigt.

»Hier.« Jo deutete nach oben, und wir folgten ihrem ausgestreckten Arm bis zu dem Straßenschild, das am Mauerwerk über dem Eingang der Bar angebracht war.

CAMERONIAN PLACE.

Ich prustete los. Jetzt wurde mir einiges klar.

»Du hast uns wegen eines *Straßenschilds* nach Stirling geschleppt?«, fragte Nate ungläubig.

Jo nickte verunsichert. »Es ist ja nicht irgendein Straßenschild. Heute ist Cams Geburtstag, und ich finde, da hat er sich einen Geburtstagsdrink in seiner eigenen Straße verdient.«

Den Jungs schien diese Erklärung nicht so recht einzuleuchten, aber Cam zog seine Verlobte an sich und sah ihr auf eine Art und Weise in die Augen, bei der mir ganz warm ums Herz wurde. »Ich finde es toll, Baby.« Er küsste sie zärtlich. »Danke.«

Einen Moment lang wurde ich von einer Mischung aus Glücksgefühlen und Neid überwältigt. Ich fand es wundervoll, dass Jo jemanden hatte, der sie vergötterte, aber ich fragte mich oft, ob jemals der Tag kommen würde, an dem ein Mann *mich* so ansah – als gäbe es auf der ganzen Welt nichts Wichtigeres und Schöneres als mich.

Durch das Gejohle der anderen aus meinen Grübeleien gerissen, stimmte ich in ihr Gelächter mit ein, und wir betraten gemeinsam die warme Bar. Wir waren vielleicht ein bisschen zu schick angezogen für die ungezwungene Atmosphäre, aber da wir eine entspannte Gruppe waren, nahmen wir Jo den kleinen Überraschungsausflug nicht übel. Ich glaube sogar, die Männer fanden ihre Idee insgeheim süß.

Das war sie auch. Jo war ein zauberhafter Mensch, und deswegen überraschte es mich auch nicht, wenn sie zauberhafte Ideen hatte – wie zum Beispiel uns in ein anderes County zu entführen, nur damit Cam einen Drink in einer Straße nehmen konnte, die seinen Namen trug.

Mein Vater hatte schon bei unserer allerersten Begegnung von ihr gesprochen, und anfangs hatte ich dieses andere Mädchen gehasst, weil es Dad dreizehn Jahre lang für sich gehabt hatte, während ich mit seinem Schatten aufgewachsen war. Meine Mom hatte nie ein schlechtes Wort über ihn verloren, und da ich ein etwas frühreifes Kind war, das viele Freunde mit geschiedenen Eltern hatte, die kein gutes Haar aneinander ließen, kam es mir komisch vor, dass Mom auf den Kerl, der sie vor meiner Geburt hatte sitzenlassen, kein bisschen sauer war. Ich stellte Nachforschungen an und bearbeitete meine Mutter monatelang, bis sie endlich mit der Wahrheit herausrückte.

Ich erinnere mich noch, wie groß meine Wut auf sie gewesen war, weil sie meinem Vater nie von meiner Existenz erzählt hatte.

Sie hatte ihn während eines Auslandsjahrs an der University of Glasgow kennengelernt. Sie hatten sich in eine leidenschaftliche Affäre gestürzt, die Mom abrupt beendete, als sie nach Ablauf des Studienjahres in ihre Heimatstadt Phoenix zurückkehrte. Dass sie schwanger war, stellte sie erst fest, als sie schon wieder in den Staaten war. Viele Jahre später gestand sie mir, dass sie damals aus Liebe keinen Kontakt zu meinem Dad aufgenommen hatte; sie hatte nicht gewollt, dass er nur aus Pflichtgefühl zu ihr zurückkam. Ich liebte meine Mutter, aber sie war nicht unfehlbar. Sie war jung gewesen und hatte eine egoistische Entscheidung getroffen. Mit dreizehn hatte ich eine ganze Weile daran zu knabbern. Es dauerte lange, bis unsere Beziehung sich wieder normalisierte.

Später bereute ich bitter, diese Zeit vergeudet zu haben.

Die Tatsache, dass Dad in Schottland alles, einschließlich Jo, zurückgelassen hatte, um in die Staaten zu fliegen und einem Mädchen ein Vater zu sein, das er kurz zuvor nicht einmal gekannt hatte, bewies, was für ein Mensch er war. Er hatte sein ganzes Leben auf den Kopf gestellt, um bei mir sein zu können. Aber im Zuge dessen hatte er Jo im Stich gelassen.

Als Cam sich dann irgendwann bei meinem Vater meldete, damit dieser wieder zu Jo Kontakt aufnahm, musste ich daran denken, wie sehr mein Handeln ihr Leben verändert hatte. Der Vater im Gefängnis, die Mutter alkoholkrank – mein Dad war die einzige erwachsene Bezugsperson, die einzige Sicherheit in ihrem Leben gewesen. Natürlich hatte Dad nicht ahnen können, dass Jos Mutter Fiona immer tiefer in die Sucht abrutschen würde, bis Jo praktisch alleine für ihren kleinen Bruder sorgen musste. Das erfuhr er erst, als er nach Edinburgh zurückkam, und wir beide, er und ich, trugen nach wie vor an dieser Schuld.

Allerdings wurde mir diese Last immer dann ein wenig leichter, wenn ich Zeit mit Jo und Cam verbrachte. Nach all dem Schlechten, das ihr im Leben bislang widerfahren war, hatte sie endlich jemanden gefunden, der erkannte, was für ein großartiger Mensch sie war, und der sie mit dem Respekt und der Liebe behandelte, die sie verdiente.

Während ich so nachdachte und das Lagerbier trank, das Nate mir gebracht hatte, schaute ich mich unter meinen Freunden um. Ich war umgeben von Menschen, die in ihrem Leben Schlimmes durchgemacht hatten, aber gestärkt aus ihren Erfahrungen hervorgegangen waren und schließlich den Menschen gefunden hatten, mit dem sie den Rest ihres Lebens verbringen wollten.

Neben Jo und Cam war da noch Joss, wie ich halb Amerikanerin, halb Schottin, die nach Edinburgh gekommen war, um ihrem perspektivlosen Leben in Virginia zu entfliehen. Wenn ich daran dachte, welchen Verlust Joss erlitten hatte, fragte ich mich, woher sie überhaupt die Kraft zum Weiterleben nahm. Meine Mutter war gestorben, als ich einundzwanzig Jahre alt gewesen war. Ich konnte mir nicht einmal ansatzweise vorstellen, wie es für Joss gewesen sein musste, mit vierzehn ihre ganze Familie zu verlieren. Aus Erzählungen wusste ich, dass sie seelisch noch stark angeschlagen gewesen war, als sie bei Ellie einzog und deren Bruder Braden kennenlernte. Die beiden hatten allerlei Höhen und Tiefen miteinander erlebt, sich aber schließlich zusammengerauft. In drei Wochen würden sie heiraten.

Und dann waren da natürlich noch Ellie und Adam. Ich fühlte mich Ellie sehr verbunden, weil wir in puncto Romantik ähnlich idealistisch veranlagt waren und sie mir die ganze Geschichte von sich und Adam erzählt hatte. Jahrelang war sie in den besten Freund ihres Bruders verliebt gewesen, doch der hatte bis zu ihrem achtzehnten Geburtstag keinerlei Notiz von ihr genommen. Auch danach dauerte es noch mehrere Jahre, bis etwas zwischen ihnen passierte, und hinterher behauptete er sofort, es sei ein Fehler gewesen. Anscheinend hatte er seine Freundschaft zu ihr und Braden nicht gefährden wollen. Es gab *sehr* viel Hin und Her – so viel, dass Ellie schließlich drauf und dran war, einen endgültigen Schlussstrich zu ziehen. Erst als bei ihr ein Gehirntumor diagnostiziert wurde, brachte Adam den Mut auf, sich zu ihr zu bekennen. Ellie hatte großes Glück, weil sich der Tumor als gutartig herausstellte – und Adam hatte großes Glück, weil er gerade rechtzeitig zur Besinnung gekommen war, um Ellies Herz doch noch zu gewinnen. Sie hatten sich schon vor geraumer Zeit verlobt, uns allerdings erst kürzlich davon erzählt. Nun blinkte ein Verlobungsring an Ellies Finger.

Ich war umgeben von Liebe, und es war keine kitschige, erdrückende oder aufgesetzte Liebe, sondern echte, wahrhaftige »Ich kenne all deine Macken und will dich trotzdem«-Liebe.

»Am Montag hast du deine letzte Anprobe, Joss«, sagte Ellie plötzlich und nippte an ihrem Mojito.

Sie saß mit Adam, der sich neben Jo und Cam gequetscht hatte, in der einzigen vorhandenen Sitznische im hinteren Teil der Bar. Joss, Braden, Nate und ich standen aneinandergedrängt um den Tisch herum, und ich verfluchte mich im Stillen dafür, dass ich mich von Jo dazu hatte überreden lassen, Schuhe mit zehn Zentimeter hohen Absätzen anzuziehen.

Joss schmiegte sich an Braden und nickte. »Danke für die Erinnerung. Dann kann ich mich mental auf Paulines ätzende Kommentare vorbereiten.«

Cam runzelte die Stirn. »Warum hast du bei der Frau ein Kleid gekauft, wenn sie so eine Hexe ist?«

»Wegen des Kleids«, antworteten Jo, Ellie und ich wie aus einem Mund.

Ich lebte damals erst seit drei Monaten in Edinburgh, deswegen hatte es mir sehr geschmeichelt, als Joss mich gebeten hatte, eine ihrer Brautjungfern zu sein. Ihre ehemalige Kommilitonin Rhian war übers Wochenende aus London angereist, und wir waren alle zusammen losgezogen, um Joss' Hochzeitskleid und die Brautjungfernkleider auszusuchen. Nach einigen Auseinandersetzungen mit Ellie bezüglich der Farbe der Brautjungfernkleider hatte Joss sich auf Champagnergold festgelegt. Irgendwann landeten wir in einem Brautmodengeschäft in New Town, dessen Inhaberin Pauline uns mit bissigen Bemerkungen über die mangelhafte oder allzu üppige Ausstattung unserer diversen Körperzonen beglückte.

Entweder der Busen war zu groß oder zu klein, die eine war zu schmächtig, die andere zu dick …

Wir wollten schon die Flucht ergreifen, als Joss in einem

Kleid, das die alte Ziege ihr empfohlen hatte, aus der Umkleidekabine trat und Ellie in Tränen ausbrach.

So umwerfend schön sah sie darin aus.

Ganz offensichtlich wusste Pauline, wie man Bräute einkleidete, sie wusste nur nicht, wie man mit ihnen umging. Oder generell mit Menschen. Ich strotzte nicht gerade vor Selbstbewusstsein und hatte mit der einen oder andern Unsicherheit in Bezug auf meinen Körper zu kämpfen, deshalb kam ich mir, als wir den Laden schließlich verließen, wie eine riesige Hirschkuh vor. *Herzlichen Dank, Pauline.*

Joss lachte Braden ins Gesicht. »Scheint's, das Kleid sieht gut aus.«

»Das habe ich schon verstanden«, raunte er. »Trotzdem freue ich mich am meisten darauf, es dir auszuziehen.«

»Braden«, stöhnte Ellie. »Nicht, wenn ich dabei bin.«

»Hör du auf, Adam in meiner Gegenwart zu küssen, dann höre ich auf, mit meiner Frau sexuelle Anspielungen auszutauschen, wenn du dabei bist.«

»Noch ist sie nicht deine Frau«, merkte Nate an. »Nur nichts überstürzen.«

Ich schnaubte. »Nate, deine Beziehungsangst schlägt wieder durch.«

In gespieltem Entsetzen wandte er sich zu mir um. »Wo?« Er befühlte mit der Hand seine Wange. »Mach sie weg.«

Ich wischte mit dem Daumen über einen imaginären Fleck an seinem Wangenknochen und nickte dann aufmunternd. »So. Alles wieder gut. Nichts mehr zu sehen.«

»Puh.« Er trank einen Schluck von seinem Bier und ließ seinen Blick dann in Richtung Bartresen wandern. »Wenn man mir das ansieht, komme ich heute Abend nämlich nicht zum Zug.«

»Wie reizend«, murmelte ich.

Er grinste frech und deutete dann mit dem Kinn zu einer Gruppe Frauen an der Theke. »Die Pflicht ruft.«

Er schlenderte lässig durch den Raum und blieb neben einem der Mädchen stehen, das mit seinen Freundinnen an der Bar stand. Die Freundinnen rückten ein Stück von ihr ab, als Nate einen heftigen Flirt anfing. Selbstverständlich sah sie umwerfend aus – ein bezauberndes Gesicht, lange dunkle Haare, zarte Haut, tolle Rundungen. Wahrscheinlich hatte sie ein paar Kilos zu viel auf den Rippen, so wie ich, aber im Gegensatz zu mir ging sie absolut selbstbewusst damit um. Das musste man Nate lassen, er hatte kein festes Beuteschema. Ob dünn oder dick, kurvig oder athletisch – er fand alles attraktiv, was hübsch und weiblich war.

Sobald Nate die Brünette anlächelte, war es um sie geschehen.

Ich war nicht im mindesten überrascht. Mit seinen eins achtzig war Nate nicht außergewöhnlich groß, aber angesichts seines vom Kampfkunsttraining gestählten Körpers, des unverschämt attraktiven Äußeren und einer Ausstrahlung, die man für kein Geld der Welt kaufen konnte, war es den meisten Frauen völlig schnuppe, ob sie ihn in hochhackigen Schuhen um ein paar Zentimeter überragten, wenn sie nur einen Abend lang an seinem Arm hängen durften.

Ich war die Ausnahme. Mich würde Nate nie als potentielle Sexualpartnerin betrachten, insofern war es das Beste, meinen Gedanken erst gar nicht zu erlauben, in diese Richtung abzudriften. Wahrscheinlich wusste ich mehr über den wahren Nate als die meisten seiner Bekannten, daher fiel es mir nicht weiter schwer, ihn als Freund zu sehen. Ich konnte die Anziehungskraft, die er auf mich ausübte, ausblenden, weil ich wusste, dass sowieso nie etwas daraus werden würde. Mir war es lieber, Nate als guten Freund in meinem Leben zu haben als gar nicht. Denn ungeachtet all seiner Bindungsängste und der schamlosen Aufreißermentalität war er im Grunde genommen ein durch und durch anständiger Kerl und ein wirklich treuer Freund.

»Die ist fällig«, stellte Joss halblaut fest.

Ich drehte mich zu ihr um und zog eine Augenbraue hoch, als ich sah, wie Joss schmunzelnd Nate und das Mädchen beobachtete.

»Er macht ihnen nie irgendwelche Versprechungen.«

Sie lachte. »Du musst ihn nicht verteidigen. Ich weiß, dass Nate immer sofort die Karten auf den Tisch legt, aber wir reden hier von Frauen. Und die hören manchmal eben nur das, was sie hören wollen.«

Ich nickte. »Ja, aber Nate spürt das sofort, als hätte er einen sechsten Sinn dafür. Sobald er merkt, dass sich ihr Verhalten ihm gegenüber auch nur das kleinste bisschen ändert, ist er raus aus der Nummer.«

»Ich warte so sehnlich darauf, dass er bei einer mal richtig auf die Nase fällt«, meldete sich Ellie zu Wort und grinste diebisch in Nates Richtung.

»Geht mir genauso.« Jo warf mir einen bedeutsamen Blick zu.

Ich stellte mich dumm und tat so, als verstünde ich nicht, was sie damit meinte. Dann wechselte ich schleunigst das Thema. »Habt ihr schon Cams neues Tattoo gesehen? Cole hat es entworfen«, teilte ich den anderen voller Stolz mit.

Cole Walker war der beste Junge der Welt. Jo hatte bei der Erziehung ihres kleinen Bruders großartige Arbeit geleistet, und jetzt waren die beiden nicht länger allein, sondern hatten Cameron MacCabe, der so ungefähr das Beste war, was den beiden jemals hätte passieren können. Er und Cole waren sich ungeheuer ähnlich – beide künstlerisch veranlagt, beide Typ cooler Nerd. Insofern lag es nahe, dass Cam Cole damit beauftragt hatte, ein neues Tattoo für ihn zu entwerfen.

Es war phänomenal geworden.

Im Zentrum eines Tribalmotivs aus Schnörkeln und gezackten Ranken verbargen sich die stilisierten Buchstaben »C« und »J«.

»Ooh, lass mal sehen«, rief Ellie.

Cam schüttelte den Kopf. »Es ist auf meinen Rippen.«

»Komm schon, wir werden beim Anblick deines Waschbrettbauchs schon nicht gleich in Ohnmacht fallen«, neckte Joss.

»Es ist ein schöner Waschbrettbauch.« Jo tätschelte Cam stolz besagten Körperteil.

Braden nippte an seinem Whisky. »Ich persönlich habe keinerlei Interesse daran, seinen Waschbrettbauch zu sehen. Er könnte ... einen gewissen Neid in mir wecken.«

Adam nickte todernst. »In mir auch.«

»Leckt mich doch«, brummte Cam, aber seine Lippen verzogen sich zu einem Grinsen.

»Na schön, wenn er unbedingt ein Spielverderber sein will ...«, grummelte ich und begann, in meiner Handtasche zu kramen. Als ich das Blatt Papier hatte, zog ich es hervor, faltete es auseinander und zeigte den anderen die Zeichnung darauf. »Hier, so sieht es aus.«

Während alle den Entwurf studierten, lächelte Jo zu mir hoch. »Du hast es aufgehoben?«

»Klar, ich habe Cole sogar gebeten, es zu signieren.«

Sie lachte. »Jetzt schwärmt er garantiert noch mehr für dich.«

Ich zuckte unbekümmert mit den Schultern. »Ich finde, er darf ruhig wissen, wie großartig er ist.«

»Da widerspreche ich dir nicht.«

Wir lächelten uns an, während die anderen Coles Zeichnung bewunderten.

Kurz darauf kam Nate zu uns zurück. Die Brünette gesellte sich wieder zu ihren Freundinnen, behielt Nate jedoch weiterhin im Auge.

»Willst du nicht ...?«, fragte ich neugierig und deutete auf die Frau.

»Doch, natürlich.« Er grinste jungenhaft. »Aber ich habe ihr gesagt, dass mein Freund heute Geburtstag hat und ich noch ein Weilchen mit ihm feiern will.«

Nate hielt Wort und blieb bei uns, bis die Bar zumachte. Wir wollten gerade aufbrechen, als ich seinen Atem an meinem Ohr spürte. »Ich bin dann mal weg.«

Ich wandte mich um und sah ihn an. Die kurvige Brünette wartete ein Stück entfernt. »Okay. Amüsier dich gut.«

Er zwinkerte mir zu und gab mir einen Kuss auf die Wange. »Tu ich doch immer.«

Nachdem er sich von der Gruppe verabschiedet hatte, nahm Nate die Brünette bei der Hand und verließ mit ihr die Bar. Eifersucht nagte an mir, als ich die Tür anstarrte, durch die sie eben verschwunden waren. Mein Freund war ein Meister der Verführung. Wenn er Sex haben wollte, bekam er Sex. Punkt.

Leider war das für gewisse andere Personen längst nicht so einfach.

Kapitel 2

Edinburgh

Der Grund, weshalb Dad und ich den Entschluss gefasst hatten, in Edinburgh zu bleiben, war nicht nur das gähnende schwarze Loch, das Moms Tod in unser Leben in Arizona gerissen hatte – obwohl das eine große Rolle spielte –, sondern auch der Umstand, dass ich meinen Job und meine Freude am Leben verloren hatte. Als ich sechzehn war, wurde bei meiner Mutter Krebs diagnostiziert. Sie besiegte die Krankheit, doch drei Jahre später brach sie wieder aus. Damals war ich zwanzig und im fünften Semester an der University of Arizona, wo ich Bibliothekswissenschaften studierte. Ich nahm mir ein paar Monate Auszeit, um nach Hause zu kommen und bei ihr zu sein.

Sie starb zwei Tage nach meinem einundzwanzigsten Geburtstag.

Dad musste viel Überzeugungsarbeit leisten, um mich dazu zu bewegen, zurück ans College zu gehen. Schließlich machte ich mit einem Jahr Verspätung meinen Abschluss. Ich bekam eine Stelle in unserer Stadtteilbücherei in Phoenix, aber drei Monate, bevor Cam mit uns Kontakt aufnahm, musste die kleine Bibliothek aufgrund von Etatkürzungen schließen, und ich stand ohne Arbeit da.

Das Timing war lausig, zumal ich nach Moms Tod gerade erst wieder einigermaßen auf die Beine gekommen war. Der Zeitpunkt für eine Reise nach Edinburgh hätte nicht besser sein können.

»Äh, Entschuldigung?«

Blinzelnd fand ich den Weg zurück in die Wirklichkeit. Ich lehnte mich über den Informationstresen der Bibliothek und schenkte der sichtlich genervten Studentin vor mir ein geduldiges Lächeln.

Die Bibliothek war intern in zwei Abteilungen gegliedert – Benutzerdienste einerseits, Bestände und Sammlungen andererseits. Ich arbeitete, zusammen mit rund fünfundvierzig Kollegen, in der Abteilung »Benutzerdienste«. Von diesen fünfundvierzig hatten mindestens neun einen Abschluss in Bibliothekswissenschaften, aber nur zwei waren tatsächlich als Bibliothekare angestellt – mein Boss Angus und meine unmittelbare Vorgesetzte Jill.

Ellies Stiefvater, der als Professor für klassische Literatur an der University of Edinburgh lehrte, hatte meinen Namen bei der Bibliotheksleitung ins Gespräch gebracht und mir zu einem Vorstellungstermin verholfen. Leider gab es nur eine begrenzte Anzahl von Stellen für Bibliothekare, so bekam ich zwar einen Job in der Hauptbibliothek, allerdings nur als Bibliotheksassistentin. Allzu viel machte mir das jedoch nicht aus. Ich war froh, überhaupt Arbeit in meinem Berufsfeld gefunden zu haben.

Normalerweise verbrachte ich die eine Hälfte meines Arbeitstages am Informationsschalter im Eingangsbereich der Bibliothek oder in der Abteilung für die Semesterapparate. Während der übrigen Zeit saß ich im Büro und erledigte Verwaltungskram. Die Arbeit vorne am Infoschalter war mir lieber, weil ich dort mit Studenten in Kontakt kam. Ich hatte meine Stelle erst vor acht Monaten angetreten, kannte aber bereits eine ganze Anzahl von Studenten und verstand mich mit ihnen sowie mit meinen Kollegen sehr gut.

»Was kann ich für dich tun?«, fragte ich über den Lärm und die Gespräche der Eingangshalle hinweg.

In der Nähe der Sicherheitstüren am Haupteingang befand sich die Treppe in die oberen Stockwerke, ein beliebter Treffpunkt für die Studenten. Der Infoschalter nebst Ausleihe lag im hinteren Teil des Eingangsbereichs, und dahinter war die Abteilung für die Semesterapparate, wo Studenten Kursmaterialien für einen Zeitraum zwischen drei Stunden bis zu maximal einer Woche entleihen konnten, je nachdem, was der jeweilige Seminarleiter festgelegt hatte. Die Gebühren bei Überschreitung der Leihfrist waren, gelinde gesagt, saftig. Wir reden hier von zwei Pence pro Minute. Das klingt zunächst mal harmlos, aber wenn ein Student ein Buch eine Woche später zurückgibt – oder zwei oder einen ganzen Monat … Es ist klar, worauf ich hinauswill. Der unangenehmste Teil meiner Arbeit bestand darin, einem Studenten mitzuteilen, wie viele Gebühren er zahlen musste.

Die Studentin lehnte sich über den Tresen. Auf ihren Wangen glühten rote Flecken. »Ich arbeite an einem Projekt mit einer Studentin, die Anspruch auf einen barrierefreien Raum hat. Leider können wir im Moment nicht rein, weil … andere Studenten drin sind und … Sachen machen.«

Als ihr Gesicht noch röter wurde, begriff ich, was sie meinte. Ich warf Angus, der gerade eine Mappe aus einem Aktenschrank holte, einen leidgeprüften Blick zu. Angus war ein attraktiver Mittvierziger, der keine Haare mehr auf dem Kopf, dafür aber freundliche Augen und eine scharfe Zunge hatte. Er hatte unser Gespräch verfolgt, und nun zuckten seine Lippen vor unterdrücktem Lachen, als er sagte: »Du bist dran.«

Ich verzog missmutig das Gesicht, setzte jedoch, ehe ich mich wieder der Studentin zuwandte, eine Miene heiterer Gelassenheit auf. »Natürlich.« Ich ging um den Tresen herum zu ihr. Ihren steifen Bewegungen nach zu urteilen, war ihr die Sache hochgradig peinlich. Gott, hoffentlich handelte es sich nur um ein bisschen harmloses Gefummel, nicht um waschechten Sex. Notgeile kleine Scheißer. »Deine Freundin hat beim letzten Mal wohl vergessen abzuschließen?«

Barrierefreie Räume waren kleine, abschließbare Arbeitsbereiche im ersten Stock der Bibliothek, die ausschließlich Studenten mit Behinderung vorbehalten waren. Leider kam es vor – und zwar öfter, als ich zählen konnte –, dass ich mich mit der Aufgabe konfrontiert sah, andere Studenten aus den Räumen zu vertreiben, und zwar nicht nur, weil sie sie unbefugt benutzten, sondern weil sie sie als Hotelzimmer zweckentfremdeten.

Nun ja, seit ich zwei Studenten dabei erwischt hatte, wie sie es auf dem hygienisch alles andere als einwandfreien Männerklo getrieben hatten, konnte mich so schnell nichts mehr aus der Bahn werfen.

Als wir die Treppe erreichten, ignorierte ich tapfer den Kaffeeduft, der aus dem Studentencafé rüberwehte. Zu gerne hätte ich mich hingesetzt und einen Latte macchiato getrunken, statt hier die … wie auch immer man das Gegenteil von einer Puffmutter bezeichnet … zu spielen.

»Muss wohl.« Das Mädchen kniff die Lippen zusammen. »Aber darum geht's nicht.«

Da hatte sie auch wieder recht.

Im ersten Stock warf ich schwungvoll meine langen Haare zurück und marschierte vorbei an Lesetischen, Arbeitsnischen und mehreren Grüppchen von Studenten, die gegenüber den barrierefreien Räumen kichernd die Köpfe zusammensteckten. Ich versuchte, ein Gesicht zu machen, als sei mit mir nicht zu spaßen, und nickte dem Mädchen zu. »Welcher Raum ist es?«

Sie zeigte auf Nummer 3.

Ich holte tief Luft, trat vor und stieß die Tür auf. Ich konnte mich gerade noch davon abhalten, reflexartig die Augen zuzukneifen.

Ein Mädchen quietschte, ein Junge knurrte unwillig: »Was soll der …?«

Mit vor der Brust verschränkten Armen sah ich zu, wie er den Reißverschluss seiner Hose hochzog und sie hastig ihr Kleid nach unten schob. Als sie vom Schreibtisch rutschte, musste sie sich an dem Jungen festhalten. Ihre Augen tanzten vor Lachen.

»Dies ist kein Hotelzimmer«, beschied ich die beiden ruhig. »Und eine Bibliothek ist nicht der richtige Ort, um schnelle Nummern zu schieben. Capice?«

»Wer sind Sie denn, Al Capone, oder was?« Der Junge lachte und schob das Mädchen sanft vor sich her auf die Tür zu.

Ich seufzte schwer. »Nehmt ein bisschen Rücksicht auf die anderen Besucher, verstanden?« Ich musterte ihn flüchtig und hob unbeeindruckt eine Braue. »So was wie das hier will wirklich niemand sehen.«

Das Mädchen kicherte erneut, während der Junge mich mit einem Lachen abtat und sich an mir vorbeidrängte.

Das war jetzt schon das fünfte Mal, dass ich jemanden wegen unangemessenen Verhaltens aus einem der Zimmer vertreiben musste.

Und da behaupte noch einer, in einer Bibliothek zu arbeiten sei langweilig.

Von meiner Mission zurückgekehrt, ging ich zu den Semesterapparaten. Dort räumte ich auf, hatte ein Auge auf den Infoschalter und überlegte, was ich für mich und Nate zum Abendessen kochen sollte, da er vorhatte, vorbeizukommen und bei mir zu arbeiten – als plötzlich Benjamin Livingston auf der Bildfläche erschien.

Um Lockerheit bemüht, eilte ich an den Bücherregalen vorbei nach vorne zum Tresen, für den Fall, dass er Hilfe brauchte. Ein großer Teil von mir hoffte, dass dies der Fall war, während der andere Teil sich panisch davor fürchtete.

Benjamin sah umwerfend attraktiv aus, war aber keine klassische Schönheit wie Nate. Er hatte vielmehr etwas Verwegenes und Zerzaustes, wie jemand, der mit bloßen Händen Holz spalten kann.

Ich hatte schon öfter mit Benjamin zu tun gehabt. Natürlich war es mir bisher nicht gelungen, dabei mehr als ein paar Worte über die Lippen zu bringen, und selbst die hatte ich kaum hörbar vor mich hin gemurmelt, für den Fall, dass sie in der falschen Reihenfolge herauskamen, was oft passierte, wenn ich einem Mann gegenüberstand, den ich attraktiv fand. Aus den Büchern, die er entlieh, schloss ich, dass er ein Doktorand der Geschichte war. Für gewöhnlich sah ich ihn mehrmals pro Woche, und in jüngster Zeit hatte ich mich jedes Mal mehr über ein Wiedersehen gefreut.

Benjamin Livingston war eins dreiundneunzig groß, hatte breite Schultern, ein einnehmendes Lächeln und blassgrüne Augen, in denen man ertrinken konnte. Bei unserer letzten Begegnung hatte ich phantasiert, wie ich wilden Sex mit ihm hinter den Bücherregalen hatte. Erst nachdem er weg war, kam mir in den Sinn, dass ich mich eventuell ein klein wenig in ihn verknallt haben könnte. Nun arbeitete ich daran, meine Schüchternheit in den Griff zu bekommen, da ich die Hoffnung hegte, einmal eine vernünftige Unterhaltung mit ihm zu führen.

Ich wusste nicht, was ich gegen meine Unsicherheit im Umgang mit Männern unternehmen sollte. Meine Mom war während meiner Jugend lange krank gewesen, und ich hatte nicht so viel Freizeit gehabt wie die anderen Kids, weil ich mich oft um sie gekümmert hatte. Jungs gegenüber war ich immer schon schüchtern gewesen. Während meiner gesamten Highschoolzeit hatte ich gerade mal zwei Dates gehabt, und nur eins davon hatte in einen Kuss gemündet, an den ich mich allein deswegen erinnerte, weil er so unbeholfen gewesen war.

Auf dem College sah es zunächst nicht viel anders aus. Im fünften Semester kam ich dann auf die grandiose Idee, mich meiner Jungfräulichkeit zu entledigen, indem ich mich betrank und von einem älteren Kommilitonen, den ich kaum kannte, abschleppen ließ. Es war eine furchtbare Erfahrung. Es tat weh, es war peinlich, und kaum war er fertig, rollte er sich von mir herunter und machte sich aus dem Staub. Noch nie hatte ich mich so gedemütigt, so leer und nichtswürdig gefühlt. Die Sache versetzte meinem Selbstbewusstsein einen herben Schlag, und von da an hatte ich zu viel Angst vor einem neuen Versuch. Irgendwann hatte sich meine Unerfahrenheit mit Männern für mich zu einem derart großen Problem ausgewachsen, dass ich mich von einer aufgeschlossenen, lebenslustigen jungen Frau zu einem präpubertären Teenager mit Sprachfindungsstörungen zurückentwickelt hatte. Dass ich mich in meinem Körper nicht wohl fühlte, half mir auch nicht gerade dabei, meine Unsicherheit zu überwinden.

»Hi.«

Meine Augen weiteten sich ein wenig, als Benjamin an den Infoschalter trat. Er rückte den Riemen seines Rucksacks auf der Schulter zurecht, und dabei schwoll unter seinem Hemd der Bizeps an – ein überaus verlockender Anblick.

Er lächelte sein hinreißend schiefes Lächeln. »Ich glaube, ich muss Mahngebühren zahlen.« Er schob mir einige Bücher hin, und ich nahm sie entgegen, während ich ihm wie hypnotisiert in die Augen starrte.

Du schaffst das.

Wenn ich das hier über die Bühne bringen wollte, musste ich meinen Blick von ihm losreißen. Es war ein Gefühl, wie wenn man zu lange in die Sonne schaut.

Mit zitternden Fingern scannte ich die Bücher ein. Als die Summe auf dem Bildschirm erschien, zuckte ich unwillkürlich zusammen.

»Autsch. So schlimm?«

Hatte ich erwähnt, dass er einen göttlichen schottischen Akzent hatte und ich ihn einfach nur abknutschen wollte, sobald ich seine Stimme hörte?

Ich atmete tief durch und schob den Gedanken beiseite. »Die

Sachen sind drei Tage überfällig, also macht das insgesamt vierundachtzig Pfund.«

Er zog eine Grimasse. »Das passiert mir garantiert nicht noch mal. Wie ist denn euer Gebührensatz?«

Ich kann nichts dafür! Das waren die Bibliotheksgötter! »Zwei Pence pro Minute«, antwortete ich kleinlaut.

»Aha, okay.« Mit einem aufmunternden Lächeln reichte er mir seine Scheckkarte. »Tja, selbst schuld, wenn ich die Leihfrist für die Semesterapparate nicht beachte.«

Es dauerte etwa vierzig Sekunden, bis er seine Mahngebühr bezahlt hatte, und während dieser vierzig Sekunden hätte ich ihn alles fragen können. Stattdessen blieb ich stumm wie ein Fisch. Ich traute mich nicht einmal, ihn anzusehen, als ich ihm schließlich seine Karte samt Quittung zurückgab.

»Okay, danke.«

Ich fixierte sein Kinn und zuckte mit den Schultern. *Ich zuckte mit den Schultern? Was zum …*

»Mach's gut.«

Ich hob den Kopf ein paar Millimeter an, um zu signalisieren, dass ich ihn vernommen hatte.

Und schon war er weg.

So viel zu meinem Vorhaben »vernünftige Unterhaltung«.

Mit einem abgrundtiefen Stöhnen drehte ich mich um und schlug den Kopf gegen die Wand.

»Ähm, Liv – alles klar bei dir?«, ertönte Angus' Stimme ganz in der Nähe.

Meine Wangen brannten, weil er mich ertappt hatte. Ich richtete mich auf und drehte mich zu meinem Boss um. »Ich prüfe nur gerade die Statik des Gebäudes. Scheint so weit in Ordnung zu sein.«

Angus schürzte die Lippen. »Und was ist mit deiner mentalen Statik?«

»Die ist gleich als Nächstes dran.«

Kapitel 3

Wenn möglich, trafen Dad, Cam, Cole, Jo und ich uns einmal pro Woche zum Essen. An diesem Abend waren wir im *D'Alessandro*, meinem Lieblingsitaliener in der India Street, nur eine Querstraße von meiner Wohnung entfernt. Cam und Dad zankten sich oft um die Rechnung, aber da mein Dad größer und älter war, gewann er meistens.

Ich liebte diese gemeinsamen Abende. Nicht nur, weil das Essen im *D'Alessandro* ein Traum war, sondern weil Jo, Cam und Cole für mich und Dad wirklich zu einer Art Familie geworden waren, genau wie wir für sie. Vor allem Cole profitierte davon. Lange Zeit war er mit Jo allein gewesen, und nun hatte er eine ganze Ersatzfamilie. Jo hatte gemeint, es sei ungewöhnlich, dass Cole sich so schnell mit jemandem anfreundete, wie er es mit mir getan hatte – auch wenn wir alle wussten, dass seine Gefühle für mich nicht rein freundschaftlicher Natur waren. Er schwärmte insgeheim für mich, war aber reif genug, es nicht zu zeigen, so dass es deswegen nie zu unangenehmen Situationen kam. Ich selbst tat immer so, als merkte ich nichts davon.

Ein Außenstehender hätte Cole leicht für achtzehn halten können. In den letzten neun Monaten war er mehrere Zentimeter in die Höhe geschossen, und nun maß er mit seinen fünfzehn Jahren schon eins zweiundachtzig. Sein von Natur aus breites Kreuz war durch das Judotraining mit Cam und Nate noch muskulöser geworden, und seine schwierige Kindheit hatte ihm zu einer inneren Reife verholfen, die ihn von seinen Altersgenossen unterschied. Für mich allerdings, und auch für Jo (wir hatten uns darüber unterhalten), war und blieb er der süße kleine Bruder. Das brachte ihn manchmal schier zur Weißglut, vor allem weil die meisten anderen Menschen ihn wie den jungen Erwachsenen behandelten, der er rein äußerlich war.

»Hast du in letzter Zeit irgendwelche Bücher gelesen, die mir gefallen könnten?«, fragte der Gegenstand meiner Betrachtungen, während ich an meinem Weinglas nippte.

Ich nickte. »Ja, habe ich. Angus hat mir einen Science-Fiction-Roman empfohlen, er handelt von einer dystopischen Gesellschaft, die unter der Erde lebt. Der wäre bestimmt was für dich.«

»Cool. Kann ich den als E-Book haben?«

»Klar. Ich schicke dir den Link.«

»Super, danke. Mit *Krieg der Welten* bin ich übrigens durch.«

Ich sah ihn auffordernd an. »Geht das noch ein bisschen ausführlicher? Wie hat es dir gefallen?«

Er zuckte mit den Achseln. »Eigentlich ganz realistisch – wenn man die Zeit bedenkt, in der es geschrieben wurde. Düster. Das fand ich gut.«

Cam, dem Coles Urteil ein Schmunzeln entlockt hatte, warf mir über den Tisch hinweg einen Blick zu. »Nachschub an düsterer Literatur bitte nicht stoppen.«

Ich legte zwei Finger an die Stirn und salutierte. »Verstanden.«

Cole verdrehte die Augen. »Ich bin kein Emo oder so. Bei Büchern mit traurigem oder schrecklichem Ende, da fühlt man einfach … ich weiß auch nicht – *mehr*, oder so … keine Ahnung.«

Er schien peinlich berührt, weil er zugegeben hatte, Gefühle zu haben (der Horror!), und ich verspürte das Bedürfnis, ihn zu beruhigen. »Das verstehe ich. Ein trauriges oder bittersüßes Ende bleibt einem oft länger im Gedächtnis und beschäftigt einen noch lange, nachdem man das Buch aus der Hand gelegt hat.«

»Ellie würde dir da möglicherweise widersprechen«, murmelte Jo und tauschte ein freches Grinsen mit Dad.

»Von ›möglicherweise‹ kann da keine Rede sein«, sagte ich. »Nichtsdestotrotz bleibe ich bei meinem Standpunkt. Natürlich mag ich schöne romantische Geschichten mit Happy End, trotzdem hinterlässt ein trauriges Ende bei mir einen nachhaltigeren Eindruck.«

Ich spürte die bohrenden Blicke meines Vaters auf mir und drehte mich zu ihm um.

»Lass das«, sagte ich verärgert und zeigte auf die Falten in seiner Stirn. »Mir geht es prima.«

»Du magst Geschichten mit traurigem Ausgang lieber als mit glücklichem«, merkte er an.

»In der Literatur. Nicht im wahren Leben. In der Li-te-ratur.«

Dad lehnte sich über den Tisch. »Du würdest mir doch sagen, wenn dich irgendwas bedrückt.«

»O mein Gott.« Ich warf Jo einen flehentlichen Blick zu.

»Ihr geht es gut«, sprang Jo für mich in die Bresche. »Sie ist beruflich erfolgreich, sieht top aus, hat ihre eigene Wohnung, jede Menge Freunde und einen Vater, der sie mit seiner Liebe erstickt. Lass sie in Frieden.«

Dad ließ Jos Gardinenpredigt mit mürrischem Gesicht über sich ergehen. Nach einer Weile jedoch schienen ihre Worte zu ihm durchzusickern, und seine Schultern entspannten sich. Er wandte sich erneut an mich. »Ich mache mir Sorgen, weil du in deiner Wohnung ganz allein bist, das ist alles.«

»Ich bin so gut wie nie allein. Nate hat sein Büro in meine Wohnung verlegt.«

Aus irgendeinem Grund löste das bei meinem Dad gleich das nächste Stirnrunzeln aus. Aus Jos Richtung hörte man ein ersticktes Räuspern. Ich warf ihr einen raschen Blick zu, woraufhin sie noch lauter wurde.

Im Ernst. Was sollte ich denn noch tun, um sie davon zu überzeugen, dass das Verhältnis zwischen Nate und mir rein platonisch war? Wir hatten uns von Anfang an großartig verstanden. Manchmal begegnet man Menschen, in deren Gegenwart man sich einfach wohl fühlt, und Nate war so ein Mensch. Wenn wir zusammen waren, hatten wir beide das Gefühl, ganz wir selbst sein zu können. Darüber hinaus hatten wir zwei Gemeinsamkeiten. Die eine war unser Humor. Wir waren beide ein bisschen ausgeflippt. Die andere war unser innerer Geek. Wir akzeptierten und liebten unseren inneren Geek.

Nate war freischaffender Fotojournalist, verdiente sich aber ein solides Zweiteinkommen als Film- und Videospielekritiker für ein internationales Entertainment-Magazin. Viele Leute, die ihn zum ersten Mal sahen, dachten sofort: »Filmstar!«, aber in Wirklichkeit galt seine Leidenschaft eher dem geschriebenen Wort, ähnlich wie bei mir. Mit neunzehn hatte er seinen ersten eigenen Blog gehabt, in dem er Filme, Bücher und Videospiele rezensierte. Dieser Blog wurde immer bekannter, und mit fünfundzwanzig hatte er bereits Tausende von Followern. Das und seine scharfsinnigen, urkomischen und eigenwilligen Rezensionen machten schließlich ein Entertainment-Magazin auf ihn aufmerksam, und er bekam eine Stelle angeboten. Zu meinem Glück hatte Nate sich angewöhnt, die Filme bei mir zu schauen. Nate konnte unglaublich witzig sein, und auch ich hatte durchaus so meine Momente. Einige meiner Kommentare hatten es sogar schon in seine Rezensionen geschafft.

»Und, Olivia? Irgendwelche neuen Anekdoten aus der Bibliothek?«, wechselte Cam mir zuliebe das Thema.

Ich dankte es ihm mit einem Lächeln. »Ich musste schon wieder zwei Verliebte aus einem der barrierefreien Räume vertreiben.«

»Mein Gott, die machen wirklich …«

Den Rest von Cams Satz bekam ich nicht mit, weil sich in diesem Augenblick die Türen zum Restaurant öffneten. Die Welt um mich herum verschwamm, als *er* den Raum betrat.

Benjamin Livingston.

Mir blieb die Luft weg, als er auf das Empfangspult zutrat. Er befand sich in Begleitung eines älteren Ehepaars – seine Eltern vielleicht?

Ich wusste es nicht. Ehrlich gesagt, war es mir auch egal. Alles, was zählte, war, dass er hier war und mich vielleicht sehen würde. Und wenn er mich sah, würde er mich womöglich wiedererkennen und mich ansprechen. Andererseits war es auch möglich, dass er mich sah und *nicht* erkannte. Ich wusste nicht, welche Aussicht ich schlimmer fand. Ich wusste nur eins: Ich wollte auf gar keinen Fall, dass meine Familie und Freunde Zeugen des entsetzlichen Super-GAUs mit dem Titel »Olivia Holloway trifft gutaussehenden Mann« wurden.

»Liv, ist wirklich alles in Ordnung mit dir?« Jos Frage veranlasste mich, den Blick von Benjamin loszureißen. Ihre wunderschönen grünen Augen waren sorgenvoll auf mich gerichtet. »Du wirkst irgendwie ein bisschen … durcheinander.«

»Cam, tut mir leid«, entschuldigte ich mich rasch, weil ich ihm nicht richtig zugehört hatte. Gleich darauf schielte ich wieder in Benjamins Richtung.

Scheiße! Die Kellnerin würde mit ihm genau an unserem Tisch vorbeikommen.

»Ich habe wohl …« Dabei machte ich absichtlich eine ungeschickte Bewegung mit dem Ellbogen und fegte meinen Dessertlöffel vom Tisch. »Ups. Entschuldigt mich kurz.« Ich schob meinen Stuhl zurück, duckte mich und verschwand unter der

Tischdecke. Mit klopfendem Herzen blieb ich dort hocken und beobachtete, wie die vertrauten Outdoorstiefel an unserem Tisch vorbeischritten.

Die Gefahr war gebannt.

Die Tischdecke wurde angehoben, und der Kopf meines Vaters tauchte auf. »Sag mal, hast du irgendwas geraucht?«

Ich presste die Lippen aufeinander, um nicht loszulachen. Kopfschüttelnd und mit zitternden Fingern angelte ich meinen Löffel vom Boden. Ich würde wohl einen neuen brauchen. Aufs Dessert zu verzichten kam nämlich nicht in Frage. Das Tiramisu im *D'Alessandro* war zum Niederknien. Allerdings bestand durchaus die Möglichkeit, dass ich vor Peinlichkeit tot umfiel, ehe ich Gelegenheit bekam, für meinen Nachtisch ins Verderben zu rennen. »Ich hebe nur mein runtergefallenes Besteck auf.«

»Du benimmst dich noch seltsamer als sonst.«

Ich schnappte empört nach Luft – und stieß mir prompt den Kopf an der Unterseite der Tischplatte. »Müssen wir diese Unterhaltung unbedingt hier unten führen?«

Sein Kopf verschwand, und ich krabbelte rasch ins Freie, wobei ich den Hals reckte und mich nach Benjamin umsah. Er war nirgends zu entdecken. Ich kletterte zurück auf meinen Stuhl und sackte vor Erleichterung in mich zusammen, als mir klarwurde, dass die Kellnerin die drei in den anderen Speiseraum geführt haben musste.

Nun konnte ich mich wieder ganz entspannt meinem Essen widmen. Mit einem Lächeln hielt ich einer vorbeikommenden Kellnerin meinen Dessertlöffel entgegen. »Könnte ich bitte einen neuen bekommen?«

Sie nickte, und ich wandte mich zu meinen Tischgenossen um.

Vier Augenpaare starrten mich an. Ich runzelte die Stirn. »Was ist denn los?«

»Mick hat recht.« Cam schob nachdenklich die Unterlippe vor. »Du bist wirklich noch seltsamer als sonst.«

Ich schaute hilfesuchend zu Cole, aber der zuckte bloß mit den Schultern. Vermutlich bedeutete das, dass er derselben Meinung war. Da ich unter allen Umständen vermeiden wollte, dass einer von ihnen Wind von meiner hoffnungslosen Schwärmerei für Benjamin bekam, suchte ich hastig nach einer Ausrede. »Ich habe heute drei Red Bull getrunken.«

Das war nicht besonders kreativ, aber es funktionierte, und bald darauf wandte sich die Unterhaltung von mir und meinem merkwürdigen Verhalten ab und anderen Dingen zu.

Leider Gottes kam es noch vor dem Dessert zur Katastrophe. Ich musste pinkeln, und zwar dringend.

Dummerweise befanden sich die Toiletten am Ende des Ganges gegenüber dem zweiten Speiseraum, womit die Gefahr bestand, auf dem Weg dorthin von Benjamin gesehen zu werden.

Doch irgendwann war meine Blase kurz vor dem Platzen. Es half alles nichts: Ich musste meine Bedenken beiseiteschieben und mir Erleichterung verschaffen.

Als ich bei den Toiletten ankam, fragte ich mich, weshalb ich mich eigentlich so aufgeregt hatte. Um es noch rechtzeitig aufs Klo zu schaffen, hatte ich mich so sehr beeilen müssen, dass ich fürs bloße Auge praktisch gar nicht zu sehen gewesen war. Völlig ausgeschlossen also, dass Benjamin mehr als einen raschen Blick auf meinen blitzschnell vorbeihuschenden Schatten erhascht hatte. *Hm, und jetzt sag das fünfmal ganz schnell hintereinander.*

Obwohl mich dieser Gedanke beruhigte, nahm ich mir fest vor, auf dem Rückweg zum Tisch genauso schnell zu sein. Allerdings hatte ich nicht damit gerechnet, im Gang vor den Toiletten gegen eine Wand zu knallen.

Ich prallte zurück und blinzelte mehrmals, weil ich nichts als Dunkelblau vor mir sah. Mein Gehirn schlussfolgerte sehr schnell, dass es sich in Wirklichkeit nicht um eine Wand handelte … sondern um einen Brustkorb. Einen breiten, männlichen Brustkorb.

Mein Blick wanderte höher, und mein Herz begann zu hämmern. Es überschlug sich fast, als ich erkannte, dass das menschliche Hindernis niemand anders war als Benjamin Livingston in all seiner unvergleichlichen männlichen Schönheit.

Auf einmal wurden meine Handflächen schweißfeucht, und ich war mir sicher, dass mir auf höchst unattraktive Weise der Mund offen stand, als sich ein Grinsen auf seinem Gesicht ausbreitete und seine Augen aufleuchteten. Er hatte mich wiedererkannt.

Verdammter Mist.

»Du arbeitest doch in der Unibibliothek, oder?«

Ich schluckte und probte meine Antwort vorher im Kopf. Dann brachte ich ein Nicken zustande. »An der Schalterinfo.« Nein, das war nicht richtig. »Ich meine, am Infoschalter.«

So viel zu meiner Probenarbeit.

Sein Lächeln wurde noch breiter, und er kam ein bisschen näher, was die Sauerstoffzufuhr zu meinem ohnehin bereits japsenden Hirn vollständig zum Erliegen brachte. »Na ja, du bist auf alle Fälle immer sehr informativ.«

Aus unerfindlichen Gründen ergriff Maggie Smith von meiner Stimme Besitz. »Das ist meine Aufgabe«, antwortete ich in feierlichem Ernst und mit schottischem Akzent.

Mit schottischem Akzent.

Zum Glück war er mir recht gut gelungen.

Aber darum ging es gar nicht.

Meine Wangen glühten, so peinlich war mir die Situation.

Benjamin lachte leise. »Alles klar.«

Ich musste hier weg. Ich musste auf der Stelle von hier verschwinden! »Also … mein Tisch wartet an der Familie auf mich.«

Mit einem gezwungenen Lächeln und seine mühsam unterdrückte Belustigung ignorierend, huschte ich an ihm vorbei, den Gang entlang und in den anderen Speiseraum. Teller und Gläser klirrten, als ich mich unelegant auf meinen Stuhl plumpsen ließ und lauthals verkündete: »Ich finde, wir sollten den Nachtisch zum Mitnehmen bestellen und zu mir gehen. Jetzt gleich.« Ich nickte auffordernd. »Einverstanden?«

Kapitel 4

Ich war frustriert.

Ein paar Tage waren vergangen, und ich hatte mich immer noch nicht von der peinlichen Episode erholt. Das Objekt meiner hilflosen Begierde war zwischenzeitlich ein weiteres Mal in der Bibliothek aufgetaucht, und kaum dass ich seinen blonden Schopf in der Tür gesehen hatte, war ich ins Büro geflohen und hatte meine Kollegin Rachel davon überzeugt, dass ich wirklich lieber unsere Website aktualisieren und E-Mail-Beschwerden beantworten würde, als am Infoschalter zu sitzen, wo es – Ehrenwort – total lustig war.

Es reicht zu sagen, dass ich nicht gerade blendende Laune hatte, als ich an diesem Tag von der Arbeit kam. Als ich jedoch in die Jamaica Lane einbog und eine vertraute Gestalt an meiner Haustür stehen sah, wurden meine Schritte schneller, und meine Stimmung hellte sich auf.

Mit einem breiten Grinsen, so dass die Grübchen auf seinen Wangen zu sehen waren, hielt Nate eine weiße Plastiktüte in die Höhe. »Essen vom Chinesen und ein Film über eine Invasion aus dem All mit irgendeinem hübschen Jungschauspieler, der mich über kurz oder lang wahrscheinlich dazu verleiten wird, mir einen Kugelschreiber ins Auge zu rammen.«

Ich lächelte verwirrt. Von dem Essensduft knurrte mir der Magen. »Hattest du heute nicht ein Date?«, fragte ich, während ich Nate voran das Haus betrat und mit ihm im dunklen, muffigen Treppenhaus nach oben ging.

»Sie hat heute Nachmittag angerufen und gefragt, ob es mir was ausmacht, wenn wir statt zum Abendessen zur Verlobungsfeier ihrer Schwester gehen. Angeblich war diese Feier eine ›total spontane Sache‹.« Seine angefressene Miene und die Gänsefüßchen, die er in die Luft zeichnete, verrieten mir, dass er ihr die Geschichte keine Sekunde lang abgekauft hatte.

»Eine Familienfeier beim ersten Date?«, ächzte ich in gespieltem Entsetzen. »Wie kann sie nur?«

»Sehr witzig.«

»Ich weiß.« Ich warf ihm ein flüchtiges Lächeln zu und bat ihn dann in meine Zweizimmerwohnung. Sie war winzig, aber ich liebte sie.

Küche und Wohnzimmer befanden sich in einem Raum. Die Küche hatte einen L-förmigen Schnitt und nahm den Großteil der Fläche ein. Daneben gab es nur noch Platz für eine Couch, einen Sessel und einen Fernseher. Zum Glück war das Schlafzimmer geräumig, so dass ich darin ein paar Bücherregale unterbringen konnte, trotzdem lag der Großteil meiner Bücher verstreut in der Wohnung herum. Außerdem hatte ich keine Badewanne, sondern nur ein Klo mit Dusche.

Mir reichte das.

Es war gemütlich.

Ich zog meine Jacke aus und sah zu, wie Nate in die Küche ging, Teller aus dem Schrank holte und das Abendessen für uns anrichtete. »Ich habe für dich Hühnchen in Orangensoße mitgebracht, Babe. Ist das in Ordnung?«

Er nannte mich andauernd »Babe«, und dann noch mit dieser tiefen, rauen Stimme. Ich versuchte, dabei nicht jedes Mal eine Gänsehaut zu bekommen, was mir relativ oft misslang.

»Mein Lieblingsgericht«, rief ich auf dem Weg ins Schlafzimmer, wo ich meine Jacke weghängte und die Schuhe auszog. »Im Kühlschrank ist Bier, falls du welches möchtest.«

»Hab's schon gesehen. Willst du auch eins, oder soll ich dir lieber einen Wein eingießen?«

»Wein, bitte.«

»Ich habe dir auch eine Packung Rocky-Road-Eis mitgebracht, für später. Ich stelle sie ins Tiefkühlfach.«

Manchmal hätte ich Nate am liebsten geheiratet. Ich kam ins Wohnzimmer zurück und schenkte ihm ein dankbares Lächeln. »Hiermit befördere ich dich zu meinem besten Freund.«

Er runzelte die Stirn, während er mir ein Glas Rosé einschenkte. »Ich dachte, den Posten hätte ich schon längst.«

»Bisher warst du mein bester Freund mit gleichem Status wie Ellie und Joss. Jetzt bist du auf Jos Level.«

»Und das ist höher?«

»Genau.«

Nate dachte nach. »Hat die Beförderung noch weitere Vorteile?«

Ich nickte ernst. »Du darfst mir ab jetzt immer chinesisches Essen und Rocky-Road-Eis mitbringen.«

Er sah mich verständnislos an.

»Keine Sorge, du schaffst das. Du machst das schon jetzt ganz hervorragend.« Ich tätschelte ihm freundschaftlich die Schulter, als ich um den Küchentresen herumging. »Willst du auch einen Kaffee?«

»Lass mich doch machen.«

»Nein, nein, setz du dich nur hin, und leg schon mal den Film ein. Ich bringe den Kaffee.«

Nate stellte meinen Teller und das Weinglas auf den Couchtisch und machte sich daran, den DVD-Player anzuwerfen. Er hatte es sich gerade mit seinem Teller in der Hand auf der Couch gemütlich gemacht, als ich mit dem Kaffee kam.

»Würdest du lieber sterben, weil Aliens an dir herumexperimentiert haben, oder von Kannibalen gefressen werden?«, fragte er beiläufig, ohne den Blick vom Fernsehbildschirm abzuwenden, während er sich gleichzeitig eine Gabel voll Rindfleisch mit Reis in den Mund schob.

Ich dachte über die Frage nach, während ich ihm seine Kaffeetasse hinstellte und mich mit meinem Essen in die andere Ecke der Couch zurückzog. »Habe ich vorher eine Betäubung bekommen?«

»Spielt das eine Rolle?«

»Natürlich. Mit Betäubung ist alles egal, weil ich ja sowieso nichts mitkriege.«

Nate schüttelte den Kopf. »Stimmt nicht. Es ist nicht egal. Wenn Aliens Experimente mit dir machen, finden sie womöglich was raus, was sie dazu verwenden können, die gesamte Menschheit auszulöschen. Oder uns heimlich zu unterwandern wie in *Body Snatchers*. Kannibalen hingegen … na ja, die wollen dich einfach nur … aufessen.«

Dieser Logik konnte ich nichts entgegensetzen. Ich machte eine zustimmende Geste mit meiner Gabel. »Gutes Argument.«

»Also? Aliens oder Kannibalen?«

»Aliens.«

Er nickte. »Ich auch. Scheiß auf die menschliche Spezies – Kannibalen sind einfach nur gruselig.«

Ich lachte und hätte mich fast an meinem Reis verschluckt.

Nate musste ebenfalls lachen. Aus seinen dunklen Augen leuchtete Zuneigung. »Du hast ein tolles Lachen, weißt du das?«

Ich hatte ein sehr undamenhaftes, meckerndes Lachen, aber wenn Nate es toll fand, würde ich nicht versuchen, es ihm auszureden. Ich zuckte verlegen mit den Schultern, so wie immer, wenn er mir unerwartet ein Kompliment machte, und deutete dann mit dem Kinn auf seine Tasche, um das Thema zu wechseln. »Willst du dir keine Notizen machen?«

Er zeigte auf sein Handy, das auf dem Couchtisch lag, und sagte schlicht: »Aufzeichnung.«

Er nahm unsere Unterhaltung auf? »Dann muss ich ja heute besonders geistreich sein.«

»Deine normalen Kommentare reichen völlig aus.«

Ich ignorierte die darin mitschwingende Andeutung, dass ich normalerweise *nicht* geistreich war, nahm noch einen Bissen von meinem Hühnchen und seufzte mit vollem Mund. »Gott, das ist so gut.«

»Ja?«

»Der Wahnsinn.«

»Magst du das, Baby?«

»O ja.«

»Wie sehr magst du es?«

»Ich glaube, so gut war's noch nie.«

»So gut?«

»Gott, ja.« Das Fleisch war himmlisch zart, und die Orangensoße hatte diese perfekte Balance von süß und würzig. »Mmm.«

»Ja, genau so. Schieb's dir rein, Baby.«

Ich schloss genüsslich die Augen, riss sie aber gleich wieder auf. Nate schüttelte sich vor unterdrücktem Gelächter. Mein Blick wanderte zu seinem Handy, und ich ließ mir noch einmal unsere Unterhaltung von vorhin durch den Kopf gehen und wie sie auf der Aufnahme klingen würde.

Ich verzog das Gesicht, nahm meinen Teller in die linke Hand und warf ein Sofakissen nach Nate. »Ungemein komisch.«

Jetzt konnte Nate sich endgültig nicht mehr beherrschen und lachte schallend los. Er schlug das Kissen mit einer Hand beiseite, während er mit der anderen seinen Teller aus der Schusslinie brachte. »Du machst es einem aber auch zu leicht.«

»Du bist ein Blödmann.« Ich versetzte ihm einen kleinen Fußtritt gegen die Hüfte. »Wehe, wenn du das nicht löschst.«

Noch immer grinsend, wandte Nate sich wieder dem Film zu. »Auf keinen Fall. Das muss der Nachwelt erhalten bleiben.«

Wie sich herausstellte, hatte Nate recht gehabt: Der hübsche Nachwuchsschauspieler war tatsächlich so schlecht, dass man sich am liebsten einen Stift ins Auge gerammt hätte.

»Das nackte Grauen«, resümierte ich, als er die DVD aus dem Gerät nahm. »Tja, nicht jeder Film kann *Der Zauberer von Oz* sein.« Mein Lieblingsfilm. »Oder *Der Pate*.« Nates Lieblingsfilm.

Einer seiner Mundwinkel verzog sich nach oben. »Ist das dein Urteil als Expertin? Denk dran, es wird alles aufgezeichnet.«

»Das ist mein Urteil als Expertin«, wiederholte ich gähnend und ließ den Kopf nach hinten gegen die Sofalehne sinken. »Ich glaube, ich habe während des Films einige gute Kommentare abgegeben. Hiermit erteile ich dir die Erlaubnis, sie zu klauen.«

»Wenn ich auf die schauspielerischen Fähigkeiten des Typen zu sprechen komme, der den sterbenden Bruder des Helden mimt, werde ich definitiv darauf zurückgreifen. ›Sterben soll was Trauriges sein. Ich bin gerade ungefähr so traurig wie ein jungfräulicher Elftklässler in einem japanischen Liebeshotel mit einer Prostituierten und einem Bündel Geldscheine.‹«

Als ich das gesagt hatte, wäre Nate fast an einem Krabbenchip erstickt. Ich zog die Nase kraus. »Ich muss mich wirklich strenger redigieren. ›Männliche Jungfrau mit einer Prostituierten‹ wäre vollkommen ausreichend gewesen.«

»Aber nicht halb so witzig. Es ist ja gerade dein Gelaber, das dich so komisch macht.«

»Ich laber nicht.«

»Und wie du laberst, Babe.«

Ich beschloss, nicht weiter darauf einzugehen, und schenkte Nate stattdessen ein müdes Lächeln. »Willst du das wirklich für deine Rezension verwenden?«

»Was? Dass du wunderbar labern kannst?«

Er erntete einen mahnenden Blick von mir, weil er sich absichtlich dumm stellte. Dann schüttelte er den Kopf, dass seine wunderschönen seidigen, dunklen Locken tanzten. Seine Haare waren länger als sonst, aber es stand ihm gut. Ganz ausgezeichnet sogar. »Das Magazin wird auch von Teenies gelesen.«

Er zog sich seine Jacke über, und ich erhob mich von der Couch und gab ihm sein Handy. »Hast du alles, was du brauchst?«

»Genug, um den Film in der Luft zu zerreißen.« Er beugte sich vor und gab mir einen Kuss auf die Wange. Der warme, würzige Duft seines Aftershaves hüllte mich ein. »Nacht, Liv.«

Lächelnd trat ich einen Schritt zur Seite, um ihn vorbeizulassen, und folgte ihm zur Wohnungstür. »Danke für das Abendessen und das Eis.«

Nate grinste mich an. »Danke für die Kommentare.«

Die Tür war schon fast zu, als ich sie plötzlich wieder aufriss. »Nate.«

Schon auf der Treppe, drehte er sich noch mal um und sah mich fragend an.

Ich betrachtete seine Haare, zuckte mit den Achseln und lehnte mich gegen den Türstock. »Lass dir nicht die Haare abschneiden, okay?«

Seine Antwort war ein träges, spitzbübisches und absolut hinreißendes Lächeln. Ich tat so, als würde es mir dabei nicht in gewissen vernachlässigten Körperregionen kribbeln. »Dir gefällt, was du siehst, hm?«

Lachend machte ich einen Schritt zurück, um die Tür nun endgültig zu schließen. »Nur ein guter Tipp für einen Freund. Ich weiß ja, wie wichtig es dir ist, bei den Damen der Schöpfung Eindruck zu schinden.«

Die Tür war fast zu, als er sagte: »Liv?«

Ich linste durch den Spalt.

Seine Augen blitzten diebisch. »Lass auf jeden Fall immer deine nasse rote Unterwäsche in der Wohnung rumliegen, wenn du Männerbesuch hast. Wir mögen so was. Bloß ein guter Tipp für eine Freundin.«

Was?

Vor Schreck traten meine Augen fast aus ihren Höhlen. Ich drehte mich um und suchte mit Blicken hektisch mein Wohnzimmer ab. Als ich etwas Rotes erspähte, wäre ich am liebsten im Boden versunken. Mein Spitzen-BH und das dazu passende Höschen hingen zum Trocknen über dem Heizkörper.

Wieso war mir das nicht aufgefallen?

»Ich möchte auf der Stelle tot umfallen«, stöhnte ich. Meine Wangen brannten vor Scham, und ich zuckte zusammen, als ich Nates Gelächter durchs Treppenhaus schallen hörte.

Nachdem ich die Wohnungstür verriegelt hatte, begann ich mit dem Aufräumen, wobei ich die trocknende Unterwäsche zwischendurch immer wieder zornig anfunkelte, als wäre sie schuld daran, dass ich ständig daran denken musste, dass Nate jetzt über mein Faible für sexy Dessous Bescheid wusste.

Irgendwann rollte ich entnervt mit den Augen und fragte mich, wo, bitte schön, mein Sinn für Humor geblieben war.

Als ich mich kurze Zeit später im Schlafzimmer auszog und meinen grauen Jerseyschlafanzug aus der Kommode holte, erhaschte ich einen Blick auf mein Spiegelbild. Ich trug heute meine smaragdgrüne Lieblingsunterwäsche. Unten in meiner Kommode und in einem Korb in meinem Schrank gab es noch jede Menge ähnlicher Teile. Ich mochte hübsche Dessous, allerdings mochte ich es nicht, mich selbst darin zu betrachten. In erster Linie liebte ich das Gefühl auf meiner Haut.

Wie erstarrt und mit großen Augen betrachtete ich meine Gestalt im Spiegel. Am liebsten hätte ich den Kopf eingezogen. Mit einem Schlag war die gute Laune, in die Nates Besuch mich versetzt hatte, dahin, und mir fiel wieder ein, weshalb ich nie im Leben einen Mann wie Benjamin Livingston abbekommen würde.

Nicht, dass ich hässlich gewesen wäre. Ich konnte nur eben auch nichts Außergewöhnliches an mir entdecken. Mein Gesicht war allenfalls durchschnittlich, mit Ausnahme der hohen Wangenknochen, die ich von Mom geerbt hatte, und den ungewöhnlichen bernsteingoldenen Augen meines Vaters. Ich hatte Schwabbelarme. Ich hasste meine Schwabbelarme. Mit meinen eins siebzig war ich nicht gerade ein Zwerg, aber eben auch nicht groß genug, um meine breiten Hüften, den ausladenden Hintern und das kleine Speckpolster am Bauch selbstbewusst tragen zu können. Gott sei Dank hatte ich wenigstens eine einigermaßen schlanke Taille – von ihr hätte sich mein Bauch, der sich hartnäckig weigerte, flach zu sein, ruhig eine Scheibe abschneiden können.

Meine Mutter war an Krebs gestorben. Seitdem wusste ich, dass es tausendmal wichtiger war, einen gesunden Körper zu haben als einen dünnen, modetauglichen. Ich wusste das.

Ich wusste es.

Und trotzdem fühlte ich mich aus unerfindlichen Gründen weder sexy noch attraktiv. Das war nicht nur frustrierend, es tat richtiggehend weh – genau zu *wissen*, was richtig war, und trotzdem etwas ganz anderes zu *empfinden.*

Es war eine Schande, dass eine kluge, humorvolle, verrückte, treue, gute Frau wie ich unter all dem Lachen und der Witzelei eine derart negative Selbstwahrnehmung hatte. Ich spürte das Brennen aufsteigender Tränen in der Nase. Es war furchtbar, eine derart miserable Einstellung zu meiner äußeren Erscheinung zu haben. Richtig, richtig furchtbar.

Ich ballte die Hände zu Fäusten, während ich meine alles andere als ideale Figur betrachtete.

Gleich morgen früh würde ich mit Pilates anfangen. Bestimmt.

***

Der Essensduft, der ins Zimmer wehte, kurbelte die Speichelproduktion unter meiner Zunge an. Nachdem ich drei Tage lang auf Ungesundes verzichtet und mich durch die Pilates-DVD gequält hatte, war ich mehr als reif für Elodie Nichols' herzhaften Sonntagsbraten.

»Ich schwöre, ich kaue mir gleich einen Finger ab«, brummelte ich, meine Hand betrachtend.

»Wie bitte?«, fragte Ellie geistesabwesend. Sie begutachtete gerade Fotos der Blumengestecke, die Braden und Joss für ihre Hochzeit ausgesucht hatten. Genau wie alles andere standen die Blumen schon seit Monaten fest. Nach einem katastrophalen Start mit Ellie als Hochzeitsplanerin (katastrophal nicht deshalb, weil sie keine Ahnung von der Materie hatte, sondern weil ihr Geschmack ein völlig anderer war als der von Joss), hatte Braden die Organisation in die Hand genommen, und Joss hatte ihm bei den Entscheidungen geholfen.

»Warum guckst du dir schon wieder die Fotos an?«

»Ich hätte Rosen genommen.«

»Und ich wollte eben Lilien«, meldete sich Joss von der anderen Seite des Raums zu Wort, wo sie auf der Armlehne von Bradens Sessel hockte. Er unterhielt sich gerade mit Adam. Clark saß im anderen Sessel beim Fernseher und brachte es fertig, trotz der lebhaften Gespräche Seminararbeiten zu korrigieren. Sein Sohn Declan, ein zwölfeinhalbjähriger Computerfreak, hatte sich mit Cole zusammen auf dem Boden niedergelassen und spielte Nintendo DS, während Mick und Cam neben Ellie und mir auf dem Sofa saßen. Jo wiederum war zusammen mit Ellies sechzehnjähriger Schwester Hannah nach oben in deren Zimmer verschwunden, um vor dem Essen noch ein bisschen zu quatschen.

Ellie lächelte Joss an. »Sie sind wunderschön, keine Frage. Aber ich will eben Rosen auf meiner Hochzeit.«

»Adam? Magst du Rosen?«, fragte Joss mit einem spitzbübischen Grinsen in Ellies Richtung.

Adam blinzelte, weil er in seinem Gespräch mit Braden unterbrochen worden war. »Was?«

»Rosen. Für eure Hochzeit? Ellie will Rosen.«

»Ellie kann haben, was sie will.«

Etwas verdattert fragte Joss: »Hast du denn gar keine Meinung dazu?«

Er runzelte die Stirn. »Nein. Meine einzige Aufgabe ist es, da zu sein und ›Ja, ich will‹ zu sagen.«

Joss schnitt Braden eine Grimasse. »Wie kommt es, dass Adam das machen darf, was *ich* bei *unserer* Hochzeit machen wollte?«

Bradens Lippen zuckten. »Du hättest es doch auch gedurft. Ich habe dir angeboten, alles alleine zu organisieren.«

»Aber …« Sie sah zwischen ihm, Ellie und Adam hin und her. »Da war emotionale Manipulation im Spiel. Das macht Ellie mit Adam nicht.«

Jetzt konnte Braden sein Lachen nicht länger zurückhalten. »Was für emotionale Manipulation? Ich glaube, ich habe so was gesagt wie ›Okay, dann plane ich eben die Hochzeit‹. Mehr nicht. Du warst diejenige, die auf einmal ganz rührselig wurde vor Dankbarkeit und meinte, sie müsste mir helfen.«

Joss' Augenbrauen schossen fast bis zu ihrem Haaransatz in die Höhe. »Rührselig?«

»Oh-oh«, murmelte Ellie halblaut.

Ich grinste diebisch und beschloss, noch ein bisschen Öl ins Feuer zu gießen. »Joss, du kannst durchaus rührselig sein. Du versuchst, es zu verbergen, aber manchmal schlägt es durch.«

»Oh-oh«, murmelte Ellie auch jetzt wieder. »Dumme Olivia.«

Ich zuckte grinsend mit den Achseln und wartete auf Joss' Reaktion, die sehr amüsant zu werden versprach.

Stattdessen starrte sie mich einfach nur an, als hätte es ihr die Sprache verschlagen. Endlich ließ sie sich in Bradens Arme sinken. »Ich bin nicht rührselig«, knurrte sie. »Ich bin *liebevoll*. Das ist ein Unterschied.«

»Liebevoll?« Adam riss ungläubig die Augen auf.

Joss machte ein empörtes Gesicht. »Ich kann liebevoll sein. Braden, sag's ihm.«

Ihr Verlobter grinste breit, und als er sich zu ihr beugte, um ihr einen Kuss auf die Schulter zu geben, spürte ich wieder dieses seltsame Ziehen in meiner Brust.

Gott, wie sehr ich mir so etwas wünschte.

Joss sah ihn auffordernd an. »Heißt das, du stimmst mir zu?«

Braden lachte leise und warf Adam einen vielsagenden Blick zu. »Jocelyn hat ihre eigene Version von Liebe.«

Dies sagte er auf eine so doppeldeutige Art, dass Joss die Augen verdrehte und sich von ihm loszumachen versuchte. »Du bist einfach nur nervig.« Sie maß uns alle mit einem indignierten Blick. »Ich kann sehr wohl liebevoll sein.«

»Ich glaube dir«, lenkte ich ein, musste mir dabei aber ein Lachen verkneifen.

Adam brachte die Unterhaltung rasch wieder auf das ursprüngliche Thema zurück. Joss strafte ihn und Braden demonstrativ mit Nichtachtung, indem sie ihr Handy zückte und ihre E-Mails las.

Ich stupste Ellie in die Seite. »Na, was glaubst du, worüber reden Hannah und Jo oben?«

Ellie schaute zur Decke und stieß zwischen gespitzten Lippen die Luft aus. »Hannah kapselt sich in letzter Zeit ein bisschen ab. Ich vermute, das hat was mit einem Jungen zu tun. Sie sieht toll aus und hat einen großartigen Humor und war trotzdem noch kein einziges Mal verabredet?« Els machte ein skeptisches Gesicht. »Da stimmt doch was nicht. Ich glaube, sie verbirgt eine heimliche Romanze vor uns.«

»Und du willst unbedingt wissen, was da läuft.«

»Klar.« Ellie nickte, und ihre hübschen blauen Augen wurden groß vor Neugier. »Aber das Wichtigste ist, dass sie mit jemandem reden kann – auch wenn ich nicht dieser Jemand bin.«

Ich zog nachdenklich die Brauen zusammen. »Und warum bist du es nicht?«

»Ich glaube, sie denkt, dass ich mich zu sehr in die Sache reinsteigern würde und ihr dann keinen objektiven Rat mehr geben könnte. Hannah ist viel realistischer als ich. Ich glaube, wenn es um Jungs geht, redet sie lieber mit Jo. Jo hat eine pragmatische Haltung gegenüber solchen Sachen, und ich lasse mich manchmal zu schnell von meiner Begeisterung mitreißen. Ich meine: Meine kleine Schwester, zum ersten Mal verliebt – das ist doch ein Riesending.«

»Du platzt ja fast vor Neugier.«

»Was denkst du denn? Es bringt mich schier um.«

»Essen!«, rief Elodie Nichols aus dem Esszimmer, und wir alle sprangen auf, als hätten wir tagelang gehungert.

Wir drängten uns ins Esszimmer und atmeten das Aroma selbstgekochten Essens ein. Erst drei Monate zuvor hatten Elodie und Clark sich einen größeren Esstisch angeschafft, weil die Sonntagsessen, seit Joss in ihr Leben getreten war, immer weiter ausuferten.

»Läuft es gut auf der Arbeit?«, erkundigte sich Dad bei mir, als wir uns nebeneinander an den Tisch setzten.

»Mmm-hmm«, antwortete ich vage, während ich die Schüssel mit Kartoffelbrei in den Händen hielt, als sei sie aus purem Gold.

Dad schnaubte. »Du hast Sabber am Kinn.«

»Stimmt gar nicht.« Ich klatschte mir vergnügt eine Portion Kartoffelbrei auf den Teller, reichte die Schüssel an ihn weiter und schnappte mir die Sauciere.

»Warum reißt du die Augen so auf? Isst du zu Hause nichts Anständiges?«

»Ich bin gerade auf so einer blöden Diät«, murmelte ich.

Der Unmut meines Vaters war deutlich zu spüren. »Warum machst du so einen Quatsch?«

»Um mich zu quälen. Ich bin masochistisch veranlagt.«

»Liv, du weißt genau, dass ich von solchem Unfug nichts halte. Du siehst vollkommen normal aus.«

O nein. Mit meinem Geständnis hatte ich mir wahrscheinlich einen von Dads berüchtigten Lebensmitteleinkäufen eingehandelt. Schon auf dem College war er des Öfteren mit Papiertüten voller Lebensmittel, die ich nirgendwo unterbringen konnte, in meinem Wohnheim aufgetaucht. »Mein Kühlschrank zu Hause ist voll, Dad. Denk also nicht mal dran.«

»Hmm. Wir werden sehen.«

Ich kostete eine Gabel des buttrigen Kartoffelbreis, schloss vor Entzücken die Augen und sagte: »Der ist so lecker, da ist mir alles andere sowieso egal«, nur dass ich den Mund voller Kartoffelbrei hatte und es eher wie »Mmh-mmh mm mhm-mhm mh mm hm hmmm-hm mmh« klang.

»Mick, kommt Dee eigentlich mit dir auf die Hochzeit?«, erkundigte sich Elodie vom gegenüberliegenden Ende des Tischs aus. »Als ich letzte Woche mit ihr gesprochen habe, war sie sich noch nicht sicher.«

Ich warf meinem Dad einen Blick zu. Auch mich interessierte die Antwort auf diese Frage. Ich musste zugeben, obwohl ich fünfundzwanzig Jahre alt und längst erwachsen war, kam es mir immer noch komisch vor, meinen Dad mit einer Frau zu sehen, die nicht Mom war.

Vor etwa vier Monaten hatte Dad sich zum ersten Mal mit Dee, einer attraktiven Künstlerin Ende dreißig, verabredet. Dad hatte in Edinburgh seine alte Malerfirma *M. Holloway* wiedereröffnet und Jo als seine erste Mitarbeiterin eingestellt. Er genoss schon jetzt einen guten Ruf und hatte kürzlich seine Belegschaft um zwei Maler erweitern müssen. Ziemlich zu Anfang, als er noch mit Jo alleine gewesen war, hatten sie einen Auftrag von einem wohlhabenden jungen Paar in Morningside bekommen, das gerade sein erstes, stark renovierungsbedürftiges Haus gekauft hatte. Bei der Arbeit am Haus hatten sie Dee kennengelernt. Sie war eine Freundin des Paares und hatte im Kinderzimmer ein großes Wandgemälde mit Märchenmotiven angefertigt. Dad und Dee hatten sich auf Anhieb gut verstanden. Sie war die erste Frau nach Mom, mit der er eine ernsthafte Beziehung eingegangen war.

Ich hatte allen Grund, Dee dankbar zu sein, dessen war ich mir vollauf bewusst. Seit sie in unser Leben getreten war, hatte Dad weniger Zeit, mich zu bemuttern, was er davor mit großer Hartnäckigkeit getan hatte. Als wir uns entschieden hatten, in Edinburgh zu bleiben, hatte ich darauf bestanden, mir eine eigene Wohnung zu nehmen. Nachdem wir so lange eng zusammengelebt hatten, brauchte ich meinen Freiraum. Ich liebte meinen Dad heiß und innig, aber manchmal vermittelte seine andauernde Sorge mir das Gefühl, dass etwas mit mir nicht stimmte.

Dees Auftauchen hatte zugleich Verwirrung und Erleichterung gebracht. Wahrscheinlich wäre es an der Zeit gewesen, sie ein wenig besser kennenzulernen, denn im Moment wusste ich noch so gut wie nichts über sie, außer dass sie ganz anders war als Mom. Meine Mutter war eine Schönheit gewesen, mit dunklen Haaren und hohen Wangenknochen, die ihre indianischen Wurzeln verrieten. Ebendiese Wangenknochen und die dunklen Haare waren die einzigen körperlichen Attribute, die sie an mich weitervererbt hatte. Aus mir unbekannten Gründen hatte ein unbarmherziger Gott es nicht für nötig befunden, mir auch die Schönheit meiner Mutter zu verleihen. Diese Schönheit war das Erste gewesen, womit sie meinen Vater beeindruckt hatte; dann mit ihrem trockenen, leicht verschrobenen Sinn für Humor – immerhin: *den* hatte ich geerbt –, und schließlich mit ihrer inneren Gelassenheit. Mom konnte Ruhe in jeden Raum bringen, allein, indem sie ihn betrat. Sie war ein Mensch, der vollkommen in sich ruhte, und das wirkte sich auf ihre gesamte Umgebung aus. Es war eine ganz besondere Gabe.

Trotz ihrer Fehler – und der falschen Entscheidung, die sie als junge Studentin getroffen hatte – war Mom immer gütig, mitfühlend und geduldig gewesen, weshalb sie eine großartige Krankenschwester abgegeben hatte. Sie hatte ihre Krankheit mit großer Würde getragen. Ich bekam jedes Mal einen Kloß im Hals, wenn ich daran dachte. Sie war ein eher zurückhaltender Mensch gewesen, nicht übermäßig selbstbewusst, aber auch nicht unsicher oder schüchtern. Einfach nur still. Gelassen. Eine solche Gelassenheit kann man nicht lernen. Ich musste es wissen, denn ich war mir ziemlich sicher, dass sie versucht hatte, mir ein wenig davon beizubringen, und ihre Bemühungen hatten ganz eindeutig nicht gefruchtet. Aber was sollte es? Ich hatte ohnehin nicht die Absicht, meinen inneren Geek zu verleugnen. Nein, danke. Ich und mein innerer Geek hielten fest zusammen. Wir waren unzertrennlich, seit meine Mutter mir mit acht Jahren erklärt hatte, dass man sein könne, wer und was man wolle.

»Mom, Arnie Welsh hat wieder Streberin zu mir gesagt. Wenn er das sagt, klingt es immer so, als wäre das was Schlimmes. Ist Streberin sein was Schlimmes?«

»Natürlich nicht, Soda Pop. Und gib nichts auf Etiketten. Die sind vollkommen unwichtig.«

»Was sind Etiketten?«

»So eine Art unsichtbare Aufkleber, die andere Leute auf dich draufkleben und auf denen steht, was sie in dir sehen. Aber es spielt keine Rolle, für wen oder was andere dich halten. Es spielt nur eine Rolle, für wen oder was du dich hältst.«

»Ich glaub, ich bin eine Streberin.«

Sie lachte. »Dann sei eine. Sei, was immer dich glücklich macht, Soda Pop. Dann bin ich auch glücklich.«

Gott, sie fehlte mir so sehr.

»Dee wollte eigentlich Verwandte unten im Süden besuchen, aber sie hat den Besuch abgesagt, damit sie zur Hochzeit kommen kann«, antwortete mein Dad auf Elodies Frage und holte mich damit in die Wirklichkeit zurück.

»Oh, das ist aber schön.« Elodie lächelte. »Ich muss sie unbedingt mal wieder auf ein Glas Wein einladen. Könnte sein, dass ich ein neues Projekt für sie habe. Eine Frau von der Arbeit möchte gerne eine Wandmalerei in ihrem Wintergarten haben. Sie will ihn zu einem Spielzimmer für ihre Enkelkinder umbauen lassen.«

»Ich werde es ihr ausrichten.«

»Bringst du jemanden mit, Liv?«, fragte Clark mich beiläufig. Er wollte wirklich nur Konversation machen, aus irgendeinem Grund jedoch wurmte mich die Frage. Ich hatte ein paar Komplexe wegen meines andauernden Singledaseins, aber dafür konnte Clark nichts. Also pappte ich mir ein strahlendes Lächeln ins Gesicht und schüttelte den Kopf. »Nate und ich haben beschlossen, dem ganzen Stress mit Dates aus dem Weg zu gehen, indem wir gemeinsam kommen.«

Jo grinste ihren Hühnchenteller an.

»Lass es«, warnte ich sie halblaut.

Sie sah mit unschuldigen Rehaugen zu mir auf. »Ich habe kein Wort gesagt.«

»Dein Grinsen sagt genug.«

»Ich freue mich einfach nur darüber, wie gut du dich inzwischen mit Nate verstehst.«

Ich seufzte schwer und wandte mich dann, um Unterstützung heischend, an Cam. Hoffentlich war der nicht auch in der Stimmung, mich zu provozieren. »Cam, bitte erklär es ihr.«

Cam schenkte seiner Verlobten ein bedauerndes Lächeln.

»Baby, sie sind bloß Freunde. Lass es gut sein. Es wird nicht passieren. Nicht in einer Million Jahren. Niemals. Nie.«

Autsch. Das war deutlich.

»Nate sieht scharf aus«, meldete sich plötzlich Hannah zu Wort, und als ich den Kopf hob, merkte ich, wie Ellies hübsche junge Schwester mich verständnislos ansah. »Warum seid ihr eigentlich nicht zusammen? Ich meine, er ist echt total heiß. Ich würde ihn mir sofort krallen.«

»Bitte, sagt mir, dass sie das nicht wirklich gesagt hat«, flehte Adam die Runde an. Er war ein bisschen grün im Gesicht.

»*Sie* hat einen Namen.« Hannah warf ihm einen hochmütigen Blick zu.

Joss schien Mühe zu haben, nicht an ihrem Essen zu ersticken. »Oh, sie hat es gesagt.«

»Meine Ohren bluten.« Braden sah hilfesuchend zu Joss. »Ich habe das Gefühl, dass meine Ohren bluten. Bluten meine Ohren?«

Hannah verdrehte die Augen. »Ich bin sechzehn, fast siebzehn. Ich hab Brüste, jede Menge Hormone, und ich stehe auf Männer. Kommt damit klar.«

»Irgendwie ist mir der Appetit vergangen.« Clark schob seinen Teller von sich. Er wirkte so verstört, dass er mir regelrecht leidtat.

Als Dad sein Elend sah, das er vermutlich besser nachvollziehen konnte als jeder andere am Tisch, zeigte er mahnend mit dem Finger auf Hannah. »Das war nicht nett, Hannah Nichols.«

Statt sich von Dads Rüffel einschüchtern zu lassen, grinste sie bloß schadenfroh, so dass Dad lachen musste.

»Tja«, seufzte Elodie. »Da Hannah die männliche Verwandtschaft um ihren Appetit gebracht zu haben scheint, bleibt wohl mehr Nachtisch für uns Frauen übrig. Es gibt Karamellpudding mit Eis.«

»Och … na ja … irgendwie geht's mir schon wieder ganz

gut.« Adam schielte zu Braden, dessen Wangen sich bei der Erwähnung des Nachtischs leicht gerötet hatten. »Ein bisschen Pudding könnte ich schon vertragen.«

Braden nickte bekräftigend. »Das klingt vielleicht komisch, aber mir geht es genauso.«

Ich war wild entschlossen, mich noch einmal ordentlich satt zu essen, ehe ich zu meinem mit Diät-Lebensmitteln vollgestopften Kühlschrank zurückkehrte, daher wusste ich nicht so genau, ob ich den Pudding mit den Jungs teilen wollte. Ich warf einen Blick zu Hannah und fragte in teuflischer Absicht: »Wie war das eben noch mit deinen Brüsten und Hormonen?«

Kapitel 5

Die Proclaimers sangen (beziehungsweise: brüllten), dass sie fünfhundert Meilen und dann noch mal fünfhundert Meilen mehr zurücklegen würden, nur um vor meiner Tür auf die Knie zu fallen. Offen gestanden war ich gerührt.

»Siehst du?« Ich gestikulierte heftig. »Die beiden wissen, worauf es ankommt!«

Nate fasste mich um die Hüfte, als ich gegen den Tisch torkelte. Sein schönes Gesicht war etwas verschwommen, aber ich konnte noch erkennen, dass er lächelte. »Und worauf kommt es an?«

Ich legte ihm die Hände auf die Schultern und beugte meinen Kopf zu ihm herunter. »Auf die Liebe, Nate. Darauf kommt es an. Das ist *alles*, worauf es ankommt.« Es folgte ein trauriges und, ja, sehr betrunkenes Schulterzucken. »Im Klartext: Ich habe *gar nichts*.«

»Oje. Zu viel Alkohol bekommt dir wohl doch nicht. Erst Heiterkeit, jetzt Gefühlsduselei. Ich glaube, es wird Zeit, dass du nach Hause gehst, Babe.« Er legte seine Hände um meine Taille und schob mich sanft von sich weg, bevor er aufstand.

»Was ist mit dem Mädel da vorne an der Bar?« Ich taumelte gegen ihn. Er hielt mich fest, damit ich nicht umfiel.

Er tupfte mir einen Kuss auf die Nase und drückte mich sanft. »Sex kann ich jederzeit haben, Süße. Jetzt ist erst mal wichtig, dass du heil nach Hause kommst.«

»Wie machst du das bloß, Nate?«, fragte ich seufzend. Die Feier war ein Wirbel aus Farbe und Lärm um mich herum.

»Wie mache ich was?«

»Ständig Sex zu haben?«

»Was meinst du damit?«

»Du …« Ich wollte zur Bar zeigen, erwischte aber stattdessen Nate am Kinn. »Ups, sorry. Du kriegst immer ihre Telefonnummern. Ich habe keine Ahnung, wie ich mit einem Mann reden soll, geschweige denn wie ich ihn dazu bringen soll, mir seine Nummer zu geben. Oder ihn ins Bett zu kriegen. Ins Be-hett.«

»Wer geht mit wem ins Bett?«

Ich fuhr herum und hätte Joss um ein Haar mit dem Arm im Gesicht getroffen. Sie konnte gerade noch rechtzeitig ausweichen.

»Gute Reflexe. Phantastisch!« Ich grinste sie wacklig an.

Joss lachte und verschwamm kurz vor meinen Augen. »Nate, ich glaube, es ist Zeit, dass du meine Brautjungfer nach Hause bringst.«

»Ich arbeite schon daran.«

»Das war eine wunderschöne Hochzeitsfeier, Joss!« Ich warf die Arme um ihren Hals und drückte sie ganz fest. »Aber ich hatte keinen Sex!«

Ihr ganzer Körper bebte vor Lachen, als sie sich sanft aus meinem Klammergriff befreite. »Na so was, das ist ja ein Unding. Die Männer auf meiner Hochzeit müssen blind sein.«

»Och«, sagte ich, meinen Dad nachahmend. »Das sagst du doch nur so!« Ich schubste sie zum Spaß, aber offenbar heftiger, als ich beabsichtigt hatte, denn sie stolperte lachend ein paar Schritte rückwärts.

»Nate, sorg dafür, dass sie viel Wasser trinkt, bevor sie ins Bett geht.«

Sein warmer Körper war ganz dicht an meinem Rücken. »Ich kümmere mich um sie, keine Bange.«

»Mann.« Ich verdrehte den Hals, um ihm ins Gesicht sehen zu können. »Bring mir lieber bei, wie man jemanden ins Bett kriegt.«

Neun Stunden zuvor

Ein Gitarrist und ein Violinist spielten eine Instrumentalversion von Paul Wellers »You Do Something To Me«, während ich den Mittelgang entlangschritt. Ich warf Braden ein aufmunterndes Lächeln zu. Der Kilt stand ihm unglaublich gut. Er, Adam, Clark und Declan trugen sogenannte Prince-Charlie-Jacken mit passenden Westen. Ihre sorgfältig gebundenen champagnerfarbenen Seidenkrawatten harmonierten perfekt mit den dunkelgrauen Hemden, und weil die Carmichaels um mehrere Ecken herum zum Stewartclan gehörten, wiesen ihre Kilts dessen dezentes graues Karomuster auf. Sie sahen einfach umwerfend aus.

Braden erwiderte mein Lächeln ohne eine Spur von Nervosität. Ich grüßte Adam, Bradens Trauzeugen, mit einem Schmunzeln und nahm dann meinen Platz auf der anderen Seite des Altars neben Hannah, Jo, Rhian und Ellie ein.

Die Musik schien anzuschwellen, als Joss die Mitte des Ganges erreicht hatte. Sie klammerte sich fest an Clarks Arm – ihm gebührte die Ehre, sie zum Altar zu führen –, als ihr Blick den von Braden traf. Sie war wunderschön, und als ich von ihr zu ihrem zukünftigen Ehemann schaute und den Ausdruck in seinen Augen bemerkte, hätte es mich fast umgehauen.

Wow.

War jemals ein Mann so verliebt gewesen wie Braden Carmichael?

Sein Blick ruhte auf Joss in ihrem weißen und elfenbeinfarbenen Kleid, als gäbe es auf dieser Welt nichts und niemanden außer ihr. Meine Kehle war wie zugeschnürt, und ich war so von Gefühlen überwältigt, dass mir Tränen in die Augen traten.

Verstohlen schaute ich mich nach Ellie um. Auch ihr rollten Tränen die Wangen hinab, so dass ich mir gleich ein bisschen weniger wie eine sentimentale Heulsuse vorkam. Ich lächelte ihr zu, während sie leise vor sich hin schniefte. Ein rosiger Hauch überzog ihre Wangen.

Rhian, Joss' Freundin von der Uni, die eine sehr forsche und, ehrlich gesagt, leicht furchteinflößende Art hatte, überraschte mich, indem sie Ellies Hand nahm und beruhigend drückte.

Wir alle trugen bodenlange champagnerfarbene Seidenkleider mit breiten Trägern und gerafftem Herzausschnitt. Sie waren in der Taille schmal geschnitten und fielen dann gerade, aber weich fließend zu Boden. Es war ein sehr eleganter Schnitt, der uns allen gut stand, auch Hannah, die mich, obwohl wir beide Schuhe mit kleinen Absätzen trugen, um sieben Zentimeter überragte und sehr erwachsen wirkte.

Joss' Brautkleid war trägerlos und schlicht gehalten. Es hatte einen geschwungenen Ausschnitt und ein elfenbeinfarbenes, mit Kristallen und Spitze besetztes Bustier. Der Rest des Kleides war in zartem weißen Seidenchiffon gearbeitet, der an Joss' schmaler Taille eng anlag und von der Hüfte abwärts in mehreren mit Silber durchwobenen Lagen zu Boden fiel. Es war ein klassisches, elegantes Prinzessinnenkleid, nicht zu bauschig und nicht zu schmal. Einfach perfekt. Die Haare trug sie in einer griechisch anmutenden Hochsteckfrisur aus zarten Locken und Zöpfen.

Als Joss neben Braden stehen blieb, war ihr Lächeln zittrig und unsicher, wie ich es noch nie bei ihr gesehen hatte. Sie küsste Clark auf die Wange und raunte ihm etwas zu, bevor er ihre Hand in Bradens legte.

Braden bedankte sich bei Clark mit einem kurzen Nicken,

dann wandte er seine Aufmerksamkeit wieder seiner Braut zu. Ihre kleine Hand verschwand fast in seiner, als er Joss an sich zog, ohne sich um die vielen Gäste zu kümmern.

Er wisperte ihr etwas ins Ohr, woraufhin sie nickte und eine Antwort flüsterte. Was auch immer sie sagte, ließ ihn leise auflachen, dann beugte er sich zu ihr und drückte ihr einen Kuss auf die Lippen. Ein paar Sekunden lang verharrte er in dieser Position und murmelte süße Worte an ihrem Mund.

Der Priester musste sich räuspern, um ihre Aufmerksamkeit zu erregen, damit er mit der Trauung beginnen konnte. Die Gäste auf den hölzernen Bänken kicherten verstohlen.

Die Musik verstummte, und die Zeremonie begann. Die ganze Zeit über konnte ich den Blick nicht von Joss und Braden lassen, und wahrscheinlich ging es allen anderen ähnlich. Natürlich standen sie im Mittelpunkt des Geschehens, schließlich war es ihre Hochzeit, aber die Art, wie sie miteinander umgingen, konnte einen regelrecht verzaubern.

Das zwischen ihnen war etwas ganz Großes.

Jeder hatte so eine Liebe verdient.

***

»Hast du dich von den Reden erholt?«, fragte ich Joss, als sie an unseren Tisch kam. Inzwischen war das Abendessen vorbei. Adam hatte uns mit seiner Trauzeugenrede zum Lachen gebracht. Sie war witzig und authentisch und kein bisschen sentimental gewesen. Clarks Rede war nicht minder schön gewesen – er hatte anstelle von Joss' Vater gesprochen –, aber dafür *sehr* sentimental und so zu Herzen gehend, dass Joss auf ihren Teller schauen musste, weil sie mit den Tränen kämpfte. Als Braden ihr daraufhin tröstend mit der Hand über den Nacken strich, war ich nicht die einzige Frau, die sich gerührt die Augen tupfte.

Irgendwann war auch Braden aufgestanden, um eine Ansprache zu halten, und ich wollte nicht Olivia Holloway heißen, wenn am Ende nicht jede Frau im Saal ein klein wenig in ihn verliebt war.

Joss strahlte ganz entspannt. »Fast«, sagte sie. »Ich glaube, nach dieser Rede kann sich Braden im ersten Jahr unserer Ehe so ziemlich alles leisten. Wenn nicht gar noch länger.«

»Es war wirklich eine schöne Rede.«

»Wem sagst du das?«, seufzte sie, und dann verschleierte sich ihr Blick, was vermutlich bedeutete, dass sie sich gerade ein paar ziemlich unanständigen Gedanken über ihren Ehemann hingab.

»Und? Wie fühlt es sich an?«, fragte Jo mit leuchtenden Augen, während sie unbewusst ihren Verlobungsring rieb. »Verheiratet zu sein?«

»Seltsam«, platzte Joss heraus.

Nate schnaubte, und Cam lachte. »Das ist alles?«

Sie zuckte mit den Achseln. »Das war das Erste, was mir durch den Kopf ging.«

Jetzt musste auch ich lachen. »Nicht phantastisch, nicht himmlisch, nicht perfekt? Sondern seltsam?«

»Seltsam ist definitiv das vorherrschende Gefühl.«

»Es ist jetzt schon seltsam, mit mir verheiratet zu sein? Gut zu wissen.« Mit einem sardonischen Grinsen im Gesicht gesellte Braden sich zu seiner Frau.

»Ich würde ja auch gar nicht wollen, dass es normal ist«, gab Joss zurück.

Ich nickte. »Du hast vollkommen recht. Normal ist langweilig.«

»War ja klar, dass du das sagst.« Nate schenkte mir ein Lächeln. »Du würdest nicht mal wissen, was ›normal‹ ist, wenn es dir in den Arsch beißt.«

»Ach, und du etwa?«

»Ich habe nicht behauptet, dass ich nicht auch seltsam bin. Ich weiß es nur besser zu verbergen.«

»Warum sollte ich es verbergen?«, wandte ich mich mit todernster Miene an die gesamte Gruppe. »Ich bin großartig.«

»Da wird dir niemand widersprechen.« Nates Augen blitzten belustigt.

Joss lachte. »Wenn ihr uns entschuldigt. Wir müssen die Runde machen.«

Wir winkten Joss und Braden nach und begannen eine Unterhaltung.

Kurz darauf kam Dad an unseren Tisch, Arm in Arm mit Dee. »Na, Kinder?«

In seinem dunkelgrauen Anzug machte er eine sehr gute Figur. Dee trug ein weich fließendes hellblaues Maxikleid, das ihr ausnehmend gut stand. Die langen blonden Haare fielen ihr in sanften Wellen über die Schultern. »Dee und ich gehen jetzt tanzen. Hat jemand Lust mitzukommen?«

»Vielleicht gleich«, sagte Jo, während sie die beiden liebevoll betrachtete. Sie freute sich ganz eindeutig für Dad, und als ich sah, wie wohl er sich mit Dee fühlte, freute ich mich auch.

»Viel Spaß«, wünschte ich ihnen schmunzelnd.

Dee schenkte mir ein Lächeln. »Du siehst wunderschön aus, Olivia.« Sie warf einen Blick in die Runde. »Ihr alle.«

»Du auch«, gab ich zurück und strahlte glücklich, als ich das wohlwollende Lächeln meines Vaters zur Kenntnis nahm.

Ich schaute ihnen nach, wie sie zur Tanzfläche gingen, und empfand ein seltsames, aber nicht unangenehmes Gefühl.

Wenig später ging Cole, der sich langweilte und die Gesellschaft von Hannah und Declan suchte. Auch Jo und Cam verabschiedeten sich. Sie wollten zu Ellie und Adam.

»Nachschub?« Nate zeigte auf mein leeres Champagnerglas.

»Bier.«

»Kommt sofort.«

Ich sah ihm nach. Er war so selbstsicher. Er hatte sich das Jackett ausgezogen und trug jetzt nur noch Hemd und Weste. Die Hemdsärmel waren aufgerollt, die Krawatte gelockert. Nate zog die Blicke fast aller weiblichen Gäste auf sich, und dementsprechend wunderte es mich nicht, als eine bildhübsche junge Frau in einem engen, kurzen hellblauen Kleid sich an der Bar neben ihn drängte und ein Gespräch mit ihm anfing.

Ich musste geschlagene zwanzig Minuten auf mein Bier warten.

Hätte ich Nates Selbstbewusstsein gehabt, wäre mir das nicht passiert. Ich wäre einfach zum nächstbesten attraktiven Kerl spaziert, hätte angefangen, mit ihm zu flirten, und mir von ihm ein Bier spendieren lassen. Wenn ich so fest an mich geglaubt hätte, wie es angebracht gewesen wäre, hätte ich genau das getan.

Ach was, ich *würde* es tun. Jetzt sofort.

Ich suchte den Saal nach gutaussehenden Männern ab und tat so, als könnte ich keinen finden.

Dann sackte ich auf meinem Stuhl zusammen und verpasste mir mental einen Tritt gegen das Schienbein, so frustriert war ich – wieder mal – von mir selbst.

Nachdem Nate zu Ende geflirtet hatte, kam er zu unserem Tisch zurück und rückte seinen Stuhl näher an meinen heran. Dann gab er mir mein Bier.

»Die war hübsch«, meinte ich.

Nates linker Mundwinkel verzog sich ein kleines Stück nach oben, so dass eins seiner Grübchen zu sehen war. »Tut mir leid, dass es so lange gedauert hat.«

»Hat sie dir wenigstens ihre Nummer gegeben? Oder bloß das Versprechen, dass am Ende des Abends noch was läuft?«

»*Was denkst du denn?*«, sagte sein Blick.

Wir saßen eine Zeitlang in freundschaftlichem Schweigen

nebeneinander und beobachteten die Gäste. Die meisten kannte ich nicht.

»Was wäre dir lieber?«, fragte Nate plötzlich. »Für immer auf einer Hochzeit festzusitzen oder auf einer Trauerfeier für jemanden, den du kaum gekannt hast?«

Ich überlegte. »Kenne ich das Brautpaar gut?«

»Nein.«

»Finden die Feiern drinnen oder draußen statt?«

Nate genehmigte sich einen Schluck von seinem Bier. »Würde das Wetter bei deiner Entscheidung eine Rolle spielen?«

»Aber klar doch.«

»Also, dann sagen wir: gleiche Bedingungen. Drinnen.«

Ich setzte mich aufrecht hin und legte los. »Okay, in dem Fall entscheide ich mich für die Trauerfeier. Auf der Hochzeit müsste ich die ganze Zeit über fröhlich sein, und es ist viel anstrengender, gute Laune vorzutäuschen als schlechte. Außerdem kenne ich das Hochzeitspaar nicht sehr gut, vermutlich kenne ich die meisten Gäste also auch nicht. Bei einer Hochzeit ist so was ziemlich blöd. Außerdem müsste ich mir bis in alle Ewigkeit Liebesschnulzen anhören, hätte folglich die ganze Zeit Migräne. Ich verzichte dankend. Auf der Trauerfeier einer mir praktisch unbekannten Person könnte ich wenigstens ein bisschen Zeit damit totschlagen, mir die Geschichten der anderen Gäste über den Verstorbenen anzuhören. Wer weiß, vielleicht war er ja ein furchtloser Abenteurer, der bis zum stolzen Alter von einhundert Jahren gelebt hat. Das wären dann sehr viele, bestimmt sehr spannende Geschichten. Und es gäbe keine schnulzige Musik. Wenn ich will, kann ich traurig sein, aber wenn ich keine Trauer heucheln kann, macht mir niemand einen Vorwurf daraus, weil ich den Verstorbenen ja kaum gekannt habe. Bei Trauerfeiern gibt es in der Regel ein Büfett, die Wahrscheinlichkeit, dass ich etwas zu essen finde, das mir schmeckt, ist also größer als bei einer Hochzeit. Außerdem reagieren die Leute oft ganz unberechenbar auf den Tod, und wer weiß, vielleicht gibt es unter den Gästen ja einen attraktiven trauernden Mann, der bereit wäre, mit mir oben im Bad eine Nummer zu schieben. Dann würde mir die Zeit sicher nicht lang werden.«

Nate hatte während meiner Ausführungen regungslos dagesessen, das Bier an den Lippen, und mit jedem Satz waren seine Augen ein bisschen größer geworden. Schließlich sagte er: »Du hast dir ja wirklich viele Gedanken gemacht.«

Ich zuckte mit den Schultern. »Wenn es um die Ewigkeit geht, sollte man gründlich überlegen.«

»Stimmt.«

»Und was würdest du wählen?«

»Die Hochzeit.«

Ich rümpfte die Nase. »Warum denn das?«

Er lächelte spitzbübisch. Sein Blick glitt durch den Saal und blieb an der Frau im blauen Kleid hängen. »Weil es auf Hochzeiten immer Frauen gibt, die deprimiert sind, weil sie Single sind, und sich deshalb nur zu gerne dem erstbesten verfügbaren Mann an den Hals werfen.«

»Du bist widerlich.«

»He, ich bin nicht derjenige, der einen trauernden Angehörigen zum Sex im Badezimmer verführen will.«

»Na ja, wenigstens *gäbe* es bei mir ein Badezimmer. Wo um alles in der Welt willst du mit deiner einsamen Frau hin, wenn ihr beide auf einem Hochzeitsempfang festsitzt?«

»Ich denke, das Bad wäre auch für mich akzeptabel.«

»Eine öffentliche Toilette?« Ich zog eine Braue hoch. »Hast du so was etwa schon mal gemacht?«

»Stell keine Fragen, auf die du die Antwort nicht hören willst.«

»Oh, und ob ich die Antwort hören will«, gab ich zurück und sah ihn auffordernd an.

Aber Nate ignorierte mich. Sein Blick war auf die Tanzfläche gerichtet. »Hast du Lust zu tanzen?«

Mit einem inneren Seufzer der Enttäuschung ließ ich ihn vom Haken und hielt ihm meine Bierflasche entgegen. »Wenn ich noch ein paar mehr von denen hier intus habe, dann vielleicht.«

Grinsend stand er auf. »Bin gleich wieder da.«

***

Das Zimmer kippte zur Seite, dann hatte ich plötzlich die weiche Matratze unter mir und schaute an die Decke meines Schlafzimmers. Eine leichte Berührung an meinen Füßen veranlasste mich dazu, mich aufzurichten. Auf die Ellbogen gestützt, beobachtete ich, wie Nate sich an meinen Schuhen zu schaffen machte. Nachdem ich Joss mit meiner vom Alkohol beeinträchtigten Grobmotorik beinahe umgeworfen hatte, hatte Nate mich wie versprochen in ein Taxi verfrachtet und mich die Treppe bis zu meiner Wohnung hochgeschleift.

»Ich hatte seit sechs Jahren keinen Sex mehr«, platzte es unvermittelt aus mir heraus. Mir war egal, ob Nate diese peinliche Wahrheit über mich erfuhr.

Sein Kopf schnellte in die Höhe, gerade als er mir den rechten Schuh auszog. »Soll das ein Witz sein?«

Ich schüttelte den Kopf und machte die Andeutung eines Schmollmunds.

»Seit sechs Jahren?«

»Seit sechs Jahren. Ich hatte in meinem ganzen Leben Sex mit einem einzigen Mann, Nate. Einmal. Es war der Horror. Der blanke Horror. Ich bin eine Niete im Bett, ich kann nicht flirten, ich bin eine Versagerin.« Ich spürte Tränen in meinen Augen brennen und ließ mich zurück ins Kissen fallen.

Mittlerweile hatte Nate auch meinen linken Schuh abgestreift. Ich spürte, wie sich die Matratze senkte, als er sich neben mich setzte. »Komm her.« Er zog mich hoch, und ich ließ mich von ihm in die Arme nehmen. Sein Kinn ruhte auf meinem Kopf, seine warmen Hände rieben mir tröstend über den Rücken, und ich weinte lautlose, betrunkene Tränen.

»Du bist keine Versagerin«, wies er mich barsch zurecht. »Du könntest niemals eine Versagerin sein, Liv, und ich will nicht noch mal hören, dass du so über dich redest.«

»Okay«, murmelte ich.

Wir saßen eine Zeitlang schweigend da, dann beschloss ich, dass er inzwischen schon so viel über mich wusste, dass er genauso gut auch den Rest erfahren konnte.

»Da ist dieser Typ in der Bibliothek. Ein Student. Doktorand. Ich finde ihn gut, aber jedes Mal, wenn ich mit ihm rede, klinge ich wie Rain Man.«

Aus Nates Kehle drang ein ersticktes Geräusch.

»Lachst du etwa?«

Er räusperte sich und antwortete mit leicht unsicherer Stimme. »Quatsch.«

Und ob er lachte.

»Das ist nicht witzig«, sagte ich und entzog mich müde seiner Umarmung, um mich zurück aufs Kissen sinken zu lassen. Die Augen fielen mir schon zu. »Ich werde einsam sterben, Nate.«

Kurz bevor der Schlaf mich übermannte, glaubte ich noch, ihn flüstern zu hören: »Nicht solange ich da bin, Babe.«

Kapitel 6

Wie kam die Watte in meinen Mund?

Ich schmatzte mit den Lippen und rieb mir mit der Zunge über die Zähne, um das trockene Gefühl loszuwerden. Kaum hatte ich den Mund aufgemacht, ließ ich den Kopf zurück aufs Kissen sacken. Ein scharfer Schmerz schoss mir durch den Kopf, zu den Schläfen und bis in den Nacken.

Mein Atem roch gar nicht gut.

Tapfer zwang ich meine Gliedmaßen, sich zu bewegen. Der Kopfschmerz und die Übelkeit, die in meinem empfindsamen Magen rumorte, waren nur zwei weitere Indizien, die auf eine einzige Schlussfolgerung hindeuteten:

Das hier war nicht bloß ein Kater.

Das hier war eine ganze Kolonie räudiger Katzen.

Ugghhhhhh. Stöhnend wälzte ich mich auf die Seite und öffnete dann ganz vorsichtig die Augen. Hoffentlich war ich letzte Nacht wenigstens klug genug gewesen, ein Glas Wasser auf dem Nachttisch bereitzustellen, bevor ich aus den Latschen gekippt war. Doch sobald ich das Glas sah, wusste ich: Noch klüger wäre ein ganzer *Krug* Wasser gewesen. Das Glas hatte ich nämlich schon ausgetrunken.

Minutenlang ging mein unschlüssiger Blick zwischen dem leeren Glas und meiner Schlafzimmertür hin und her. Jedes Mal, wenn er wieder zum Nachttisch wanderte, hoffte ich, dass sich in der Zwischenzeit ein Wunder ereignet haben möge.

Aber nein. Wie es aussah, würde ich meinen betrunkenen, miefenden Körper aus dem Bett wuchten und mir selber Nachschub besorgen müssen. Kaum hatte ich mich in den Sitz gehievt, geriet das Zimmer um mich herum ins Trudeln, und zeitgleich mit diesem Trudeln stellte sich eine Erinnerung ein, bei der ich vor Schreck gegen das Kopfteil meines Betts sackte.

Nate hatte mich nach Hause und ins Bett gebracht.

Diese Erinnerung war wie ein Schlüssel, der nun auch die Türen zu den übrigen Erinnerungen an den vorangegangenen Abend öffnete, und als mir wieder einfiel, was ich zu Nate gesagt hatte, begannen meine Wangen, vor Scham zu glühen. Ich griff nach meinem Handy, in der Hoffnung, darauf vielleicht etwas zu entdecken, was bewies, dass mein Gehirn sich diese Ereignisse bloß zusammengesponnen hatte, doch alles, was ich fand, waren zwei SMS von Jo und Ellie, die wissen wollten, ob ich heil nach Hause gekommen war.

Ich knallte das Handy zurück auf den Nachttisch, nur um bei dem lauten Geräusch vor Schmerz zusammenzuzucken.

Verdammte. Axt.

Ich hatte Nate gestanden, dass ich sechs Jahre lang keinen Sex mehr gehabt hatte; dass ich überhaupt nur ein einziges Mal Sex gehabt hatte; dass ich eine Niete im Bett war und dass ich mich bis über beide Ohren in den Typen aus der Unibibliothek verknallt hatte.

»Du. Bist. So. Dämlich, Olivia Holloway. So. Strunz. Dumm.« Tränen brannten in meinen Augen, und ich starrte wütend an die Decke. Ich hatte Nate etwas anvertraut, das ich noch nie jemandem anvertraut hatte. Ich hatte ihm im Suff mein Herz ausgeschüttet. Ich hatte vor dem weltgrößten Weiberhelden mein Innerstes nach außen gekrempelt. Ab jetzt würde ich mich jedes Mal, wenn ich ihn sah, an meinen Seelenstriptease erinnern.

Ich war eine offene Wunde auf zwei Beinen – und hatte Nate Sawyer einen Salzstreuer in die Hand gedrückt.

Ich kniff die Augen zusammen, ignorierte die heißen Tränen, die meine Wangen hinabliefen, und versuchte, mich zu beruhigen, indem ich mir sagte, dass ich mir um Nates Loyalität keine Sorgen zu machen brauchte. Also schön, ich hatte ihm mein peinlichstes Geheimnis verraten, aber ich musste einfach nur mit ihm reden und ihm das Versprechen abnehmen, es niemandem zu erzählen und überhaupt nie wieder davon zu reden. Niemals wieder.

Immerhin redeten wir hier von Nate. Meinem Freund. Meinem besten Freund. Ich konnte mich darauf verlassen, dass er die ganze Sache vergaß.

Das Schrillen der Türklingel drang mir wie ein Messer in den Schädel. Stöhnend vergrub ich das Gesicht im Kopfkissen. Ein paar Sekunden später ging mein Handy los.

Blindlings tastete ich danach und hob es ans Ohr. »Was?«, fragte ich ins Kissen. Es war mehr ein Knurren als ein artikuliertes Wort.

»Mach die Tür auf«, befahl Nate leise, dann legte er auf.

Erneut stieg mir die Hitze in die Wangen. Ich hatte gedacht, ich würde wenigstens die Chance bekommen, auszunüchtern und mich, na ja – zu *waschen*, bevor ich ihm das nächste Mal gegenübertrat. Noch immer in meinem Brautjungfernkleid, rollte ich mich aus dem Bett, fiel hin und rappelte mich schwankend auf. Meine Beine gehorchten mir nicht richtig. Nate drückte schon wieder auf die Klingel, und ich schwöre bei Gott, der schrille Lärm brachte mich fast so weit, das köstliche Abendessen von mir zu geben, das ich auf Joss' und Bradens Hochzeitsempfang gegessen hatte.

»Schon gut!«, brüllte ich, als ich den Hörer der Gegensprechanlage abhob und mit der flachen Hand auf den Knopf schlug, um ihm aufzumachen.

Um weitere Irritation durch Klopfgeräusche zu vermeiden, schloss ich mit steifen Fingern die Wohnungstür auf. Als ich sie öffnete, hörte ich Nates Schritte auf der Treppe, und kurze Zeit später tauchte sein Gesicht durch den Vorhang meiner zerzausten schwarzen Haarsträhnen auf.

»Du siehst beschissen aus«, stellte er fröhlich fest. Er war viel zu nüchtern und gut gelaunt für jemanden, der am Abend zuvor so viel getankt hatte wie er.

Meine Haut kribbelte vor Unbehagen. Ich gab ein undefinierbares Brummen von mir.

Er hielt eine Tüte hoch. »Ich habe dir Aspirin, einen Energydrink und Donuts mitgebracht.«

Vielleicht wurde ich grün im Gesicht, denn er schob sich seufzend an mir vorbei und marschierte in Richtung Küche. »Du musst was essen«, ermahnte er mich.

Mit einem neuerlichen Brummen machte ich mich auf den Weg ins Bad. Als ich die Frau mit den zu Berge stehenden Haaren, den Mascaraklumpen um die Augen, der teigigen Haut und dem lippenstiftverschmierten Mund im Spiegel sah, entfuhr mir ein kleiner Schrei.

»Alles klar?«, rief Nate beunruhigt.

Meine Finger zitterten, als ich mich auf dem Waschbeckenrand abstützte. »Ich sehe aus wie Frankensteins Braut mit einem monumentalen Kater.«

»Ich wäre auch verkatert, wenn Frankenstein mich flachgelegt hätte.«

Trotz meines Elends musste ich kichern – und stöhnte gleich darauf, weil das Geräusch schmerzhaft in meinem Schädel widerhallte. Ich atmete ein paarmal tief durch, schüttelte meine zitternden Hände aus und würgte die Übelkeit herunter. Dann wusch ich mich flüchtig, putzte die Zähne und huschte ins Schlafzimmer, um eine Jogginghose und ein T-Shirt überzuziehen.

Als ich die Küche betrat, lächelte Nate mich über den Küchentresen hinweg an. »Da ist sie ja.«

Ich traute mich nicht, ihn anzusehen, also starrte ich stattdessen auf das Glas Orangensaft, die Flasche mit Energydrink, die Aspirin und die Donuts, die er für mich bereitgestellt hatte. Ich murmelte ein Dankeschön, schluckte die Aspirin und ließ mich auf einen Hocker plumpsen, um ein bisschen an einem Donut herumzuknabbern. Nach fünf Minuten Stille lehnte sich Nate schließlich über den Tresen, fasste sanft mein Kinn und hob es an. Jetzt musste ich ihn wohl oder übel ansehen.

Stumm verständigten wir uns über die Ereignisse der letzten Nacht.

»Bitte«, flüsterte ich. Meine Lippen bebten, und ich musste erneut gegen die Tränen ankämpfen, so verwundbar fühlte ich mich. »Bitte sag niemandem was davon, Nate.«

Seine dunklen Augen weiteten sich. »Dann stimmt es also?«

Ich schwieg, aber mein Blick bekam etwas Drohendes.

Nate seufzte. »Wem sollte ich es denn schon erzählen?«

»Nate.«

Er hob in einer Geste der Kapitulation die Hände. »Ist ja gut, ich verspreche es.«

Ich biss ein Stückchen von meinem Donut ab. Meine Haut brannte, weil Nate mich so eindringlich ansah.

»Wie kann das sein, Liv? Du bist eine attraktive, aufgeschlossene Frau … Wie …?« Er schien völlig perplex. Ehrlich gesagt fand ich das angenehm. Es war schmeichelhaft.

Was wohl auch der Grund war, weshalb ich ihm ins Gesicht sehen konnte, als ich antwortete: »Gegenüber Männern, die ich gut finde, bin ich gehemmt, das war immer schon so. Aber der Hauptgrund ist wohl, dass ich einfach nie so recht Gelegenheit hatte, mich mit dem Thema zu befassen. Als ich in der Pubertät war, wurde meine Mom krank. Während die anderen ihre ersten Erfahrungen mit Jungs und Küssen und Dates und Sex gesammelt haben, war ich zu Hause und habe mich um sie gekümmert. Und als ich dann auf dem College war, kam ihr Rückfall.« Meine Augen brannten sich in seine. »Das weißt du doch alles, Nate.«

Das stimmte.

Denn ein leicht schräger Humor und der innere Geek waren nicht das Einzige, was Nate und mich verband. Da gab es noch etwas, und es fing mit einem großen K an.

Der Krebs hatte meine Mutter getötet, und Nates Jugendliebe war an einem Lymphom gestorben. Sie war erst achtzehn Jahre alt gewesen.

Es gab nicht viele, die über diesen Teil von Nates Vergangenheit Bescheid wussten. Ich hatte das Gefühl, dem engen Kreis von Auserwählten anzugehören, denen er die ganze Geschichte offenbart hatte. Sie erklärte viel.

»Es frisst einen auf«, wisperte ich. »Man denkt an nichts anderes mehr. Nichts war noch wichtig, außer jede freie Sekunde mit meiner Mom zu verbringen.«

Er schluckte schwer und starrte auf die Tischplatte. »Ich verstehe dich doch, Liv.«

»Als ich mit dem College fertig war, war ich total in meiner Unsicherheit gefangen – ich bin es immer noch.« Ich wandte den Blick ab. »Ich hatte so gut wie keine Erfahrung auf dem Gebiet … das hat dann auch noch dem letzten Rest meines Selbstbewusstseins den Garaus gemacht.«

Wir schwiegen einen Moment, während Nate sich meine Worte durch den Kopf gehen ließ. Dann drehte er wieder mein Gesicht zu sich herum. Seine Miene war ernst und nachdenklich. »Du warst gestern Nacht so traurig, Liv. Ich kenne dich jetzt seit annähernd einem Jahr, und du weißt vermutlich mehr über mich als die meisten anderen Menschen, und trotzdem hatte ich gestern Nacht das Gefühl, dass ich auf einmal einen riesengroßen Teil von dir zu sehen bekomme, den du mir vorher nie gezeigt hast. Und auch sonst keinem.«

Tränen stiegen mir in die Augen, und ich spürte einen schmerzhaften Kloß im Hals. »Ich will nicht jemand sein, der in den Spiegel schaut und hasst, was er sieht. Und ich will auch nicht ständig darüber jammern, dass ich mich nicht lange genug mit einem Mann unterhalten kann, um an eine Verabredung zu kommen. So will ich nicht sein, Nate. Ich will so sein wie die anderen. Ich will eine Beziehung haben. Aber es geht einfach nicht. Das ist total erbärmlich, aber immerhin bin ich nicht so erbärmlich, dass ich mich auch noch ständig darüber beklage.«

»Das ist nicht erbärmlich«, widersprach er schroff. Seine Augen blitzten. »Liv, du hast viel durchgemacht. Du kannst nicht erwarten, normal zu sein. Und sowieso: Scheiß auf normal. Normal sein ist langweilig. Und du, Babe, bist alles andere als langweilig.«

Ich lächelte matt, dankbar für seinen Versuch, mich aufzumuntern, auch wenn es nicht wirklich funktioniert hatte.

»Und dieser Typ?«, fuhr Nate in rauem Ton fort. »Dieser Typ aus der Bibliothek. Du magst ihn?«

Ich nickte, dann ließ ich den Kopf in die Hände sinken und stöhnte über meine verfahrene Situation. »Ja, ich mag ihn.«

Nate schwieg, und als mir schien, er würde nichts mehr zu dem Thema sagen, hob ich den Kopf und sah ihn fragend an. Er grinste.

»Was ist?«

»Du hast so gut wie keine Erfahrung, und ich habe jede Menge.«

Missmutig verzog ich den Mund. »Es ist nicht gerade hilfreich, dass du jetzt damit angibst, Nathaniel.«

Er grinste immer noch. »Ich gebe nicht an. Ich helfe dir.«

»Du hilfst mir?«

»Ich helfe dir.«

»Wobei?«

»Dabei, einen Mann ins Bett zu kriegen.«

Meine Wangen glühten noch heißer. »Äh … was?«

Nate schien überaus zufrieden mit sich. Er lehnte sich gegen den Tresen, schlug die Beine übereinander und verschränkte die Arme vor der Brust. »Ich kenne mich mit Sex aus. Du dich nicht. Ich bringe dir alles bei, was du wissen musst.«

Ich spürte ein ganz seltsames Gefühl in mir hochsteigen und wurde rot bis an die Haarwurzeln. »Wie willst du … wie soll das …?«

»Als Erstes arbeiten wir an deinem Selbstbewusstsein. Danach an deinen Flirttechniken. Ich bringe dich dahin, dass du dich sicher genug fühlst, diesen Typen, auf den du stehst, anzusprechen und dich mit ihm zu verabreden.«

Bei dieser Vorstellung begann mein Herz, wie wild zu klopfen. »Ich glaube, dir ist das Ausmaß meiner Unfähigkeit auf dem Gebiet gar nicht klar.«

»Das ist schon mal die falsche Einstellung.« Er schüttelte den Kopf und beugte sich, die Handflächen auf den Tresen gestützt, zu mir, bis unsere Nasenspitzen sich fast berührten. »Ich stehe vielleicht nicht auf Blumen, Herzchen und den ganzen Kram, aber du bist meine Freundin, und ich möchte jemand sein, an den sich Freunde immer wenden können. Freunde sind mir wichtig, Liv. Und gestern Abend hat eine Freundin in meinen Armen geweint und mir gestanden, dass sie unglücklich ist.« Er strich mir liebevoll über die Wange. »Du hast es verdient, glücklich zu sein, Babe. Was kann es schaden, wenn ich dir dabei behilflich bin?«

»Nate«, wisperte ich heiser. Gefühle schnürten meine Kehle zu. Sein Angebot war so verdammt großzügig, dass ich drauf und dran war, in dicke alberne Tränen auszubrechen.

»Wir machen es Schritt für Schritt. Zuerst mal versuchen

wir rauszufinden, weshalb du in Gegenwart von Männern, die du attraktiv findest, so gehemmt bist.«

Ich nickte und zuckte prompt zusammen, weil die Bewegung einen scharfen Schmerz in meinem Schädel auslöste. »Aber nicht heute, okay? Könnte nämlich sein, dass ich dich dann vollkotze.«

Er grinste und richtete sich zu seiner vollen Größe auf. »Sexy. Wie du willst. Aber halt dich bereit.« Er zwinkerte mir zu, als er seine Jacke nahm und sich zum Gehen wandte. »Morgen fängt der Unterricht an.«

Mir schwirrte der Kopf von der unerwarteten Wendung, die unser Gespräch genommen hatte, deshalb war Nate schon fast im Treppenhaus, als mir aufging, dass ich noch gar nicht auf sein Angebot reagiert hatte.

»Nate.«

Die Hand an der Türklinke, blieb er stehen. »Hm?«

Mein Lächeln war etwas matt, aber voller Dankbarkeit. »Danke.«

Grinsend öffnete Nate die Tür. »Für dich tue ich doch alles, Babe.«

***

Auf der Arbeit am folgenden Tag war ich das reinste Nervenbündel, gab jedoch meine Zerstreutheit und Tolpatschigkeit als Nebenwirkungen von Tag zwei meines monumentalen Katers aus. Angus hatte ein Einsehen und erlaubte mir, den Großteil des Tages hinten im Büro zu verbringen und Schreibkram zu erledigen. Allerdings bewahrte mich auch das nicht vor einem peinlichen Versehen, und spätestens da war sein Mitgefühl erschöpft. Ich hatte Inhalte in unsere Website eingepflegt, und bei der Beschreibung der neuen Arbeitsnischen war mir ein Tippfehler unterlaufen. Es gab bereits einige mit

Rechnern ausgestattete, vom Lesesaal abgetrennte Bereiche im Erdgeschoss, wo größere Studentengruppen gemeinsam an Projekten arbeiten oder Tutorien abhalten konnten. Seit neuestem verfügte die Bibliothek nun auch über einige zusätzliche Räume im ersten Stock, die für kleinere Gruppen gedacht waren. All das wurde in einem kurzen Text auf unserer Webseite erläutert. Daneben gab es auch ein kleines Foto, auf dem einer dieser Räume abgebildet war und dessen Bildunterschrift lautete: *maximale Belegung: sechs*. Statt »sechs« hatte ich »Sex« geschrieben.

Wir merkten es nur, weil meine junge Kollegin Janey ständig wie zwanghaft die Facebookseite »Gesehen: Unibibliothek Edinburgh« besuchte. Die Seite wurde hauptsächlich von Studenten genutzt, die jemanden in der Bibliothek gesehen hatten und sich nun mit ihm oder ihr verabreden wollten, aber sie enthielt auch unzählige Posts über alle möglichen und unmöglichen Dinge, die Studenten in der Bibliothek angestellt oder erlebt hatten. Genau dort entdeckte Janey nun einen Post über meinen Tippfehler, der bei den Besuchern der Seite bereits für große Heiterkeit gesorgt hatte. Bei meinem Boss Angus hingegen weniger.

Er riet mir, früher Schluss zu machen. Zu Hause kippte ich ungefähr sechs Tassen Tee in mich hinein, weil ich hoffte, auf diese Weise zu der inneren Harmonie zu finden, von der die Briten immer behaupten, dass Tee sie einem schenken könne. Ich hoffte vergebens.

Noch dazu wollte Nate vorbeikommen, um mir meine erste Nachhilfestunde zu geben, und ich hatte die Befürchtung, dass ich ihm das wenige, was ich an diesem Tag gegessen hatte, sofort vor die Füße spucken würde.

Etwa zwanzig Minuten vor der vereinbarten Zeit bekam ich einen Anruf von meinem Dad. Er war gerade bei Dee, und sie wollten mich zum Abendessen einladen.

»Ich würde sehr gerne, Dad, aber es geht nicht. Nate kommt gleich vorbei.«

»Nate kommt ständig vorbei«, erwiderte mein Dad wenig erfreut.

»Nate ist mein Freund.«

»Hm.«

»Dad.«

»Er ist ein Weiberheld.«

»Wir sind bloß befreundet«, beteuerte ich, obwohl meine Haut bei der Aussicht auf das, was möglicherweise heute Abend passieren würde, zu prickeln begann. Was um alles in der Welt würde er mir beibringen? Und wie würde er an die Sache herangehen? Garantiert würde ich vor Scham im Boden versinken. Nate war eine geballte Ladung Sex und Charisma. Wahrscheinlich sagte er gerne versaute Sachen. Nein, er sagte *definitiv* gerne versaute Sachen. Würde er von mir verlangen, dass ich so mit Männern redete wie er mit Frauen?

Bei dem Gedanken riss ich die Augen so weit auf, dass sie fast aus ihren Höhlen purzelten.

»Liv, bist du noch dran?«

»Ja, Dad.«

»Dee lässt fragen, ob du dann vielleicht am Mittwochabend zum Essen kommen möchtest.«

»Hört sich super an. Ich bin auf jeden Fall dabei.«

»Wie geht's dir denn heute? Immer noch verkatert? Du warst ja auf der Hochzeit ziemlich hinüber.«

Ich fuhr mir nervös mit den Fingern durch die Haare, während ich mich an den Hochzeitsempfang zu erinnern versuchte. »Habe ich … also … irgendwas Peinliches gesagt?«

Dad lachte. »Nein. Du warst einfach nur lustig, Liebes. Wer hat dich eigentlich nach Hause gebracht? Das hast du gar nicht erwähnt, als ich dir gestern eine SMS geschrieben habe.«

»Das war Nate. Auf ihn kann man sich echt verlassen«, fügte ich in voller Absicht hinzu.

»Wenn du meinst.«

Es läutete, und ich fuhr zusammen. »Ich muss jetzt, Dad. Nate ist da.«

Wir verabschiedeten uns rasch, und ich legte auf, während ich zur Tür lief, um Nate hereinzulassen. Ich stand da und tappte ungeduldig mit dem Fuß auf den Boden, während ich auf ihn wartete. Mein Herz schien im gleichen Rhythmus zu schlagen wie seine Schritte auf der Betontreppe, und als er schließlich in der Wohnungstür auftauchte, stand ich kurz vor der Ohnmacht.

Bei meinem Anblick wich Nate instinktiv einen Schritt zurück. »Mann, du siehst ja aus, als würdest du gleich umkippen.«

Ich schluckte. So laut, dass man es hören konnte. »Bin ein bisschen nervös.«

Er schloss die Tür hinter sich und verzog das Gesicht. »Weswegen? Ich bin's doch nur.«

Ich funkelte ihn an.

»Okay. Sei ruhig nervös.« Er ging an mir vorbei und zog seine Jacke aus. Er warf sie auf die Couch und ging dann in die Küche, wo er zwei Bierflaschen aus dem Kühlschrank holte. Ich fing eine davon auf, als er sie mir zuwarf. Er drehte bei seiner Flasche den Kronkorken ab und zeigte damit auf mich. »Nervennahrung.«

Als er danach fünf Minuten – fünf sehr lange Minuten – nichts sagte, hockte ich mich auf die Armlehne der Couch und genehmigte mir erst mal einen Schluck.

»Okay, jetzt erzähl«, sagte Nate plötzlich. Seine Stimme in meiner kleinen Wohnung war so laut, dass ich mich beinahe an meinem Bier verschluckt hätte. »Was genau passiert, wenn ein Typ, den du gut findest, dich anspricht?«

Im Bemühen, nicht noch unfähiger zu erscheinen, als ich

war, kämpfte ich gegen die Röte an, die mir ins Gesicht steigen wollte. »Ich kriege den Mund nicht auf.«

»Wieso nicht?«

»Ich bin versucht, darauf etwas Sarkastisches zu erwidern, aber ich begnüge mich mal mit einem Achselzucken.« Ich zuckte mit den Achseln.

»Jetzt komm mir bloß nicht mit ›Ich hab keine Ahnung, denn wenn ich eine hätte, würde ich dich ja nicht brauchen‹. Das ist Schwachsinn. Warum kriegst du den Mund nicht auf?«

Ich versuchte wirklich, nicht sauer auf ihn zu sein. Das wäre kein guter Start. Ich biss die Zähne aufeinander und antwortete in einem Ton, als wäre die Sache glasklar – was ja auch stimmte: »Ich bin eben unsicher.«

Nate musterte mich eine Zeitlang. »In Bezug auf dich selbst? Dein Aussehen? Wegen deiner mangelnden Erfahrung? Oder weshalb?«

»Hast du eine Ahnung, wie mordspeinlich das hier gerade ist?« Ich sah ihn mit finsterer Miene an.

Offensichtlich genervt, kniff Nate die Augen zusammen. »Ich bin nicht hier, um mich über dich lustig zu machen. Sondern um dir zu helfen.«

Wir schwiegen erneut, während ich meinen Mut zusammenraffte, um ihm eine ehrliche Antwort zu geben. Nachdem ich zitternd noch einen Schluck von meinem Bier getrunken hatte, blickte ich zu Boden und sagte leise: »Du weißt ja, dass ich unsicher bin, weil ich so gut wie keine Erfahrung in Sachen Sex habe, und außerdem … fühle ich mich … ganz einfach nicht attraktiv.«

Als er schwieg, hob ich den Kopf. Er sah mich schon wieder so ungläubig an.

»Was hast du?«

Er stellte seine Bierflasche ab und stützte die Hände auf den Tresen, als ginge es jetzt ans Eingemachte. »Fangen wir mit diesem Punkt an. Du hast also das Gefühl, nicht begehrenswert zu sein.«

Ich schluckte. »Genau.«

»Willst du mich verarschen?«

Er sagte das so anklagend, dass ich vor Schreck zurückzuckte. Warum war er wütend? »Was ist denn?«

»Steh auf«, befahl er brüsk. »Na los, hoch mit dir.« Er kam um den Tresen herum und verließ das Wohnzimmer.

Langsam stand ich auf. Ich fragte mich, was ich falsch gemacht hatte.

»Komm mit.«

Mitkommen … okay. Meine Knie zitterten, als mir klarwurde, dass wir auf dem Weg ins Schlafzimmer waren. Das Herz schlug mir bis zum Hals, und ich konnte nicht sprechen. Im Türrahmen blieb ich stehen.

Nate stand vor meinem mannshohen Spiegel und zeigte auf das Glas. »Sag mir, was du siehst.«

Ich schluckte trocken. »Nate …« Ich wich einen Schritt zurück.

Die Bewegung brachte Leben in Nate. Blitzschnell hatte er mich gepackt und zurück ins Zimmer gezogen. Er bugsierte mich vor den Spiegel und blieb hinter mir stehen.

»Sag's mir. Hab Vertrauen.«

Ich holte tief Luft und betrachtete mein Spiegelbild. Ich fing bei meinem Gesicht an und ließ den Blick einmal von oben nach unten wandern und wieder zurück.

»Liv?«

»Ich sehe … ich sehe eine total durchschnittliche Frau mit …« Ich zuckte mit den Achseln. Das Ganze war mir hochgradig unangenehm. »Mit Sch-Schwabbelarmen, Bauchspeck und einem dicken Arsch.«

Als auf meine Antwort lediglich Schweigen folgte, fasste ich mir ein Herz und hob den Blick, bis ich Nate im Spiegel ins Gesicht sehen konnte. Er schaute schon wieder so verärgert. »Gibt es vielleicht auch irgendwas Positives?«

Erneut betrachtete ich mein Gesicht. Meine Augen waren nach wie vor das Einzige, was ich wirklich an mir mochte. Ich hatte sie von meinem Vater geerbt, sie waren wirklich besonders: von einem ungewöhnlichen Hellbraun und mit so vielen goldenen Sprenkeln darin, dass sie bei bestimmtem Licht fast bernsteinfarben aussahen. Genau wie Dad hatte ich dunkle Wimpern, die meine Augenfarbe betonten. Man hatte uns beiden schon öfter gesagt, dass unsere Augen etwas Exotisches, fast Katzenhaftes hatten. Bei meinem Dad allerdings kamen sie viel besser zur Geltung. Sie leuchteten hell und wach und passten perfekt zu seinen attraktiven Zügen. Bei mir waren sie das Einzige, was überhaupt ein bisschen Leben in mein langweiliges Allerweltsgesicht brachte.

»Meine Augen«, sagte ich leise.

»Versteht sich von selbst, Babe. Was noch?«

Angespannt suchte ich nach einer Antwort und nickte schließlich zaghaft. »Also gut, meine Haut. Ich habe ziemlich schöne Haut.«

Nate lächelte mir ermutigend zu. »Du hast tolle Haut.« Er stieß einen leidgeprüften Seufzer aus. »Und jetzt zu den anderen Sachen.« Ich war mir ziemlich sicher, dass er halblaut »bekloppte Weiber« grummelte, bevor er mich am Oberarm fasste. »Wo sollen diese Schwabbelarme sein, die du angeblich hast?«

Mein Kopf wurde rot wie eine Himbeere, während ich in das Fettgewebe an meinem Bizeps kniff.

Das brachte mir einen ungläubigen Blick von Nate ein. »Das ist kein Schwabbel, das ist Haut. Okay, deine Arme sind nicht besonders gut definiert, aber sie sind auch nicht schwabbelig. Regel Nummer eins …«

Ich nickte mit großen Augen. Ich wollte unbedingt von ihm lernen.

»… verwende niemals das Wort ›Schwabbel‹ in Gegenwart eines Typen, mit dem du ins Bett willst. Falls du es mit jemandem zu tun hast, der so ist wie ich, wird er vielleicht von deiner Unsicherheit absehen oder sie sogar niedlich finden. Aber es gibt auch haufenweise Männer, die so was definitiv *nicht* niedlich finden. Sie wollen eine selbstbewusste Frau im Bett. Ich habe keine Ahnung, wie der Typ aus der Bibliothek drauf ist, also gehen wir lieber auf Nummer sicher. Das Wort ›Schwabbel‹ ist gestrichen.«

Aus irgendeinem Grund musste ich fast kichern, aber ich wollte Nate zeigen, dass ich die Sache ernst nahm, also presste ich die Lippen aufeinander und nickte.

»Okay. Nächster Punkt.«

Ich blinzelte verdattert. »Nächster Punkt?«

»Dein angeblich fetter Arsch?«

Ohne Vorwarnung legte Nate die Hand auf meinen Hintern. Ich machte vor Schreck einen Satz in die Luft, aber statt loszulassen, begann er, ihn sogar zu streicheln, und drückte ihn schließlich leicht.

Whoah. Okay.

Meine Haut kribbelte, und ich versuchte angestrengt, das Ziehen in Brüsten und Unterleib zu ignorieren.

»Nicht fett.« Nate beugte sich dicht an mein Ohr. Seine leise, samtige Stimme half mir nicht gerade dabei, die Reaktion meines Körpers in den Griff zu bekommen. »Rund. Und ich verrate dir ein kleines Geheimnis: Es gibt noch Männer da draußen, die es mögen, wenn eine Frau sich weich anfühlt. Wenn sie Kurven hat. Hüften, Titten und Arsch.« Er gab mir einen kleinen Klaps auf den Hintern. »Das ist ein guter Arsch, Babe. Ich will nicht hören, dass du ihn als fett bezeichnest.«

Ich war wie zur Salzsäule erstarrt. Das lag nicht nur an Nates wunderbaren Worten, sondern auch an dem Prickeln, das mich durchlief, als er über meinen Hintern strich, dann die Hand unter mein T-Shirt schob und schließlich nach vorn zu meinen Rippen wanderte. Ich hielt die Luft an.

Das Verlangen, das er in mir auslöste, ließ sich nicht leugnen. Er durfte auf *keinen* Fall merken, wie sehr er mich erregte.

Nate selbst war es, der mich, ohne es zu wissen, aus der Situation rettete. Seine Hand glitt tiefer, und ich wurde jäh aus meiner erotischen Trance gerissen, als mir klarwurde, wohin seine Hand unterwegs war.

Zu meinem Bauch!

Ich legte meine Hand auf seine, damit sie nicht weiterwandern konnte, doch als sich unsere Blicke im Spiegel begegneten, sah ich den leisen Tadel in Nates Miene. »Lass los, Babe.«

Ich schüttelte den Kopf.

»Liv.«

»Nate ...«

Sein Tonfall wurde sanfter, als er die Panik in meiner Stimme hörte. »Babe, vertrau mir.«

Zitternd nahm ich meine Hand weg. Mir stockte fast der Atem, als Nate noch dichter an mich herantrat, bis ich die Wärme seiner Brust im Rücken spüren konnte – und dann stockte er mir *ganz*, weil seine rauen Fingerspitzen langsam unter meinen Rippen entlangstrichen.

Noch nie war ich so froh darüber gewesen, dass ich einen T-Shirt-BH trug. Nates Berührung erregte mich derart, dass meine Brustwarzen hart wurden.

O Mann.

Er sollte definitiv nicht erfahren, dass sein Nachhilfeunterricht so eine Reaktion in mir auslöste. Zum ersten Mal, seit wir uns kannten, wünschte ich mir von ganzem Herzen, mein bester Freund wäre nicht so verdammt sexy.

Mit der flachen Hand strich Nate mir über den Bauch, vor und zurück, bis meine Wangen so rot leuchteten, dass sie einem Seemann den Weg in den Hafen hätten weisen können.

»Soll das der praktisch nicht existierende Bauchspeck sein?«

Ich nickte, weil ich nicht zu sprechen wagte. Wahrscheinlich hätte ich wie Greta Garbo nach dem Sex geklungen, und dann hätte Nate definitiv gewusst, was für ein hormoneller Aufruhr in meinem Innern herrschte.

Seine Hand glitt seitwärts bis zu meiner Hüfte und blieb dort liegen. Er drückte mich ermutigend. »Fühlt sich gut an. Weich. Sexy«, murmelte er in mein Ohr. Ich versuchte vergeblich, ein Zittern zu unterdrücken. »Deine Haut ist wie Seide.«

In Gedanken hechelte ich bereits, und auch in Wirklichkeit fehlte nicht mehr viel dazu. Als Nate sich dann urplötzlich von mir zurückzog, war es ein Gefühl, als hätte er einen Eimer kaltes Wasser über mir ausgekippt.

Danke. Das wurde auch höchste Zeit. Ich schüttelte mich und verpasste mir im Geiste eine kleine Ohrfeige. *Hallo! Aufwachen!*

»Also«, begann Nate. Seine Stimme war jetzt wieder ganz normal. »Ich bin ein Mann, und wie du weißt, sage ich nichts, was ich nicht ernst meine. Ich sehe Folgendes.«

O Gott.

»Tolle Haare, faszinierende Augen, wunderschöne Haut, ein Wahnsinnslächeln, erstklassige Titten, ein Arsch vom Feinsten und lange schlanke Beine. Sexy. Überaus sexy.«

Meine Mundwinkel zuckten vor Lachen. Zugegebenermaßen freute ich mich sehr über sein Urteil. »Knapp und prägnant.«

Nate zuckte unbekümmert mit den Achseln. »Ich will dir nur klarmachen, dass es nicht viele Männer gibt, die nicht mit dir ins Bett gehen würden. Und das sage ich – ein Mann, den unzählige Frauen attraktiv finden«, schloss er mit einem kleinen selbstgefälligen Grinsen.

Ich verdrehte die Augen zur Decke. Er wusste verdammt gut, wie attraktiv er war. Wenn man das Aussehen eines Filmstars hatte, war es vermutlich so gut wie unmöglich, es nicht zu wissen. »*Alle* Frauen finden dich attraktiv.«

»Im Ernst?« Er verschränkte die Arme, lehnte sich gegen das Fußteil meines Betts und zog konsterniert die Brauen zusammen. »Ich dachte, du kriegst in Gegenwart von attraktiven Männern den Mund nicht auf.«

Hatte ich etwa seine Eitelkeit verletzt?

Ich lachte schadenfroh bei der Vorstellung – aber nur insgeheim, meine tatsächliche Antwort fiel um einiges netter aus. »Du Angeber, du weißt genau, dass jede heterosexuelle Frau auf dem Planeten dich attraktiv findet.«

Er belohnte mich mit einem weiteren arroganten Lächeln. Seine Grübchen waren so verführerisch, dass sie einen völlig aus dem Konzept bringen konnten. »Das heißt also, *manchmal* kriegst du schon den Mund auf?«

»Bei dir ist das was anderes. Wir sind befreundet, deswegen versuche ich, nicht so über dich zu denken.«

»Geht mir bei dir genauso, Babe.«

Hmm, wie nett. Schlagartig war mein Höhenflug zu Ende. Ich wusste nicht, was ich erwidern sollte.

Nate sah aus, als müsse er sich das Lachen verkneifen. »Aber das heißt nicht, dass ich es nicht tue.«

»Dass du was nicht tust?«

Sein Blick glitt langsam über meinen Körper, und zwar auf eine Art, bei der ich unwillkürlich die Schenkel zusammenpresste. »So über dich denken.«

Mein Herz hämmerte gegen meine Rippen. »Ach ja?«

Er schnaubte. »Ich bin trotz allem noch ein Mann, und du bist eine attraktive Frau. Nur weil wir nicht vögeln, heißt das nicht, dass ich noch nie dran gedacht habe. So ticken Männer nun mal.«

Ich versuchte erfolglos, mir ein Schmunzeln zu verkneifen, und nickte lässig. »Gleichfalls. *Aber*«, beeilte ich mich hinzuzufügen, »du bist mein bester Freund und … ich weiß nicht. Bei dir fühle ich mich eben wohl. Ich muss dir sexuell nichts beweisen, sondern kann einfach ich selbst sein.«

Nate nickte und stieß sich vom Bett ab. »Die nächsten Tage über habe ich ziemlich viel Arbeit, aber Donnerstagabend komme ich wieder vorbei, dann machen wir weiter.«

Ich nickte zustimmend.

»Ich hoffe, deine Unsicherheit hat sich ein kleines bisschen gelegt.« Schon wieder dieses selbstgefällige Lächeln.

Seufzend schaute ich in den Spiegel. »Es ist gut zu wissen, dass es vielleicht Männer gibt, die so denken wie du, Nate. Aber du bist kein Maßstab. Ich habe dich beobachtet.« Ich lächelte ihn traurig an. »Du findest jede Frau attraktiv. Daran ist nichts Schlimmes, im Gegenteil, das ist toll. Ich wünschte nur, alle Männer wären so leicht zufriedenzustellen wie du.«

Nate schüttelte ungehalten den Kopf. »Ich finde nicht jede Frau attraktiv. Glaub mir.« Er machte einen Schritt auf mich zu. Jetzt war er mir so nah, dass ich den Kopf in den Nacken legen musste, um ihm ins Gesicht zu sehen. In seinen Augen loderte ein Feuer, bei dem es mir fast den Atem verschlug. »Wenn du eine Frau in einer Bar wärst, würde ich dich unter allen anderen Frauen aussuchen. Ich würde dich mit nach Hause nehmen und es dir so hart besorgen, dass du am nächsten Morgen nicht geradeaus gehen kannst.«

Ich schluckte.

Vielleicht hatte ich sogar einen kleinen Miniorgasmus.

»Olivia?«

»Hab's kapiert«, presste ich mühsam hervor. »Du findest mich attraktiv.«

Erneut zuckten seine Mundwinkel, und seine dunklen Augen tanzten vor Belustigung. »Und du?«

Ich nickte heftig mit weit aufgerissenen Augen. »Also, ich bin definitiv auf dem Weg dahin.«

Nate grinste noch einmal breit und gab mir einen verspielten Klaps auf den Hintern, ehe er zur Tür strebte. »Gut, Babe. Dann sehen wir uns am Donnerstag.«

Kapitel 7

Tolle Haare, faszinierende Augen, wunderschöne Haut, ein Wahnsinnslächeln, erstklassige Titten, ein Arsch vom Feinsten und lange schlanke Beine. Sexy. Überaus sexy.«

In jedem ruhigen Moment hörte ich Nates Stimme in meinem Kopf. So ging das nun schon seit Montagabend. Jedes Mal, wenn ich mich an seine Komplimente erinnerte, wurde ich ganz rot vor Freude und lächelte dümmlich vor mich hin, und dann analysierte ich seine Aussagen und überlegte hin und her, ob er es überhaupt ernst gemeint hatte. Das hätte ihn garantiert geärgert, aber ich konnte nicht anders. Meine Komplexe bezüglich meines Aussehens würden sich nicht über Nacht in Luft auflösen, nur weil Nate Sawyer mich attraktiv fand.

Aber als ich ihm gesagt hatte, dass es half, war das nicht gelogen.

Es half definitiv.

Zumindest bescherte es mir die nächsten Tage über gute Laune.

»Hast du schon gehört? Jude und Mari aus den Spezialsammlungen wollen heiraten«, verkündete mein Kollege Ronan, als wir zusammen im Pausenraum beim Mittagessen saßen.

Ich dachte an Mari, die blöde Ziege, und antwortete trocken: »Wie schön für sie.«

»Meine Güte, du bist aber nachtragend«, lachte er und biss von seinem Sandwich ab, während er gleichzeitig eine SMS tippte. Er und seine Frau waren SMS-süchtig und schrieben sich den ganzen Tag von der Arbeit aus Nachrichten. Sie waren seit fünf Jahren verheiratet und benahmen sich immer noch wie Frischvermählte.

Ich machte empört den Mund auf. »Sie war absolut widerlich zu mir.«

Die Spezialsammlungen befanden sich im fünften Stock der Bibliothek und waren nur nach vorheriger Terminabsprache zugänglich. Geleitet wurde die Abteilung von denselben Mitarbeitern, die auch für die Raritäten zuständig waren – Jude, Mari und eine Handvoll Kollegen, die im Umgang mit alten, wertvollen Büchern geschult waren. Es war ein ziemlich cooler Job und, was man so hörte, auch ein cooler Arbeitsplatz. Kurz nachdem ich in der Bibliothek angefangen hatte, hatte ich Mari um eine Führung durch die Spezialsammlungen gebeten und prompt zu hören bekommen, dass das reguläre Personal keinen Zutritt zu der Abteilung habe, es sei denn, man habe einen Termin, und für diesen Termin müsse ein triftiger Grund vorliegen.

»Wir sind keine Kleinstadtbücherei, Miss Holloway«, hatte sie gesagt und mich verächtlich über den Rand ihrer Brille hinweg angeschaut. »Und selbst wenn, was gäbe es für eine Provinzlerin in den Spezialsammlungen schon Interessantes zu sehen?«

Ronan schnaubte, als ich ihm den genauen Wortlaut ins Gedächtnis rief. »Aber sie bekommt Extrapunkte dafür, dass sie das Wort ›Provinzlerin‹ im Satz untergebracht hat.«

»Du weißt genau, dass sie damit eigentlich ›Amerikanerin‹ gemeint hat. Elitäre …«

»Elitäre was?«

»Nichts«, murmelte ich und widmete mich wieder meinem eReader. »Meine Mutter hat immer gesagt: ›Wenn du nichts Nettes über jemanden sagen kannst, sag gar nichts.‹«

»Meine Mutter hat immer gesagt: ›Wenn du nichts Nettes über jemanden sagen kannst, sag was Denkwürdiges.‹«

Ich lachte. »Kann sein, dass ich den Spruch von dir klauen muss.«

Die Tür zum Pausenraum flog auf, und unsere Kollegin Wendy trat ein. Sie hatte ein breites Grinsen im Gesicht. »Gerade wollte sich schon wieder jemand mit mir verabreden. Dieser Arbeitsplatz wirkt Wunder für mein Selbstbewusstsein. Warum habe ich nicht schon viel früher hier angefangen?« Sie zog nachdenklich die Schultern hoch, während sie sich am Wasserspender einen Plastikbecher füllte. »Auch wenn ich es ein bisschen komisch finde, dass ich zum dritten Mal von einer Frau angesprochen wurde.«

Ich warf Ronan einen verstohlenen Blick zu. Er kämpfte gegen einen Lachanfall und steckte mich prompt damit an. Wendy war dreiunddreißig Jahre alt und Mutter zweier Kinder. Sie war hübsch, freundlich, lustig und ein rundum netter Mensch. Und offenbar kam sie bei der weiblichen Studentenschaft gut an.

Sie quittierte unsere Heiterkeit mit einem nachsichtigen Lächeln. »Was denn? Glaubt ihr etwa, dass ich sie irgendwie dazu ermuntere?«

Ich schüttelte den Kopf. »Ist doch egal. Nimm es einfach als Kompliment.«

»Du musst es ja wissen«, sagte Ronan feixend. »Du wirst doch ständig angeflirtet.«

Ich runzelte unwillig die Stirn. »Von irgendwelchen Jungs, die gerade erst der Pubertät entwachsen sind und alles flachlegen würden, was Brüste und eine Vagina hat.«

»Gebrauchen wir neuerdings das Wort ›Vagina‹ bei der Arbeit?« Angus' Stimme ließ meinen Kopf herumschnellen. Mein Boss lehnte im Türrahmen und musterte uns in kühler Belustigung.

Ich grinste belämmert. »Wir unterhalten uns gerade über medizinische Periodika …?«

Angus überging meine Bemerkung und nahm Kurs auf die Kaffeemaschine. »Ich habe Michael auch hier kennengelernt, wusstet ihr das?«, sagte er unvermittelt und verriet uns damit, dass er schon seit geraumer Zeit in der Tür gestanden haben musste, weil er genau wusste, worüber wir uns unterhalten hatten. »Beziehungen zu Studenten werden nicht gern gesehen, aber ich war dreiundzwanzig und er ein fünfundzwanzigjähriger Doktorand.« Er grinste mich über die Schulter hinweg an. »Manchmal funkt es einfach – man kann gar nichts machen. Hast du das auch schon mal erlebt, Liv? Mit einem Studenten, womöglich?«

Diese unverblümte Frage brachte meinen Puls auf Hochtouren. O Gott … wusste Angus etwa von meiner Schwärmerei für Benjamin? Hastig schüttelte ich den Kopf. »Nein.«

»Hmm.« Er schmunzelte und lehnte sich gegen den Tresen. »Also, mir ist schon aufgefallen, wie der eine oder andere Student ein Auge auf dich wirft … bei den Semesterapparaten.«

Wollte er damit sagen, dass ihm aufgefallen war, wie *Benjamin* ein Auge auf mich geworfen hatte?

»Echt?«, kiekste ich.

Angus nickte lachend. »Ich glaube, du bist der ahnungsloseste Mensch, der mir in meinem Leben untergekommen ist.«

»Jemand hat ein Auge auf *mich* geworfen?«, fragte ich, nur um ganz sicherzugehen.

»Ja. Auf dich.« Er sah mich stirnrunzelnd an. »Wieso fragst du, als wäre das ein Ding der Unmöglichkeit?«

»Äh …« Oje. Besser, meine Kollegen erfuhren nicht, dass meine Selbstachtung nur deshalb überlebte, weil sie sich mit allerletzter Kraft an meine »sprühende« Persönlichkeit klammerte.

Angus maß mich mit einem Blick, der nahelegte, dass er mich mehr als nur ein bisschen schräg fand (solche Blicke von ihm waren keine Seltenheit), schnappte sich seinen Kaffee und ging zur Tür. »Versuch, dir das Wort ›Vagina‹ außerhalb des Pausenraums zu verkneifen.«

Ronan und Wendy lachten, aber ich hörte es kaum, sondern tauchte in meine eigenen Gedanken ab.

»Wenn du eine Frau in einer Bar wärst, würde ich dich unter allen anderen Frauen aussuchen. Ich würde dich mit nach Hause nehmen und es dir so hart besorgen, dass du am nächsten Morgen nicht geradeaus gehen kannst.«

Nates wundervolle Stimme ging mir nicht aus dem Sinn … und jetzt hatten sich auch noch Angus' Bemerkungen dazugesellt. Vielleicht war Nate ja wirklich hundertprozentig ehrlich zu mir gewesen. Es war doch denkbar, dass Männer – richtige Männer, nicht pubertierende Jungs oder Studenten – mich attraktiv fanden. Dass sie nichts gegen eine Frau einzuwenden hatten, die ein bisschen zu viel auf den Rippen hatte, die Rundungen und einen richtigen Arsch vorweisen konnte.

»Und ich dachte immer, Sir Mix-a-Lot hat ›I Like Big Butts‹ nur geschrieben, weil es irgendwie eingängig war.«

»Was?« Ronan zog fragend die Augenbrauen hoch.

»Nichts«, murmelte ich und stand auf. »Ich hatte möglicherweise bloß gerade eine lebensverändernde Einsicht.«

»Willst du sie mir verraten?«

Ich schüttelte lächelnd den Kopf. »Ich gehe mal besser wieder an die Arbeit.« Ich räumte die Überreste meines Mittagessens weg, spülte meine Tasse aus und wandte mich zur Tür.

Kurz bevor sie hinter mir ins Schloss fiel, hörte ich Ronan einen abgrundtiefen Seufzer ausstoßen. »Na toll, jetzt habe ich die ganze Zeit Sir Mix-a-Lot im Kopf.«

***

Während Nate an meinen Küchentresen gelehnt seine Cola trank, erlaubte ich mir, ihn zu betrachten – *wirklich* zu betrachten, so, wie ich es nicht mehr getan hatte, seit wir Freunde geworden waren. Es war Donnerstagabend, und er war kurz zuvor eingetroffen, damit wir mit unserem Nachhilfeunterricht weitermachen konnten. Er trug ein schlichtes schwarzes T-Shirt, schwarze Jeans, schwarze Boots und eine Sportarmbanduhr am Handgelenk. Er strahlte Glamour aus, ohne dass er sich darum bemühen musste. Vermutlich hätte er es schrecklich gefunden, wenn er gewusst hätte, dass ich das Wort »Glamour« gebrauchte, um ihn zu beschreiben, aber es traf nun mal zu. Er sah immer so aus, als würde er jeden Moment über den roten Teppich laufen und für Paparazzi posieren. In seinem dreiteiligen Anzug auf Joss' und Bradens Hochzeit war er eine geradezu atemberaubende Erscheinung gewesen. Jeder männliche Hollywoodschauspieler wäre vor Neid erblasst.

Aber es war nicht nur sein Aussehen. Hinter seiner Aufreißerfassade steckte ein Mensch, der ungewöhnlich loyal, bescheiden, mitfühlend und – man konnte es nicht anders sagen – großzügig war. Er nahm sich Zeit, mir bei meinem ziemlich peinlichen Problem zu helfen, und bis jetzt hatte er sich sehr bemüht, damit die Sache für mich nicht zur Qual wurde. Wie viele Männer waren so nett und geduldig?

Nate war äußerlich wie innerlich ein schöner Mensch, und erst jetzt wurde mir wirklich bewusst, dass ein Mann wie er mir gesagt hatte, er fände *mich* attraktiv.

»Also, ist vom letzten Mal irgendwas bei dir hängengeblieben?«, fragte Nate abwartend, nachdem er noch einen Schluck von seiner Cola getrunken hatte.

»Ich singe seit vierundzwanzig Stunden ununterbrochen ›I Like Big Butts‹ vor mich hin.«

Sein Lachen schallte durch meine winzige Wohnung und fuhr mir direkt in den Magen. So stark hatte ich schon lange nicht mehr darauf reagiert. Ich schob das Gefühl energisch beiseite und fuhr fort. »Ja, ich glaube, ich habe es verstanden. Wenigstens hatte ich danach gute Laune, und ich bin zu dem Schluss gekommen, dass ich vielleicht wirklich eine etwas verzerrte Selbstwahrnehmung habe. Aber dadurch werde ich nicht über Nacht selbstbewusst. Der Gedanke, mit Benjamin zu flirten – mit Benjamin *irgendwas* zu machen –, macht mich nach wie vor wahnsinnig nervös.«

Er zuckte mit den Achseln. »Du musst Geduld haben. Wir kriegen das schon hin. Ich wollte nur sichergehen, dass du wenigstens über das nachdenkst, was ich gesagt habe. Ich will hier schließlich nicht meine Zeit verschwenden.«

Es gelang mir nur mit Mühe, bei dieser Bemerkung keine Miene zu verziehen. Nate konnte sehr direkt sein. So war er eben. Er nahm kein Blatt vor den Mund, und wenn man sensibel war, konnte man das, was er sagte, schnell in den falschen Hals bekommen. »Du verschwendest deine Zeit nicht«, beteuerte ich.

Er zog in Andeutung eines Lächelns den rechten Mundwinkel nach oben. »Nein, ich verschwende meine Zeit nicht.«

Ich versuchte, mich nicht vom Anblick seines Grübchens aus der Bahn werfen zu lassen, stieß etwas zittrig den Atem aus und fragte dann: »Und was nehmen wir als Nächstes durch?«

»Erstens: Flirten. Zweitens: Klamotten.«

Ich blinzelte verdattert und überlegte, was genau damit gemeint war. Ohne Ergebnis. »Äh … Klamotten?«

Nate maß mich mit einem vielsagenden Blick. »Besitzt du einen Rock? Ein Kleid? Irgendwas, das ein bisschen Dekolleté zeigt?«

Ah. Jetzt verstand ich, was er meinte. Es war nicht so, dass ich keinen Modegeschmack gehabt hätte – zumindest hoffte ich, dass ich einen hatte –, er war lediglich ein bisschen konservativ. Aber irgendein Teil mit tiefem Ausschnitt musste ich doch im Schrank haben …

Ich brauchte offenbar zu lange zum Nachdenken, denn Nate sagte selbstgefällig: »Eben.«

»So schlimm sind meine Klamotten nun auch wieder nicht.«

»Nein. Aber ich habe bisher nur ein einziges Mal erlebt, dass du ein Kleid getragen hast, und das war als Brautjungfer auf der Hochzeit von Joss und Braden. Einen kurzen Rock habe ich an dir auch noch nie gesehen.«

Er trank einen Schluck, und ich verfolgte fasziniert die Auf- und Abwärtsbewegung seines Kehlkopfs. Leicht weggetreten zuckte ich mit den Schultern. »Ich fühle mich eben nicht wohl dabei, Haut zu zeigen.«

»Warum nicht?«

Ich sah ihm ins Gesicht und verzog den Mund. »Ist die Frage ernst gemeint?«

Seine Reaktion war genervtes Schweigen. Ja, auch Schweigen konnte genervt sein. Die Luft um Nate herum knisterte förmlich vor Ungeduld, während er darauf wartete, dass ich ihm eine vernünftige Antwort gab.

»Schon gut, schon gut.« Ich stützte mich auf den Tresen und schob mein kaltes Colaglas hin und her. »Weil ich damit vielleicht die Aufmerksamkeit von Männern auf mich ziehe, die dann was Abfälliges über mich denken.«

Nate überlegte kurz, ehe er fragte: »Wurdest du als Kind gemobbt?«

»Ein bisschen. Nicht so sehr, dass ich einen dauerhaften Schaden davongetragen hätte. Wieso?«

»Ich versuche nur gerade dahinterzukommen, weshalb du solche Angst hast, dich zu zeigen.«

Ich rollte mit den Augen. »Ist das jetzt eine Therapiesitzung?«

»Brauchst du eine?«

»Nate«, sagte ich streng. Ich wollte, dass er es begriff. »Da gibt es keine dramatische Geschichte in meiner Vergangenheit.

Ich wünschte, es gäbe eine, ganz ehrlich. Dann würde ich mir nicht so dämlich vorkommen. Ja, ich wurde in der Schule gehänselt wie die meisten anderen Kinder auch, aber das war keine große Sache. Meine Mutter hat mir immer das Gefühl gegeben, dass ich was Besonderes bin, und als Dad zu uns kam, hat er mich praktisch auf Händen getragen.« Ich lächelte ihn an. Meine Gefühle gingen ein bisschen mit mir durch. »Ich war schüchtern. Mehr nicht. Und weil Mom krank war, habe ich diese ganze Sache mit Sex und erster Liebe irgendwie verpasst. Es war einfach ein Mangel an Gelegenheit. Je älter ich werde, desto größer werden meine Komplexe, und inzwischen ist mir alle Sicherheit, die ich in Bezug auf meine Sexualität vielleicht mal hatte, abhandengekommen. Das ist die ganze Geschichte. Mehr steckt nicht dahinter.«

Er seufzte schwer und fuhr sich mit der Hand durch sein ungebändigtes, dunkles Haar. »Tut mir leid, Liv. Ich wollte nur ganz sicher sein, dass ich nichts übersehe. Ich möchte wirklich, dass du deine Hemmungen ablegst. Ich will, dass du erkennst, wie einzigartig du bist.«

Ich grinste ihn an. »Wenn du weiter so nette Sachen sagst, muss ich dich vielleicht zu meinem *aller*besten Freund befördern.«

Er erwiderte mein Grinsen, ehe er um den Küchentresen herum zur Couch ging. Nachdem er darauf Platz genommen hatte, klopfte er neben sich. »Komm, setz dich zu mir.«

Neugierig kam ich seiner Bitte nach.

Sein Lächeln hatte etwas Aufreizendes. »Näher.«

Ich *wollte* ihm nicht näher kommen. Er roch so gut. Das war mir immer schon aufgefallen, aber in diesem Moment war es mir unglaublich stark bewusst, wie sehr ich seinen Duft mochte. »Wieso? Ich dachte, du bringst mir das Flirten bei.«

»Mache ich ja. Zum Flirten gehört auch Körpersprache. Wenn du einen Meter von einem Mann entfernt sitzt, wird der entweder denken, dass du einen fahrengelassen hast, oder dass du denkst, *er* hätte einen fahrenlassen.« Ich musste lachen, als er fortfuhr. »Wenn du an einem Typen interessiert bist, ist der erste Schritt, dass du seine Nähe suchst. Aber dräng dich ihm nicht auf – für den Fall, dass er nicht an dir interessiert ist.«

Ich riss vor Schreck die Augen auf und fragte mit unüberhörbarer Panik in der Stimme: »Und wie erkenne ich, ob er an mir interessiert ist?«

»Das wird er dir schon signalisieren.«

»Aber ich habe doch absolut keine Ahnung. Was, wenn ich seine Signale nicht richtig deuten kann?« Das verräterische Zucken um Nates Mundwinkel entlockte mir ein drohendes Knurren. »Wehe, du lachst. Ich meine es bitterernst!«

»Schon gut.« Er lachte trotzdem, ehe er beschwichtigend die Hände hob. »Reg dich ab. Ich zeige dir genau, was ich meine. Als Erstes fängst du einen »Flirt« mit mir an, ich reagiere darauf, und du sagst mir dann, ob ich interessiert war oder nicht.«

Mein Puls begann zu rasen, und meine Handflächen waren bei der bloßen Erwähnung des Wortes »Flirt« schweißnass geworden. »Ja, aber – wie flirtet man?«

Er musste meine Unsicherheit bemerkt haben, er hörte nämlich auf zu grinsen und schenkte mir stattdessen ein kleines, aufmunterndes Lächeln. »Babe, wir machen alles ganz langsam. Setz dich neben mich. Fang ein Gespräch mit mir an, in dem du mir zeigst, dass du Interesse an mir hast.«

»Aber …«

»Liv. Mach's einfach.«

Ich holte Luft und rutschte dichter an Nate heran. Als unsere Oberschenkel sich fast berührten, beschloss ich, dass mehr Nähe nicht nötig war. Ich schaute in sein abwartendes Gesicht und …

Prustete los.

Nate schüttelte den Kopf. »Ganz egal, was du machst, *das* darfst du bei einem Mann auf gar keinen Fall machen.«

Ich begann, mir hektisch mit der Hand vor dem Gesicht herumzuwedeln in der Hoffnung, dass die kühle Luft mich beruhigen und meinem albernen Gekicher Einhalt gebieten würde. »Tut mir leid«, entschuldigte ich mich, immer noch lachend. »Ich versuch's noch mal.« Einige tiefe Atemzüge später hatte ich mich etwas gefasst.

»Bereit?«

Ich straffte die Schultern und nickte.

»Also dann. Ran an den Speck.«

Ich ließ einen Moment verstreichen und malte mir die Szene im Kopf aus. Ich saß nicht mehr mit Nate zu Hause auf dem Sofa. Ich saß in einer Bar neben einem Typen, den ich nie zuvor gesehen hatte, und er war Benjamin Livingston zum Verwechseln ähnlich. »Hi. Ich bin Liv.«

Nate musterte mich flüchtig, bevor sein Blick sich wieder in den Raum wandte. »Nate.«

Hmm, das kam mir ziemlich abweisend vor, aber vielleicht wollte er mich ja nur auf die Probe stellen.

»Ist das die Kurzform von Nathaniel?« *Im Ernst? Was Besseres fällt dir nicht ein?*

Nate nickte, ohne mich anzusehen.

»Das heißt, du hast kein Interesse, stimmt's?«, jammerte ich. Ich vergaß ganz, dass dies eine Unterrichtsstunde war, und nahm die Abfuhr ein bisschen zu persönlich.

Als hätte er das gespürt, lachte Nate leise. »Ich habe dir doch gesagt, du merkst es schnell. Männer sind ziemlich einfach gestrickt.«

»O Mann, im echten Leben wäre das aber ganz schön peinlich.«

Nate nickte mir zu. »Babe, wenn ein Typ so auf dich reagiert, ist er es nicht wert, okay? Dann stehst du auf und suchst dir einen anderen, der kein Vollarsch ist.«

Ich lächelte dankbar und nickte ebenfalls. »Alles klar. Und jetzt?«

Sein Lächeln war teuflisch und verführerisch zugleich. »Jetzt flirte ich zurück. Dann hast du was, worauf du aufbauen kannst, das macht die Sache leichter.«

»Du Optimist.«

Er schenkte mir noch ein Lächeln, bevor er mich mit dem Knie anstupste. »Also los. Noch mal von vorn.«

Ich bereute, nicht mein verführerisches Lächeln trainiert zu haben, bevor Nate gekommen war – bestimmt gab es dafür ein Tutorial auf YouTube. Rasch versuchte ich, mir eins ins Gesicht zu zaubern. Falls das Ergebnis ein bisschen merkwürdig aussah, ließ Nate sich nichts anmerken. »Hi. Ich bin Liv.«

Daraufhin schenkte er mir ein Lächeln, bei dem ich fast auf der Couch zerflossen wäre. Der Blick seiner göttlichen schwarzen Zauberaugen wanderte unter gesenkten Wimpern von meinen Beinen aufwärts, ruhte einige Sekunden auf meinen Brüsten und glitt schließlich weiter bis zu meinem Gesicht. Wie hypnotisiert schaute er mir in die Augen, und ich war mir ziemlich sicher: Wenn er mich jetzt auf die Couch geworfen und wild gevögelt hätte, wäre ich mehr als bereit für ihn gewesen. »Hi, Liv. Ich bin Nate.«

Trotz des Kribbelns und des sinnlichen Nebels, der mich umgab, gelang es mir zurückzulächeln. Ich deutete auf sein Glas und fragte: »Trinkst du heute Abend ganz allein?«

»Wenn du was mit mir trinkst, nicht mehr.«

»Oh, der war gut.«

»Nicht aus der Rolle fallen.«

Sofort wurde ich wieder ernst und setzte mich aufrechter hin. »'tschuldigung.«

»Entschuldige dich nicht, mach einfach weiter.«

Ich dachte fieberhaft über eine Erwiderung nach. Mir Nate als Benjamin vorzustellen hätte mich vermutlich komplett blockiert, also rief ich mir ins Gedächtnis, dass es einfach nur Nate und ich waren. Wir hockten ständig zusammen. Ich entspannte mich ein wenig und sagte: »Ich trinke was mit dir, wenn du meinen Lieblingsdrink errätst.«

»Gut«, nickte Nate anerkennend. »Verspielt.« Er grinste noch einmal, bevor er wieder in seine Rolle einstieg. »Mal sehen.« Er musterte mich eingehend. »Amerikanerin. Locker. Entspannt … ich würde sagen: Bier.«

Ich schüttelte den Kopf und verkniff mir ein Schmunzeln. Bier war tatsächlich mein Lieblingsgetränk. Aber damit hätte ich es ihm zu einfach gemacht.

»Whisky?«

»Nein.«

Sein Blick sagte mir, dass er wusste, was für ein Spiel ich mit ihm trieb. Geduldig fragte er: »Was dann?«

»Cola Rum«, log ich.

»Dann ist meine Menschenkenntnis wohl doch nicht so gut, wie ich immer dachte.«

»Ach was, ich glaube, das heißt nur, dass du kein Wahrsager bist. Zum Beispiel.« Ich schenkte ihm ein kleines Lächeln und rückte näher an ihn heran, so dass mein Schenkel sich an seinem rieb. Nates Aftershave vernebelte meine Sinne, und mein Herzschlag nahm etwas Tempo auf. »Was sagt dir deine Menschenkenntnis jetzt?«

Nate senkte den Blick, betrachtete die Stelle, wo unsere Beine sich berührten, und urplötzlich waren meine Handflächen wieder schweißfeucht. War ich zu forsch gewesen? Machte ich alles total falsch?

Ach, verdammter Mist, ich würde das nie lernen!

Als er den Kopf wieder hob und mich ansah, war ich im ersten Moment überrascht von der Gluthitze in seinen Augen.

Doch dann sagte er bloß: »Dafür kriegst du auf jeden Fall eine Cola Rum.«

Ich entspannte mich. Allmählich begann mir die Sache Spaß zu machen. »Scheint, als wäre deine Menschenkenntnis absolut intakt.«

Seine Lippen verzogen sich zu einem verführerischen Grinsen. »Das ist im Übrigen nicht mein einziges Talent. Ich habe mir sagen lassen, dass ich ziemlich geschickt mit den Händen bin … und mit diversen anderen Körperteilen.«

Diese plumpe sexuelle Anspielung ließ meine Wangen feuerrot werden.

Mit einem frustrierten Aufstöhnen sank Nate in die Couch zurück. »Und dabei lief es so gut.«

Ich versuchte, meine Wangen mit Hilfe reiner Geisteskraft herunterzukühlen. »Tut mir leid, ich habe nicht damit gerechnet, dass du gleich anfängst, von Sex zu reden.«

»Ich verstehe das nicht.« Nate drehte sich zu mir um. »Wir schauen uns zusammen versaute Komödien an, wir reißen Sexwitze – du lachst, du machst mit. Ohne rot zu werden.«

»Aber die sind ja auch nicht an mich gerichtet«, wandte ich ein.

»Der bloße *Gedanke*, einen Kerl zu bumsen, macht dich verklemmt?«

»Erstens: Hatten wir das nicht schon? Und zweitens: Sag nicht ›bumsen‹.«

»Wenn wir wollen, dass du deine Schüchternheit ablegst, muss ich unanständige Wörter benutzen.«

»Und sei nicht so herablassend. Ich bin nicht prüde. Ich mag bloß das Wort ›bumsen‹ nicht. Ich ziehe ›ficken‹ vor.«

Kaum hatte ich das gesagt, blitzten Nates Augen vor Belustigung. »Wehe …« Ich schlug mit einem Sofakissen nach ihm, unmittelbar, bevor er lauthals zu lachen begann. »Sei gefälligst nicht so kindisch.«

Nachdem er sich gefühlte fünf Minuten lang über mich amüsiert hatte, riss Nate sich endlich am Riemen und wischte sich die Tränen aus den Augenwinkeln. »Wir müssen an deinem Dirty Talk arbeiten«, verkündete er ein wenig heiser, weil er so ausgiebig auf meine Kosten gelacht hatte. »Manche Typen sind subtil, aber andere sagen dir ganz klipp und klar, was sie wollen.«

Ich werde nicht rot, ich werde nicht rot. »So wie du.«

»Ja, ich bin nicht gerade der Subtilste.«

»Was, wenn ich so ein Gerede nicht mag?«

»Dann ist er nicht der Richtige für dich. Dann versuchst du, irgendwie aus der Unterhaltung rauszukommen, und findest jemanden, der ein bisschen feinfühliger ist.« Nate beugte sich zu mir und sah mich fragend an. »Aber woher willst du wissen, dass du so was nicht magst? Das gehört alles zum Vorspiel.«

Ich werde nicht rot, ich werde nicht rot.

Verdammt, ich werde rot.

Und Nate hatte schon wieder ein Grinsen im Gesicht.

»Pass auf, vielleicht könnten wir ja erst mal daran arbeiten, dass ich bei sexuellen Anspielungen nicht gleich rot werde, und danach schauen wir, ob ich mit Dirty Talk zurechtkomme.«

Er überlegte einen Moment. »Okay. Deine Entscheidung.«

Ich nickte entschlossen und saß einfach nur da.

Nate hob auffordernd eine Braue.

»Sollen wir noch mal an der Stelle einsteigen, wo du sagst, dass du gut mit deinen Händen umgehen kannst?«

Prompt lachte er schon wieder über mich, diesmal allerdings nur mit den Augen. »Hört sich nach einem guten Ausgangspunkt an.«

Kapitel 8

Nach drei Stunden sexueller Anspielungen war ich endlich so weit, dass ich nicht mehr rot wurde. Ich konnte sogar mit anzüglichen Erwiderungen aufwarten. Das überzeugte mich jedoch keineswegs davon, dass ich in der Lage wäre, Benjamin anzusprechen und mit ihm zu flirten. Es überzeugte mich lediglich davon, dass ich mich in Nates Gegenwart so wohl fühlte, dass sich meine Komplexe ausnahmsweise mal nicht bemerkbar machten. Trotzdem ist es mir lange nicht mehr so gutgegangen – nicht nur weil Nate und ich angefangen hatten, an meiner negativen Körperwahrnehmung zu arbeiten, sondern auch weil ich das Gefühl hatte, dass ich das Problem bei den Hörnern packte und endlich etwas gegen den Aspekt meines Lebens unternahm, mit dem ich unzufrieden war.

Am Freitag musste Nate den ganzen Tag arbeiten. Er hatte drei Fototermine für seine Zeitung, und einer davon war eine Preisverleihung, die bis Mitternacht andauerte. Ich hingegen war zu meinem allwöchentlichen Abendessen mit Dad, Jo, Cam und Cole verabredet.

Das bedeutete: kein Nachhilfeunterricht.

Am Samstag ging es auch nicht. Nachmittags hatten Nate, Cam und Cole Judo, und danach hingen sie normalerweise immer noch zusammen ab. Zu sehen bekam ich Nate aber trotzdem.

Jo rief mich an, um mich für den Abend zu sich einzuladen,

und als ich bei ihr ankam, stellte ich fest, dass die Jungs, einschließlich Peetie, auch da waren. Die Einzige, die in der Runde fehlte, war Peeties Verlobte Lyn, aber das hatte ich auch nicht anders erwartet. Ich hatte sie bislang erst ein paarmal gesehen. Sie schien ganz nett zu sein, hatte aber in der Regel keine Lust, etwas mit Peeties Freunden zu unternehmen. Sie hatte ihren eigenen Freundeskreis, und das schien keinen der beiden zu stören.

Nate und Cole spielten auf der Konsole ein Kriegsspiel, für das Nate eine Rezension schreiben musste. Peetie und ich warteten geduldig darauf, dass wir an die Reihe kamen. Cam saß an seinem Schreibtisch in der Ecke und arbeitete an einem seiner Projekte, während Jo sich auf dem Teppich vor dem Kamin fläzte.

Ich saß neben Nate und versuchte, nicht daran zu denken, wie komisch es war, ganz normal mit ihm und unseren Freunden zusammen zu sein, nachdem ich den ganzen Donnerstagabend damit verbracht hatte, ihn hemmungslos anzuflirten. Obwohl alles rein freundschaftlich geblieben war, hatte es etwas herrlich Unanständiges, zumal keiner unserer Freunde auch nur ahnte, dass Nate mir gestanden hatte, durchaus schon einmal an Sex mit mir gedacht zu haben, oder dass wir geschlagene vier Stunden damit verbracht hatten, schlüpfrige Bemerkungen auszutauschen, bis es mir irgendwann zwischen den Beinen kribbelte.

»Ich hab noch mal drüber nachgedacht. Vielleicht möchte ich doch kein Tattookünstler werden«, verkündete Cole, während sein Daumen hektisch auf eine Taste seines Bedienelements einhämmerte, weil soeben ein feindliches Ziel auf dem Bildschirm aufgetaucht war.

Jo, die den Kopf auf die Arme gestützt hatte, blinzelte schläfrig zu ihrem Bruder hoch. »Wieso? Du kaust uns doch seit Monaten deswegen ein Ohr ab.«

Das Spiel wurde kurz angehalten, und Cole fixierte seine Schwester mit leicht störrischer Miene. »Ich kaue niemandem ein Ohr ab.«

Cam machte in seiner Ecke einen zustimmenden Laut und murmelte, ohne von seinen Zeichnungen aufzusehen: »Er hat recht, Baby.«

»Okay.« Jo gähnte und setzte sich langsam auf. »Aber du hast darüber *geredet*. Für deine Maßstäbe ist das dasselbe, wie jemandem ein Ohr abzukauen.«

Cole zuckte mit den Achseln. »Ich will so einen Job wie Nate.«

»Bleib lieber bei deinen Tattoos, Kumpel«, riet Nate. »Erstens ist das hier nur ein Nebenjob. Der reicht nicht aus, um meine Rechnungen zu bezahlen. Und zweitens habe ich das Tattoo gesehen, das du für Cam entworfen hast. Da solltest du auf alle Fälle dranbleiben.«

»Findest du?« Cole versuchte, sich nicht anmerken zu lassen, wie stolz er war. »Für dich könnte ich auch ein neues entwerfen.«

»Ein neues?« Auf einen Schlag war Jo überhaupt nicht mehr müde. Ich wusste, dass Nate in ihren Augen eine Art Mysterium war. Sie hatte schon versucht, mir Details aus seinem Leben zu entlocken, aber sosehr ich ihr auch vertraute, es stand mir nicht zu, ihr Nates Geschichte zu erzählen. Also tappte sie, was die meisten Einzelheiten anging, nach wie vor im Dunkeln. »Du hast ein Tattoo?«

Diese Information allerdings überraschte nicht nur sie.

Ich hatte keine Ahnung gehabt, dass Nate tätowiert war.

Nach Jos Frage machte sich eine seltsame Anspannung im Raum breit. Nates Antwort fiel einsilbig aus. »Ja.«

»Was denn für eins?«

»Nicht so wichtig.« Er zuckte mit den Schultern und startete das Spiel neu.

»Also, irgendwas muss es doch darstellen.«

»Ich habe gesagt, es ist nicht so wichtig.«

»Seit wann hast du es denn?«

»Jo …«

»Wo ist …?«

»Mein Gott, ich habe gesagt, es ist nicht wichtig, okay?«, fuhr Nate ihr über den Mund.

Ich starrte ihn erschrocken an. Er war sonst nie launisch oder unfreundlich. Das konnte nur eins bedeuten: Das Tattoo hatte etwas mit *ihr* zu tun.

Jo allerdings wusste nicht genug über *sie*, um die Verbindung herstellen zu können. Sie sah verletzt aus.

»Baby, kommst du mit, was zu essen holen?«, fragte Cam leise und stand von seinem Schreibtisch auf.

Ihre Blicke begegneten sich, und sie führten eine stumme Unterhaltung. »Klar.« Sie ergriff seine ausgestreckte Hand und ließ sich von ihm hochziehen. Selbst nachdem sie das Zimmer verlassen hatten, blieb die Stimmung verkrampft.

Cole räusperte sich und wandte sich wieder dem Spiel zu. »Also, ich finde, die Reaktionszeit könnte echt besser sein«, sagte er im Versuch, das Thema zu wechseln.

Nate nickte ihm dankbar zu. »Ich glaube, du hast recht, Kurzer.«

Sie begannen, mit Peetie über das Spiel zu diskutieren. Ich beobachtete derweil Nate und wartete darauf, dass die Spannung in seinen Schultern nachlassen würde – vergebens. Ich fühlte mit ihm. Ich wollte ihm irgendwie zeigen, dass ich für ihn da war, wenn es ihm schlechtging, so wie er für mich. Als Peetie sich gerade mit Cole über die Graphikqualität unterhielt, rückte ich näher an ihn heran.

»Ein Tattoo?«, raunte ich ihm leise ins Ohr, nicht wissend, ob er mir dafür den Kopf abreißen würde wie kurz zuvor Jo.

Nate drehte sich zu mir um. Sein Blick war weich, als er kaum merklich den Kopf schüttelte. »Später, Babe«, murmelte er. »Ich hätte Jo nicht so anschnauzen sollen.«

»Sie wird's überleben«, tröstete ich ihn. Dann drückte ich leicht sein Knie und stand auf, um Jo und Cam in der Küche zu helfen. Als ich den Raum verließ, kam Cam gerade zurück ins Wohnzimmer. Seine Miene war düster.

»Alles klar?«

Er schüttelte andeutungsweise den Kopf. »Sie fühlt sich mies, weil sie ihn so bedrängt hat.«

»Und er fühlt sich mies, weil er sie angeschnauzt hat, also mach ihm bloß nicht die Hölle heiß«, murmelte ich als Antwort.

Cam sah zu seinem Freund hinüber und raunte dann: »Du vergisst, dass ich Bescheid weiß, Liv. Ich hatte nicht die Absicht, ihm die Hölle heißzumachen. Aber manchmal frage ich mich, ob jemand anders das vielleicht sollte.«

Da mir keine Entgegnung einfiel, schenkte ich ihm bloß ein kleines Lächeln und schlüpfte an ihm vorbei. Ich traf Jo in der Küche an, wo sie den Inhalt diverser Chipstüten auf mehrere Schalen verteilte. Ich beschloss, ihr behilflich zu sein, und schnappte mir die Tüten mit den Erdnüssen.

»Und, wie ist deine Woche so?«, erkundigte ich mich bei ihr. »Lässt Dad dich so richtig schuften?«

Jo lächelte mich von der Seite an. »Wir haben unglaublich viel zu tun. Aber das ist gut.«

»Und die Neuen?«

»Prima. Ich glaube, Cam hat sich anfangs ein bisschen Sorgen gemacht, wie sie sich mir gegenüber verhalten würden – aber Mick hat sie gut ausgesucht. Im Wesentlichen sind sie wie zwei Klone von ihm. Jetzt muss ich mich mit dreien von seiner Sorte rumschlagen.«

Ich nickte schmunzelnd. »So viel habe ich schon aus dem rausgehört, was Dad mir erzählt hat.«

»Und bei dir?« Sie sah mich mit zusammengezogenen Brauen an. »Geht's dir gut? Du wirkst … ich weiß nicht … gestern Abend beim Essen warst du so still. Ist es wegen Mick und Dee? Kommst du damit klar? Wir haben uns noch gar nicht so richtig darüber unterhalten, und es scheint ja wirklich was Ernstes zu sein.«

Am Abend zuvor im Restaurant war ich wirklich still gewesen, aber das lag in erster Linie daran, dass ich all die schmeichelhaften und leicht frivolen Komplimente im Kopf Revue passieren ließ, die Nate mir während unserer Nachhilfestunde am Donnerstagabend gemacht hatte. »Ach was, ich hatte bloß eine anstrengende Woche. Ich finde Dee toll. Ich habe absolut kein Problem damit.«

»Es wäre dein gutes Recht, ein Problem damit zu haben, das weißt du, oder?«

Ich schüttelte den Kopf und spürte das altbekannte sehnsüchtige Ziehen in der Brust, als ich sagte: »Dad hat Mom vergöttert, und er war bis zum Ende bei ihr. Sie war die meiste Zeit ihrer Ehe krank. So krank, dass sie eher Freunde als ein Liebespaar waren, aber Dad hat sich nie beklagt. Ich glaube, er hat sie einfach geliebt.« Ich lächelte, während die Küche vor meinen Augen verschwamm. »Er hat es verdient, glücklich zu sein. Dee ist eine tolle Frau, und sie macht ihn glücklich. Das reicht mir.«

Es überraschte mich nicht, als ich auch in Jos Augen Tränen schimmern sah. Sie hatte die Angewohnheit, mit ihren Freunden mitzuweinen, weil sie ein sehr einfühlsamer Mensch war. »Du kannst immer mit mir reden, Liv, wenn dich irgendwas bedrückt.«

Natürlich wusste ich, dass sie es ernst meinte. Ich wusste, dass Jo immer für mich da sein würde, wenn Not am Mann wäre, selbst wenn ich nur jemanden zum Zuhören brauchte. Ich wusste auch, dass ich mich ihr anvertrauen konnte, wenn es mir wegen meiner Mutter schlechtging, auch wenn beim letzten Mal – vergangenes Jahr an Thanksgiving – Nate derjenige gewesen war, der mich aufgefangen hatte.

Was meine derzeitigen Probleme anging …

Über die konnte ich mit Jo nicht reden.

Als ich nach Schottland gekommen war und Jo begegnete, hatte ich damit in mehr als einer Hinsicht ein neues Kapitel in meinem Leben aufgeschlagen. In den Staaten hatte ich keine engen Freunde gehabt. Die wenigen, die ich zurückließ, kannten mich lange genug, um über meine Erfahrungen – beziehungsweise meinen Mangel an Erfahrungen – mit Männern Bescheid zu wissen. Sie sprachen das Thema nie offen an, aber wenn sie sich mit mir über Männer unterhielten, schwang dabei stets ein Anflug von Mitleid mit, manchmal sogar Überlegenheit, was dazu führte, dass ich mir noch minderwertiger vorkam.

Aber Jo … Jo hatte von alldem keine Ahnung.

Als wir uns kennenlernten, hatte sie gerade ziemlich schlimme Probleme mit ihren Eltern. Ich glaube, sie war lange Zeit davon überzeugt gewesen, an den Misshandlungen, die sie von ihnen erfahren hatte, selbst schuld zu sein. Dass wir uns in einer für sie emotional so aufwühlenden Zeit begegnet waren, hatte unsere Freundschaft schnell sehr tief werden lassen. Ich wurde zu ihrer Vertrauten, da ich irgendwie die richtigen Worte fand, um sie zu trösten. Deswegen und wegen meines manchmal sehr flapsigen Humors hielt Jo mich für eine selbstbewusste, starke Frau. Sie hatte es mir selbst gesagt. Sie hatte mir auch gesagt, dass sie mich bewunderte. In Jos Gegenwart mochte ich mich viel besser leiden als sonst. Sie war der einzige Spiegel, in den ich gerne hineinschaute.

Dank Jo gab es Momente, in denen ich mich so sah, wie ich mich immer sehen sollte. Diese Momente waren kostbar, ich wollte sie auf keinen Fall verlieren, und hätte ich Jo die Wahrheit über meine Komplexe gebeichtet, an deren Überwindung ich gerade mit Nate arbeitete, wäre genau das die Folge gewesen. Erst musste ich in den Menschen hineinwachsen, der ich sein wollte, dann konnte ich mich ihr öffnen. Dass ich dafür noch Zeit brauchte, war kein Indiz für die Qualität unserer Bindung. Jo war meine allerbeste Freundin.

»Ich weiß, dass ich immer zu dir kommen kann.« Ich nahm ihre Hand und drückte sie liebevoll. »Du bist die beste Nicht-Schwester, die ich je hatte.«

Ihre grünen Augen weiteten sich vor Erstaunen und Freude bei meinen Worten, und sie schien etwas erwidern zu wollen, doch in dem Moment hörten wir ein lautes Poltern aus dem Stockwerk über uns. Schlagartig war das Lächeln aus Jos Gesicht verschwunden. Sie starrte zur Decke und murmelte mit einem schweren Seufzer: »Ich gehe mal besser rauf und sehe nach ihr.«

Im vergangenen Jahr war Jo aus der Wohnung, die sie und Cole mit ihrer Mutter Fiona geteilt hatten, ausgezogen. Nachdem sie erfahren hatte, dass ihre alkoholkranke Mutter Cole schlug, hatte sie alles getan, um ihren Bruder zu schützen. Sie verbrachten viel Zeit bei Cam, der einen Stock tiefer wohnte, und irgendwann hatte er die beiden kurzerhand gefragt, ob sie bei ihm einziehen wollten – nicht nur, weil er sie in seiner Nähe haben wollte, sondern auch, weil Cole dringend ein neues, stabiles Umfeld brauchte.

»Soll ich mitkommen?«, bot ich ihr an, weil ich wusste, dass die Begegnungen mit ihrer Mutter Jo oft stark belasteten.

Sie schüttelte den Kopf und schenkte mir ein entschuldigendes Lächeln. »Du weißt ja, was sie von dir hält.«

Und ob ich das wusste. Bei unserer ersten Begegnung hatte sie sich mir gegenüber sehr feindselig verhalten, weil sie früher in meinen Vater verliebt gewesen war. Sie war eifersüchtig auf meine Mutter, und deshalb hasste sie mich. Sie hatte mir gesagt, ich sehe aus wie Mom. Es war als Beleidigung gedacht gewesen, in Wahrheit jedoch war es eines der schönsten Komplimente, das sie mir machen konnte.

»Na, dann geh nur.« Ich winkte sie fort. »Ich kümmere mich um die Snacks.«

Erneut seufzte sie, ehe sie die Küche verließ. Ich folgte mit einer kleinen Platte voller Sandwiches, die sie vorbereitet hatte.

»Ich schaue nur kurz nach, ob mit Mum alles in Ordnung ist«, rief sie den Jungs zu, als sie an der Wohnzimmertür vorbeiging.

Um ein Haar wäre ich mit Cam zusammengestoßen. Er ließ mir den Vortritt und rief dann Jo hinterher: »Warte. Ich komme mit.«

Als ich das Wohnzimmer betrat, galt mein erster Blick Cole. Wie ich befürchtet hatte, war sein hübsches, jungenhaftes Gesicht angespannt, und er starrte zur Decke. Ich hasste es, ihn so zu sehen, weil ich wusste, was diese Miene bedeutete. Womit er im Innern zu kämpfen hatte.

Cole sprach nie darüber, aber bestimmt war es für ihn nicht leichter gewesen als für Jo, mit einer Mutter wie Fiona aufzuwachsen. Und ohne einen Vater – bis dieser wieder auf der Bildfläche erschien und sich herausstellte, dass er ein gewalttätiges Schwein war. Im Grunde war Jo seine Mutter gewesen, nicht Fiona. Trotzdem konnten die Misshandlungen nicht spurlos an ihm vorübergegangen sein. Bei dem bloßen Gedanken daran, dass sie womöglich bleibende Narben auf seiner Seele hinterlassen hatten, wurde mir schwer ums Herz. Er war so ein wundervolles Kind. Ich konnte nicht begreifen, wie irgendjemand es über sich brachte, ihm weh zu tun.

Cole musste meine Blicke gespürt haben, denn er sah zu mir herüber. Ich schenkte ihm ein sanftes Lächeln.

Er lächelte zurück, aber seine Augen blieben davon unberührt.

»Sandwich?«, fragte ich und kam mit der Platte zu ihm. Bevor er etwas antworten konnte, hatte ich mich neben ihn gesetzt und hielt ihm die Platte unter die Nase.

Zögernd nahm Cole ein Sandwich.

Ich schwieg.

Er schien darauf zu warten, dass ich etwas sagte.

Stattdessen breitete sich ganz langsam ein Grinsen auf meinem Gesicht aus. Cole starrte mich an, als wäre ich eine neuentdeckte Spezies. Dann schüttelte er den Kopf und musste wider Willen lachen. Die Anspannung wich aus seinem Körper, und er biss herzhaft von seinem Sandwich ab.

Als ich hochsah und mein Blick zufällig auf Nate fiel, wäre mir das Grinsen fast vergangen. Seine Miene war so zärtlich, dass mir die Luft wegblieb. Ich spürte das mittlerweile vertraute lustvolle Ziehen in der Brust, als er mir zuzwinkerte.

Eigentlich hatte ich immer gedacht, dass es unmöglich war zu zwinkern, ohne dass es aufgesetzt oder billig wirkte.

Scheinbar hatte ich mich geirrt.

Nate konnte es.

Sein Zwinkern war so sexy, dass es mir fast das Höschen auszog.

Oje. Sieh dich bloß vor, Soda Pop.

***

»Du musst mich nicht nach Hause bringen, Nate«, sagte ich, als wir in den Leith Walk einbogen.

Nachdem Jo ihre Mutter versorgt hatte, waren sie und Cam in die Wohnung zurückgekehrt. Wir hatten das Videospiel ausgeschaltet, um uns gemeinsam eine Komödie anzusehen. Nate hatte sich zu Jo hinuntergebeugt und ihr einen Kuss auf die Stirn gegeben, als er aufgestanden war, um ins Bad zu gehen, und die schlechte Stimmung zwischen ihnen war vergessen. Trotzdem ließ mich der Gedanke an das Tattoo nicht los, weil … na ja, weil ich eben neugierig war. Und weil Nates Reaktion auf seine Erwähnung durch Cole mich ein wenig beunruhigte. Ich hielt den ganzen Film durch, ohne ihn zu löchern, doch als Peetie ging, nahmen wir das zum Anlass, uns ebenfalls zu verabschieden.

Nate wohnte in Marchmont, einem studentisch geprägten Viertel jenseits der Meadows, einem großen Park hinter der Universität. Seine Wohnung lag südwestlich von Jos und Cams Wohnung in der London Road, wohingegen ich geradeaus nach Westen musste. Meine und Nates Wohnung trennte ein gut vierzigminütiger Fußweg.

»Es ist nach Mitternacht«, gab er leise zurück. »Ich lasse dich nicht alleine nach Hause gehen.«

»Ich bin schon groß. Ich kann auf mich selbst aufpassen.«

»Das würde vielleicht zutreffen, wenn du dich dazu durchringen könntest, mit mir zum Judo zu kommen.«

Ich rümpfte die Nase. »Ich sehe gerne beim Judo zu, aber es selber machen – das ist nichts für mich.«

»Ich hoffe sehr, das gilt nicht für deine Einstellung zum Sex«, meinte er feixend. »Andererseits – Voyeurismus hat auch seinen Reiz.«

Ich knuffte ihn in den Arm. »Du bist so kindisch.«

»Ich kann nichts dafür, wenn du nicht nachdenkst, bevor du den Mund aufmachst«, sagte Nate mit einem gleichmütigen Achselzucken.

»Manno, was ich gesagt habe, hatte rein gar nichts mit Sex zu tun. Du verdrehst einfach alles so, dass es versaut klingt.«

Er grinste mich an. »Du, eine erwachsene Frau von fünfundzwanzig Jahren, sagst ›Manno‹ und nennst *mich* kindisch?«

»Darum geht es doch gar nicht«, gab ich pikiert zurück und ignorierte sein Gelächter. Und dann beschloss ich dummerweise, ihm die Laune zu verderben. Ich räusperte mich und stieß ihn freundschaftlich mit der Schulter an. »Also … was ist jetzt mit deinem Tattoo?«

Nate schwieg, während wir die breite Straße in Richtung Union Road überquerten. Als wir in die Fourth Street einbogen, hatte er immer noch nichts gesagt. Ich wollte ihn nicht drängen. Dazu hatte ich kein Recht. Allerdings machte ich mir Sorgen über seine Reaktion und darüber, was sie bedeutete.

»Es ist ein kleines stilisiertes A. Ich hab's mir auf die Rippen stechen lassen, über mein Herz«, sagte er aus heiterem Himmel.

»A«, wisperte ich und begriff sofort. »Für Alana.«

Nate nickte. Er sah mich an, wie um meine Reaktion abzuschätzen.

»Seit wann hast du es?«

»Seit kurz nach ihrem Tod.« Plötzlich wurde der Blick seiner tiefen dunklen Augen forschender. »Hast du je darüber nachgedacht, dir ein Tattoo für deine Mum stechen zu lassen?«

Der vertraute Schmerz in der Brust begleitete meine Antwort. »So was brauche ich nicht.«

»Ich bin froh, dass ich es habe.« Nate sprach leise, fast flüsternd. »Manchmal denke ich einen ganzen Tag lang nicht an sie. Dann sehe ich das Tattoo im Spiegel und erinnere mich.«

Ich wollte ihm sagen, dass es völlig in Ordnung war, sein Leben zu leben, und dass es Tage gab, an denen ihm der Verlust vielleicht nicht zu schaffen machte, aber ich wäre mir dabei wie eine Heuchlerin vorgekommen. Wann immer ein Tag verstrich, ohne dass ich an meine Mutter dachte, überkamen mich lähmende Schuldgefühle. Nate wusste das. Er kannte meine Geschichte, und ich kannte seine. Ich dachte an alles, was er mir erzählt hatte, nachdem er mich letzten November in meiner Wohnung gefunden hatte. Nein, ich war gewiss nicht die Richtige, um ihm zu sagen, dass das Leben weiterging.

Edinburgh
Thanksgiving im Jahr zuvor

Der Truthahn war im Ofen, genau wie die Röstkartoffeln. Die Kartoffeln für das Püree köchelten auf dem Herd, die Zwiebeln waren gehackt und warteten darauf, zusammen mit den Kartoffeln zerstampft zu werden, genau wie Mom es immer gemacht hatte. Die Cranberrysoße war fertig. Das Gemüse garte vor sich hin.

Da ich in ganz Edinburgh keinen Laden gefunden hatte, in dem es fertigen Pumpkin Pie zu kaufen gab, hatte ich selbst einen gebacken. Ich wischte mir den Schweiß von der Stirn, denn die stickige Hitze in meiner Küche hatte sich in der ganzen Wohnung ausgebreitet. Die Fenster standen offen, und trotzdem hatte ich mich an diesem schottischen Herbsttag bis aufs Tanktop ausziehen müssen.

Ich hatte einen gefühlsgeladenen Vormittag mit meinem Dad verbracht und ihm dann gesagt, dass ich ein bisschen Zeit für mich brauchte. Ich merkte ihm an, dass es ihm nicht behagte, mich allein zu lassen, aber ich war eine erwachsene Frau, und er gewährte mir meinen Freiraum. Diesen Freiraum nutzte ich, um das zu tun, was Mom getan hätte, wäre das Leben fair gewesen.

Als ich mit dem Pie fertig war, klappte ich die Ofentür auf, um nachzusehen, ob er noch hineinpasste. Rauch quoll mir entgegen.

»Was ist das denn?«, kreischte ich und wedelte den Qualm beiseite. Dann sah ich, dass der Truthahn halb verkohlt war.

Wie konnte das passiert sein? Hatte ich die Zeit nicht richtig eingestellt? Ich warf einen Blick zur Uhr an der Wand und spürte, wie mir schwindlig wurde und ich zu schwanken begann. Sieben Uhr. Wie war die Zeit so schnell vergangen? Das konnte doch nicht stimmen.

Tränen stachen mir in den Augen, als ich den verbrannten Truthahn anstarrte.

Ich hatte ihn ruiniert.

»Scheiße, ich hab's versaut!«, schrie ich, schnappte mir einen Ofenhandschuh und zerrte den Bräter heraus. Ich spürte die brennende Hit-

ze an meiner Hand, jaulte empört auf und kippte die schwere Fracht in die Spüle.

Es läutete an der Tür. Ich erstarrte und versuchte, wieder zu Atem zu kommen.

Was, wenn es Dad war?

Ich rannte zur Gegensprechanlage. »Wer ist da?«, fragte ich zaghaft.

»Nate. Mach auf.«

»Äh, es passt gerade nicht so gut.«

»Ich habe dich eben durchs offene Fenster schreien hören. Wenn du mich nicht reinlässt, breche ich die Tür auf.«

Ich fuhr mir mit der Hand durchs Haar und verzog den Mund, als ich merkte, wie nass es war. Ich war ein schwitzendes nervöses Wrack.

Ich drückte den Summer und riss wütend die Wohnungstür auf, bevor ich in die Küche zurückstapfte, um mich um meine Röstkartoffeln zu kümmern.

»Scheiße, auch im Eimer!«, heulte ich, während mir immer mehr Tränen in die Augen stiegen.

»Liv?«

Ich wirbelte zu Nate herum, und was auch immer er in meinen Augen sah, ließ ihn wie angewurzelt stehen bleiben. »Liv, geht es dir gut?«, fragte er sanft und machte vorsichtig einen Schritt auf mich zu.

»Ich hab alles versaut!«, schrie ich und fuchtelte mit dem Arm in Richtung Truthahn. »Der ist hin! Wozu soll ich jetzt überhaupt noch den Scheißkuchen backen, wenn der scheißverdammte Vogel im Eimer ist? Ich hab Zwiebeln geschnitten für den Kartoffelbrei, aber der ist jetzt auch für die Tonne, weil die anderen Kartoffeln verbrannt sind, und man kann zu Thanksgiving nicht nur eine Sorte Kartoffeln haben!«

»Babe, komm doch mal her.« Er näherte sich mir wie einem verletzten Tier, und ich war von seinem Verhalten so überrumpelt, dass ich mich nicht wehrte, als er mit sanftem, aber festem Griff meinen Oberarm umfasste. Als mir klar wurde, dass er mich aus der Küche ins Wohnzimmer ziehen wollte, richtete sich meine ohnmächtige Wut gegen ihn.

»Nein!«, schrie ich und versuchte, mich loszureißen.

»Meine Güte, Liv, jetzt beruhig dich erst mal«, sagte er und nahm auch noch meinen zweiten Arm. »Beruhig dich, und erzähl mir, was passiert ist.«

»Lass mich!« Ich zog an meinen Armen, und als das nichts nützte, versuchte ich, Nate von mir wegzustoßen, ihn irgendwie aus dem Gleichgewicht zu bringen. »Lass mich los! Ich muss das in Ordnung bringen! Ich muss das wieder in Ordnung bringen!«

»Liv«, flüsterte er beunruhigt und schüttelte mich, bis ich verstummte. Mit weit aufgerissenen Augen sah ich ihn an. Er ließ meine Arme los und legte die Hände an meine Wangen. Ich sah in sein Gesicht, und der Ausdruck darin machte mir Angst.

Ich führte mich auf wie eine Wahnsinnige.

Jetzt war es mit meiner Beherrschung endgültig vorbei. Der altbekannte Schmerz wütete in meiner Brust, und mein ganzer Körper bebte. Ich konnte die Tränen nicht länger zurückhalten. »Sie ist nicht da, um es in Ordnung zu bringen.« Ich sackte gegen Nate und begann, hemmungslos zu schluchzen.

Er legte die Arme um mich, während ich an seiner Brust weinte, und in dem Moment hatte ich das Gefühl, als wären sie das Einzige, was mich noch zusammenhielt.

»Es war hart«, flüsterte ich und holte tief Luft. »Aber sie hat es eisern durchgezogen. Jedes Thanksgiving.« Ich beruhigte mich ganz langsam, während Nate tröstende Worte murmelte. Mein Kopf lag an seiner Brust und bewegte sich im Einklang mit seinem Atem. Ich ließ mich von dem Rhythmus einlullen, und ganz allmählich kam auch mein eigener Atem wieder zur Ruhe.

Als ich mir meiner Umgebung wieder bewusst wurde, stellte ich fest, dass ich mit Nate zusammen auf der Couch lag. Wir lagen Seite an Seite, ich hatte den Kopf an seine Brust geschmiegt und meine rechte Hand mit seiner linken verschränkt.

»Tut mir leid«, krächzte ich. Meine Augen waren verquollen, und meine Wangen brannten vor Scham wegen meines Ausbruchs. Wenn ich ehrlich war, hatte der sich schon die vergangenen Wochen über an-

gebahnt, je näher es auf Thanksgiving zuging. Aber ich hatte meine innere Anspannung gnadenlos unterdrückt, weil mein Vater nichts von meinem labilen Gemütszustand wissen sollte.

»Du musst dich nicht entschuldigen«, versicherte Nate mir. »Warum ausgerechnet heute, Liv?«

»Bei uns zu Hause ist Thanksgiving«, sagte ich mit leiser Stimme. Ich hatte Angst, dass ich, wenn ich lauter sprach, sofort wieder hysterisch werden würde. »Ganz egal, wie schlecht es Mom ging, an Thanksgiving hat sie immer alle Register gezogen. Sie wollte, dass es so normal war wie möglich, auch wenn in Wahrheit gar nichts normal war.« Meine Lippen zitterten, und frische Tränen liefen mir über die Wangen. »Sie war meine beste Freundin. Wir konnten uns immer alles sagen.«

»Babe.« Ich hörte das schmerzvolle Mitgefühl in seiner Stimme, und es tröstete mich ein wenig.

»Heute vor vier Jahren ist sie gestorben. An Thanksgiving. Dies ist das erste Jahr seit ihrem Tod, dass ich nicht an ihrem Grab war.« Ich weinte wieder heftiger. »Ich will nicht, dass sie denkt, ich habe sie vergessen.«

Er hielt mich ganz fest, während ich weiter in sein Hemd schluchzte und den bereits feuchten Stoff gründlich durchnässte.

»Liv.« Er drückte mich an sich. »Babe, so was würde sie doch niemals denken.«

»Ich war bis zum Ende bei ihr, Nate.« Ich wischte mir mit der Hand die laufende Nase. »Ich habe meine Kindheit verpasst, ich bin von der Uni abgegangen, ich habe alles getan, um ihr zu helfen, aber wir haben es nicht geschafft. Ihr Leben ... es ist einfach weg. Meine Jugend ... weg. Das alles hätte doch irgendwie zu was gut sein müssen. Es müsste doch zu irgendwas gut sein.«

»Das ist es doch auch. Sie hat dir beigebracht zu kämpfen, egal, wie hoffnungslos die Lage scheint. Das ist eine Lektion, die nur wenige Eltern ihren Kindern mitgeben können. Durch sie hast du gelernt, tapfer zu sein, Liv, und du hast gelernt, dass das Leben kostbar ist. Ich weiß, die Leute sagen so was andauernd, aber man begreift es nie wirklich, bis

man jemanden hat, mit dem man lacht, den man liebt, und am nächsten Tag weint man an seinem Grab. Ich verstehe das. Ich verstehe das, weil ich durch Alana genau dasselbe gelernt habe. Ich denke jeden Tag an sie, und sie weiß, dass ich jeden Tag an sie denke. Ich muss deswegen nicht an ihr Grab gehen.«

Verwirrt, besorgt und mit noch heftiger klopfendem Herzen wischte ich mir über die Wangen und hob den Kopf von Nates Brust, damit ich ihm ins Gesicht schauen konnte. »Alana?«

Tiefe Trauer verdunkelte seine Augen, bis sie fast schwarz waren. Etwas schmerzte ihn so sehr, dass ein Teil seiner Schmerzen auf mich überzugehen schien. Ich würde niemals begreifen, wie er es all die Zeit für sich behalten hatte. »Hat Cam dir erzählt, dass wir aus Longniddry kommen?«

Ich nickte.

»Das ist ein winziges Dorf in der Nähe von Edinburgh. Ein hübscher Ort an der Küste. Cam, Peetie, Alana und ich sind da zusammen aufgewachsen. Wir waren beste Freunde, bis wir dreizehn wurden und so ein Typ, den ich nicht ausstehen konnte, sich mit Alana verabreden wollte. Ich bin richtig sauer auf sie geworden, und wir haben uns gestritten.« Die Erinnerung entlockte ihm ein wehmütiges Lächeln. »Ich habe es gehasst, mit ihr zu streiten. Sie war ganz sanftmütig. Wenn man sich mit ihr stritt, hat sie immer gleich angefangen zu weinen, und man kam sich wie das größte Arschloch vor. Wir haben uns also gestritten, und sie hat geweint, und ich habe sie geküsst, um ihr zu zeigen, dass es mir leidtut.« Er zuckte mit den Achseln und lachte hohl. »Das war's. Ab da waren wir zusammen. Jugendliebe.«

Ich hatte einen riesigen Kloß im Hals und schluckte mühsam. Nates Schmerz ging mir nahe. »Du hast sie geliebt.«

Tränen schimmerten in seinen Augen, und ich konnte kaum atmen. »Ja. Sie war meine beste Freundin.«

»Und dann?«

Er schwieg einen Moment, dann fing er meinen Blick ein, und das Band zwischen uns wurde noch stärker. »Krebs. Lymphom. Kurz vor ihrem siebzehnten Geburtstag.« Er wandte den Blick ab, und seine Umarmung wurde fester. »Ich war die ganze Zeit bei ihr. Ich habe alles hautnah miterlebt. Jede Hoffnung, die kaputtging, jede Behandlung, die nicht anschlug. Ich habe ernsthaft geglaubt, dass wir den Krebs besiegen können. Dass ich einfach nur weiter für sie da sein muss, dann würde sie es schon schaffen.« Seine Stimme brach, und ich verspannte mich in seinen Armen.

»Sie war echt was Besonderes, Liv. Unschuldig. Am Ende hat mich nur noch die Überzeugung aufrechterhalten, dass sie zu gut war für diese Welt. Als sie zwei Tage nach ihrem achtzehnten Geburtstag gestorben ist, war das das Einzige, was mir ein bisschen geholfen hat. Der Gedanke, dass sie einfach zu gut war für diese Welt.«

»O Gott, Nate.« Ich ließ meine Stirn an seine Brust sinken und legte ihm die Hand fest auf den Oberarm. »Das tut mir so leid.«

»Mir tut's auch leid, Babe.«

Wir lagen eine Weile schweigend da, bis ich endlich den Mut aufbrachte, etwas zu sagen, was ich eigentlich gar nicht sagen wollte. »Ich stehe mal besser auf, dann kannst du gehen.«

Ich spürte seinen Mund an meinem Haar, als er leise sagte: »Wenn es dir nichts ausmacht, bleibe ich heute Nacht lieber hier. Ich fühle mich gerade so wohl.«

Sofort entspannte ich mich und nickte. »Natürlich macht mir das nichts aus.«

Wir hatten Dads Wohnung in der Heriot Row passiert und bogen in die Howe Street ein. Wir waren noch knapp eine Minute von meiner Wohnung entfernt und hatten den ganzen Weg in freundschaftlichem Schweigen zurückgelegt, das aus der engen Bindung schöpfte, die letztes Thanksgiving zwischen uns entstanden war. Dennoch hatte Nates Schweigen eine Schwere, die mich beunruhigte.

Endlich, als wir vor meinem Haus ankamen, sagte Nate etwas. »Ich habe diese Woche ein paar Aufträge, deswegen schaffe ich es vielleicht nicht vor nächsten Mittwochabend, nach dem Judo.«

Ich schüttelte dieses seltsame Gefühl ab, das sich verdächtig nach Enttäuschung anfühlte, und nickte. »Kein Problem.« Ich grinste frech, obwohl mir nicht danach zumute war. »Dann übe ich so lange vor dem Spiegel.«

Ich freute mich über sein leises Lachen, und eine angenehme Wärme breitete sich in meiner Brust aus, als die Dunkelheit in seinen Augen teilweise verflog.

Nate gab mir einen Kuss auf die Wange. »Bis dann, Babe. Träum süß.«

»Nacht.« Ich schloss die Haustür auf und warf ihm noch ein letztes Lächeln zu, ehe die Tür hinter mir ins Schloss fiel und ich mich auf den Weg nach oben machte. Obwohl ich genau wusste, weshalb er so war, wie er war, hatte ich ein beklommenes Gefühl, als ich mich fürs Bett fertig machte. Heute Abend würde Nate nicht erst im Spiegel sein Tattoo anschauen müssen, um an Alana erinnert zu werden.

Nein. An diesem Abend wäre sie ganz nah bei ihm; er hatte einen schrecklich gequälten Ausdruck in den Augen gehabt, den ich so noch nie bei ihm gesehen hatte. Etwas machte ihm zu schaffen, doch ich hatte Angst, ihn zu bedrängen. Ich wollte nicht riskieren, dass er mich dann wie all die anderen Frauen in seinem Leben behandelte und mich komplett ausschloss.

Kapitel 9

Die Sorge um Nate nagte stundenlang an mir, bis ich irgendwann einschlief, weil mein Körper zu erschöpft war, um noch weiter darauf zu warten, dass mein Gehirn zur Ruhe kam. Probleme zu wälzen war nie ein Spaß, vor allem, wenn es keine Lösung zu geben schien. Umso dankbarer war ich für das Sonntagsessen bei den Nichols am folgenden Tag.

Joss und Braden verbrachten ihre Flitterwochen auf Hawaii und waren nicht da, allerdings fiel ihre Abwesenheit bei all dem Drama nicht allzu sehr ins Gewicht. Mit »Drama« meine ich in erster Linie Ellie, die völlig aus dem Häuschen war, weil Hannah am Abend zuvor ein Date gehabt hatte.

Während Dad, Cam, Adam, Cole und Dec unten im Wohnzimmer saßen, betätigte sich Elodie, unterstützt von Clark, in der Küche. Ich wiederum lehnte an der Kommode in Hannahs Zimmer, während diese über ihre aufgekratzte Schwester missmutig das Gesicht verzog und hin und wieder hilfesuchende Blicke in Jos Richtung warf.

»Ich begreife das einfach nicht.« Ellie rang die Hände. »Ich weiß noch, dass ich mich total auf mein erstes Date gefreut habe. Okay, Braden und Adam haben es mir gründlich vermasselt, und ich kam heulend nach Hause, aber dein erstes Date wird ja wohl besser gewesen sein.«

Ich war so sehr damit beschäftigt, mich über Ellie zu amüsieren und mich zu fragen, was um alles in der Welt Braden und Adam wohl getan haben konnten, um ihr erstes Date zu ruinieren, dass mir zunächst gar nicht auffiel, wie unangenehm Hannah die Situation war.

»Ellie, kannst du nicht einfach damit aufhören?« Ihre Bitte hatte etwas derart Flehentliches, dass ich mich unwillkürlich zu ihr umdrehte. Ich erschrak darüber, wie bedrückt sie aussah.

O nein. War etwas vorgefallen? Hatte er …? »Ich weiß nicht, wie du das siehst, Els, aber ich werde langsam ein bisschen unruhig.«

Als Ellie meinen ernsten Tonfall hörte, versteifte sie sich, und der Blick ihrer großen hellen Augen flog zu ihrer Schwester. »Hannah, hat der Junge bei dir irgendwas versucht?«

»Du meine Güte!«, seufzte Jo ungehalten und verschränkte die Arme vor der Brust. »Jetzt sag's ihnen doch endlich.«

»Jo.« Hannah funkelte sie warnend an. »Nein.«

Jo wiederum warf einen Blick zu Ellie, als erwäge sie, Hannahs Warnung zu ignorieren. »Sie hat diese merkwürdige Überzeugung, dass es Unglück bringt, wenn noch mehr Leute von ihm erfahren, aber Liebes«, damit wandte sie sich wieder an Hannah, »ich glaube nicht, dass das nach dem gestrigen Abend noch ein Problem ist.«

Ellie verschränkte nun ebenfalls die Arme und legte die Stirn in tiefe Falten. »Wovon redet Jo?«

Geduldig warteten alle, dass Hannah endlich mit der Sprache herausrückte. »Aber … sag bloß Mum nichts davon.«

»Warum denn nicht? Bist du in irgendwas Illegales verwickelt?«, schnaubte Ellie. »Langsam mache ich mir *wirklich* Sorgen.«

Ich kannte Hannah gut genug, um ihr anzusehen, dass sie sich nur mit äußerster Mühe verkniff, die Augen zu verdrehen. »Es ist was ganz anderes. Ich will einfach nur nicht, dass jeder Bescheid weiß. Es ist zu bedrückend.«

»Gut, ich sage Mum nichts. Und jetzt raus mit der Sprache.«

Hannah stieß heftig die Luft aus, ließ sich in ihre Kissen

zurücksinken und starrte das Poster an ihrer Zimmerdecke an. Es war eine Schwarzweißaufnahme vom sexy Frontmann einer berühmten Rockband. »Vor zwei Jahren hab ich diesen Jungen kennengelernt. Marco. Er ist ein paar Jahre älter als ich. Damals gab es ein paar Jungs auf der Schule, die mich immer geärgert haben, wenn ich den Bus verpasst hab, und er hat mir geholfen. Wie auch immer, eines Tages hab ich ihn jedenfalls geküsst.« Sie seufzte und verdrehte die Augen ob ihrer eigenen Dummheit. »Erst dachte ich, er erwidert den Kuss, aber dann hat er mich weggeschubst. Danach ist er mir eine Ewigkeit lang aus dem Weg gegangen. Irgendwann hat er wieder angefangen, mit mir zu reden, hat aber so getan, als wäre überhaupt nichts gewesen. Er hat letztes Jahr seinen Abschluss gemacht.« Sie drehte den Kopf auf dem Kissen herum und sah zwischen Ellie und mir hin und her. »Wir sind in Kontakt geblieben. SMS, Facebook und so. Manchmal haben wir uns auch getroffen. Es ist nie was zwischen uns passiert, obwohl ich deutlich gemacht hab, dass ich ihn gut finde.« Ein gequälter Ausdruck trat in ihre Augen. Offenbar litt sie sehr, und mir wurde klar, dass es hier nicht um eine alberne Schwärmerei ging. Sie mochte den Jungen. Sie mochte ihn wirklich. »Ich weiß, dass er was mit anderen Mädchen hatte, ich bin ja nicht blöd. Aber es ist noch was anderes, wenn man es mit eigenen Augen sehen muss.«

»Was war denn?« Ellie nahm die Hand ihrer Schwester.

Hannahs Lippen zitterten, und sie schluckte mehrmals, während sie mit ihren Gefühlen kämpfte. »Vor einigen Wochen hab ich gesehen, wie er vor dem Kino ein Mädchen geküsst hat. So *richtig* geküsst.«

Ellie nickte verständnisvoll, und nach allem, was sie mir über ihre Vergangenheit mit Adam erzählt hatte, war dieses Verständnis echt. »Also hast du endlich beschlossen, ihn abzuhaken, und dich mit jemand anderem verabredet. Wenn das kein

Déjà-vu ist«, murmelte sie und drückte die Hand ihrer kleinen Schwester.

»Scott.« Hannah schielte zu mir. »Der Junge von gestern Abend«, fügte sie erklärend hinzu. »Der ist echt nett. Eine Klasse über mir. Viele Mädchen finden ihn gut, also hab ich ja gesagt, als er mich um ein Date gebeten hat.«

»Und dann?«

»Wart's nur ab«, sagte Jo mit verächtlicher Miene. »Das ist so typisch. Männer.«

»Marco ist aus Chicago hergezogen. Er lebt bei seinem Onkel und seiner Tante. Ihnen gehört das *D'Alessandro.*«

»Ach du liebe Zeit, das ist mein Lieblingsrestaurant.«

»Liv«, mahnte Ellie. »Bleib beim Thema.«

»'tschuldigung«, sagte ich. »Red weiter.«

Erneut stieß Hannah einen Seufzer aus. »Marco jobbt bei seinem Onkel im Restaurant. Das hat er mir nie erzählt.« Diese Tatsache schien sie zu verwirren. »Er geht aufs Telford College, weil er Zimmermann werden will. Ich wusste nicht, dass er nebenbei noch arbeitet.«

Sie schwieg einen Moment, in ihre eigenen Gedanken versunken.

»Hannah.« Ellie stupste sanft ihr Bein an. »Der Rest der Geschichte?«

»Scott hat mich ins *D'Alessandro* eingeladen.«

Wir sogen alle scharf den Atem ein, als uns dämmerte, worauf das Ganze hinauslaufen würde.

»Marco hat an dem Abend Tische abgeräumt. Er hat uns zusammen gesehen, und er sah so …« Sie hob ratlos die Schultern … »so stinkwütend aus. Als Scott aufs Klo musste, hab ich versucht, mit ihm zu reden, aber er hat nur … er hat mich kaum angesehen und ist dann abgerauscht. Einfach so.«

Wir schwiegen eine Zeitlang, dann sagte ich, nicht sehr hilfreich: »Klingt kompliziert.«

»Klingt *episch.*« Ellie strahlte ihre kleine Schwester an.

»Genau deswegen hab ich nichts gesagt.« Hannah strafte Jo mit einem vorwurfsvollen Blick, während sie gleichzeitig mit dem Finger auf ihre Schwester zeigte.

»He«, keifte Ellie, was sie nicht oft tat, da sie ein sonniges Gemüt hatte. »Hör auf, mich wie irgendeine verstrahlte Romantikerin zu behandeln. Ich kann dir helfen. Ich bin sogar Expertin, wenn es um Männer geht, die einen aus undefinierbaren Gründen von sich wegstoßen, obwohl es doch glasklar ist, dass sie auf einen stehen.«

Ihre Schwester sah sie abwägend an. »Stimmt auch wieder.«

»Mein Rat ist: Lass ihn schmoren.« Ellie zuckte mit den Achseln. »Als ich Adam schmoren ließ, hat ihn das endlich dazu getrieben, den entscheidenden Schritt zu machen.«

»Ich dachte, das lag an deinem Tumor?«

Els funkelte ihre Schwester an. »Der Tumor war vielleicht der finale Auslöser, aber glaub mir, ich hatte ihn mit meiner Abwesenheit schon vorher weichgekocht.«

Als sie Ellies Tonfall bemerkte, biss sich Hannah auf die Lippe. »Entschuldige. Ich wollte keine Witze über deinen Tumor machen.«

»Schon verziehen.« Ellie blies die Backen auf. »Und was machen wir jetzt? Mit diesem Marco, meine ich?«

Wir saßen noch eine Weile zusammen und beratschlagten. Wir alle waren mit Ernst bei der Sache, denn es war nicht zu übersehen, dass die Geschichte für Hannah viel mehr bedeutete als nur eine harmlose Schwärmerei. Dieser mysteriöse Marco bedeutete ihr wirklich etwas. Ich wollte unbedingt eine Beschreibung von ihm, damit ich ins *D'Alessandro* gehen und ihn unter die Lupe nehmen konnte. Hannah schien nicht daran interessiert, irgendwelche Spielchen mit ihm zu spielen, deshalb sagte ihr Jos Ratschlag am meisten zu. Die meinte, Hannah solle versuchen, Marco zu einem Gespräch zu bewegen. Als

Elodie uns zum Essen rief und die Mädels vor mir das Zimmer verließen, hatte ich plötzlich eine Erkenntnis.

Hannah, mit ihren noch nicht einmal siebzehn Jahren, hatte ein aufregenderes Liebesleben als ich.

»Na, wenn das nicht deprimierend ist«, murmelte ich auf dem Weg die Treppe hinunter.

»Was ist deprimierend?«

Ich drehte mich um. Gerade kam Cole mit neugierig erhobenen Augenbrauen aus dem Bad.

»Schildkröten«, antwortete ich spontan. Ich log, weil die Wahrheit zu peinlich war und außerdem viel zu kompliziert, als dass man sie einem Fünfzehnjährigen hätte erklären können. »Die sehen immer so mürrisch aus.«

Cole sah mich an, als wäre ich geistesgestört, und vielleicht stimmte das auch. »Du bist ein bisschen schräg, Liv. Das ist dir schon klar, oder?«

Ich nickte resigniert und wollte ins Esszimmer weitergehen.

»Aber was Schildkröten angeht, liegst du falsch.«

Eine Woge der Zuneigung erfasste mich, und ich drehte mich mit einem fragenden Lächeln zu ihm um. »Ach ja?«

»Die sind nicht mürrisch. Die sind nur nachdenklich. Deswegen brauchen sie auch so lange von einem Ort zum anderen. Weil sie immer alles genau reflektieren.«

Mein Lächeln wurde breiter, und er erwiderte es. »Es ist offiziell: Du bist genauso schräg wie ich, Cole Walker.«

Er grunzte bloß. »Klar, wenn man den Unterschied zwischen einem schrägen Vogel und einer coolen Sau nicht kennt.«

Lachend folgte ich ihm zum Esstisch. »Du verbringst zu viel Zeit mit Nate. Seine Selbstherrlichkeit färbt auf dich ab.«

***

»Du stellst nicht zufällig gerade Geschichtsbücher ein?«

Die vertraute Samtstimme traf mich wie ein Blitz aus heiterem Himmel. Ich schrak hoch, und als ich Benjamin vor mir stehen sah, verknotete sich augenblicklich meine Zunge.

Es war Montagnachmittag, und ich hatte mich einen Moment lang vom Infoschalter absentiert, weil dort gerade nicht viel los war, um einige zurückgegebene Bücher wieder einzustellen. Benjamin hatte sich lautlos angeschlichen, während ich vor dem letzten Regal in der Reihe kniete und einige Bücher aufs unterste Bord stellte.

Seine grünen Augen schauten freundlich und fragend. »Ich suche nach einem Titel in dieser Abteilung.«

Ich holte tief Luft und versuchte, mich auf das zu besinnen, was Nate und ich geübt hatten. Trotzdem kam ich mir, wie ich da so zu Benjamins Füßen kauerte, noch immer schrecklich verklemmt vor. Das hier sollte doch mein großer Moment werden. Der Plan war, einen Flirt mit ihm anzufangen und den ersten Tag vom Rest meines Lebens einzuläuten.

Immerhin gelang es mir, den Knoten in meiner Zunge zu lösen. Ich stand auf, und meine Hand griff instinktiv nach dem vollbeladenen Bücherwagen, als könne der mir Halt und Kraft geben. »Wie heißt er denn?«

Er schaute auf seinen Zettel und dann direkt in meine Augen. »*Sex, Ehre und Rechtsprechung im Spanien der frühen Neuzeit.*«

Kaum hatte er das Wort »Sex« ausgesprochen, begannen meine Wangen zu glühen.

Meine Reaktion entlockte ihm ein kleines Schmunzeln, wahrscheinlich hielt er mich für prüde. Beschämt senkte ich den Blick und begann, die Bücher auf meinem Wagen durchzusehen. »Hm.« Meine Hände zitterten, weil ich immer noch genauso unfähig und hilflos war wie vor zwei Wochen. »Hier ist es.« Ich nahm das ledergebundene Buch und hielt es ihm hin, ohne ihm in die Augen zu sehen.

»Danke.« Er seufzte. »Ich dachte schon, ich würde es nie finden.«

Statt etwas zu erwidern, nickte ich bloß.

»Okay. Dann vielen Dank.«

Ich nickte erneut und wartete, bis sein Schatten verschwand. Kaum waren seine Schritte verklungen, hob ich den Kopf und starrte auf die Stelle, wo er gestanden hatte.

Jetzt war es amtlich: Ich war eine Versagerin.

Und Nate verschwendete seine Zeit.

***

Die nächsten Tage vermied ich es, auf meine eigenen Gedanken zu achten. Bei der Arbeit war das nicht weiter schwer, ich sorgte einfach dafür, dass ich immer etwas zu tun hatte. Ständig lag ich Angus in den Ohren, er möge mir neue Aufgaben zuteilen. Wahrscheinlich kam er irgendwann zu dem Schluss, dass ich eine Diät machte, die ausschließlich aus Red Bull bestand … oder aus Crack. Da er bislang noch nicht meinen Spind durchsucht hatte, glaubte er wohl eher an Red Bull. Oder er hielt mich ganz einfach für durchgeknallt.

Am Abend war ich bei Dad und Dee zum Essen eingeladen, und als ich danach heimkam, war ich so müde, dass ich, kaum hatte ich die Wohnung betreten, sofort ins Bett fiel. Am Dienstagabend ging ich nach der Arbeit ein bisschen shoppen und kaufte mehrere Komödien auf DVD. Ich wollte um Himmels willen nichts Bedrückendes, Sentimentales oder Aufwühlendes sehen. Ich wollte mich von allem ablenken, was mich an die eine Minute totalen Versagens hätte erinnern können, die ich in der Bibliothek mit Benjamin erlebt hatte.

Als Nate am Mittwoch um kurz nach acht Uhr abends zum Nachhilfeunterricht kam, war ich drauf und dran, alles hinzuschmeißen.

So viel zu »den ersten Tag vom Rest meines Lebens einläuten«.

Da ich wusste, dass Nate nach dem Judo einen ganzen Supermarkt vertilgen konnte, hatte ich auf dem Wohnzimmertisch verschiedene Snacks bereitgestellt. Außerdem hatte ich einen Steve-Carell-Film in den DVD-Player eingelegt. Als Nate mit feuchten Haaren hereinkam – offenbar war er noch schnell unter die Dusche gesprungen, bevor er sich auf den Weg gemacht hatte –, fiel mir sein selbstsicherer, wiegender Gang auf. Nate ging nicht, er schlich wie ein Raubtier auf der Jagd. Kein Zweifel: Er war ein Mann, der sich in seinem Körper wohl fühlte und ihn richtig einzusetzen wusste.

Gott, ich hätte platzen können vor Neid.

»Babe.« Er grinste, als er das Essen sah, das ich für ihn hingestellt hatte, und nahm rasch auf der Couch Platz, um es in unmittelbarer Reichweite zu haben.

»Bier?«

»Ja, bitte.«

Ich holte ihm eine Flasche und ließ mich neben ihm aufs Sofa plumpsen.

Sofort zog Nate fragend eine Braue hoch. Als Erstes griff er, wenig überraschend, nach einem Schokoladen-Mini-Donut. Er aß für sein Leben gern Süßes. »Was ist los mit dir?«

Ich sah ihm zu, wie er seinen Donut aß, und überlegte hin und her, ob ich es ihm sagen sollte. Bevor er gekommen war, hatte ich mir fest vorgenommen, mich bei ihm zu entschuldigen und ihm zu sagen, dass die ganze Sache reine Zeitverschwendung gewesen sei. Aber jetzt, da er hier war, fragte ich mich, ob er dann nicht sehr enttäuscht von mir wäre. Es warf kein gutes Licht auf mich, wenn ich so schnell aufgab, erst recht, da Nate mich ja keineswegs für einen hoffnungslosen Fall zu halten schien.

»Am Montag war Benjamin in der Bibliothek.«

Nate setzte sein Bier an die Lippen und bedeutete mir fortzufahren.

»Es war eine totale Katastrophe. Er hat sich nach einem Buch mit dem Titel *Sex, Ehre und Rechtsprechung im Spanien der frühen Neuzeit* erkundigt, und ich bin bis an die Haarwurzeln rot geworden.«

Nate sah mich mitfühlend an.

»Er hat versucht, mit mir ins Gespräch zu kommen, aber mir war es so mordspeinlich, dass ich rot geworden war, dass ich die ganze Zeit auf meine Füße gestarrt habe wie eine Fünfjährige, die auf den zehnjährigen Nachbarjungen steht.«

»Scheiße. Was hat dieser Kerl bloß an sich?«, sagte Nate und setzte sich bequemer hin.

»Keine Ahnung.« Ich zuckte mit den Schultern. »Ich glaube, ich habe eine mentale Blockade.«

»Eine mentale Blockade?«

Das war noch schmeichelhaft ausgedrückt. Eigentlich lag der Grund, weshalb ich nicht mit Benjamin flirten konnte, auf der Hand, nur dass es genau *derselbe* Grund war, weshalb ich es die ganzen letzten Tage über vermieden hatte, an das Thema auch nur zu denken. Es war einfach zu niederschmetternd. »Eine mentale Blockade.« Ich nickte bekräftigend. »Verursacht durch das, was *nach* dem Flirten kommt.« Ich schlug die Augen nieder und knetete nervös meine Finger. »Gesetzt den Fall, das es mit dem Flirten klappt, und ich komme irgendwie an eine Verabredung mit Benjamin … davor hätte ich panische Angst.«

»Panische Angst?«

»Weil ich kein bisschen Erfahrung habe, Nate. Ich fühle mich so unzulänglich, so unsexy. Es ist völlig egal, wie oft du mir sagst, dass ich attraktiv bin, oder wie lange wir an meiner Flirttechnik arbeiten.« Ich merkte, wie meine Wangen sich erhitzten, und nahm all meinen Mut zusammen. Ich würde ihm vor Augen führen, wie aussichtslos die Lage wirklich war.

»Ich habe in meinem Leben zwei Männer geküsst, Nate. Zwei Abende, zwei Männer. Mehr war da nicht. Und an einem dieser Abende war ich stockbesoffen und habe meine Jungfräulichkeit verloren. Zwei Männer in fünfundzwanzig Jahren. Ich weiß nicht mal, ob ich gut küssen kann.«

Bis auf die Tonspur des Films war es still in der Wohnung. Als Nate gekommen war, hatte ich die Lautstärke heruntergedreht, und jetzt waren die Geräusche nicht viel mehr als die lästige Untermalung eines sehr angespannten Moments.

»Nate?«

Er rutschte ein Stück näher an mich heran und musterte mich eingehend. »Das ließe sich ja leicht rausfinden.«

»Was meinst du?«

»Küss mich.«

Ich wich zurück. »Was? Nein!«

Er grinste. »Ich werde das mal nicht persönlich nehmen.«

»Nein«, beeilte ich mich, ihm zu versichern. »Ich wollte damit nicht sagen, dass ich dich nicht küssen will. Du weißt, dass du ein toller Typ bist – aber du bist Nate. Wir sind Freunde. Das würde sich garantiert komisch anfühlen.«

Er schmunzelte über meine Antwort. »Liv, wir sind erwachsen. Ich denke, wir können versuchshalber ein bisschen rummachen, ohne gleich durchzudrehen und all unseren Freunden davon zu erzählen.«

Ich flüchtete mich in Spott. »Witzig.«

»Also.« Er sah mich an, als wolle er sagen: *Worauf wartest du noch?* »Küss mich.«

Der Puls in meinem Hals begann, wie wild zu klopfen. »Meinst du das ernst?«

»Absolut.«

Mein Blick wanderte zu seinem Mund. Er hatte einen Wahnsinnsmund. Einen nahezu perfekten Mund. »Jetzt?«

»Jetzt.«

Zitternd rutschte ich übers Sofa zu ihm hin, bis unsere Knie sich berührten. »Ich soll dich küssen? Einfach so?«

Ich sah kurz ein Grübchen in seiner Wange aufblitzen, aber dass er über mich lachte, drang gar nicht wirklich zu mir durch, so sehr war ich damit beschäftigt, zu hyperventilieren und mir zu überlegen, ob ich Nate Sawyer den schlechtesten Kuss seines Lebens antun sollte.

Mein Brustkorb hob und senkte sich hektisch, während ich nach Atem rang.

»Ruhig«, murmelte Nate.

Also holte ich ganz tief Luft und sog damit den fruchtigen Duft von Nates Shampoo ein. Er hatte nicht wie sonst sein würziges Aftershave aufgelegt, sondern roch einfach nur frisch und sauber.

Aus irgendeinem Grund musste ich daran denken, wie er wohl nackt aussehen würde.

O Mann. Ein nackter Nate.

Mir wurde heiß, und ich las die Frage, die in Nates Augen stand – als wüsste er, dass ich an etwas Unanständiges gedacht hatte, und nun wollte er es genau wissen.

Um seiner Frage zuvorzukommen, beugte ich mich nach vorn und drückte zitternd meine Lippen auf seine.

Er verhielt sich ganz still. Anscheinend wollte er, dass ich die Führung übernahm.

Seine Lippen waren warm und weich, als ich mit meinen zögerlich darüberstrich. Als mir klarwurde, dass er nicht reagieren würde, bis ich ihn *richtig* küsste, rückte ich noch näher an ihn heran. Meine Brüste berührten nun seine Brust, und ich presste meinen Mund fester auf seinen, während ich mit der Zunge sacht über seine geschlossenen Lippen fuhr.

Seine Lippen teilten sich. Ich umspielte seine Zunge mit meiner und vertiefte den Kuss, und plötzlich war ich nicht mehr die Einzige, die küsste. Nate bewegte seinen Mund im Einklang mit meinem und neckte zärtlich meine Zunge, bis ich nichts mehr schmeckte außer Zucker und Bier und Nate. Unser Kuss wurde immer heftiger.

Auf meinen Armen breitete sich eine Gänsehaut aus, und meine Brüste wurden schwer.

Er stöhnte. Das Geräusch vibrierte in meinem Mund.

Meine Finger krallten sich in seine Haare. Ich konnte mich nicht daran erinnern, wie sie dahin gekommen waren.

Ich drückte meine Brüste an ihn. Ich wusste gar nicht mehr, wann er den Arm um mich gelegt und mich an sich gezogen hatte.

Gott, er konnte küssen.

Und seine Zunge. Wow. Er wusste wirklich mit seiner Zunge umzugehen. Die Vorstellung, wie er sie an anderen Stellen meines Körpers zum Einsatz brachte, fachte das aufflackernde Feuer in meinem Innern noch weiter an. Meine Haut stand in Flammen, und ich hatte das Gefühl, als müsste ich jeden Moment zerspringen. Es war mir egal. Alles, was ich wollte, war Nate.

Das Ziehen zwischen meinen Beinen wurde stärker, und mit ihm der Frust. Ich brauchte mehr. Irgendwie mehr. Ich packte ihn im Nacken und schob ihm ein Knie zwischen die Beine, damit ich ihm noch näher sein konnte. Ich wollte ihn noch intensiver schmecken und begann, an seiner Zunge zu saugen.

Ein Knurren drang tief aus seiner Kehle, und gleich darauf schob er mich abrupt von sich weg. Seinen Mund nicht mehr zu spüren war wie ein körperlicher Schmerz, und ich brauchte eine Minute, um aus dem Nebel der Begierde aufzutauchen, der mich umgab. Erst dann bemerkte ich, dass Nate mich mit glasigen Augen schwer atmend ansah.

Die Wirklichkeit meldete sich zurück.

Einen Moment lang hatte ich ganz vergessen, warum wir uns geküsst hatten.

Ich schluckte schwer und ballte die Hände zu Fäusten, damit meine Finger aufhörten zu zittern. »War … war das annehmbar?«, fragte ich. Meine Stimme war belegt.

Nates Gesichtsausdruck veränderte sich, und er zog ungläubig die Brauen hoch. Weil ich gefragt hatte? Ohne ein Wort zu sagen, nahm er mich beim Handgelenk, öffnete meine Faust und legte meine Hand auf seinen Schenkel. Wie gefangen in seinen dunklen Augen und mit noch immer vor Erregung klopfendem Herzen ließ ich es widerstandslos zu, dass er sie immer weiter nach oben schob. Ich wurde starr vor Schreck, als er meine Handfläche auf seine Erektion legte, die sich unter dem Reißverschluss seiner Jeans wölbte. »Was glaubst du?«, fragte er, heiser vor Verlangen.

Ich riss die Augen auf.

Ihn hart unter meiner Hand zu spüren und zu wissen, dass ich ihn so weit gebracht hatte, war wie ein Rausch, der meinen ganzen Körper erfasste. Nicht nur war ich unglaublich erregt, ich fühlte mich gleichzeitig befreit, weil ich nun wusste, dass ich eine gute Küsserin war. Und dass mein Kuss bei einem Mann, der so wunderbar und erfahren war wie Nate Sawyer, eine Erektion auslösen konnte.

Instinktiv begann ich, ihn mit der Handfläche zu reiben. Nates Lider senkten sich flatternd, sein Atem ging stockend. Ich spürte dieses verräterische Hüpfen tief im Unterleib. Ich wollte seine Hände auf mir spüren. Ich wollte …

I BELONG WITH YOU, YOU BELONG WITH ME …

»Scheiße«, keuchte ich, als die Lumineers durchs Zimmer schallten und ich auf dem Boden der Tatsachen landete. Hastig nahm ich die Hand aus Nates Schoß. Ich konnte ihm nicht in die Augen schauen und stieß die Schachtel Mini-Donuts um, weil ich so hastig aufsprang, um an mein Handy zu kommen. »Das ist mein Dad«, murmelte ich und hob das Telefon ans Ohr.

Ich hätte nicht rangehen müssen, aber Dad machte sich immer gleich Sorgen, wenn ich nicht abnahm … und ehrlich gesagt, kam die Unterbrechung gerade recht. »Hey«, meldete ich mich atemlos. Meine Wangen brannten noch heißer bei dem Gedanken, mich mit Dad zu unterhalten, unmittelbar nachdem ich Nate befummelt hatte.

»Alles klar bei dir? Du klingst so aus der Puste«, fragte Dad, hörbar besorgt.

Ich suchte fieberhaft nach einer Ausrede. »Ich habe gerade Pilates gemacht.«

Eine Berührung an meinem Knie ließ mich aufblicken. Nate zeigte zur Tür und stand auf. »Ich geh dann mal«, formte er lautlos mit den Lippen.

Ich suchte in seinen Augen nach einem Hinweis, wie er das, was gerade eben zwischen uns passiert war, aufnahm, aber falls er sich Gedanken darüber machte, verbarg er sie gut. Ich nickte und winkte ihm halbherzig zum Abschied. Ich hörte kaum hin, was mein Vater von einem Fernseher erzählte, den er im Ausverkauf gesehen hatte und der viel besser wäre als mein alter gebrauchter, sondern sah Nate hinterher, wie er aus meiner Wohnung verschwand.

***

Danach konnte ich mich auf nichts konzentrieren. Ich versuchte, mir einen Film anzuschauen und die Snacks aufzuessen, die Nate übriggelassen hatte, aber mein Körper war noch ganz aufgedreht vor unerfülltem sexuellen Verlangen, und meine Gefühle befanden sich im Chaos. Am meisten allerdings beschäftigte mich die Furcht, dass meine Freundschaft zu Nate einen Riss bekommen könnte.

Endlich knickte ich ein und schrieb ihm eine SMS, unmittelbar bevor ich schlafen ging.

Fandest du das komisch?

Ich lag im Bett und starrte im Dunkeln an die Decke, als die Lumineers ihr »Hey-ho« anstimmten. Ich nahm mein Handy und sah, dass es Nate war. Erleichterung vermischte sich mit Angst, als ich abnahm.

Ich hörte sein Lachen am anderen Ende. »Ein bisschen«, antwortete er ohne Einleitung. »Aber das muss nicht sein. Vor allem, wenn es geholfen hat?«

Mir fiel ein Stein vom Herzen, und ich merkte, wie meine Anspannung nachließ. Obwohl mir bei der Sache noch immer nicht ganz wohl war, kam ich zu dem Schluss, dass Nate recht hatte. Es war nur dann komisch, wenn wir es zuließen, also sagte ich: »Ich mache mir jedenfalls keine Sorgen mehr, dass ich nicht küssen kann, falls du das meinst.«

»O Babe.« Nates tiefes Raunen kitzelte herrlich in meinem Ohr, und ich war mir ziemlich sicher, dass meine Pupillen sich weiteten, als es erneut zwischen meinen Beinen zu kribbeln begann. »Du kannst küssen, glaub mir.«

»Ich glaube deinem Schwanz.«

Sein halb schockiertes Lachen half mir nicht gerade, meine glühenden Wangen abzukühlen. Hatte ich das wirklich laut gesagt?

Du bist nicht mehr in Kansas, Soda Pop.

»Bist du rot geworden, als du das gesagt hast?«, erkundigte sich Nate. Ich sah sein Grinsen förmlich vor mir.

»Möglicherweise«, murmelte ich und presste eine kühle Hand an meine glühende Wange.

Seine Antwort bestand aus einem leisen, sinnlichen Lachen, das komische Sachen mit meinem Innern anstellte. Ich lag da, lauschte auf seinen Atem und konnte nicht glauben, wie sehr sich meine Laune im Vergleich zum Vormittag gebessert hatte. Ich hatte mich so lebensfremd, so einsam, jämmerlich und hoffnungslos gefühlt. So fertig mit der Welt.

Und jetzt, heute Abend, war ich erregt, lebendig, ich spürte eine ungeahnte Kraft in mir und wollte nicht, dass dieses Gefühl jemals wieder wegging. Die einzige Möglichkeit, es noch mal zu erleben, wäre … mir von Nate dabei helfen zu lassen. Aber damit würde ich endgültig eine Grenze überschreiten. Ich hatte weder eine Ahnung, ob er es tun würde, noch, ob ich wirklich bereit wäre, unsere Freundschaft aufs Spiel zu setzen, nur damit ich meine sexuelle Selbsterweckung vorantreiben konnte.

»Liv?«

»Ja?«

»Was geht dir durch den Kopf? Ich höre es ja förmlich rattern.«

Ich schloss die Augen, und mein Herzschlag beschleunigte sich, während ich mich dafür wappnete, ihm die Frage zu stellen.

»Liv?«

»Also …« Das Handy zitterte in meiner Hand. »Also … ich habe mich gefragt …«

»Ja?«

»Ich habe mich gefragt …«, am liebsten hätte ich mich verkrochen, »was als Nächstes kommt.«

»Na ja, ich dachte, du könntest das Flirten mal in einer realen Situation ausprobieren.«

Sofort war ich hellwach. »Was soll das heißen?«

»Wir gehen doch am Samstag mit den anderen aus, stimmt's?«

»Ja. Und?« Ich wusste nicht, ob mir die Richtung des Gesprächs gefiel.

»Samstagvormittag, vor dem Judo, gehen wir für dich ein Kleid kaufen. Du wirst was richtig Heißes anziehen, damit du dich sexy fühlst, und wenn wir dann unterwegs sind, wirst du dir beweisen, dass du auch sexy *bist*, indem du mit einem Mann flirtest und dir seine Nummer geben lässt.«

Schweigend hörte ich zu. Schon jetzt flatterten die Schmetterlinge in meinem Bauch.

»Olivia?«

»Mm-hmm?«

»Babe, du musst dir deswegen überhaupt keine Sorgen machen, versprochen.«

Ich nickte tapfer. »Okay. Ich vertraue dir.«

Kapitel 10

Ich schüttelte gähnend den Kopf, als Nate ein rotes enges Kleid hochhielt.

Zähneknirschend hängte er das Teil zurück auf die Stange. »Gibt es hier irgendwas, was dir gefällt? Und kannst du vielleicht mal aufwachen?«

Wir standen in einem Designerladen in der Nähe der Princes Street und suchten ein sexy Outfit für den bevorstehenden Abend. Inzwischen waren wir seit zweieinhalb Stunden auf der Suche. Ich zog die Sache absichtlich in die Länge, um Nate zu quälen, nur leider quälte ich mich selbst damit auch.

Ich stemmte die Hände in die Hüften. »Du hast mich an einem Samstagmorgen um halb acht aus dem Bett geholt. Ich bin müde. Ich hasse Shoppen, und wenn ich Schaufensterpuppen sehe, läuft es mir kalt den Rücken runter. Ich habe ein T-Shirt, auf dem steht ›Online-Shopping ist mein Held‹. *Comprende?*«

Nate verschränkte die Arme und stellte sich breitbeinig vor mich hin. Er trug dunkelblaue Jeans, schwarze Boots, ein schmal geschnittenes weißes T-Shirt, einen schwarzen Blazer und seinen Beanie. Er sah umwerfend und ausgeschlafen aus, und wo immer wir hingingen, warfen ihm die Frauen sehnsuchtsvolle Blicke zu – bis sie mich entdeckten und ihre Sehnsucht in Neid umschlug, weil sie uns für ein Paar hielten.

Ich musste zugeben, dass dieser Teil unseres Shoppingtrips durchaus nach meinem Geschmack war.

»Glaubst du, ich reiße mich darum, hier zu sein?«, fragte Nate ungehalten. »Klamotten kaufen ist ein Alptraum für mich.«

Ich grinste und knuffte ihn freundschaftlich in den Arm. »Na, dann lass uns doch die Biege machen, Baby!«

Ein Grübchen erschien auf seiner Wange, und ich wusste, dass er sich eisern ein Lachen verkniff, das seine leidgeprüfte Miene ruiniert hätte. »Liv, wir müssen das hinter uns bringen.«

Halb schmollend, halb flehend faltete ich die Hände. »Bitte. Lass uns einfach gehen.«

Er betrachtete einen Moment lang meinen Mund, bevor er den Blick hob und mir forschend in die Augen sah. »Willst du heute Abend sexy sein oder nicht?«

Ich ließ die Schultern hängen, atmete tief aus und nickte, ehe ich mich im Laden umsah.

»Und hast du irgendwas im Kleiderschrank, worin du dich ansatzweise sexy fühlst?«

»Nur Unterwäsche«, gestand ich achselzuckend.

Er schmunzelte. »Gut zu wissen. Aber ich glaube nicht, dass du vorhast, so weit zu gehen. Also lass uns jetzt was zum Anziehen für dich aussuchen. In zwei Stunden muss ich zum Training.«

»Entschuldigung?« Eine junge Verkäuferin kam strahlend auf uns zu und schleckte Nate, der garantiert zehn Jahre älter war als sie, regelrecht mit Blicken ab. »Kann ich euch irgendwie weiterhelfen?«

Nate machte eine auffordernde Geste in meine Richtung, und ich stieß einen geplagten Seufzer aus, ehe ich mich an das Mädchen wandte. »Ich suche ein Kleid. Nichts Hautenges«, betonte ich mit einem vielsagenden Blick zu Nate. »Bauchspeck«, erinnerte ich ihn, bevor ich mich wieder an das Mädchen wandte. »Habt ihr Kleider mit Schößchen?«

»Hm …« Sie schüttelte den Kopf. »Wir haben Tops mit Schößchen, aber keine Kleider.«

»Und passende Bleistiftröcke?«

»Sicher. Hier lang.« Sie machte eine halbe Drehung auf dem Absatz und ging voraus.

Nate musterte mich argwöhnisch. »Schößchen? Bleistiftröcke?«

»Was denn? Ich habe gesagt, ich hasse Shoppen. Ich habe nicht gesagt, dass ich keine Ahnung von Mode habe.«

»Ich bring dich um«, knurrte er mir ins Ohr, als wir der jungen Verkäuferin folgten. »Du hast absichtlich zweieinhalb Stunden lang rumgetrödelt.«

Ich griff nach seinem Arm, damit er anhielt. »Schatz. Du hast mich um halb acht aus dem Bett gezerrt. An einem Samstag.«

»Willst du damit sagen, die letzten zwei Stunden waren deine Rache dafür?«

Ich zuckte lässig mit den Schultern. »Ich sage nichts dergleichen.«

»Da wären wir«, verkündete die junge Verkäuferin vor uns. Ich beeilte mich, sie einzuholen, um Nates frustriertes Grummeln nicht hören zu müssen. Ich spürte die Hitze seines Körpers im Rücken, als ich vor dem Kleiderständer anhielt, neben dem die Verkäuferin stehen geblieben war. »Wir haben drei verschiedene Tops mit Schößchen, und hier sind einige Bleistiftröcke, die passen zu allen.«

»Perfekt.« Nate schlug mir mit der flachen Hand so schwungvoll auf den Hintern, dass das Klatschen von den Wänden des Ladens widerhallte. Und es tat weh. Es tat *richtig weh.* »In denen sieht mein Baby garantiert umwerfend aus.«

Die Verkäuferin blinzelte ebenso verdutzt wie ich, ehe sie eine Entschuldigung stammelte und uns allein ließ. Kaum war sie außer Hörweite, drehte ich mich langsam zu Nate um. »Was. Bitte. Sollte. Das?«

Er tätschelte beruhigend die schmerzende Stelle an meinem Hinterteil. »Rache für die Rache«, sagte er mit einem reuelosen

Grinsen. Ohne ein weiteres Wort nahm er einige Oberteile in meiner Größe und ein paar Röcke von der Stange und hielt sie mir hin. »Anprobieren.«

Ich entriss ihm die Kleider mit einer Hand, während ich mit der anderen meinen schmerzenden Po rieb. »Das kriegst du zurück«, zischte ich.

Die nächsten zwanzig Minuten probierte ich mit eiserner Miene ein Outfit nach dem anderen an, damit Nate sie an mir begutachten konnte. Am Ende fiel unsere Wahl auf ein tief ausgeschnittenes Oberteil mit einem saphirblauen Taillengürtel aus Leder, einen hautengen schwarzen Bleistiftrock, der mir bis kurz unters Knie ging und hinten eine hübsche Falte hatte, und ein paar blaue Wildleder-Highheels mit passender Clutch. Nate war sehr angetan von dem Outfit. Ich hingegen war so sehr damit beschäftigt, meine Vergeltung für seinen Hinternklatscher zu planen, dass ich ihm gar nicht viel Beachtung schenkte.

Erst als wir an der Kasse standen und die Verkäuferin uns die Gesamtsumme unseres Einkaufs nannte, drehte ich mich zu Nate um und sagte zuckersüß: »Liebling?«

Erstaunt zog er eine Augenbraue hoch. »Was ist denn?«

»Ich habe mein Portemonnaie vergessen.«

Seine Augen verengten sich zu Schlitzen. »Hast du gar nicht.« Er zeigte auf meine Handtasche, die ich über der Schulter hängen hatte. »Da ist es doch.«

»Das ist meine Handtasche. Mein Portemonnaie ist nicht drin«, log ich.

»Ich habe doch gesehen, wie du es heute Morgen reingetan hast, Schatz«, sagte er durch zusammengebissene Zähne.

»Aber jetzt ist es nicht mehr da, Liebling«, gab ich gepresst zurück.

Wir funkelten uns eine Weile an. Bis ich aus dem Duell als Siegerin hervorging.

Mit finsterer Miene zückte er seinen Geldbeutel und nahm seine Kreditkarte heraus. Als die Verkäuferin die Sachen in eine Tüte steckte, legte ich Nate eine Hand an die Brust und gab ihm einen sanften Kuss auf die Wange, bevor sich mein Mund seinem Ohr näherte. »Rache«, hauchte ich und rückte von ihm ab. In seinen Augen flackerte es, und im ersten Moment verschlug es mir den Atem. Ich ignorierte das Ziehen der Begierde, das sich unter diesem heißen Blick zwischen meinen Beinen bemerkbar machte, und flüsterte: »Meine Arschbacke brennt.«

Seine Anspannung verflog, und er nickte lächelnd. »Also gut. Sagen wir einfach, es ist ein vorgezogenes Geburtstagsgeschenk.« Er nahm die Tüten und reichte sie an mich weiter.

»Nein.« Kopfschüttelnd folgte ich ihm aus dem Geschäft. »Das war Rache.«

»Geburtstagsgeschenk«, warf er über die Schulter zurück.

»Rache«, beharrte ich eisern und stolperte fast über meine Füße, so sehr musste ich mich beeilen, ihn draußen auf der Straße einzuholen. »Mann, das ist so ziemlich das Coolste, was ich je gemacht habe. Das nimmst du mir nicht weg, indem du irgendwelchen Blödsinn von wegen Geburtstagsgeschenk faselst. Das war Rache.« Ich hob die Tüten hoch, um das Gesagte zu unterstreichen.

Nate schüttelte grinsend den Kopf. »Babe, das war so ziemlich das Coolste, was du je gemacht hast, bevor du *gesagt* hast, es sei das Coolste, was du je gemacht hast.« Er seufzte und lachte über meine eingeschnappte Miene. »Von mir aus«, gab er nach. »Dann war es eben Rache.«

Wir schwiegen, als wir inmitten der immer dichter werdenden Menge von Passanten die Princes Street hinuntergingen, bis ich mich wieder auf meine guten Manieren besann. »Danke für das vorgezogene Geburtstagsgeschenk.«

Viele Frauen drehten sich um, als Nate Sawyer lauthals zu lachen anfing, bevor er mir den Arm um die Schultern legte und mich fest an seine Seite zog.

Ich muss sagen … der Platz gefiel mir ausnehmend gut.

***

Der Türsteher des *Club 39* taxierte mich von Kopf bis Fuß und murmelte ein gedehntes »'n Abend, Schätzchen«, ehe er zur Seite trat, um mich reinzulassen. Ich versuchte, nicht rot zu werden, als ich das anerkennende Funkeln in seinen Augen sah. Trotzdem schlotterten meine Knie, als die Absätze meiner hohen Schuhe über den Steinfußboden des Eingangsbereichs klackerten. Ich hatte mich wegen des bevorstehenden Abends so verrückt gemacht, dass ich zu spät dran war und Jo per SMS informiert hatte, dass ich sie, Ellie und die Jungs direkt in der Bar treffen würde. Es war dieselbe Bar, in der Jo und Joss früher gearbeitet hatten, und wir gingen oft hin, weil sie die meisten Mitarbeiter noch gut kannten und wir fast immer einen Tisch bekamen.

Ehrlich gesagt, war es nicht gerade meine Lieblingsbar. Sie war eng und dunkel, die wenigen vorhandenen Möbel waren modern und unbequem, und die Tanzfläche hatte ungefähr die Größe meiner Singleküche. Der *Club 39* hatte etwas Prätentiöses, das mir auf die Nerven ging, und insgeheim fürchtete ich, in so einem Laden niemanden zu finden, mit dem ich flirten, geschweige denn Telefonnummern austauschen wollte, so wie Nates Test es vorsah.

Hätte der Gedanke an die Mission des heutigen Abends nicht schon ausgereicht, um meinen Magen in Aufruhr zu versetzen – mein Outfit und die anerkennenden Blicke der Männer hätten garantiert den Rest erledigt.

Nate hatte recht. Ich fühlte mich wirklich sexy. Ich zeigte

einen nicht unerheblichen Teil meiner Oberweite, meine Taille wirkte superschlank und meine Hüften extrem kurvig. Das Top und der Rock hoben alle positiven Aspekte meiner Figur hervor und kaschierten die Problemzonen. Außerdem hatte ich mir für mein Make-up mehr Zeit genommen als üblich, einschließlich Smokey Eyes und Lipgloss für vollere Lippen. Meine Frisur war unkompliziert, weil ich von Natur aus schöne Haare hatte. Sie fielen mir in sinnlichen Wellen, die perfekt zu meinem Outfit passten, den Rücken hinab.

Insgesamt fühlte ich mich fast ein bisschen wie Marilyn Monroe, aber das bedeutete nicht, dass ich auch innerlich einen Sprung von verklemmt zu Vamp gemacht hatte.

Ich ignorierte die Aufmerksamkeit, die mein Outfit erregte – Nate hätte sich bestimmt darüber geärgert, schließlich sollte ich lächeln und flirten, was das Zeug hielt –, und hielt mich hilfesuchend an meiner neuen Clutch fest, während ich Ausschau nach meinen Freunden hielt.

Ich erspähte sie in einer Ecke auf einem eigenartigen eckigen Lederungetüm, das eine Couch darstellen sollte. Ellie war elegant wie immer in einem hellrosa Etuikleid und spitzen silbernen Stilettos, und Jo sah in ihrem knallengen neonblauen Kleid mit passenden Sandaletten sexy und glamourös aus. Sie saßen neben ihren jeweiligen Verlobten und lachten über etwas, das Nate gerade gesagt hatte. Er hatte die Ellbogen auf die Knie gestützt und hielt ein Bier in der Hand. Adam trug einen wie angegossen sitzenden Designeranzug, Cam dunkle Jeans und ein Ramones-T-Shirt. Nate hatte sich für ein blaues Hemd zu schwarzer Hose entschieden.

Bei allen dreien konnte einem das Wasser im Mund zusammenlaufen.

Als ich näher kam, rechnete ich damit, dass sie jeden Moment zu mir aufsehen und mich begrüßen würden. Ellie, Jo und Cam sahen auch tatsächlich zu mir auf, soweit traf meine Prognose zu. Allerdings schienen sie mich gar nicht zu bemerken, sondern schauten direkt durch mich hindurch und wandten sich ab, bevor sie sich in plötzlichem Erkennen ruckartig erneut zu mir umdrehten. Adam und Nate folgten ihren Blicken.

Auf Jos wunderschönem Gesicht erschien ein Strahlen. »O mein Gott, Olivia, du siehst … hammermäßig aus.«

Ich fummelte an meiner Tasche herum, weil es mir nicht behagte, so in Augenschein genommen zu werden. »Hm, danke. Nächstes Thema.« Ich grinste verlegen und wollte mich gerade zu Ellie setzen, als Nate meine Hand ergriff und mich neben sich zog. Ich lächelte ihn an und erschauerte dann prompt, als er mich eingehend musterte. Schließlich trafen sich unsere Blicke.

»Du siehst unglaublich spaltbar aus.«

Ich lachte, um nicht zu erröten. »Charmant wie immer, Nathaniel.«

»Ja, Nate, du kannst dich so gewählt ausdrücken«, pflichtete Ellie mir trocken bei.

Adam brummte: »Er ist noch schlimmer als Braden.«

Nate quittierte die Bemerkungen der anderen mit einer wegwerfenden Handbewegung und trank einen Schluck von seinem Bier, bevor er in aller Seelenruhe antwortete: »Ich bringe die Dinge nur auf den Punkt.«

Ich versuchte, Mut aus Nates unverblümtem Kompliment zu schöpfen, und begann, mich nach einem potentiellen Opfer umzusehen.

Zielperson?

Klang auch nicht viel besser.

Ich brauchte was zu trinken.

Ich deutete auf die Gläser der anderen. »Noch eine Runde?«

Sofort stand Adam auf und schob sich um unseren kleinen Tisch herum. »Ich zahle. Corona?«

Das war mein Standardgetränk, aber heute brauchte ich etwas Stärkeres. »Talisker mit Ginger Ale. On the Rocks.«

Er nickte und machte sich auf den Weg zur Theke. Ich spürte, wie Jo mich ansah.

»Alles klar bei dir?«, erkundigte ich mich.

Sie nickte. »Und bei dir? Whisky?«

»Ich hatte heute Abend einfach mal Lust auf was anderes.« Ich wandte den Blick ab und ließ ihn suchend durch die Bar schweifen. Es musste doch irgendwo jemanden geben, der eine Reaktion in mir auslöste. Wenigstens eine klitzekleine, so dass ich mir vorstellen konnte, einen Flirt mit ihm anzufangen.

Der Duft von Nates Aftershave stieg mir in die Nase, als er sich zu mir beugte und mir etwas ins Ohr flüsterte. »Und? Irgendwas dabei?«

Es kostete mich viel Selbstbeherrschung, mich nicht zu ihm umzudrehen, ihn bedeutungsvoll anzusehen und zu schnurren: »Oh, definitiv, Baby.«

Aber für solche Aktionen war ich weder kühn noch lässig genug. Wenn ich erst ein paar Fingerbreit Whisky im Blut hatte, sah das vielleicht anders aus.

»Ich suche noch«, antwortete ich leise. »Und irgendwie habe ich das Gefühl, dass ich gleich auf meine neuen Schuhe kotzen muss.«

»Bitte nicht. Ich weiß, wie viel die gekostet haben.«

Ich grinste, während mein Blick weiter suchend umherschweifte. »Wenn das so ist, werde ich versuchen, mich zurückzuhalten.«

»Das weiß ich zu schätzen.«

Ich konnte niemanden entdecken, der mich reizte, allerdings konzentrierte ich mich auch nicht besonders auf meine Aufgabe. Nates Oberschenkel war ganz dicht an meinem, und ich war eingehüllt in eine Wolke seines Aftershaves. Die Nähe zu ihm brachte mich um den Verstand. Natürlich war ich mir seiner Nähe immer bewusst, aber jetzt spürte ich sie auf eine Art und Weise, wie ich sonst nur die Nähe von Männern spürte, die ich attraktiv fand.

Als ich diesen Gedanken zu Ende gedacht hatte, versteifte ich mich unwillkürlich.

O *nein.*

»Was ist?« Nates Finger schlossen sich um mein Handgelenk.

Ich sah in sein Gesicht. Er war mir so nahe, dass ich seine langen, dichten Wimpern, die seine verführerischen Augen umrahmten, zählen konnte.

Fieberhaft suchte ich nach einer Erklärung für meine plötzliche Anspannung. Dabei glitt mein Blick erneut durch den Raum und blieb schließlich an einem großen Mann mit blonden Haaren hängen, der eine entfernte Ähnlichkeit mit Benjamin aufwies. »Ich habe ihn gefunden.« Mit einem Kopfnicken deutete ich in die entsprechende Richtung. Der Typ stand in der Nähe der Theke, trank ein Bier und unterhielt sich lachend mit zwei Freunden, während sie die anwesenden Frauen inspizierten. Er war nicht gerade umwerfend attraktiv, hatte aber ein angenehmes Lächeln und schön breite Schultern.

»Gut. Geh an die Bar, hol dir deinen Drink von Adam, und fang an, mit ihm zu flirten.«

Aus dem Augenwinkel bekam ich mit, wie Jo uns forschend musterte, während Ellie und Cam sich laut über die Musik hinweg unterhielten. Ich merkte, wie mir das Blut heiß in die Wangen stieg bei dem Gedanken, dass Jo – oder sonst jemand – uns auf die Schliche kommen könnte. Deswegen bat ich Nate auch nicht, wie ursprünglich geplant, um einen Tipp, wie ich am besten in den Flirt einstieg, sondern nickte ihm lediglich zu und stand auf.

Den Mädels schenkte ich ein Lächeln, ohne auf ihre fragenden Blicke zu reagieren. Dann bahnte ich mir den Weg durch die Gästeschar und versuchte, dabei die Hüften zu schwingen, so, wie Jo es immer machte, wenn sie Highheels trug. Das Blut rauschte in meinen Ohren, so schnell klopfte mein Herz, und ich war mir sicher, wenn ich auch nur ein Wort sagte, würde höchstens ein unverständliches Genuschel herauskommen. Mit schlotternden Knien steuerte ich auf Adam zu, der am Ende der Theke in der Nähe meiner Zielperson stand.

»Hey.« Ich schlüpfte neben ihn und erspähte mein Whiskyglas auf dem Tresen. »Für mich?«

Adam nickte. »Ja. Ich wollte es dir gerade bringen.«

»Nicht nötig.« Ich schnappte es mir und kippte den Inhalt in einem Zug hinunter. Tränen schossen mir in die Augen, so stark brannte der Whisky in meiner Kehle. Ich klopfte mir gegen die Brust und hustete einmal. »Hui!« Das Brennen ließ nach, und übrig blieb eine angenehme Wärme. Ich ignorierte Adam, der mich ansah, als wäre ich eine Wildfremde, lehnte mich über die Theke und tippte Alistair, Jos und Joss' ehemaligem Kollegen, auf die Schulter. Er zapfte gerade ein Bier, drehte sich aber um und lächelte, als er mich erkannte.

»Olivia, was darf's sein?«

»Noch einen Talisker mit Ginger Ale on the Rocks.« Ich knallte schwungvoll das Geld auf den Tresen. »Stimmt so.«

Er nickte und nahm das Geld mit einer Hand, während er mit der anderen dem Gast sein Bier hinschob.

»Ähm, geht's dir gut?« Adam musterte mich stirnrunzelnd.

Ich nickte nachdrücklich. »Ging mir noch nie besser.« Dabei riskierte ich unauffällig einen Blick auf meine Zielperson, um sicherzugehen, dass sie noch da war.

Jawohl.

Also dann.

Ich holte tief Luft und versuchte, meine flatternden Nerven zu beruhigen.

Dann drehte ich mich in seine Richtung und tat so, als sähe ich mich ganz entspannt in der Bar um. Dabei schweifte mein Blick wie zufällig über ihn hinweg und kehrte dann zu ihm zurück. Er bemerkte es und sah mich an. In seinen Augen glomm Interesse auf.

Das war doch schon mal ganz gut.

Ich lächelte. Er lächelte zurück.

Noch besser.

Ich lehnte mich über den Tresen, so dass mein Dekolleté optimal zur Geltung kam. »Ich habe dich schon mal in der Bibliothek gesehen, oder?«, fragte ich ihn. Das war natürlich eine glatte Lüge.

Daraufhin ließ der Blonde seine Freunde stehen und kam zu mir. Er lächelte immer noch und betrachtete mich. Sein Blick ruhte ein paar Sekunden länger auf meinen Brüsten, als höflich gewesen wäre, ehe er wieder nach oben zu meinem Gesicht wanderte. »In der Bibliothek?«

»In der Unibibliothek. Da arbeite ich. Du bist Doktorand, oder?«

Sein Grinsen wurde breiter. »Nein, aber jetzt wünschte ich, ich wäre einer. Als ich noch studiert habe, gab's keine Bibliothekarinnen wie dich.« Er hatte einen schnuckeligen britischen Akzent und schien definitiv an mir interessiert zu sein.

Womöglich würde ich den Test sogar bestehen.

»Hier, Olivia.« Alistair schob mir meinen Drink hin, und als ich hochschaute, begegnete ich Adams Blick. Er sah zwischen mir und dem Blonden hin und her, als überlegte er, ob die Aufmerksamkeit von mir erwünscht war oder nicht. Um ihn zu beschwichtigen, lächelte ich, zuckte kokett mit den Schultern und wandte mich dann demonstrativ wieder meiner Zielperson zu.

»Olivia heißt du also?« Der Blonde hatte zwischenzeitlich einen Ellbogen auf die Theke gestützt, so dass wir uns noch näher waren. So nah, dass ich trotz meiner Absätze den Kopf in den Nacken legen musste, um zu ihm aufzuschauen.

»Ja. Und du?«

»Will.« Er hielt mir die Hand hin, und ich schüttelte sie. Ich mochte den Griff seiner starken Finger.

Das war doch gar nicht so schwer.

»Höre ich bei dir einen amerikanischen Akzent raus?«, fragte er neugierig.

»Ja. Ich bin in den Staaten aufgewachsen, aber mein Dad ist Schotte. Wir sind vor kurzem hierhergezogen.«

»Und wie gefällt's dir hier?«

Ich grinste und antwortete aufrichtig: »Bis jetzt ganz ausgezeichnet.«

Will senkte den Kopf, und in seinen blauen Augen blitzte eine eindeutige Absicht auf, die mich etwas verwirrte. Eigentlich hätte mich seine Reaktion nicht überraschen sollen, zumal ich es ja genau darauf angelegt hatte, aber trotzdem ... Wenn ich ehrlich war, fühlte ich mich nicht ganz wohl bei der Sache. Ich kannte den Typen nicht und hatte keine Ahnung, wie er auf meinen harmlosen Flirt reagieren würde. Für manche Männer gab es keinen großen Unterschied zwischen einem Flirt und einer Anmache mit sexuellen Absichten, und sie fühlten sich schnell an der Nase herumgeführt. Erst recht, wenn man – wie Will – nur ein Experiment war ... und ich ihn *tatsächlich* an der Nase herumführte. »Das klingt jetzt wahrscheinlich total plump und kitschig, aber hat dir schon mal jemand gesagt, dass du unglaublich tolle Augen hast?«

Ja. Nate Sawyer hat es mir schon mal gesagt. Und aus seinem Mund klang es viel schöner.

Ich schlug die Augen nieder, um dann durch gesenkte Wimpern zu Will aufzuschauen. »Danke«, murmelte ich und sah mich dann wie zufällig nach meinen Freunden um.

Nate stand neben unserem Tisch, und an seiner Seite klebte eine zierliche, äußerst wohlproportionierte Blondine. Gerade beugte er sich zu ihr herab, um ihr etwas zuzuflüstern. Seine Lippen berührten dabei ihr Ohr.

Ein Beben ging durch meinen Körper. Mir wurde kalt, und auf einmal hatte ich ein dumpfes Gefühl im Magen.

Er merkte nicht einmal, wie tapfer ich mich schlug! Er hatte eine bildhübsche Blondine mit schlanken Hüften, die sich an ihm rieb, wieso sollte er da noch auf irgendetwas achten, was ich tat? Mir wurde ganz heiß – diesmal nicht vor Nervosität, sondern vor Verletztheit und Wut –, und als ich den Kopf abwandte, begegnete ich Jos Blick. Sie starrte mich eine Sekunde lang an und schielte dann zu Nate. Als sie sich danach wieder in meine Richtung drehte, war ihre Miene besorgt. Ich pappte mir ein strahlendes Lächeln ins Gesicht, als wäre alles in bester Ordnung, und konzentrierte mich wieder auf Will.

Der runzelte die Stirn.

Na, toll.

»Ist das dein Freund?«, fragte er und deutete in Nates Richtung.

»Nein«, sagte ich hastig. »Das sind bloß meine Freunde.«

Er nickte erleichtert. »Dann bist du also Single?«

»Ich bin Single, ja.« So was von Single, dass es schon nicht mehr lustig war. »Und du?«

»Kaum zu glauben, aber ja.« Er lachte selbstironisch, und ich entspannte mich ein bisschen. Seine Art gefiel mir.

»Und was machst du so beruflich, Will?«

»Ich bin Ingenieur.«

Neugierig nippte ich an meinem Whisky. Jetzt, da ich mich sicherer fühlte, ließ ich mir Zeit mit dem Alkohol. »Erzähl mal.«

Wie sich herausstellte, war das eine idiotensichere Methode, das Herz eines Mannes zu erobern. Zumindest Wills Herz. Die nächste halbe Stunde stellte ich ihm Fragen über seine Arbeit, seine Hobbys und hatte ein Dauerlächeln im Gesicht, um ihn glauben zu machen, dass ich alles, was er sagte, ungemein faszinierend fand.

Er fraß mir aus der Hand.

Allerdings: Wäre dies kein Test gewesen, hätte ich längst das Handtuch geworfen. Ich wartete die ganze Zeit darauf, dass er mir auch mal eine Frage zu meinem Leben stellen würde, aber ihm schien es vollauf zu genügen, sich in meiner Aufmerksamkeit zu sonnen.

Weil mir irgendwann langweilig wurde, zuckte ich in gespieltem Widerwillen mit den Achseln. »Ich sollte wohl mal wieder zu meinen Freunden gehen … aber …« *Trau dich, Soda Pop.* »Magst du mir vielleicht deine Nummer geben?«

Will grinste und hielt die Hand auf. »Gib mir dein Handy.«

Ich öffnete meine Clutch, zog mein Handy heraus, und Erleichterung überschwemmte mich, als Will seine Nummer eintippte. Als er mir danach das Telefon zurückgab, schloss er seine Finger um meine, zog mich sanft zu sich heran und hielt mich fest, während er den Kopf senkte.

Ich war wie erstarrt, als unsere Lippen sich berührten.

Dann kamen mir Nate und die Blondine in den Sinn, und vor lauter Wut öffnete ich den Mund.

Will vertiefte den Kuss, und seine Zunge spielte sanft mit meiner.

Es war kein schlechter Kuss. Technisch gesehen, war Will sogar ein ziemlich guter Küsser.

Aber ich empfand nichts dabei.

Ich entzog mich ihm und lächelte scheu, was ihm zu gefallen schien. »Ich ruf dich an«, sagte ich.

Er ließ mich los. Ich ignorierte das Feixen seiner Freunde und kehrte an unseren Tisch zurück.

Die Blondine war verschwunden. Nate beobachtete mich mit unergründlicher Miene. Ich sah von ihm zu den anderen. Cam und Adam grinsten mich spitzbübisch an, Ellie biss sich auf die Lippe, um nicht loszukichern, und Jo wirkte vollkommen perplex.

»Was war das denn?«, fragte sie und deutete auf mein Handy.

Ich hielt es hoch und versuchte, lässig und amüsiert zu klingen, als ich antwortete: »Das war eine Telefonnummer.« Mein Blick ging zu Nate, der mir mit einer knappen Bewegung seines Kinns zu verstehen gab, ich solle mich zu ihm setzen.

Ich ließ mich neben ihm auf die Couch fallen und wartete, doch er machte erst den Mund auf, als die anderen sich wieder ihren Gesprächen zugewandt hatten. »Und? War's schön?«, fragte er leise und sah mir forschend in die Augen.

Ich machte eine vage Kopfbewegung. »Deinen Test habe ich jedenfalls bestanden.«

Der Blick seiner dunklen Augen glitt zur Bar, wo Will mittlerweile wieder bei seinen Freunden stand. Ich wartete auf irgendeine Reaktion, doch als Nate sich zu mir umdrehte, war seine Miene unbewegt. »Ich habe nicht gesagt, dass du einen Wildfremden küssen musst.«

»Stimmt. Habe ich aber.«

»Aha. Ich habe es offenbar mit einer Streberin zu tun.«

Ich zuckte mit den Schultern.

Den Rest des Abends schwiegen wir, hauptsächlich, weil ich mit meinen eigenen Gedanken beschäftigt war. Als es Zeit wurde, nach Hause zu gehen, bestand Nate wie immer darauf, mich zu begleiten. Ich umarmte die Mädels und verabschiedete mich von den Jungs, ehe ich Nate in meinen atemberaubenden Schuhen, die allmählich zu drücken begannen, die George Street hinunterfolgte.

»Also«, sagte ich, um Unbeschwertheit bemüht. »Wie's aussieht, hast du heute ja auch eine Nummer bekommen.«

Nate nickte. »Von der Blonden.«

Ich schnaubte. »Ist das ihr Name?«

Er sah mich vielsagend an. »Der Rest interessiert mich nicht.«

In dem Moment musste ich mir wirklich ins Gedächtnis rufen, was die tieferliegende Ursache für sein Verhalten war, sonst wäre mir der Kragen geplatzt. Er würde mich vor meiner

Wohnung absetzen, und dann würde er die Blondine anrufen, sich irgendwo mit ihr treffen, sie vögeln, sich gleich danach aus dem Staub machen und ihre Nummer von seinem Handy löschen.

Das war keine gute Art zu leben, aber er hatte sich dafür entschieden, das musste ich respektieren. Wäre er einfach nur ein Aufreißer gewesen, hätte ich ihm die Hölle heißgemacht, bis ihm die Ohren bluteten, aber jedes Mal, wenn ich kurz davor war, fiel mir das Tattoo ein, das er über dem Herzen trug.

Je näher wir meiner Wohnung kamen, desto seltsamer wurde mir zumute, und als ich daran dachte, wie verletzt und wütend ich gewesen war, als ich ihn mit der Blonden gesehen hatte, kam mir der Gedanke, dass ich vielleicht nicht so sehr ein Problem mit seiner Lebenseinstellung an sich hatte, sondern vielmehr damit, dass er mich verließ, um eine andere zu vögeln.

Was das bedeutete, wollte ich lieber nicht so genau analysieren.

Und trotzdem: Als wir vor meinem Haus anhielten, rief ich ihn leise beim Namen.

»Hm?«, machte er, die Hände in den Hosentaschen.

Ich schaute in sein wunderschönes Gesicht und nahm all meinen Mut zusammen, um ihm die Frage zu stellen, die mir seit unserem Kuss auf der Seele lag. Ich begann mit: »Dass wir uns geküsst haben, das hat geholfen.«

Er erwiderte meinen Blick und wartete schweigend, bis ich fortfuhr.

Ich räusperte mich und versuchte, die Schmetterlinge zur Räson zu bringen, die wild in meinem Bauch herumflatterten. »Ich habe mich besser gefühlt«, versuchte ich zu erklären. »Nicht mehr so unsicher.«

»Worauf genau willst du hinaus, Liv?«

Wo war ein dritter Whisky, wenn man ihn brauchte?

»Na ja.« Ich leckte mir über meine plötzlich trocken gewordenen Lippen. »Ich will, dass du … ich will, dass du mir beibringst, wie man … gut im Bett ist.«

Nates Blick verschärfte sich. »In der Theorie oder in der Praxis?«, fragte er mit erstaunlicher Ruhe.

»In der Praxis.«

Das nun folgende, schier endlose Schweigen führte dazu, dass sich die Schmetterlinge in meinem Bauch wie rasend vermehrten. Scham und Reue überkamen mich. Ich kam mir unmöglich vor, weil ich eine derartige Bitte überhaupt geäußert hatte. Weil ich ihn in eine solche Lage gebracht hatte. »Nate …«

»Wie viel hast du getrunken?«

Ein bisschen entrüstet über seine Unterstellung, schüttelte ich den Kopf. »Ich hatte bloß zwei Whiskys. Ich bin nicht betrunken.« Ich machte einen Schritt auf ihn zu. »Hör mal, es tut mir leid, wenn dir das unangenehm ist. Ich wollte das nicht. Wir können …«

Nates Finger an meinen Lippen brachte mich zum Verstummen. »Du bist eine meiner engsten Freundinnen. Ich will das nicht kaputtmachen.«

Ich ignorierte gewisse Gefühle – und mit »ignorieren« meine ich, dass ich sie in die tiefsten, dunkelsten Winkel meiner Seele verbannte – und konzentrierte mich ganz auf mein Anliegen. »Wenn ich dir verspreche, dass das nicht passieren wird, denkst du dann darüber nach? Ich … ich will einfach nur wissen, was ich tue. Dann hätte ich auch das Gefühl, dass ich Benjamin selbstbewusst gegenübertreten kann. Weil ich dann sicher sein könnte, dass ich nicht die Nerven verliere, wenn es tatsächlich zu einer Verabredung kommt. Ich vertraue dir, Nate. Und außerdem wäre es bestimmt nicht gerade eine Qual für dich«, fügte ich mit einem kleinen Lächeln hinzu, das er erwiderte.

»Also, nur dass wir uns klar verstehen. Du willst mit mir vögeln, um zu lernen, wie du mit anderen Männern vögeln sollst?«

»Wenn du es sagst, klingt es einfach nur geschmacklos.«

Mit einem Seufzer lehnte er sich mir entgegen und gab mir einen liebevollen Kuss auf die Stirn. »Geh schlafen, Babe. Wenn du morgen früh immer noch so denkst, frag mich ein zweites Mal.«

»Es war schon schwer genug, dich das eine Mal zu fragen«, grummelte ich halblaut, als ich mich umwandte, um die Haustür aufzuschließen.

Nate hörte es, und gleich darauf spürte ich seine starke Hand an meiner Hüfte, seine Hitze im Rücken und seinen warmen Atem an meiner Wange. »Das war sehr mutig von dir, Liv.«

Ich sah ihn an und lächelte dankbar.

»Ob der Alkohol daran schuld war oder nicht, werden wir wohl morgen erfahren.«

Er ging, und ich blieb ungeschützt im kalten Wind vor meiner Haustür zurück. Ich beeilte mich hineinzukommen. Mein Herz flatterte, als wären Tausende Schmetterlinge aus meinem Magen in meine Brust gewandert, um auch dort für Aufruhr zu sorgen.

In dieser Nacht fand ich nur schwer in den Schlaf. Diese elenden Schmetterlinge gaben einfach keine Ruhe.

Kapitel 11

Irgendwann schlief ich doch ein. Um kurz nach zwölf Uhr mittags wurde ich wach, gerade noch rechtzeitig, um zu duschen, mich anzuziehen und auf Dad zu warten, der mich abholen und mit mir zusammen zu Elodie und Clark zum Sonntagsessen gehen wollte.

Aber in den Stunden, bevor ich einschlief, hatte ich viel Zeit zum Nachdenken, so, wie Nate es mir geraten hatte.

Ich kam zu einem Entschluss: Ich wollte meinen Plan durchziehen. Ich fand sogar, dass ich ihn durchziehen *musste.* Was mir allerdings nicht in den Sinn gekommen war, als ich Nate mit meiner Bitte überfallen hatte, waren unsere Freunde. Wir waren eine ziemlich enge Clique, und obwohl ich zuversichtlich war, dass Nate und ich die Sache geheim halten könnten, machte ich mir ein bisschen Sorgen, dass so ein Unterfangen sich negativ auf die Dynamik innerhalb unserer Gruppe auswirken könnte. Noch besorgniserregender allerdings war mein scheinbar blindes Vertrauen, dass zwischen Nate und mir alles reibungslos funktionieren würde.

Aber ich wollte es wirklich. Denn ich glaubte nicht, dass ich dazu bestimmt war, ein unsicherer, gehemmter Mensch zu sein, und zwar aus dem ganz einfachen Grund, dass ich es in vielen Belangen *nicht* war. Ich hatte Vertrauen in meine Intelligenz; ich hatte Vertrauen in meinen gesunden Menschenverstand; ich glaubte, dass ich eine liebenswerte Persönlichkeit hatte; ich hielt mich für eine patente Frau; ich war überzeugt, dass ich alles schaffen konnte, was ich mir vornahm; ich war der Überzeugung, dass jeder, der mich nicht mochte, getrost aus meinem Leben verschwinden konnte.

Ich glaubte an *mich.*

Ich hatte bloß irgendwann aufgehört, an meine äußere Verpackung zu glauben. Keine Ahnung, wieso, aber bestimmt war das vom Universum nicht so vorgesehen. Bestimmt war ich nicht von Natur aus jemand, der andauernd seine eigene Wertigkeit hinterfragte oder sich von anderen einreden ließ, dass etwas mit ihm nicht stimmte.

Aber so ging es mir. So fühlte ich mich.

Und ich hatte es satt, im stillen Kämmerlein zu sitzen und mit meinem Schicksal zu hadern. Ich hatte gesehen, wie meine wunderschöne junge Mutter gegen den Krebs gekämpft und den Kampf verloren hatte. Das Leben war kurz. Zu kurz, um es damit zu vergeuden, einen Teil von sich zu hassen, statt daran zu arbeiten, verlorenes Selbstvertrauen zurückzugewinnen. Zu kurz, um nicht zu *leben.*

Und Sex war nun mal ein großer Bestandteil des Lebens. Für mich war er praktisch Terra incognita, aber nun hatte ich jemanden an der Hand, der in der Lage war, mir Praxiswissen zu vermitteln, so dass ich Selbstvertrauen aufbauen und langsam zu der Frau werden konnte, die zu sein ich bestimmt war.

Daher hatte ich die feste Absicht, Nate gleich nach dem Essen bei den Nichols anzurufen und meine Bitte zu wiederholen. Jetzt hatte ich keinen Whisky mehr im Blut, der mich mutiger machte. Ich war ganz auf mich gestellt – und auf meinen Entschluss, eine Frau zu werden, die sich selbst liebte … mit Haut und Haar.

Wie es der Zufall wollte, musste ich gar nicht bis nach dem Essen warten.

Nicht nur Dee war als zusätzlicher Gast bei Elodie aufgetaucht, auch Nate war da. Er hatte am Vormittag spontan bei Cam und Jo vorbeigeschaut und war kurzerhand mit eingeladen worden. Elodie machte das nichts aus. Bei der Familie Nichols galt das Motto: »Je zahlreicher, desto lustiger.«

Und nun stand ich, während die anderen drinnen waren, mit Jo auf Elodies und Clarks winziger Terrasse hinter dem Haus und genoss den milden Frühlingstag.

Ich wartete auf Nate und war ganz zappelig. Als ich daran dachte, dass ich ihm bald meine Frage zum zweiten Mal würde stellen müssen, kippte ich vor lauter Nervosität mein Glas Wasser in einem Zug hinunter.

»Alles klar, Liv?«

Ich zuckte zusammen. Jo musterte mich besorgt.

»Du wirkst so unruhig.«

Als ich ihre erwartungsvolle Miene sah, hätte ich ihr am liebsten alles erzählt. Die Worte krochen schon meine Kehle hinauf, blieben aber auf halbem Wege stecken, weil mein Herz heftig zu klopfen begann.

»Liv?«

Trotz meiner anfänglichen Entschlossenheit war ich auf einmal schrecklich unsicher. Was, wenn die Sache zwischen Nate und mir die Clique beeinträchtigte? »Ich habe da einen Kollegen«, platzte ich kurzerhand heraus. »In der Bibliothek. Er steckt gerade in einem Dilemma und hat mir davon erzählt, und du kennst mich ja: Ich möchte ihm gerne das Richtige raten.«

Jo wurde nachdenklich. »Okay. Und worin besteht sein Dilemma?«

»Er hat eine Clique. Sie sind alle sehr eng miteinander befreundet, aber es gibt da eine Frau, für die er mehr empfindet. Ihr geht es genauso, aber beide haben eine etwas komplizierte Vergangenheit, deswegen wissen sie nicht, ob das mit ihnen überhaupt Zukunft hat. Außerdem machen sie sich Sorgen, was dann aus der Gruppe wird.«

Kaum hatte ich aufgehört zu erzählen, wurde mir ganz flau.

Jos Miene signalisierte nur allzu deutlich, dass sie keine Sekunde lang glaubte, bei besagtem Dilemma handle es sich um das eines Kollegen. Ich rechnete damit, dass sie mir jeden Moment die Wahrheit auf den Kopf zusagen würde.

»Na ja«, meinte sie schließlich mit einem Seufzer. »Ich finde, wenn dein Kollege diese Frau wirklich mag, sollten sie es miteinander versuchen.«

Erleichterung überschwemmte mich. Jo würde meine Lüge nicht entlarven.

Gott sei Dank.

»Meinst du?«

Sie nickte, und ein kleines aufmunterndes Lächeln umspielte ihre Lippen. »Wenn er es wirklich will und es sich für ihn richtig anfühlt, dann soll er es doch versuchen. Man weiß ohnehin nie im Voraus, ob eine Beziehung Zukunft hat. Man lässt sich praktisch blind aufeinander ein, dann lernt man sich Schritt für Schritt besser kennen und erfährt immer mehr über den anderen. Und was die Clique angeht … wenn sie wirklich so eng befreundet sind, wie du sagst, dann haben sie bestimmt Verständnis dafür. Die werden schon damit klarkommen, egal, wie die Sache ausgeht.«

Ich atmete tief durch, und Jo nahm meine Hand. Ihr Blick verriet, dass sie meine Geschichte durchschaut hatte, doch der sanfte Druck ihrer Hand sagte, dass mein Geheimnis bei ihr sicher war.

In dem Moment hätte ich laut schreien können, so sehr liebte ich sie.

»Da seid ihr ja«, rief Cam. Er schob die Terrassentür auf und trat, gefolgt von Nate, ins Freie.

Ich lächelte zur Begrüßung, aber kaum fiel mein Blick auf Nate, spielten meine Nerven wieder verrückt, deswegen überließ ich es ihm, Jo und Cam, die Unterhaltung zu bestreiten, während wir eisgekühlte Cola tranken.

»Peetie und ich haben überlegt, ob wir in ein paar Wochen vielleicht für ein verlängertes Wochenende nach Hause fahren wollen«, sagte Cam, an Nate gewandt. »Wir dachten dabei an uns alle.« Er zeigte in die Runde. »Wir könnten ein Haus mieten und die Kosten unter uns sechs aufteilen.«

»Sechs?«, fragte Nate stirnrunzelnd.

»Na, ich und Jo, du, Liv, Peetie und Lyn. Cole kommt natürlich auch mit.«

Nate nickte und richtete sich an mich. »Was meinst du? Soll ich dich meinen Eltern vorstellen?«

In meinem Kopf sprang eine Miniausgabe von mir jubelnd auf und ab bei der Aussicht, Nates Eltern kennenzulernen, zu sehen, wo er aufgewachsen war, und tiefer in die Vergangenheit einzutauchen, die ihn zu dem Mann gemacht hatte, den ich kannte. Äußerlich erlaubte ich mir lediglich ein Nicken und ein höfliches Lächeln. »Klingt gut.«

»Super.« Jo hatte die Hand an der Schiebetür. »Ich werde dann bald mal im Internet schauen, ob ich ein Haus für uns finde.«

Sie und Cam gingen wieder hinein ins noch leere Esszimmer. Cam hielt uns die Tür auf, doch Nate schüttelte den Kopf. »Wir kommen gleich nach.«

Das bedeutete, dass er mich unter vier Augen sprechen wollte.

Sobald Cam und Jo verschwunden waren, holte ich tief Luft.

Nate sagte kein Wort.

Eine Minute verstrich.

Zwei Minuten.

Irgendwann schnaubte ich. »Willst du mich zwingen, es auszusprechen?«

»Kommt drauf an.« Er grinste, wirkte aber verhalten.

Ehe ich begann, warf ich noch einen Blick zur Tür, um mich zu vergewissern, dass wir wirklich allein waren. »Ich war gestern Nacht nicht betrunken.«

Nate antwortete ohne jede Spur von Humor. »Du vertraust mir, aber ich muss dir genauso vertrauen können. Ich muss sicher sein, dass du nicht irgendwas anderes in die Sache hineininterpretierst. Es geht nur um eine Gefälligkeit unter Freunden, nichts weiter.«

Also schön. Als Nate sich die Nummer der Blonden geben ließ, war tief in meinem Innern, in der finsteren Ecke, in die ich sie verbannt hatte, diese fiese kleine Kreatur namens Eifersucht zum Leben erwacht. Aber das war ein einmaliger Ausrutscher gewesen, das hatte ich im Griff. Ich fühlte mich zu Nate hingezogen, ja. Und ja, ich mochte ihn, aber ich hatte es auf Benjamin abgesehen, nicht auf Nate. Benjamin war derjenige, den ich bei der ganzen Aktion im Blick hatte.

Im Bemühen, ein wenig Leichtigkeit in die Unterhaltung zu bringen, sagte ich: »Bestimmt werde ich es irgendwie schaffen, mich nicht unsterblich in dich zu verlieben.«

Sein linkes Grübchen legte einen kurzen Auftritt hin. »Das dürfte dir keine Probleme bereiten.«

»Im Übrigen möchte ich noch auf etwas hinweisen.«

»Nur zu.«

»Ich weiß, dass du keine Probleme hast, Frauen ins Bett zu kriegen, aber was ich dir hier biete, ist die Option auf *absolut* unverbindlichen Sex. Das kann dich wohl kaum allzu viel Überwindung kosten.«

»Nein.« Er grinste lasziv. »Das kostet mich überhaupt keine Überwindung.« Einen Moment lang schwieg er, während er über meinen Vorschlag nachzudenken schien.

»Also, wenn es uns damit wirklich ernst ist, dann gehe ich vorher zum Arzt und lasse mich untersuchen. Und ich verspreche, dass ich während unserer … Nachhilfestunden mit keiner anderen ins Bett gehe.« Offenbar sah er mir mein Erstaunen an, denn er runzelte die Stirn. »Babe, wenn du ein Sexleben haben willst, solltest du vernünftig an die Sache rangehen. Ich lasse mich alle drei Monate durchchecken, und wenn es mit dir und diesem Benjamin irgendwann mal so weit ist, überzeug dich davon, dass er clean ist, bevor du was mit ihm anfängst. Eigentlich ist mein Termin erst in ein paar Wochen, aber ich kann ihn für dich vorziehen. Vielleicht solltest du dir überlegen, ob du dir die Pille verschreiben lassen willst.«

Jetzt, da es an die Einzelheiten ging, hatte sich mein Herz in die Unterhaltung eingemischt, und es war *laut. Bumm, bumm, bumm* machte es in meinem Rippenkasten, damit ich auch ja merkte, dass es kurz vor dem Heißlaufen war. Ich versuchte, sein Tempo etwas zu drosseln. »Die nehme ich sowieso. Damit habe ich eine regelmäßigere … na, du weißt schon.« Unnötig zu erwähnen, ich wurde rot.

Nate machte einen Schritt auf mich zu, so dass wir Brust an Brust standen. »Du kriegst doch nicht etwa kalte Füße? Jetzt schon?«

Also …

»Nein.« Ich musste tapfer sein. »Ich möchte nur, dass du weißt, worauf du dich einlässt. Ich weiß, ich habe eben eine flapsige Bemerkung gemacht, dass du Sex haben kannst, wann immer du willst, und dir so was nicht schwerfallen dürfte, aber in Wahrheit geht es hier ja nicht um eine Bettgeschichte. Sondern darum, dass du mir … Sachen beibringst.«

Nates Augen funkelten belustigt, und er wiederholte leise: »Sachen?«

Meine Wangen glühten. »Sachen.«

»Sachen?«

Erneut sah ich mich nach Lauschern um. Als ich keine entdecken konnte, wandte ich mich wieder Nate zu und ignorierte das leichte Beben, das der Körperkontakt in mir auslöste. »Wie ich … wie ich dich befriedige«, nuschelte ich kaum hörbar.

Ein Flackern trat in seine Augen, als sein Blick zu meinem Mund wanderte. Die Luft um uns herum war wie aufgeladen.

Ich merkte, wie meine Brüste anschwollen, und spürte das mittlerweile altbekannte Kribbeln der Erregung zwischen den Beinen.

Ich hörte auf zu atmen.

Genau wie Nate.

Ich spürte seine warme Hand an meiner Hüfte, und er drückte mich einmal fest, ehe er sich von mir löste. Endlich gelangte wieder Sauerstoff in meine Lungen. »Das ist nicht der richtige Ort, um dich aufzuziehen.« Seine Stimme war leise und heiser vor … Verlangen?

Er war genauso erregt wie ich.

Verdattert nickte ich und strich mir die Haare aus dem Gesicht. »Ja. Wir sollten … wir sollten reingehen.«

»Geh du vor.« Er zeigte auf die Tür. »Ich komme gleich nach.«

Meine Hand lag schon am Türgriff, und ich wollte gerade ins Haus verschwinden, als er meinen Namen rief.

»Ja?« Ich sah über die Schulter zurück.

»Heute Abend fangen wir an.« Nates Miene war pure Verheißung, und mir lief ein Schauer über den Rücken, als hätte er mit dem Finger meine nackte Haut liebkost. »Ich komme so gegen neun vorbei.«

***

Beim Essen brachte ich kaum einen Bissen herunter.

Jetzt war es zehn vor neun. In zehn Minuten wollte Nate da sein. Ich klammerte mich an die Hoffnung, dass sich, sobald er durch die Tür trat, ein Teil meiner Nervosität in Vorfreude verwandeln würde, aber im Moment empfand ich in erster Linie Angst. Zum Glück war sie meilenweit von der Angst entfernt, die ich empfunden hätte, wäre Benjamin derjenige gewesen, auf den ich wartete. Bei Nate konnte ich mich immerhin ein bisschen sicher fühlen, weil ich ihn so gut kannte. Ich wusste, dass er mich nie verletzen, über mich lachen oder eine abfällige Bemerkung machen würde. Er war der ideale Lehrer, um mir bei meinem Problem zu helfen, weil ich ihm zu hundert Prozent vertrauen konnte.

Nachdem ich heimgekommen war, hatte ich geduscht und ein dezentes Make-up aufgelegt. Unter meiner Hose und Bluse trug ich meine Lieblingsdessous. Sie waren aus weißem Satin mit Spitzenrand und bildeten einen schönen Kontrast zu meiner gebräunten Haut. Ich hoffte, die Wäsche würde von meinem Bauch und den schwabbeligen Oberschenkeln ablenken.

»Nicht das Wort ›Schwabbel‹ benutzen«, ermahnte ich mich, als Nates Warnung mir wieder einfiel.

Da ich nicht recht wusste, was ich tun sollte, lief ich kreuz und quer durch die Wohnung und versuchte, die herumliegenden Bücher und Ausgaben von Nates Magazin zu ordnen. Ich fragte mich, ob ich vielleicht ein bisschen stimmungsvolle Musik auflegen sollte, und schaltete mein MP3-Dock ein, nur um gleich darauf zu beschließen, dass das eine blöde Idee war, weil es einfach nicht zu mir passte, und Nate würde sofort *wissen*, dass es nicht zu mir passte und dass ich mir vor Angst in die Hosen machte. Also schaltete ich stattdessen den Fernseher ein. Fünf Minuten später schaltete ich ihn wieder aus. Ich wollte nicht, dass Nate dachte, unser Nachhilfeunterricht wäre mir egal.

Ich war so sehr damit beschäftigt, wie ein aufgescheuchtes Huhn durch die Wohnung zu flitzen, dass ich, als Nate schließlich an der Haustür klingelte, über einen Bücherstapel stolperte. Ich rappelte mich wieder auf, schlitterte auf Socken über den Holzfußboden und prallte gegen die Gegensprechanlage. Wenigstens traf ich dabei den Knopf zum Öffnen. Ich zog die Wohnungstür auf und atmete tief durch.

Ich fühlte mich verschwitzt und eklig und kein bisschen verführerisch. Erbost starrte ich auf meine Socken und fragte mich, wieso zum Teufel ich sie angezogen hatte. Socken waren so was von unerotisch. Ich wollte sie ausziehen, aber die rechte Socke blieb hängen. Ich zog und zog und verfluchte das kleine Scheißding wortreich, während ich auf einem Bein durch die Gegend hüpfte. Es war mir gerade gelungen, das verdammte Ding vom Fuß zu zerren, als ich mir den anderen Knöchel am Couchtisch anstieß – genau an der empfindlichsten Stelle. Ich fiel hin und landete mit dem Kopf im weichen Sofakissen.

»Du liebe Zeit, geht's dir gut?«

Ich sah mit großen Augen zu Nate auf, der im Türrahmen stand. »Alles in Ordnung«, stieß ich atemlos hervor.

Er schloss die Tür hinter sich und musterte mich – wahrscheinlich suchte er nach Blessuren. »Bist du sicher?«

»Klar doch«, sagte ich betont munter, doch dann wurde mir bewusst, dass ich ein Paar verschwitzte Socken in der Hand hielt. Nicht sexy. Hastig stopfte ich sie unter das Sofa und sprang so schnell auf, dass ich fast das Gleichgewicht verloren hätte.

Nate zog sich lachend die Lederjacke aus. »Bist du sicher, dass du es wirklich willst? Niemand zwingt uns dazu.«

Ich fuhr mir durchs Haar. »Ich bin mir absolut sicher, ehrlich.«

Nate stellte sich breitbeinig hin und musterte mich eingehend mit vor der Brust verschränkten Armen. Irgendwann schien er zu einem Schluss zu kommen und nickte kurz. »Okay. Hast du schon eine Idee, wie du an die Sache rangehen willst?«

»Also …« Ich trat einen kleinen Schritt auf ihn zu und ließ mich von seiner Anwesenheit beruhigen. »Ich dachte, wir könnten zuerst an den Grundlagen arbeiten. Erstes Base haben wir ja schon hinter uns, zweites Base ansatzweise …«

Nate kratzte sich schmunzelnd am Kinn. »Das ist ein amerikanisches Ding. Ich glaube, das musst du mir erklären.«

Es ausbuchstabieren? Also …

Um meine Verlegenheit zu überspielen – das hier war Nate, um Gottes willen! –, machte ich noch einen Schritt auf ihn zu. »Erstes Base ist Küssen. Mit Zunge. Zweites Base ist Streicheln und drittes …«

»Was streicheln?«

Ich deutete auf seinen Schritt.

Er verkniff sich mannhaft ein Lachen. Ich wusste seine Bemühungen zu schätzen. »Liv, wir wollen miteinander Sex haben. Du solltest dich daran gewöhnen, darüber zu reden.«

Ich reckte trotzig das Kinn vor und nickte. »Gut.« *Du schaffst das. Das sind bloß Worte.* »Zweites Base ist, wenn du meine Brüste über oder unter dem Top streichelst, beziehungsweise wenn du mich zwischen … den Beinen berührst.« *O mein Gott, o mein Gott.* »Oder wenn ich dich da berühre.«

Nate senkte die Lider und nahm die Arme herunter. Er machte nun ebenfalls einen Schritt auf mich zu, so dass wir nur noch wenige Zentimeter voneinander entfernt waren. »Mich wo berührst?«

Es ist nur ein Wort.

Röte stieg mir in die Wangen. Ich fuhr mit der Zunge über meine Lippen. »Am Schwanz.«

Seine Augen loderten, und mir fiel auf, wie flach er atmete. »Und drittes Base?«, fragte er.

»Oral«, antwortete ich rasch und presste die Schenkel zusammen, weil ich sofort an Nates Kopf zwischen meinen Beinen denken musste. Ich hatte noch nie Oralsex gehabt und war zugleich gespannt und nervös. Glaubte man den Büchern und Filmen, wartete ein einmaliges Erlebnis auf mich.

Er legte den Kopf schief und biss sich nachdenklich auf die Unterlippe. »Hmm, klingt nach einem Plan. Aber ich finde, im Moment ist es das Allerwichtigste, dass du erst mal deine Klamotten loswirst.«

Ich spürte das Zittern in meinen Fingern bei der Vorstellung, mich Nate splitterfasernackt zu präsentieren. »Jetzt gleich?«, kiekste ich.

Er sah mich streng an. »Diesem Typen musst du früher oder später auch nackt gegenüberstehen. Wie willst du das machen, wenn du es nicht mal bei mir schaffst?«

»Vollkommen nackt?«

Nach einem Moment des Schweigens maß Nate mich mit einem geduldigen Blick. »Okay, einen Schritt nach dem anderen. Zieh alles aus bis auf die Unterwäsche.«

Es klang wie ein Befehl, und mich durchlief ein Schauer. Trotzdem hörte ich mich sagen: »Du könntest auch nett fragen.«

Seine Mundwinkel zuckten. »Olivia, Süße, würdest du dich bitte bis auf die Unterwäsche ausziehen?«

»Na, also. War das so schwer?«, sagte ich schnippisch, während ich begann, meine Bluse aufzuknöpfen.

»Ist das ein Wettrennen?«

Meine Finger hielten am drittletzten Knopf inne. »Was?«

Nate lachte leise. »Du ziehst dich für mich aus. Wenn du dich so hetzt, wirkt es wie eine lästige Pflicht, nicht wie Verführung.«

Ich ließ die Arme hängen und deutete mit einer Bewegung der Schulter hinter mich. »Vielleicht sollten wir besser ins Schlafzimmer gehen.«

»Wenn du dich da wohler fühlst.«

Ich stieß die Luft aus, kämpfte tapfer gegen das flaue Gefühl im Magen an und ging ins Schlafzimmer. Am Fuß des Betts blieb ich stehen und wartete, bis Nate hinterherkam. In einem Moment außerordentlicher Kühnheit sah ich ihm direkt in die Augen und öffnete dann langsam die restlichen Knöpfe meiner Bluse. Nate wurde ganz still, als ich die Bluse von meinen Schultern gleiten ließ und sie zu Boden fiel, so dass ich nun in BH und Hose vor ihm stand. Der Teil hatte mir nicht allzu viel ausgemacht. Vor dem, was jetzt kam, hatte ich Angst. Aber dann dachte ich an die Komplimente, die Nate mir gemacht hatte. Hoffentlich würde er immer noch so nette Sachen über mich denken, nachdem ich meine Hose ausgezogen hatte.

Ich hatte ein bisschen Mühe mit dem Knopf, aber Nate wartete geduldig. Das Geräusch des Reißverschlusses war unglaublich laut in der Stille, und ich merkte, wie die Spannung zwischen uns wuchs. Mit einem tiefen Atemzug legte ich die Hände an den Bund meiner Hose und schob sie nach unten. Als ich aus den Hosenbeinen stieg, schlug ich verunsichert die Augen nieder.

Ich wusste nicht, wohin mit meinen Armen.

»Babe.« Durch gesenkte Lider sah ich Nate auf mich zukommen. »Liv, schau mich an.«

Ich wusste nicht, was ich mit meinen Armen machen sollte, also ließ ich sie herunterhängen. Langsam hob ich den Kopf.

Als ich sein erhitztes Gesicht sah, stockte mir der Atem, so ernst und aufrichtig war der Ausdruck in seinen Augen.

»Du bist wunderschön«, sagte er mit belegter Stimme.

Instinktiv verschränkte ich die Arme über dem Bauch, aber dann wurde ich unruhig, weil meine Schenkel jetzt ungeschützt waren.

In drei entschlossenen Schritten war Nate bei mir. Er nahm meine Hände und schob sie sanft beiseite.

»Du musst dich nicht vor mir verstecken«, flüsterte er mit gesenktem Kopf. »Niemals.«

Ich nickte und starrte nervös auf sein Hemd. »Vielleicht könntest du auch was ausziehen, dann komme ich mir nicht so allein vor.«

Er grinste mich an und trat zurück, um sich dann in einer einzigen lässigen Bewegung das T-Shirt über den Kopf zu ziehen.

Ich musste schlucken.

Es war das erste Mal, dass ich Nate mit nacktem Oberkörper

sah, und ich versohlte mir im Geiste den Hintern dafür, nicht seinem Vorschlag gefolgt und mit ihm zum Judo gegangen zu sein. Er war nicht sonderlich groß und auch nicht gerade breit gebaut. Im Gegenteil, eigentlich war er eher schlank, trotzdem konnte man an jedem Zentimeter seines Körpers die gut ausgebildeten Muskeln sehen. Nate ging regelmäßig zum Judo und ins Fitnessstudio, er achtete auf seinen Körper, und ich durfte nun die Früchte seiner Arbeit ernten.

Doch dann fiel mein Blick auf das verschnörkelte A unter seinem linken Brustmuskel.

Alana.

Ein Gespenst aus der Vergangenheit.

Ich wandte mich ab und tat so, als hätte mich der Anblick des Tattoos in keiner Weise berührt. »Ich habe schon Schlimmeres gesehen.«

Lachend warf Nate sein T-Shirt in die Ecke. »Du verstehst es wirklich, einem Mann Komplimente zu machen.«

»Ach, komm schon, du weißt doch selbst, wie gut du aussiehst.«

»Aber es ist schön zu hören, was *du* denkst.«

Ich verbarg mein Erstaunen über dieses Geständnis hinter einem Lachen und sagte: »Dann werde ich künftig darauf achten, es dir möglichst oft zu sagen.«

Er kam mir mit seinem Mund ganz nahe. »Man dankt.«

Ich merkte, wie sich auf meinen Brüsten eine Gänsehaut ausbreitete, und machte eine unbestimmte Handbewegung. »Und was nun?«

»Sollen wir mit mir anfangen oder mit dir?«

Ich runzelte verwirrt die Stirn, »Warum sollen wir mit mir anfangen? Ich weiß, was ich will. Hier geht es doch darum, was *du* willst. Damit ich lerne, meine Sache gut zu machen.«

Aber Nate schüttelte missbilligend den Kopf. »Wie kannst du wissen, was du willst, wenn du erst ein Mal Sex gehabt hast,

Liv? Du willst doch nicht nur sicher sein, dass du ihn zum Orgasmus bringen kannst, sondern selber auch auf deine Kosten kommen.« Seine Finger glitten zu den Knöpfen an seiner Jeans, und er fuhr fort, sich auszuziehen. Das Blut toste in meinen Ohren, während ich ihm zusah. »Du musst wissen, was dich anmacht, und es ihm sagen. Wer nicht daran interessiert ist, dich zu befriedigen, hat in deinem Bett nichts zu suchen.«

Ich sah ihn an und entspannte mich ein wenig. »Das werde ich mir merken.«

»Solltest du auch. Zum Sex gehören immer zwei.«

»Okay.«

»Also … ich oder du?«

»Tja …«

»Wir fangen mit dir an.« Er kickte seine Jeans von den Füßen, während ich seinen athletischen Körper bestaunte. Er war mit Abstand der bestaussehende Mann, dem ich je im wahren Leben begegnet war – und ich würde gleich mit ihm Sex haben!

»Das ist alles ein bisschen surreal«, entschlüpfte es mir.

»Es wird gleich sehr real werden«, kam die tiefe, verführerische Antwort.

»O Mann.«

Erneut lachte er und trat ganz dicht an mich heran. Seine Fingerknöchel strichen über meine Hüfte, was einen herrlichen Schauer in mir auslöste. »Ich ziehe dir jetzt die Unterwäsche aus«, wisperte er. Sein warmer Atem tanzte über meinen Mund. »Bist du bereit?«

Ich hatte schon in knappen Dessous vor ihm gestanden und war mir nicht wie ein Klops vorgekommen. Im Gegenteil, erstaunlicherweise hatte ich mich sogar … sexy gefühlt. Ich nickte, weil ich nicht sprechen konnte, und schaute ihm in die Augen, als seine Finger über meinen Rücken zum Verschluss meines BHs glitten.

»Du hast wirklich die unglaublichsten Augen«, raunte er,

während er fachmännisch meinen BH aufhakte und mich mit seinen eigenen wunderschönen dunklen Augen ansah.

Fast hätte ich angefangen, zu schnurren wie ein Kätzchen. Mein Atem wurde unregelmäßig, als seine Finger über meine Schultern strichen, bevor sie zu den BH-Trägern glitten.

Während er die Träger über meine Arme nach unten schob, malte er mit den Fingerspitzen kleine Kreise auf meine Haut. »Wie Seide«, flüsterte er.

Mein BH fiel zu Boden, und Nates Blick ruhte auf meinen nackten Brüsten. Sofort spürte ich ein Ziehen darin, und die Brustwarzen richteten sich in der kühlen Luft auf. »Babe«, seufzte er genüsslich. Als er mit seiner warmen Hand meine rechte Brust umfasste, erschauerte ich. Sein Daumen liebkoste meine Brustwarze. »Du bist der Wahnsinn.«

Bei diesen Worten war es, als würde in mir ein Licht angehen. Es strahlte tief aus meinem Innern heraus, und Nate musste dieses Licht gesehen haben, denn als unsere Blicke sich erneut trafen, wurde er ganz still.

»Danke«, brachte ich mühsam hervor. *Bei dir fühle ich mich schön.*

Ich sagte es nicht laut. Nate verstand mich auch so.

Statt einer Antwort presste er seine Lippen auf meine. Es war ein stürmischer, feuchter Kuss. Er umfasste meine Brüste und strich mit den Daumen über die harten Brustwarzen. Ich keuchte in seinen Mund, als eine Hitzewelle durch meinen Körper geradewegs zwischen meine Beine fuhr. Ich wollte ihn berühren, war mir aber unsicher, also strich ich mit den Händen zaghaft über seine Brust, um mich mit ihm vertraut zu machen. Er war warm, seine Haut war weich und glatt, und ich spürte die Kraft in seinen harten Muskeln. Es pochte zwischen meinen Beinen, als ich ihn unter meinen Händen spürte.

Nate unterbrach den Kuss, und meine geschwollenen Lippen verzogen sich zu einem enttäuschten Schmollen.

Mit einem teuflischen Grinsen drängte er sich an mich, so dass mir nichts anderes übrigblieb, als zurückzuweichen. Irgendwann stießen meine Beine gegen das Fußteil des Betts. »Leg dich hin«, befahl er rau. »Aufs Bett.«

Ich gehorchte und wartete, auf die Ellbogen gestützt, was er als Nächstes tun würde. Mein Blick glitt zu seiner schwarzen Unterhose, und ich musste kurz schlucken, als ich seine Erektion sah.

Das hatte ich bewirkt!

Ich konnte mir ein triumphierendes Grinsen nicht verkneifen. Nate lachte zufrieden, und mein Magen machte einen Satz. Dann überschlug er sich regelrecht, als Nates Hand meinen Oberschenkel hinaufglitt und er den Daumen unter den Spitzensaum meines Höschens schob.

Ich wurde stocksteif und sah ihn an.

»Liv.« Sein Tonfall war beruhigend.

Ich nickte und hob mein Becken, um es ihm leichter zu machen. Ich konnte nichts dagegen machen, dass meine Wangen glühten, als Nate langsam mein Höschen herunterzog und zu Boden fallen ließ.

Er nahm sich Zeit, mich eingehend zu betrachten. »Ich mag deine Wäsche. Trotzdem glaube ich, dass du noch nie besser ausgesehen hast als jetzt.«

O *wow*. Dass er mir ein so wundervolles Kompliment machte, haute mich fast um. Aber ihm das zu sagen, hätte womöglich die Stimmung ruiniert, also fragte ich stattdessen, mit nach wie vor glühenden Wangen und einem Kloß im Hals: »Was kommt jetzt?«

»Entspann dich, und überlass alles mir. Sag mir, wenn dir irgendwas nicht gefällt. Und zeig mir, wenn du etwas besonders gern magst.«

Mit einem tiefen Ausatmen ließ ich mich zurücksinken. Nate kletterte aufs Bett und kniete sich rittlings auf mich. Ich spürte die Hitze seines Körpers, obwohl er mich nicht einmal berührte. Sein Aftershave stieg mir zu Kopf, der berauschende Duft reizte nicht nur meinen Geruchssinn, sondern auch meine Geschmacksknospen. Ich wollte die Stelle an seinem Körper finden, wo er es aufgetragen hatte, und seine Haut lecken und saugen und küssen, bis er sich stöhnend unter mir wand.

Nate schien mit mir ganz ähnliche Pläne zu haben.

Er stützte sich mit den Händen über mir ab, senkte den Kopf und strich mit den Lippen an meinen entlang. Vor und zurück, vor und zurück. Lockend. Erregend. Aber es war nicht genug. Als ich mich gerade beschweren wollte, vertiefte er den Kuss. Meine Lippen bewegten sich unter seinen, unsere Zungen umspielten einander in einem intimen Tanz, der in mir ein ganz neues Verständnis des sexuellen Versprechens weckte, das ein Kuss beinhalten konnte. Meine bisherigen Küsse waren ziemlich mechanisch gewesen – ein bisschen so wie mit Will im *Club 39* –, und ich hatte nichts dabei empfunden. Mir war nie klar gewesen, dass ein Kuss mit jemanden, zu dem man sich hingezogen fühlte, ein wirklich sinnlicher Kuss, eine köstliche Vorahnung auf das bot, was noch alles passieren konnte.

Ich packte Nate bei den Hüften, als unser Kuss wild und atemlos wurde; ich seufzte vor Lust in seinem Mund, als seine Erektion meinen Bauch streifte. Er stöhnte, seine Lippen wanderten zu meinem Kinn und dann meinen Kiefer entlang. Sein heißer, hungriger Mund arbeitete sich immer weiter nach unten vor, und ich hielt mich an ihm fest, streichelte seinen muskulösen Rücken und glitt mit den Händen hinauf bis zu seinen Schulterblättern.

Als seine Lippen sich feucht um meine linke Brustwarze schlossen, bäumte ich mich auf. »O ja.« Meine Schenkel schlangen sich wie von selbst um seine Taille, und ich zog ihn näher an mich heran. Ich bog den Rücken durch, weil ich nicht genug davon bekommen konnte, als er mich erst leckte und dann heftig zu saugen begann, während er meine andere Brustwarze mit Daumen und Zeigefinger reizte.

Ich spürte die Feuchtigkeit zwischen meinen Beinen.

»Nate.« Meine Nägel gruben sich in seine Schultern. »O Gott …«

Er hob den Kopf. Seine Augen waren verhangen, als er sich an mir zu reiben begann. Seine Erektion drängte sich zwischen meine Beine, nur noch der Stoff seiner Unterhose war zwischen uns. »Magst du das, Liv?«, fragte er mit belegter Stimme. »Magst du es, wenn ich fest an deinen Nippeln sauge?«

Die unverblümte Frage ließ mich erröten, trotzdem nickte ich. »Ja, das mag ich.«

Mit einem Stöhnen senkte er abermals den Kopf und nahm sich die andere Brustwarze vor. Ich hatte nie geahnt, dass meine Brüste so empfindlich waren, und je länger er mich liebkoste, desto größer wurde die Spannung, die sich in meinem Unterleib aufbaute.

»Nate«, keuchte ich atemlos und nahm seinen Kopf zwischen die Hände, als seine Zunge meinen Vorhof umspielte. »Ich kann nicht … ich …«

Plötzlich kam Bewegung in Nate. Er glitt nach unten, die Hände auf meinen Brüsten. Seine Lippen hinterließen eine Spur feuchter Küsse auf meinem Bauch. Ich erbebte, als seine Zunge meinen Bauchnabel kitzelte, und wurde starr, als mir klar wurde, was Nates Ziel war.

Nate streichelte beruhigend meinen Bauch und sah zu mir hoch. »Öffne sie, Babe.«

Ich biss mir auf die Lippe, schaute halb staunend, halb ängstlich zu ihm nach unten und spreizte schließlich meine Schenkel. Nate ließ sich dazwischen nieder. Seine Hand glitt die Innenseite meines Beins hinauf. »Hast du so was noch nie gemacht?«, fragte er.

Ich schüttelte den Kopf. Vor Aufregung brachte ich kein Wort heraus.

Ein schelmisches Funkeln trat in seine Augen. »Ich bin gespannt auf deine Reaktion.«

Dann küsste er mich zwischen den Beinen.

Ich zuckte zusammen. Es war ein unbeschreibliches Gefühl.

Kurz darauf spürte ich seine Finger in mir, und das überraschte, lustvolle Wimmern, das mir über die Lippen drang, ließ Nate aufblicken. Seine Augen loderten. Aber jetzt hatte sein Blick nichts Schelmisches mehr. Da war nur noch nackte, rohe Begierde. Seine Finger glitten aus mir heraus und wieder in mich hinein. Ich presste mein Becken gegen seine Hand und versuchte, seinen Rhythmus nachzuahmen.

»Du bist klatschnass, Liv«, stöhnte er. »Du bist so feucht und bereit für mich.«

»Ja«, stieß ich hervor und hob ihm erneut die Hüften entgegen. »O ja.«

Mit einem zufriedenen Knurren senkte Nate den Kopf. Seine Finger glitten aus mir heraus, doch noch ehe ich sie vermissen konnte, teilte er meine Schamlippen, und ich wäre beinahe vom Bett gefallen, als ich seine Zunge auf mir spürte.

Sie umkreiste meine Klitoris, neckte, lockte ... und dann begann er zu saugen.

Ich schrie auf und spürte, wie ich mich unaufhaltsam dem Höhepunkt näherte. So schnell war es bei mir noch nie gegangen. Nate leckte immer weiter.

Als er erneut zwei Finger in mich hineinschob, explodierte ich und rief seinen Namen wie ein verzweifeltes Stoßgebet, während ich gleichzeitig die Augen schloss. Ich wand mich an seinem Mund, meine Finger krallten sich ins Laken. Der Höhepunkt überrollte mich in mehreren Wellen, und ich zuckte und zuckte unter seinem Mund, bis ich irgendwann erschlaffte und mich nicht mehr rühren konnte.

Ich spürte, wie Nate zurück nach oben kroch, und als es mir endlich gelang, die Augen zu öffnen, hatte er sich wieder mit den Händen über mir abgestützt und drängte seinen Unterleib an meinen. Er hatte ein zufriedenes Lächeln im Gesicht, strich mir liebevoll mit den Fingerspitzen über die Wange und sah mich dann forschend an. »Ich nehme mal an, das war gut?«

Das war eine vornehme Untertreibung.

Bei meinem ersten und einzigen Mal war ich nicht zum Höhepunkt gekommen. Allerdings hatte ich, seit ich achtzehn war, selbst für meine Orgasmen gesorgt und sogar mal einen Vibrator bei einer Studententombola gewonnen. Diese Orgasmen waren gut gewesen. Einige waren sogar sehr gut gewesen.

Aber keiner meiner Orgasmen war *sensationell* gewesen.

Bis jetzt.

Träge hob ich die Hände, legte sie Nate in den Nacken und strich ihm dann zärtlich über die Wangen. »Ich will mal nichts gegen dieses selbstgefällige Grinsen sagen. Du hast es dir redlich verdient.«

Nate lachte und küsste mich gleichzeitig, so dass sein Lachen meine Lippen kitzelte. Das war unglaublich erregend. Ich lächelte an seinem Mund, aber als der Kuss heißer wurde und ich mich auf seiner Zunge schmeckte, war uns nicht mehr nach Lachen zumute. Ich grub die Finger fester in sein Haar.

Ich unterbrach den Kuss als Erste und atmete tief aus. »Jetzt bist du dran.«

Etwas blitzte in seinen Augen auf. Ich konnte es nicht deuten, wusste aber, dass er es wollte. Er kletterte von mir herunter und legte sich, die Arme locker hinter dem Kopf verschränkt, auf den Rücken. »Ich gehöre ganz dir.«

Die Schmetterlinge in meinem Bauch meldeten sich zurück. Es waren nicht mehr so viele wie zu Beginn, aber sie waren definitiv noch da und schienen mich anzufeuern, während ich mich bereit machte, zum ersten Mal in meinem Leben einen Mann oral zu befriedigen.

»Ich habe das noch nie …«

Nates Miene wurde weicher, und er streckte die Hand aus, um meine Haare hinters Ohr zu streichen. »Ich weiß, Liv«, sagte er. »Und du musst es auch nicht machen. Nie. Du machst nur das, womit du dich wohl fühlst.«

Mein Blick glitt zu seinem harten Schwanz. »Ich möchte es wenigstens mal versuchen.«

»Dann erkläre ich dir, was du machen musst«, sagte er. Innerhalb eines Wimpernschlags hatte er sich seiner Boxershorts entledigt.

Ich starrte ihn mit offenem Mund an.

Bei meinem ersten Mal hatte ich keine Zeit gehabt, das Geschlechtsteil meines Sexualpartners genauer zu studieren. Der blöde Arsch hatte einfach nur den Reißverschluss seiner Hose heruntergezogen und war in mich eingedrungen.

Nates Schwanz zeigte steil in Richtung seines Bauchs. Er war lang und dick und schien förmlich zu pulsieren. Ich vermutete, dass er überdurchschnittlich groß war. Die Vorstellung, ihn in mir zu haben, löste eine neuerliche Welle der Erregung in mir aus, aber als ich mir vorstellte, ihn in den Mund zu nehmen, verlor ich den Mut.

»Wie …?« Ich sah Nate verunsichert an. »Ich …«

»Liv.« Er runzelte die Stirn. »Sag's einfach.«

Schließlich purzelte alles in einem unbeholfenen Wortschwall aus mir heraus. »Also, die Größe ist vielleicht ein bisschen problematisch, ich rede zwar viel, aber mein Mund ist trotzdem eher klein, da passt ja gar nicht alles rein, und außerdem habe ich einen Würgereflex, das könnte auch schwierig werden, deswegen habe ich keine Ahnung, wie …«

»Liv.« Nate erstickte fast vor Lachen. »Tief durchatmen.« Er schloss die Augen und schüttelte den Kopf. Was auch immer er dachte, er behielt es für sich. Im ersten Moment hatte ich Sorge, dass meine Unerfahrenheit für ihn ein Stimmungskiller sein könnte, aber als er die Augen wieder öffnete, lächelte er, und das – plus seine nach wie vor beachtliche Erektion – interpretierte ich als positives Zeichen. »Nimm ihn in den Mund, und während du mir einen bläst, reibst du die Wurzel mit der Hand. Der Trick ist, fest zu reiben, aber nicht zu fest. Und gleichzeitig lutschst du ihn. Aber Vorsicht mit den Zähnen.«

Ich nickte. Hoffentlich bekam ich das hin.

»Liv, ganz im Ernst, wir müssen das nicht machen, w- *ahh*«, stieß er hervor, als ich ihm das Wort abschnitt, indem ich ihn beherzt in den Mund nahm.

Zuerst zögerte ich, weil es so seltsam war, ihn im Mund zu haben. Der Geschmack war mir fremd, und ich hatte das Gefühl, als wäre er überall, als gäbe es nichts anderes auf der Welt als ihn. Das war irgendwie ungewohnt. Plötzlich überkam mich die Angst, dass ich für diesen Teil sexueller Intimität nicht gemacht war.

Bis ich durch gesenkte Wimpern zu ihm aufsah.

Das war Nate.

Ich nahm all meinen Mut zusammen.

Ich machte alles so, wie er es mir erklärt hatte, und beobachtete ihn dabei. Ich sah, wie seine Wangen sich röteten, sah, wie sein Brustkorb sich in immer rascher werdenden Atemzügen hob und senkte; sah, wie er die Fäuste ins Bettlaken grub; sah, wie er mit geöffnetem Mund keuchte; sah den Schweißfilm auf seiner Haut; das Beben seiner Bauchmuskeln. Und es machte mich an. Ich hatte nicht damit gerechnet, dass es mir gefallen würde, einem Mann einen zu blasen, aber ich liebte das Gefühl von Macht, das mich durchströmte, weil ich wusste, dass ich in der Lage war, Nate so sehr zu erregen, dass er meinen Namen stöhnte.

»Ich komme«, keuchte er und fasste mir ins Haar. Ich zog

mich gerade noch rechtzeitig zurück, um zu sehen, wie er bebend zum Höhepunkt kam.

Als sein Körper sich allmählich wieder entspannte, fuhr er sich mit der Hand übers Gesicht und durch die Haare. Er hatte die Augen geschlossen, so dass ich nicht sehen konnte, was er dachte.

Verunsichert wartete ich ab.

Langsam schlug Nate die Augen auf und starrte mich an.

Und?

»Hat dir das gefallen?«, fragte er.

»Ja«, wisperte ich zurück.

»Gut, ich möchte nämlich irgendwann unbedingt eine Wiederholung.« Er stieß zwischen gespitzten Lippen die Luft aus und schüttelte grinsend den Kopf, bevor er mich wieder ansah. »Scheiße, Liv.«

Ich lachte leise vor Erleichterung, ließ mich neben ihm auf die Matratze fallen und schaute zur Decke hoch. »Dann kriege ich wohl eine gute Note für meine erste Nachhilfestunde in Verführung.«

»Wie gesagt … du bist eine Streberin.«

Als sich die Matratze bewegte, drehte ich mich zu ihm um. Nate hatte sich hingesetzt und machte Anstalten aufzustehen.

»Wo gehst du hin?«

Er sah mich an. »Ich glaube, für heute Abend haben wir genug gelernt. Ich will dich nicht überfordern.«

Ich runzelte die Stirn, alles andere als erfreut über diese Wendung der Ereignisse. »Ist das nicht meine Entscheidung?«

Nate griff nach seiner Unterhose, aber seine Schultern zuckten vor Lachen. Statt zu antworten, verschwand er aus dem Zimmer. Sein knackiger Arsch war so göttlich, dass ich am liebsten hineingebissen hätte. Ich musste mich sehr zusammennehmen, ihm nicht hinterherzulaufen.

Ich hörte im Bad das Wasser laufen, und wenige Minuten

später kam Nate, jetzt wieder in seinen Boxershorts, zurück. Er hob seine Jeans vom Boden auf und stieg hinein. Als er vollständig angezogen war, wandte er sich zum Bett und betrachtete mich in all meiner erhitzten Nacktheit.

Ich lag da und hätte zu gern gewusst, was ihm gerade durch den Kopf ging. Früher hätte ich ihn einfach gefragt, aber irgendwie hatte die Intimität etwas zwischen uns verändert. Wenn ich ihn jetzt fragte, wirkte ich womöglich wie eine klammernde Möchtegern-Freundin. In diesem Moment bereute ich, ihn um Hilfe gebeten zu haben.

Als ahnte er meine düsteren Gedanken, kam er durchs Zimmer und beugte sich zu mir, um mir einen zärtlichen Kuss auf den Mund zu geben. Ich spürte seine Finger in meinem Haar, als er sich aufrichtete und verheißungsvoll murmelte: »Morgen vögeln wir.«

Kapitel 12

Der Montag hätte genauso gut gar nicht stattfinden können. Ich bewegte mich, ich redete, ich erledigte meine Arbeit, war aber die ganze Zeit in einem Nebel der Euphorie gefangen, durch den nichts wirklich zu mir drang. Ich musste ununterbrochen an letzte Nacht denken, daran, was Nate mit mir und ich mit ihm gemacht hatte.

Ich verging fast vor Vorfreude auf den bevorstehenden Abend.

Diesmal machte ich mir nicht erst die Mühe, mich anzuziehen. Ich wählte ein schönes neues Unterwäscheset aus – diesmal in Smaragdgrün – und warf mir einen Morgenmantel über.

Als ich Nate die Tür öffnete und er mein Outfit sah, begannen seine Augen zu leuchten. Er warf die Tür hinter sich ins Schloss und entledigte sich auf der Stelle seiner Jacke.

»Ich mag es, dich auszuziehen«, sagte er ohne ein Wort der Begrüßung. Er warf die Jacke auf einen Hocker in der Küche. »Deinem Benjamin ist es vielleicht egal, aber da du in absehbarer Zukunft mit mir ficken willst … ziehe ich dich lieber selber aus.«

Ich wusste nicht recht, was ich davon halten sollte, außer, dass es mir irgendwie gefiel, also nickte ich. »Okay, nächstes Mal ziehe ich mir wieder was an.«

Nate biss sich auf die Unterlippe und musterte mich. »Heute Abend geht es darum, dass du rausfindest, was dich anmacht. Übernimmst du gerne die Führung, ist es dir lieber, wenn er die Führung übernimmt, magst du absolute Kontrolle, absolute Unterwerfung oder mal so, mal so.«

Ich nickte. Hoffentlich hatte ich ihn richtig verstanden und er würde mir nicht gleich offenbaren, dass er eine Vorliebe für Andreaskreuze und Peitschen hatte. Besser, wir fanden das jetzt gleich heraus, damit ich im Notfall die Reißleine ziehen konnte. »Äh … und was magst du am liebsten?«

»Mal so, mal so.« Er zuckte mit den Schultern. »Kommt auf die Situation an.« Er trat auf mich zu, und da ich in Gedanken immer noch bei ungewöhnlichen sexuellen Praktiken war, wich ich vor ihm zurück, bis ich die Wand im Rücken spürte. Nate drängte sich an mich und griff nach dem Gürtel meines Morgenmantels.

»Wenn du von Kontrolle redest … dann meinst du aber nicht Peitschen und Handschellen, oder?«

Lachend schüttelte er den Kopf. »Nein, Babe. Nur guten, alten, harten Sex.« Der Gürtel löste sich, und der geöffnete Morgenmantel gab den Blick auf meine Dessous frei. »Habe ich dir schon gesagt, dass du einen unglaublich heißen Unterwäschegeschmack hast?«

»Schön, dass es endlich mal jemand zur Kenntnis nimmt.«

Nate schob mir den Morgenmantel von den Schultern. Seine Finger verweilten dort einen Moment, während der Stoff von meinem Körper glitt und zu Boden fiel. Ohne den Blick von seinen Händen zu lassen, strich Nate über mein Schlüsselbein. Ich starb fast vor Erregung.

Seine Finger tanzten mein Brustbein entlang und über die Wölbung meiner Brüste. Überall dort, wo seine Hand gewesen war, bekam ich eine Gänsehaut, und meine Nippel richteten sich erwartungsvoll auf. Statt ihrem Schrei nach Aufmerksamkeit nachzukommen, glitten Nates Finger jedoch zurück nach oben und dann sanft meinen Hals entlang bis unter mein Ohr. Ich erschauerte vor Lust.

Als er sah, wie ich auf die Berührung reagierte, beugte er sich lächelnd herab, um die Stelle mit den Lippen zu liebkosen. Ich spürte das feuchte Kitzeln seiner Zunge, und ein neuerlicher Schauer durchlief mich.

»Erogene Zone«, flüsterte er mir ins Ohr, strich mit den Lippen darüber und tupfte eine Spur hauchzarter Küsse meinen Hals entlang. Als er bei meinem Mund angekommen war, schaute er mir tief in die Augen. »Sag mir, was du heute Abend machen willst.«

Ich blinzelte, unsicher, was genau er damit meinte.

»Denk nicht nach«, ermunterte er mich. »Sag mir einfach, was ich mit dir machen soll.«

Mein Blick fiel auf seinen Mund, der so nah war und doch nicht nah genug. Heiser vor Erregung, sagte ich das Erste, was mir in den Kopf kam. »Ich will dich in mir haben.«

Meine Worte hatten eine sofortige Wirkung. Nate stemmte die Hände rechts und links neben meinem Kopf an die Wand und begann, seine Erektion an meinem Bauch zu reiben. »Du willst meinen Schwanz, Baby?«, murmelte er und strich mit seiner Oberlippe über meine Unterlippe. Ich nickte.

Er senkte die Lider. »Ich will hören, wie du es sagst.«

Offenbar hatte Nate eine Vorliebe für Dirty Talk. Das hatte er während einer früheren Unterrichtseinheit schon mal erwähnt, ich hatte nur nicht weiter darüber nachgedacht. Aber es bestand kein Zweifel, dass es ihn anmachte, darüber zu reden, was wir miteinander anstellen wollten.

Ich lernte immer mehr. Und nicht nur über ihn, sondern auch über mich.

Denn darüber zu reden, was wir miteinander anstellen wollten, machte mich genauso an.

Ich kam ihm mit meinem Mund entgegen und küsste ihn federleicht, während ich mit rauer Stimme murmelte: »Ich will deinen Schwanz in mir spüren.«

»Normalerweise wäre das jetzt der Moment«, er gab mir einen zärtlichen Kuss, bei dem sich unsere Zungenspitzen gerade eben berührten, »an dem ich dich frage, ob du es langsam oder schnell, sanft oder hart willst.« Noch ein Kuss. »Aber heute Abend lassen wir es auf jeden Fall erst mal ruhig angehen.«

»Es ist schon ein Weilchen her«, pflichtete ich ihm bei und stieß einen beglückten Seufzer aus, als er Küsse auf meinen Hals zu tupfen begann.

Seine Lippen wanderten über meine Brüste und meinen Bauch hinab. Seine Hände folgten und drückten sanft meine Brüste, bevor sie an meiner Taille entlangstrichen. Dann ging Nate vor mir auf die Knie. Atemlos vor Spannung blickte ich auf ihn herab, während er sanft meinen Bauch küsste, bevor sein Mund weiter nach unten bis zum Saum meines Höschens wanderte. Als er die Lippen auf die Seide drückte, seufzte ich erneut und presste die Handflächen gegen die Wand. Mein Körper übernahm die Führung, und meine Beine öffneten sich wie von selbst. Nate küsste mich weiterhin durch den Stoff meines Höschens, seine Hände hielten dabei meine Schenkel umfasst. Es war Folter, eine süße Qual, und mein Körper schrie nach mehr.

Mein Atem kam in abgehackten Stößen, als er mit der Zunge den Stoff gegen meine Klitoris rieb. »Nate«, wimmerte ich. Meine rechte Hand vergrub sich in seinem weichen Haar. »Bitte …«

Er ließ von mir ab und zog mir das Höschen herunter. Ich wollte ihm helfen, aber meine Knie zitterten zu stark. Anschließend umfasste Nate meine Waden und strich mit den Händen meine Beine hinauf. »Du hast phantastische Beine«, sagte er leise. »Ich weiß noch, wie wir einmal abends zusammen einen Film gesehen haben, und du hattest Leggings an. Das war das erste Mal, dass du irgendwas getragen hast, in dem man die Form deiner Beine erkennen konnte.« Er küsste meine

Kniekehle und sah mit einem derart intensiven Blick zu mir auf, dass mein Herz heftig zu pochen begann. »Du hattest sie ausgestreckt, die Füße auf dem Couchtisch, und ich musste sie die ganze Zeit anstarren. Ich konnte nicht glauben, dass du solche langen Wahnsinnsbeine die ganze Zeit versteckt hattest. In der Nacht habe ich von deinen Beinen geträumt, Liv. Ich habe geträumt, dass du sie um mich schlingst, während ich dich um den Verstand ficke.«

Bei diesem Geständnis zog sich mein Bauch vor Verlangen zusammen. »Gott ... Nate ...«

»Ganz genau, Babe«, murmelte er, als er sich mein rechtes Bein über die Schulter hob und meine Schamlippen teilte. »Ich bringe dich direkt in den Himmel.«

»Himmel. Hölle«, keuchte ich. Meine Fingernägel kratzten an der Wand. »Mir doch egal, solange ich auf dem Weg dahin einen Orgasmus habe.«

Es war ein seltsames, aber nicht unangenehmes Gefühl, sein Lachen an meinem Geschlecht zu spüren.

Ich lächelte.

Und dann schrie ich vor Erleichterung auf, als seine Zunge in mich hineinglitt und er zur gleichen Zeit mit dem Daumen meine Klitoris reizte.

Er wusste, was er tat. Ich kam schnell und heftig.

Kaum noch bei Bewusstsein, sank ich gegen die Wand, während Nate aufstand.

»Verdammt«, brachte ich schließlich hervor, als er sich auszog. »Dein Mund gehört verboten.«

Seine Antwort war ein tiefer, gefühlvoller Kuss, bei dem mir ganz schwindlig wurde. Als er sich von mir löste, nahm er meinen BH mit und warf ihn über die Schulter nach hinten. »An jedem anderen Tag würde ich es dir wahrscheinlich gleich hier an der Wand besorgen, aber wir sollten nichts überstürzen und das Bett nehmen.«

»Ich mag die Wand.« Ich tätschelte sie träge, noch immer berauscht von meinem Orgasmus.

Nate wiegte den Kopf. »Ich glaube, das wäre ein bisschen unbequem für dich, Liv. Wir lassen es erst mal ruhig angehen.« Er nahm mich bei der Hand, und ich kicherte albern, als wir nackt durch meine Wohnung gingen. Nate schaute sich um.

»Was hast du?«

»Wir sind nackt.« Ich grinste.

Er lachte kurz auf, dann zog er ruckartig an meiner Hand, so dass ich gegen ihn stolperte. Er schlang die Arme um meine Taille, und ich hielt mich an seinen Schultern fest, damit ich nicht umkippte. Sekunden später allerdings war das sowieso egal, denn Nate wirbelte mit mir im Arm herum, und wir fielen gemeinsam aufs Bett. Er fing sich mit den Händen ab, um mich nicht zu erdrücken.

»Mist«, fluchte er gleich darauf leise und kam auf die Knie.

»Was ist? Wo willst du hin?«

»Die Kondome sind in meinem Portemonnaie. Ich war noch nicht beim Arzt.« Ehe ich etwas sagen konnte, stand er vom Bett auf, und ein kühler Luftzug umwehte mich, als er aus dem Zimmer ging.

Ich lag da und starrte an die Decke. Ich dachte an seinen Mund unter meinem Ohr und hörte sein leises Murmeln. *»Erogene Zone.«*

Wir hatten uns auf diese Sache eingelassen, weil ich so unerfahren war, aber selbst mir als sexuell gänzlich unbeschriebenem Blatt kam dies wie echte Verführung, nicht wie eine Nachhilfestunde in Verführung, vor. Ich kaute auf meiner Lippe herum und wartete mit Blick zur Tür, bis er zurückkam. Vielleicht täuschte ich mich ja auch, und das war alles Teil der Übung, mein Selbstbewusstsein zu stärken und mir sexuelle Erfahrungen zu vermitteln.

»In der Nacht habe ich von deinen Beinen geträumt. Ich habe ge-

träumt, dass du sie um mich schlingst, während ich dich um den Verstand ficke.«

Oder vielleicht war es in Wirklichkeit einfach nur eine günstige Gelegenheit, der Anziehungskraft nachzugeben, die schon immer zwischen uns bestanden hatte? Eine Anziehungskraft, die wir um unserer Freundschaft willen verleugnet hatten?

Nate kam zurück. Er verschlang mich förmlich mit seinen Blicken.

Vielleicht. Vielleicht. Vielleicht.

Als er zu mir aufs Bett kroch, die Folie mit den Zähnen aufriss und das Kondom über seine beachtliche Erektion streifte, schob ich die Vielleichts ganz weit in die Ecke in meinem Hinterkopf, wo alles hinkam, was ich lieber verdrängen wollte. Im Moment war mir vollkommen egal, warum wir hier im Bett lagen. Hauptsache, wir waren hier.

Seine Hand glitt meinen Körper hinauf, und ich bog mich der Berührung entgegen. Hitze flammte in meinem Innern auf, als er mit der Daumenkuppe über meine Brustwarze strich, während seine andere Hand zwischen meine Beine glitt. Seine Erektion reckte sich mir entgegen, und ich konnte nicht aufhören, sie anzustarren.

»Jetzt«, keuchte ich und hob die Hüften an. »Nate, ich will dich in mir. Bitte.«

Er stöhnte, als er mich betteln hörte, und schob sanft meine Beine noch weiter auseinander, bevor er sich über mir abstützte. Sein Kuss war lang und tief.

Ich spürte, wie sein Schwanz mich zwischen den Beinen berührte, und zu meiner eigenen Überraschung erstarrte ich.

Als das letzte Mal ein Mann in mich eingedrungen war, hatte es weh getan.

»Schh«, wisperte Nate ganz dicht an meinem Mund. »Babe. Alles ist gut. Sieh mich einfach an.«

Ich nickte und entspannte mich ein wenig. Ich hielt seinen

Blick fest. Dann drang er in mich ein. Seine Augen wurden dunkel, als er ganz langsam den Widerstand meines Körpers überwand und meine Muskeln sich um ihn zusammenzogen. Ich erstickte ein Wimmern. Es war ein unangenehmes Gefühl. Nicht schmerzhaft wie beim letzten Mal, aber auch nicht gerade schön.

Nate schloss kurz die Augen. Er keuchte. Seine Arme zitterten ein wenig.

»Nate?« Ich legte die Hände an seine Hüften.

»Ich …« Seine Lider hoben sich flatternd, und als Antwort auf die lodernde Hitze in seinen Augen zogen sich meine Muskeln erneut um ihn zusammen. »Du fühlst dich … unglaublich an«, stieß er hervor. »So eng. Ich versuche, mir Zeit zu lassen, aber du fühlst dich so verdammt gut an.«

Erfreut streichelte ich seinen Rücken und merkte, wie das unangenehme Gefühl langsam nachließ. Plötzlich wollte ich unbedingt mehr lernen. Wie von selbst hob sich mein Becken, um ihn dazu zu veranlassen, sich zu bewegen. Nate stieß einen erstickten Laut aus, bevor er aus mir herausglitt. Doch statt sich vollständig aus mir zurückzuziehen, wie ich erwartet hatte, stieß er gleich darauf wieder in mich hinein. Ich schrie auf, als ich merkte, wie sich in mir eine köstliche Spannung aufbaute. Meine Augen waren fest auf sein Gesicht gerichtet, wie verzaubert von der Mischung aus Lust und Zärtlichkeit in seinem Blick, von der Anspannung in seinem Kiefer, die verriet, wie sehr er um Beherrschung rang.

Und er tat das alles für mich.

Er war ganz behutsam und umfasste mit sanftem Griff meine Schenkel, während er sich in mir bewegte. Mit jedem Stoß trieb er mich weiter auf den Höhepunkt zu.

Er sah, wie ich unter ihm keuchte, sah, wie meine Brüste sich im Rhythmus seiner Stöße bewegten, und plötzlich stieß er ein wenig tiefer, bewegte sich ein wenig schneller. »Liv. Komm für mich, Baby«, befahl er mit kehliger Stimme. »Du musst für mich kommen.«

»Ja«, sagte ich und bog ihm meine Hüften entgegen. Immer größer wurde die Spannung, immer größer …

Und ich zersprang in tausend Stücke. Mit einem lauten Aufschrei kniff ich die Augen zusammen, als ein heftiges Beben durch meinen Unterleib ging und ich unkontrolliert zu zucken begann. Nate hielt mich fest an den Hüften gepackt und kam kurz darauf selbst zum Höhepunkt.

Als das Beben endlich nachließ, waren meine Muskeln weich wie Pudding. Kraftlos fiel ich auf die Matratze zurück. Ich konnte gerade noch den Arm heben und Nate eine Hand in den Nacken legen, ehe er auf mir zusammenbrach und den Kopf an meinem Hals vergrub.

Ich genoss das wunderbare Gefühl, wie sein Brustkorb sich auf meinem hob und senkte, spürte seinen warmen Atem auf meiner Haut kitzeln. Wir waren beide verschwitzt, aber das kümmerte mich nicht. Es war herrlich.

»So geht also richtiger Sex«, hauchte ich voller Staunen, nicht zuletzt, weil er meinem ungeübten Körper so viel Lust entlockt hatte.

Nate presste einen Kuss auf meine schweißfeuchte Kehle, ehe er den Kopf hob und sich aufsetzte. Unsere Blicke begegneten sich, und ich wurde ganz still. Da war etwas in seinen Augen, etwas Ernstes, fast Schweres. So kannte ich ihn sonst nur, wenn er von Alana redete. So feierlich. Er sah mich lange Zeit an, bis … er plötzlich ganz leicht zusammenfuhr, als hätte ich etwas gesagt.

»Nate?«

Sein Adamsapfel bewegte sich auf und ab, als er schluckte. Dann gab er mir noch einen flüchtigen Kuss und rollte sich von mir herunter.

Ich vermochte nichts zu sagen.

Stattdessen lag ich einfach nur da, während er das Zimmer verließ. Ich hörte, wie im Bad der Wasserhahn lief, dann rauschte die Spülung der Toilette. Es raschelte im Wohnzimmer, und kurz darauf hörte ich das dumpfe Geräusch eines Stiefels auf meinem Holzfußboden.

Das weckte mich aus meiner Starre.

Ich zog das Laken vom Bett und wickelte es mir um.

Als ich ins Wohnzimmer kam, zog sich Nate gerade die Jacke an.

»Nate?«

Er lächelte mir zu, aber es hatte etwas Aufgesetztes, und sofort begann mein Herz, angstvoll zu klopfen.

»Nate?«

»Ich … also … ich schreib dir eine SMS, wann ich das nächste Mal Zeit habe.«

Ein seltsamer, kalter Klumpen formte sich in meiner Magengrube, aber ich bemühte mich, mir nichts anmerken zu lassen. Nach wie vor in das Laken gewickelt, eilte ich zu der Glasschale, in der ich meine Schlüssel aufbewahrte. Ich fischte meinen Zweitschlüssel heraus und hielt ihn Nate hin. »So ist es praktischer. Für unsere Nachhilfestunden«, betonte ich.

Er betrachtete den Schlüssel einen Moment lang, und gerade als meine Hand zu zittern begann, kam er zu mir und nahm ihn. Er küsste mich auf die Wange, aber nur ganz flüchtig, als könne er sich sonst an mir verbrennen.

»Nacht, Babe.«

Ich sah zu, wie er aus meiner Wohnung floh, und es gelang mir nicht, etwas zu erwidern, so fest saß der Kloß in meinem Hals.

***

Den ganzen Tag über zermarterte ich mir das Hirn. Ich grübelte, ob gestern Abend in meinem Schlafzimmer womöglich etwas geschehen war, wodurch sich Nates Einstellung zu unseren Nachhilfestunden geändert hatte. Oder noch schlimmer: Nates Einstellung zu unserer Freundschaft. Als am Vormittag keine SMS von ihm kam, zerbiss ich meine Unterlippe. Als er sich auch am Nachmittag nicht meldete, pflaumte ich einen vertrottelten Studenten an, der mir die Schuld dafür gab, dass er fünfzig Pfund Überziehungsgebühr zahlen musste. Und als ich auf dem Heimweg von der Arbeit immer noch nichts von ihm gehört hatte, verzweifelte ich allmählich, weil ich der Überzeugung war, unsere Freundschaft in den Sand gesetzt zu haben.

Die Freude, die ich nach unserer ersten richtigen Nachhilfestunde eigentlich hätte empfinden müssen – meine Erleichterung darüber, dass ich mich völlig grundlos vor Sex gefürchtet hatte und es sich in Wirklichkeit vollkommen leicht und natürlich anfühlte –, all das wurde von meinen Bedenken überschattet.

Ich ignorierte eine SMS von Ellie und ging auch nicht ran, als Jo anrief, während ich lustlos in meinem Abendessen stocherte. Ich zog mein Oversized-T-Shirt an, das ich immer zum Schlafen trug, wenn es etwas wärmer war, und pflanzte mich vor die Glotze, um einen Film zu schauen, von dem ich allerdings so gut wie nichts mitbekam.

Folglich war mein Erstaunen umso größer, als ein Schlüssel in meinem Schloss knirschte und Nate mit einer DVD, Notizbuch und Stift in der Tür stand.

Ich wusste nicht, was ich davon halten sollte.

Er lächelte mich an – diesmal war es ein echtes Lächeln –, als wäre gestern Nacht nicht das Geringste vorgefallen. Dann kam er herein und legte seine Sachen auf den Couchtisch.

Ich saß mit angezogenen Knien auf dem Sofa, die Arme um die Beine geschlungen.

Nate starrte meine nackten Beine an, während er seine Jacke auszog. Dann trafen sich unsere Blicke. Und ließen einander eine ganze Weile nicht mehr los.

Irgendwann räusperte er sich. »Erst die Nachhilfe, und dann muss ich mir noch einen Film ansehen.«

Ein Teil von mir wollte ihn auf sein sonderbares Verhalten vom Vorabend ansprechen. Ein größerer Teil jedoch fürchtete sich vor den Antworten. Und den Konsequenzen. »Was steht heute auf dem Stundenplan?«

Er kickte die Schuhe von den Füßen. »Heute geht es um Selbstbewusstsein. Darum, die Führung zu übernehmen.«

Als wäre das mein Stichwort gewesen, ging mir auf, dass ich wütend auf Nate war, weil er sich letzte Nacht so sang- und klanglos aus dem Staub gemacht hatte. Sogar richtig stinkwütend.

Diese Wut übernahm die Kontrolle über mich und verwandelte mich in jemand anderen.

Ich nahm die Beine vom Sofa, packte Nate am Gürtel und zog ihn mit einem Ruck zu mir heran. »Setz dich«, befahl ich ihm. Selbst in meinen Ohren klang meine Stimme kalt.

Nate nickte. Er sah mich in leichter Verunsicherung an, gehorchte aber und ließ sich neben mir auf die Couch fallen.

Ich verlor keine Zeit.

Ich schwang mich rittlings auf ihn, packte ihn bei den Haaren und küsste ihn heftig. Er schlang die Arme um mich, und in null Komma nichts hatte er die Kontrolle über die Situation übernommen.

Also gut, Küssen ist gestrichen.

Ich löste mich von ihm und drückte ihn sanft in die Polster.

»Und?«, fragte er leise. »Was passiert jetzt?«

Statt einer Antwort löste ich seinen Gürtel und öffnete rasch die Knöpfe seiner Jeans, damit ich hineinfassen konnte. Nate stieß gepresst die Luft aus, als ich ihn mit der Hand umschloss.

»Fühlt sich das gut an?«, wisperte ich an seinem Mund. Ein Teil von mir schwebte außerhalb meines Körpers, blickte auf die Szene herab und fragte sich, für wen zum Geier ich mich eigentlich hielt.

»Was glaubst du?« Nates Augen wurden schmal. Er strich mir über die Schenkel und schob den Saum meines T-Shirts nach oben.

Ich ließ ihn los, um seine Hände wegzuschieben. Ich schüttelte den Kopf und schnalzte missbilligend mit der Zunge. »Anfassen verboten.«

Ihm war deutlich anzusehen, dass ihm das gar nicht gefiel.

Gut.

Ich zog an seiner Jeans, und er hob das Becken an, damit ich sie herunterzerren konnte. Ich hielt mich nicht damit auf, sie ihm ganz auszuziehen. Stattdessen stand ich kurz auf, entledigte mich meines Slips und setzte mich dann wieder auf seinen Schoß.

»Zieh das Nachthemd aus«, sagte Nate. Als ich keine Anstalten machte, ihm zu gehorchen, rieb er mir mit der Hand über den Schenkel. Seine Miene war sanft. »Liv. Ich will dich sehen.«

Ich hielt inne und betrachtete ihn mit schief gelegtem Kopf. »Willst du das?«

In der Frage schwang viel mehr mit, als mir lieb war.

Und Nate begriff. »Ich will dich. Ich will, dass du meinen Schwanz reitest. Ich will, dass du mich richtig hart reitest, und danach will ich mit meiner Freundin auf der Couch sitzen, was essen und einen Film gucken. Ich haue schon nicht ab.« Sein Griff verstärkte sich. »Und jetzt zieh das Nachthemd aus.«

Sein Versprechen besänftigte mich ein wenig und brachte mich wieder zur Besinnung. Ich errötete, als ich daran dachte, wie ich mich aufgeführt hatte: meine Befehle, meine kühle

Selbstsicherheit. Auch Nate entspannte sich, und ein süffisantes Lächeln umspielte seine Lippen, als er die Röte auf meinen Wangen sah.

Im Bemühen, meine neu aufgekommene Unsicherheit zu überspielen, zog ich mein T-Shirt über den Kopf und warf es hinter mich. Ich hatte keine Gelegenheit, irgendetwas zu tun oder zu sagen, schon spürte ich Nates Hand zwischen meinen Schulterblättern und seine starken Arme, als er mich festhielt und an meiner Brustwarze zu saugen begann.

Ich drängte mich an ihn und seufzte, als eine Woge der Lust mich überschwemmte.

Er spielte eine Weile mit mir, wohl um mich gefügig zu machen, aber ich hatte das Thema der heutigen Unterrichtseinheit nicht vergessen. Er wollte, dass ich selbstsicherer wurde, und obwohl ich nicht die Absicht hatte, mich erneut von meiner Wut leiten zu lassen, war ich fest entschlossen, meine Möglichkeiten gründlich auszuloten.

Wie Nate bereits mehrfach erwähnt hatte: Ich war eine Streberin.

Ich setzte mich auf ihn und drückte ihn in die Couch. »Steck ihn rein.«

Seine Mundwinkel verzogen sich nach oben. »Steck du ihn doch rein.«

Also machte ich genau das.

Ich wimmerte an seinem Mund, und er holte scharf Luft.

Dann begann ich, mich auf ihm zu bewegen.

Eigentlich wollte ich es langsam angehen lassen und ganz allmählich schneller werden, aber ich war zu ungeduldig, zu verzweifelt.

Zu gierig.

Zu unerfahren.

Trotzdem überließ Nate mir die Führung.

Wir kamen beide heftig, aber viel zu schnell.

Ich sackte gegen ihn und legte ihm die Arme um die Schultern, während er mich festhielt. »Ich glaube, ich muss noch viel lernen«, gestand ich atemlos.

Als er die Unsicherheit in meiner Stimme hörte, schob Nate mich sanft von sich weg. Mit ernster Miene gestand er: »Keine Frau hat mich je so hart geritten wie du. Glaub mir, Babe, von meiner Seite gibt es keine Beschwerden.«

Trotz meiner Verlegenheit musste ich grinsen. »Im Ernst?«, fragte ich.

Nate nickte und grinste ebenfalls, als er mir eine Haarsträhne hinters Ohr steckte. »Im Ernst.«

Erst als ich von ihm herunterkletterte, schlug die Stimmung jäh um. Nate stieß einen Fluch aus.

»Was ist?«, fragte ich mit weit aufgerissenen Augen. Ich warf einen Blick auf seinen Schoß, um mich davon zu überzeugen, dass ich ihm nicht weh getan hatte.

»Kein Kondom«, presste er hervor.

»Halb so schlimm, ich nehme die Pille.«

Er sah mich stirnrunzelnd an und zog sich Unterhose und Jeans hoch. »Liv, ich war gestern erst beim Arzt. Die Ergebnisse sind noch nicht da.«

Ich zog rasch meinen Slip wieder an und lief um die Couch herum ins Bad, um mich sauberzumachen. »Bestimmt ist alles in Ordnung«, rief ich ihm im Davoneilen zu, aber mein Herz klopfte schneller. Ich *hoffte*, dass alles in Ordnung war. Scheiße. Ich schloss die Badezimmertür, lehnte mich gegen das Waschbecken und starrte in den Spiegel. Meine Wangen waren gerötet, meine Augen strahlten golden. Ich sah aus, als wäre ich richtig gründlich gevögelt worden. Was ja auch stimmte. Und ich hatte es so eilig gehabt, meine größer werdende Sucht zu befriedigen, dass ich nicht mal daran gedacht hatte, mich zu schützen.

Wenn ich später mal Kinder hatte, würde ich mir total

scheinheilig vorkommen, wenn ich ihnen einen Vortrag über Sex und Verantwortung hielt.

Ich stieß ein paar deftige Flüche aus. Erst danach ging mir auf, dass es ja nicht allein meine Schuld war. Nate hatte das Kondom genauso vergessen wie ich. Ich warf einen wütenden Blick in Richtung der geschlossenen Badezimmertür, was mir jedoch gleich darauf kindisch vorkam. Natürlich konnte ich sagen, dass er der Erfahrenere von uns beiden war, aber das Argument klang nicht besonders überzeugend, wenn man selbst fünfundzwanzig Jahre alt war und es hätte besser wissen müssen.

Ich hörte den Fernseher laufen, als ich aus dem Bad kam. Nate hatte die DVD eingelegt, stand in der Küche und schmierte Bagels. Wie aufs Stichwort knurrte mein Magen.

Nate sah hoch. »Entschuldige, dass ich das Kondom vergessen habe.«

»Ich hab's ja auch vergessen. Aber das wird schon gutgegangen sein. Oder?«

»Bis jetzt habe ich es noch nie vergessen, insofern dürfte nichts passiert sein. Aber wir müssen wirklich besser aufpassen.« Er leckte sich Frischkäse vom Daumen und öffnete den Kühlschrank, um Cola herauszuholen.

Ich wollte nicht noch einen Abend mit seltsamem Ende erleben und beschloss, nichts mehr zu dem Thema zu sagen. »Was gucken wir heute?«, wollte ich stattdessen von ihm wissen.

Nate reichte mir meinen Bagel, und ich bedankte mich, bevor ich ihm zur Couch folgte. Zu meinem Erstaunen setzte er sich näher zu mir als üblich. Er legte die Füße auf den Couchtisch und machte es sich neben mir gemütlich. »Ein Musical.«

Ich verschluckte mich an einem Stück Bagel und beeilte mich, den Bissen hinunterzuschlucken. »Ist das dein Ernst?«

Er schüttelte feixend den Kopf. »Eine Musical-*Satire*.«

»Ist das besser?«

»Hoffen wir's mal.«

Wie sich herausstellte, war das Musical anfangs ziemlich unterhaltsam, aber nach einer Weile ging ihm die Luft aus. Nate schlürfte sichtlich gelangweilt seine Cola. Den Blick auf den Fernsehapparat gerichtet, fragte er: »Würdest du lieber in einem Musical oder in einer postapokalyptischen Welt leben?«

Die Frage zauberte mir sofort ein Lächeln ins Gesicht. Ich war unendlich erleichtert, dass ich mit meinem besten Freund Spaß haben und seine absonderlichen Fragen beantworten konnte, so wie früher. »Wie sieht diese postapokalyptische Welt denn aus?«

»So ähnlich wie in *The Book of Eli.*«

»Trostlos.«

»Jep.«

»Und was wäre es für ein Musical?«

Den Kopf an der Sofalehne, sah er mich an und grinste. »*Grease 2.*«

Ich hustete, weil ich gerade einen Schluck getrunken hatte. Es dauerte knapp eine Minute, bis ich wieder ausreichend Luft bekam, um zu fragen: »Du hast *Grease 2* gesehen?«

Das Funkeln in Nates Augen wurde schwächer, und er wandte den Blick ab. »Alana wollte ihn damals unbedingt anschauen.«

Aha. Der allgegenwärtige Geist aus der Vergangenheit.

Ich stieß Nate freundschaftlich mit der Schulter an und versuchte, den Moment zu überspielen. »Dann bin ich definitiv für die postapokalyptische Welt. Vor allem, wenn da Männer wie Denzel rumlaufen.«

Nate schmunzelte. »Ich auch.«

»Wegen Mila Kunis, oder was?«

»Na ja, das ist auch ein Grund, aber in erster Linie, weil ich Gewalt ablehne.«

Ich zog verständnislos die Nase kraus. »Das ist mir jetzt zu hoch. Postapokalyptische Welten strotzen doch normalerweise nur so vor Gewalt.«

»Stimmt, aber in einer postapokalyptischen Welt wäre die Chance groß, dass man *mich* tötet. Wenn ich hingegen in einer *Grease*-2-Welt leben müsste, bestünde die fünfundneunzigprozentige Wahrscheinlichkeit, dass *ich* jemanden umbringe, und zwar den Ersten, der anfängt zu singen.« Seine Miene war todernst. »Das ist einfach kein gutes Umfeld für einen Pazifisten.«

Ich nickte kichernd. »Dann also das Endzeitszenario.«

Er nickte ebenfalls, doch dann erschien eine kleine steile Falte zwischen seinen Augenbrauen: »Und was hast du gegen Musicals?«

Kopfschüttelnd sah ich zu, wie das Pärchen im Film einen bekannten Song persiflierte. »Ich habe nicht *generell* was gegen Musicals. Mir gefällt die Vorstellung, in einer postapokalyptischen Welt zu leben, einfach besser. Ich glaube, ich würde den Laden so richtig rocken.«

Ich sah ihn nicht an, spürte aber, wie seine Schultern vor Lachen bebten.

Ich maßregelte ihn mit einem strengen Blick. »Hör auf, dich über mich lustig zu machen. Ich wäre knallhart.«

»Knallhart inwiefern?«

»Ich ... na ja ... also, zuerst mal bin ich intelligent. Und witzig. Ich wäre dein witziger, leicht durchgeknallter, aber schlauer Sidekick, während du rumläufst und alle mit deinen krassen Judotricks zur Strecke bringst.«

Nate lachte. »Okay. Könnte funktionieren.« Er betrachtete mich interessiert, ehe er sich wieder dem Film zuwandte. »Aber vielleicht wärst du auch eine Ablenkung.«

Ich versuchte, nicht zu zeigen, wie sehr ich mich über das Kompliment freute, und zuckte lässig mit den Schultern. »Das könnte doch auch von Vorteil für dich sein.«

»Ja, solange wir deine Beine bedecken.«

Ich stupste ihn mit dem Knie an. Er legte mir wie nebenbei eine Hand aufs Bein und zog es auf seinen Schoß. »Ich glaube, da steht jemand auf meine Beine.«

Fast gedankenverloren streichelte er meine Haut. »Du hast tolle Beine, Babe.« Er seufzte und schnappte sich dann sein Notizbuch, das neben ihm lag. »Das hier geht rasant bergab.«

»Der Film?«

»Klar, was denkst du denn?«, murmelte er und kritzelte etwas auf seinen Block. »Irgendwelche geistreichen Kommentare, oh, du mein Sidekick?«

Ich starrte nachdenklich auf den Fernseher. »Der Plot schreit geradezu danach, dass man einen Witz über Erektionsstörungen macht.«

Nate schnaubte belustigt. »Wie das?«

»Na ja, die Story und die Songs sind anfangs noch ganz gut, jeder ein bisschen besser als der vorangegangene, aber in der Mitte kommt man dann an einen Punkt, an dem man merkt, dass die Sache irgendwie auf der Stelle tritt. In der zweiten Hälfte flacht die Story dann immer mehr ab, von den Songs bekommt man Ohrenbluten, und die Spannung …« Ich hob eine Hand und ließ sie wieder fallen, um das Gesagte zu unterstreichen.

»E-rek-ti-le Dys-funk-tion«, murmelte Nate, während er es aufschrieb. Dann schaute er grinsend zu mir hoch. »Sonst noch was?«

Kapitel 13

Nachdem wir den Rest des Abends wie in alten Zeiten herumgealbert hatten, war mir wesentlich leichter zumute, als Nate sich schließlich verabschiedete. Obwohl wir keine Pläne für den nächsten Abend gemacht hatten, zerfraß ich mich diesmal nicht vor Sorge. Mit Nate schien alles in Ordnung zu sein. Dass mit *mir* alles in Ordnung war, wusste ich. Mit anderen Worten: Es gab keinen Grund zur Beunruhigung.

Alle anderen kleinen Zweifel schob ich energisch in die bekannte Ecke in meinem Hinterkopf.

Auf der Arbeit am nächsten Tag sprachen mich meine Kollegen auf meine gute Laune an, und das nicht nur, weil ich tags zuvor ungewöhnlich schlecht gelaunt gewesen war, sondern weil ich wirklich eine Suuuuuperlaune hatte.

»Wenn ich es nicht besser wüsste, würde ich sagen, sie hatte Sex«, scherzte Ronan, der neben mir am Infoschalter stand.

Zum Glück führte er meinen erschrockenen Gesichtsausdruck darauf zurück, dass er dies in Anwesenheit eines Studenten gesagt hatte, der sich nun darüber totlachte.

»Sehr witzig«, zischte ich Ronan an.

»Das war es wirklich«, lachte Angus hinter uns.

»Du.« Ich wies mit einem strafenden Finger auf ihn. »Bist ein böser Chef.«

Das verstärkte sein Gelächter nur. »Ach, komm schon, Liv. Du läufst rum, als würde alle Welt Rosen furzen und Champagner pissen. Was ist los?«

Ich blinzelte heftig und machte vermutlich ein ziemlich verdattertes Gesicht. »Furzen und pissen?« Ich sah zu meiner Kollegin Jill. »Hast du das gehört?«

Sie zuckte lächelnd mit den Achseln. »Irgendwie hat er doch recht. Den ganzen Morgen schon wünschst du jedem Studenten einen ›supertollen Tag‹.«

»Na und? Ich bin eben freundlich.«

»Ich meine ja nur.« Ronan musterte mich aufmerksam. »Gestern hattest du eine hundsmiserable Laune, und heute wirkst du fast naturbreit.«

Ich machte eine wegwerfende Handbewegung, drehte ihnen den Rücken zu und stützte das Kinn in die Hand. »Ich habe mich am Montagabend mit einem guten Freund gestritten.« Das war eine Lüge, aber zugleich einigermaßen nah an der Wahrheit. »Wir haben uns wieder vertragen, und deshalb geht es mir jetzt wieder gut.«

»Was für eine stinklangweilige Erklärung«, beschwerte sich Angus. »Du bist Bibliothekarin, Liv. Du hast Zugang zu Büchern, zu Stoff für gute Geschichten. Und du hältst dich an die Wahrheit.« Er schnalzte missbilligend mit der Zunge. »Hast du denn gar nichts von mir gelernt?«

Ich lächelte zuckersüß. »Höchstens, wie man einen auf Drama Queen macht.«

»Na ja, immerhin besser als nichts. Ich bin dann mal in meinem Büro.« Er nickte uns zu. »Wo in fünf Minuten ein gutaussehender Fremder, der Ryan Gosling zum Verwechseln ähnlich sieht, mich an meinen Schreibtisch ketten und zwei Stunden lang alle möglichen ungezogenen Dinge mit mir anstellen wird.« Er hob eine Braue. »Na? Klang das nicht viel besser als ›Ich schreibe den Dienstplan für nächsten Monat‹?«

Ich lachte. »Schon verstanden.« Ich seufzte reumütig. »Also, wenn ihr es unbedingt wissen wollt: Am Montagabend hatte ich wilden, unglaublich guten Sex mit einem absolut heißen

Typen, aber danach wurde es irgendwie krampfig zwischen uns, und deswegen war ich schlecht drauf. Aber dann ist er gestern Abend überraschend bei mir in der Wohnung aufgetaucht, wo wir dann noch mehr wilden, unglaublich guten Sex hatten, und hinterher haben wir zusammen auf dem Sofa gekuschelt und uns einen Film angeschaut. Und deswegen bin ich heute *gut* drauf.«

Die drei sahen mich an. Angus verzog das Gesicht. »Meine Ryan-Gosling-Geschichte war um Längen besser.«

Ich schmunzelte und wandte mich dem Studenten zu, der gerade an den Infoschalter trat. Bis auf weiteres würden Nate und mein Geheimnis … nun ja – ein köstliches Geheimnis bleiben.

Später am selben Tag war meine Stimmung immer noch blendend, und ich freute mich riesig, als Dad mit einer Einkaufstüte in der Hand vor meinem Haus stand. Kaum war ich bei ihm, beugte er sich zu mir herunter – eine beträchtliche Distanz bei seiner Körpergröße – und gab mir einen Kuss auf die Wange.

»Hi, Kleines. Ich hoffe, du hast nichts dagegen.« Er hielt die Tüte hoch. »Ich habe dir ein bisschen was zu essen mitgebracht. Ich dachte, ich kann vielleicht Abendessen für dich kochen.«

Ich schloss die Tür auf, und wir traten ins Haus. »Natürlich habe ich nichts dagegen. Es ist toll, dich zu sehen.«

Kaum waren wir drinnen, machte Dad sich ans Kochen, und bald darauf erfüllte ein köstlich vertrauter Duft die Wohnung. Wie früher schnippelten wir zusammen Gemüse, und ich rührte die Soße, während Dad Nudeln kochte. Man hätte meinen können, dass es keine Kunst war, Nudeln zu kochen, aber anscheinend handelte es sich dabei um einen Irrtum. Man musste nur meinen Vater fragen.

Beim Kochen unterhielten wir uns über dies und das. Dad berichtete mir von einem neuen Auftrag, den er von Bradens Firma erhalten hatte, und ich erzählte ihm von der Socke, die ich vergangene Woche in einem zurückgegebenen Buch gefunden hatte, nur um am Montag zwischen den Semesterapparaten auf die dazu passende zweite Socke zu stoßen. Es waren getragene Socken. Ich hatte ein Faible für schräge Sachen. Aber es gab schräg – und es gab schräg. Angus hatte die Theorie geäußert, dass wir es mit einem verrückten Harry-Potter-Fan zu tun hatten, der aus unerfindlichen Gründen die Bibliotheksmitarbeiter mit Hauselfen verwechselte und dachte, er vollbringe eine gute Tat, indem er uns Socken schenkte.

Ich fand die Theorie ziemlich überzeugend.

Besser jedenfalls als meine, dass irgendein unreifer Studienanfänger überall seine dreckigen Socken hinterlegte und mich dann heimlich dabei filmte, wie ich sie fand, um sich darüber schlapp zu lachen und die Videos auf YouTube einzustellen.

Wir setzten uns auf die Barhocker und aßen am Tresen. Es war schön, ganz entspannt Zeit mit meinem Vater zu verbringen, aber dann wandte sich die Unterhaltung einem ernsteren Thema zu.

»Man hört in letzter Zeit so wenig von dir.« Er musterte mich eindringlich.

Ich zuckte mit den Achseln. Mich plagten Schuldgefühle, weil ich ihm meinen Nachhilfeunterricht mit Nate verschweigen musste. »Ich hatte einfach ziemlich viel um die Ohren.«

»Wusstest du, dass Joss und Braden aus den Flitterwochen zurück sind?«

Noch mehr Futter für mein schlechtes Gewissen. Na, toll. »Nein, wusste ich nicht.« Ich spießte eine Nudel auf meine Gabel. Ich hatte nichts davon gewusst, weil ich zu sehr in meiner erotischen Nate-Sawyer-Welt gefangen war, um mich für das zu interessieren, was außerhalb davon vor sich ging. Damit musste Schluss sein. »Ich sollte Joss mal anrufen.«

»Dass du so … abwesend bist … hat das was mit Dee zu tun?« Dad sah mir tief in die Augen, als suche er dort nach einer Antwort. »Ich finde nämlich, dass wir darüber reden sollten. Über Dee und mich, meine ich.«

Als ich seine Worte hörte und seinen Gesichtsausdruck sah, bekam ich für einen kurzen Moment keine Luft mehr. Mein Puls beschleunigte sich, und meine Handflächen wurden feucht. Zitternd atmete ich aus. »Wollt ihr … hast du vor, sie zu heiraten?«

Dad runzelte die Stirn und schüttelte den Kopf. »Nein, Kleines. Nein. Obwohl ich es als ein schlechtes Zeichen ansehe, dass du beim bloßen Gedanken daran kreidebleich wirst.«

»Nein«, beeilte ich mich, ihm zu versichern. »Dad, ich mag Dee. Ich kenne sie ja nicht so gut, aber das, was ich von ihr kenne, mag ich sehr.«

Er musterte mich, offenbar war er nicht überzeugt. »Warum machst du dann so ein entsetztes Gesicht, wenn es darum geht, ob ich sie heiraten will?«

Ich schob das Essen auf meinem Teller hin und her. Schließlich hob ich die Schultern. »Das ist albern und kindisch und … Es ist einfach … Ich denke halt immer noch, dass du zu Mom gehörst.«

Es klirrte, als Dad seine Gabel auf den Teller fallen ließ. Seine große Hand legte sich auf meine, und ich sah ihm in die Augen. Sie waren ein wenig glasig. »Ein Teil von mir wird immer zu deiner Mutter gehören«, sagte er leise und mit belegter Stimme. »Das war von dem Augenblick an so, als wir uns das erste Mal begegnet sind. Das zwischen mir und Dee wird daran nicht das Geringste ändern.«

»Aber ist das Dee gegenüber fair?«, fragte ich, krampfhaft bemüht, nicht zu weinen.

Er drückte meine Hand. »Ich bin jetzt ein anderer Mann, Olivia. Das Leben verändert uns, Sekunde für Sekunde. Bevor Yvonne gestorben ist, war ich ihr Mann. Und jetzt kann ich hoffentlich der Mann für Dee sein. Aber der wichtigste Mensch in meinem Leben bist und bleibst du. Ich möchte die Gewissheit haben, dass du nichts dagegen hast, wenn ich es mit Dee versuche. Und vor allem wünsche ich mir, dass du sie besser kennenlernst.«

Ich lächelte unter Tränen. »Dad, ich bin erwachsen. Du musst dir keine Sorgen um mich machen.«

»Siehst du?« Er schüttelte schmunzelnd den Kopf. »Alle Welt hält dich für erwachsen, aber für mich bist du nach wie vor ein Kind. Das wirst du erst verstehen, wenn du selber mal Kinder hast.«

»Also, wenn du dich dann besser fühlst: Ich freue mich für dich. Dee bringt dich zum Lachen. Sie macht dich glücklich. Alles andere ist unwichtig für mich.«

»Willst du dich vielleicht mal mit ihr treffen? Ein bisschen Zeit mit ihr verbringen, nur ihr zwei? Ich weiß, dass sie sich das wünscht.«

Ehrlich gesagt hätte ich von selbst darauf kommen sollen, ohne dass man mich danach fragen musste. Dadurch wurde mir erst richtig klar, dass ich mich zu lange in meinen eigenen Problemen gesuhlt hatte und keine sehr gute Tochter gewesen war. »Na klar, Dad.«

Zufrieden wechselte Dad das Thema. Er erzählte, dass er und Jo überlegten, ob sie Cole einen Hund schenken sollten, wenn er zu Schuljahresende alle Prüfungen bestand. Cole hatte irgendwann mal erwähnt, dass er sich schon immer einen Hund gewünscht hatte, und Jo machte sich Vorwürfe, weil sie nichts davon gewusst hatte. Sie und Cam hatten sogar schon mit dem Vermieter gesprochen.

Es war seltsam, aber Jos Verhalten gegenüber Cole erinnerte mich an Dad und mich. Ich lächelte meinen Vater liebevoll an und wurde auf einmal ganz rührselig. Ich freute mich, weil Cole das Riesenglück hatte, jemanden wie Johanna Walker als Muttterersatz zu haben.

In diesem Moment vollkommener Zufriedenheit schneite Nate in meine Wohnung.

Das verführerische Grinsen auf seinem Gesicht gefror, als mein Dad sich zu ihm umwandte und ihn aufs Korn nahm. Sie starrten sich einen Moment lang an, dann drehte sich mein Dad ganz langsam zurück zu mir. Er wirkte nicht sehr erfreut. »Er hat einen Schlüssel?«

***

Als ich die Tür hinter meinem Vater schloss, stieß ich endlich die Luft aus, die ich die ganze Zeit über angehalten hatte. Mit halb vor Entsetzen, halb vor Belustigung aufgerissenen Augen drehte ich mich zu Nate um. Der saß auf meiner Couch, genoss ein kaltes Bier und lachte sich ins Fäustchen.

»Das war nicht komisch.«

Also gut, vielleicht war es ein *bisschen* komisch. Aber dann auch wieder nicht. Wir hatten eine höchst unangenehme halbe Stunde mit meinem Vater verbracht, während dieser auf nicht sehr subtile Art meine Freundschaft mit Nate ins Kreuzverhör nahm. Komisch war, wie er versucht hatte, Nate aus der Fassung zu bringen. Weniger komisch war, wie ich das Blaue vom Himmel heruntergelogen hatte, damit mein Dad nicht erfuhr, welcher Art unser Verhältnis tatsächlich war.

Nate stellte sein Bier auf den Tisch, stand auf und streifte die Schuhe von den Füßen. »Bei deinem Dad kann man echt Schiss kriegen«, stellte er unbekümmert fest. Ich sah ihn fragend an, während er sich auszuziehen begann. »Bist du dir ganz sicher, dass nicht er der Grund ist, weshalb du sechs Jahre lang nichts mit Männern hattest?«

Ich lachte und zog die Augenbrauen hoch, als er in nichts als seinen Boxershorts und einer beachtlichen Latte vor mir stand. »Wieso? Du hattest doch auch keine Angst vor ihm.«

»Ich bin aus härterem Holz geschnitzt als die meisten Männer.« Siegesgewiss kam er auf mich zu, griff meine Hand und zog mich in Richtung Bad.

»Worum geht es heute?«, fragte ich, da er noch kein Wort darüber verloren hatte.

Nate schloss die Badezimmertür hinter uns, fasste den Saum meines Oberteils und zog es mir über den Kopf. »Spontaneität. Nichts ist aufregender als eine Frau, die es ständig mit dir treiben will, egal, wo oder wie.«

Ich öffnete meinen BH, während Nate sich an meinen Jeans zu schaffen machte. »Allmählich kommt mir der Verdacht, dass unsere Nachhilfestunden in Wirklichkeit nur Nachhilfestunden im Nate-Sawyer-Befriedigen sind.«

»Glaubst du etwa, es gibt Männer, die anders denken?«, zog er mich auf, bevor er kurzen Prozess mit meiner Jeans machte. Mein Höschen folgte Sekunden später.

»Keine Ahnung.« Mein Herz klopfte, als er die Dusche aufdrehte.

»Ich sag dir, die meisten Männer denken so wie ich. Also … heute Abend: Sex in der Dusche. Ich bin nicht dazu gekommen, nach dem Judo zu duschen, deshalb dachte ich, wir holen das gemeinsam nach.« Grinsend schob er seine Unterhose herunter.

Ich fuhr mir über die Lippen und folgte ihm begierig in die Duschkabine. »Weißt du, ich habe so das Gefühl, Frauen mögen auch Männer, die ständig und überall Sex mit ihnen haben wollen.«

Mit einem heißen Lächeln schob Nate mich unter den Wasserstrahl und drückte mich gegen die Fliesen. »Gut zu wissen, dass die Dusche dir gefällt, Babe. Innerhalb des gesamten Spektrums ist Duschsex ziemlich brav. Ich kann gar nicht erwarten, wie du reagierst, wenn ich dich in deiner Unibibliothek ficke.«

Meine Augen weiteten sich. »Das kannst du nicht machen«,

hauchte ich, obwohl ich beim bloßen Gedanken daran schon feucht wurde. »Die Studenten werfe ich wegen so was raus.«

»Aber die Idee gefällt dir.« Er strich mit den Lippen über meine und hob mein Bein an. »Gib's zu.«

Ehe ich antworten konnte, stieß er hart in mich hinein, und ich wäre mit dem Kopf gegen die Wand geknallt, hätte er nicht vorsorglich meinen Hinterkopf festgehalten, um den Aufprall abzufangen.

»Auch egal«, raunte er mir ins Ohr. »Du triefst förmlich, das interpretiere ich als Ja.«

***

»Macht es dir wirklich nichts aus, wenn ich hier übernachte?«, fragte Nate und fuhr mit dem Finger meinen nackten Rücken entlang. Ich lag auf dem Bauch neben ihm im Bett.

Nach dem sehr angenehmen Sex unter der Dusche hatte ich meine Haare geföhnt, während Nate sich den Rest Pasta aufwärmte. Als ich aus dem Schlafzimmer kam, hatte Nate aufgegessen und war bereit für die nächste Lektion. Kaum hatte ich einen Schritt aus dem Schlafzimmer gemacht, schob er mich wieder hinein. Drei Orgasmen später war ich zufrieden und erschöpft, es war spät, und es wäre ganz einfach unsinnig gewesen, Nate jetzt nach Hause zu schicken, wenn ich doch ein schönes bequemes Bett hatte, das groß genug für uns beide war.

Den Kopf auf den Unterarmen, blickte ich auf das Kopfteil des Betts und hätte vor Behagen schnurren können, so wunderbar entspannt fühlte ich mich. Meine Haare strichen über das Kopfkissen, als ich mich zu Nate umdrehte. »Im Moment würde ich dir jeden Wunsch erfüllen.«

Da waren wieder die Grübchen in seinen Wangen. Eines Tages musste ich sie unbedingt küssen.

»Willst du mein Ego wirklich noch weiter aufblasen?«

»Hmm, stimmt auch wieder.«

Wir lächelten uns an, und dann fielen mir die Augen zu.

Ich döste vor mich hin, bis ich seine Lippen an meiner Schulter spürte. »Liv?«

Etwas in seinem Tonfall ließ mich aufhorchen. Ich öffnete die Augen. Nates Miene war ungewohnt ernst. Mir wurde ganz mulmig, und ich hörte das Rauschen des Blutes in meinen Ohren, weil mein Herz mit einem Mal schneller schlug. »Ja?«

Nate drehte sich seufzend auf den Rücken, die Hände hinter dem Kopf verschränkt, und sah an die Decke. »Du bist echt einer meiner besten Freunde.«

Mein Pulsschlag verlangsamte sich ein wenig, und eine wohlige Wärme breitete sich in meiner Brust aus. Gerührt strich ich ihm mit den Fingerspitzen über den Bauch. »Du auch.«

»Du musst mir was versprechen.«

Ich hielt inne. »Okay?«

»Versprich mir, egal, was passiert, das hier zwischen uns … darf unsere Freundschaft nicht kaputtmachen.«

Ich verstand den scharfen, reißenden Schmerz nicht, der mir in die Brust fuhr, als ich Nates Worte hörte, aber ich wusste, was er meinte. Ich legte die Hand flach auf seinen Bauch und ließ sie höher gleiten, bis sie genau über dem tätowierten »A« lag. »Versprochen.«

Die Spannung wich aus seinem Körper, und als er sich zu mir umwandte, leuchteten Zärtlichkeit und Dankbarkeit aus seinen Augen. Wieder lächelten wir uns an, und der Schmerz war erst mal vergessen.

Einen Moment später drehte er den Kopf wieder zurück und fuhr fort, an meine Zimmerdecke zu starren.

Ich konnte mich an seinem Gesicht nicht sattsehen, ich wollte mir alles ganz genau einprägen: sein kantiges Kinn, das vollkommene Profil, die gerade Nase, die rußschwarzen Wimpern, die wunderschönen Lippen. Ich wunderte mich nicht länger darüber, dass mein Körper beim bloßen Anblick seines Gesichts zum Leben erwachte. Doch fürs Erste schob ich das Gefühl beiseite. Ich ahnte, dass er mit seinen Gedanken woanders war, an irgendeinem dunklen, unwirtlichen Ort.

Mein Finger malte einen Kreis um das »A« auf seiner Brust.

»Nate?«

»Hmm?«

»Wenn es dir deswegen schlechtgeht, kannst du immer mit mir reden, das weißt du, oder?«

Er schüttelte unmerklich den Kopf. »Mir geht's gut, Liv.«

»Wirklich? Als Cole dein Tattoo erwähnt hat, warst du danach tagelang so komisch.«

Nate sah mich von der Seite an und stieß einen langen, zittrigen Seufzer aus. »Ich weiß nicht, ob ich darüber sprechen kann.«

»Ich werde dich bestimmt nicht verurteilen«, sagte ich, um Leichtigkeit bemüht. Ich wollte, dass er sich wieder entspannte. Er sollte wissen, dass er sich bei mir sicher fühlen konnte.

Am liebsten hätte ich das kleine traurige Lächeln auf seinen Lippen mit der Fingerspitze nachgezeichnet, aber ich tat es nicht.

Sondern wartete ab.

Bis er sagte: »Ich habe mir das Tattoo stechen lassen, weil ich mich jeden Tag an Alana erinnern wollte.«

»Ja, das hast du mir erzählt«, erwiderte ich sanft.

»Manchmal wünsche ich mir, ich hätte es nicht getan.« Voller Scham sah er mich an. Es tat mir in der Seele weh. »Manchmal denke ich, dass es einfacher wäre, sie hin und wieder zu vergessen.«

»Das ist doch verständlich.«

Nate schüttelte ablehnend den Kopf. »Ich habe es ihr aber versprochen.«

»Was hast du ihr versprochen?«

Seine Stimme war belegt. »Ich habe ihr versprochen, sie niemals im Stich zu lassen.« Er räusperte sich und versuchte, seine aufwallenden Gefühle zu unterdrücken, aber es gelang ihm nicht. Nate trug immer noch eine schwere Last mit sich herum, so viel war klar. »Als wir noch jünger waren, habe ich sie immer beschützt. Vor ihrem widerlichen Stiefvater, vor anderen Kindern, die sie gehänselt haben, weil sie arm war, vor Alpträumen, sogar vor traurigen Geschichten. Aber vor dem Krebs konnte ich sie nicht beschützen. Ich konnte sie nicht beschützen, also musste ich ihr wenigstens versprechen, dass ich sie niemals verlasse.«

Ein neuer Schmerz packte mein Herz mit eiserner Faust. Ich beugte mich zu Nate und gab ihm einen tröstenden Kuss auf die Brust. »Nate, dass du dein Leben lebst, bedeutet nicht, dass du sie vergisst. Oder sie im Stich lässt.«

Seine Augen wurden schmal, offenbar überzeugte mein Argument ihn nicht. »Wie kannst du so was sagen? Gerade du müsstest doch wissen, dass es so nicht ist. Ich müsste mich freuen, wenn ich jeden Tag das Tattoo im Spiegel sehe, Olivia, statt mir zu wünschen, es wäre nicht da.«

Die Faust um mein Herz drückte fester zu, und eine innere Stimme befahl mir, den Mund aufzumachen und ihm die Wahrheit zu sagen. Ihm den wahren Grund für all das hier zu gestehen. Das wäre das einzig Richtige. Um meines besten Freundes willen sollte ich es tun. Ich schmiegte meine Wange an seine Brust und versuchte, ruhig weiterzuatmen. Tränen stachen mir in den Augen. Ich musste mutig sein. Für Nate.

»Willst du wissen, warum ich dich wirklich um Hilfe gebeten habe?« Die letzten Worte kamen als Krächzen heraus, weil Tränen mir die Kehle zuschnürten. Nate versteifte sich, als er die Tropfen auf seiner Haut spürte.

Er bewegte sich, aber nur, um den Arm unter seinem Kopf wegzunehmen, damit er mich an sich ziehen konnte. »Liv?«

Ich sah ihn durch einen Tränenschleier an. »Ich hatte Angst, dass ich meiner Mom irgendwann Vorwürfe machen würde«, gestand ich flüsternd. »Ich hatte Angst, dass ich ihr irgendwann insgeheim die Schuld dafür geben würde, dass ich nie das hatte, was andere hatten – die erste große Liebe, Sex, Zeit, in meiner Jugend alles Mögliche auszuprobieren. Ich dachte«, ich wischte meine Tränen weg, »ich dachte, wenn ich an meiner Situation irgendwas ändern kann, dann besteht vielleicht nicht mehr die Gefahr, dass ich anfange, sie zu hassen. Denn wenn ich sie wegen so was hassen würde, dann wäre ich der schlechteste Mensch überhaupt, und ich hätte keine Ahnung, wie ich damit klarkommen soll, dass ein Teil von mir eine Frau hasst, die bis zu ihrem Tod immer nur freundlich und gut war.« Ich fuhr ihm sanft durchs Haar. »Du bist nicht allein, Nate.«

Ich gab ihm einen tröstenden, tränenfeuchten Kuss auf die Lippen.

Und wurde gleich darauf flach auf den Rücken geworfen. Nate hielt mir die Hände über meinem Kopf fest und rollte sich auf mich. Seine Augen brannten. »Nate?«, japste ich, überrumpelt durch sein plötzliches Manöver.

Seine Antwort war ein ungestümer, fast verzweifelter Kuss. Gleichzeitig schob er meine Beine auseinander. Er ließ meine Hände gerade lange genug los, um ein Kondom vom Nachttisch zu nehmen, doch sobald er es sich übergestreift hatte, hielt er mich wieder fest.

Ich versuchte, die Arme freizubekommen, aber es gelang mir nicht, und ich war erstaunt, als ich bei dem Gedanken, ihm vollkommen ausgeliefert zu sein, einen Schauer der Erregung verspürte.

Ich war wehrlos. Er konnte mit mir machen, was er wollte.

Mit einem Knurren drang er in mich ein, und ich ließ es geschehen. Immer heftiger stieß er in mich hinein, und meine

Schreie wurden lauter und lauter, bis der Höhepunkt mich förmlich zerriss und ich laut seinen Namen rief.

Nachdem Nate ebenso heftig gekommen war, stöhnend und keuchend und völlig entfesselt, glitt er aus mir heraus, aber diesmal ging er nicht ins Bad. Er streifte sich das Kondom ab und warf es in den Papierkorb neben meinem Bett. Dann nahm er mich in die Arme, barg den Kopf an meinem Hals und schlang seine Beine um meine.

So lagen wir eine Zeitlang da und schwiegen, bis ich immer schläfriger wurde. Nate merkte es und drehte sich mit mir zusammen auf die Seite, so dass mein Rücken an seiner Brust lag und sein Arm auf meiner Taille ruhte, und mit ineinander verschlungenen Beinen fielen wir in einen tiefen, friedlichen Schlaf.

Kapitel 14

Aus dem, was zwischen mir und Nate passierte, hätte ich viel lernen können. Dummerweise war ich entschlossen, nur das zu lernen, was am unwichtigsten war. Als ich am nächsten Morgen in Nates Armen aufwachte und diese wundervolle Mischung aus prickelnder Lebendigkeit und Geborgensein empfand, nahm ich mir nicht die Zeit, nach den Gründen zu forschen.

Stattdessen standen wir auf. Nate war in Eile, weil er verschlafen hatte und am Vormittag zu einem Fototermin an einer Schule musste. Ich fand heraus, dass der sonst so entspannte, charmante Nate weder entspannt noch charmant war, wenn er sich zu verspäten drohte. Als Antwort auf meine Fragen bekam ich von ihm nur unverständliche Grunzlaute zu hören, während er durch die Wohnung lief und seine Sachen zusammensuchte. Irgendwie fand ich das niedlich.

Bevor er ging, sagte er mir, dass er am Abend arbeiten müsse und mich anrufen würde, um unsere nächste Nachhilfestunde zu vereinbaren, aber er war nicht so merkwürdig gelaunt wie am Dienstag, deshalb nahm ich an, dass er wirklich arbeiten musste und wir im Laufe der nächsten Tage etwas verabreden würden.

Seitdem hatte ich mehrere SMS von ihm bekommen, die allerdings nur lustige Bemerkungen über die Arbeit enthielten, kein Wort über unsere Nachhilfestunden. Aber das machte mir nichts aus. Schließlich hatte ich nicht das dringende Bedürfnis, ihn zu sehen oder dergleichen.

Auf keinen Fall.

Wirklich nicht.

Dennoch freute ich mich auf das Abendessen mit Dad und den anderen am Freitag. Es war eine willkommene Ablenkung. Jo hatte sich für das *D'Alessandro* entschieden, weil wir mit Dee und Hannah zwei zusätzliche Gäste hatten. Hannah hatte Schwierigkeiten, Marco zu einem Gespräch zu bewegen, um ihr also die Möglichkeit zu geben, seinem merkwürdigen Verhalten auf den Grund zu gehen, würden wir eine Situation herbeiführen, in der sie ihm über den Weg laufen konnte, ohne wie eine Stalkerin zu wirken.

Natürlich hatten wir keine Ahnung, ob er an dem Abend überhaupt arbeitete, aber einen Versuch war es allemal wert, fanden wir.

Ich saß mit Dad, Dee, Jo, Cam, Cole und Hannah am Tisch und gab mir Mühe, präsent zu sein und den Gesprächen zu folgen, doch immer wieder kamen mir Bilder aus der vergangenen Woche in den Kopf, und ich verlor mich in Nate-und-Olivia-Tagträumen, bis einer meiner Tischgenossen mich in die Gegenwart zurückrief.

Jo unterhielt sich gerade mit mir über die Fotos, die Joss und Braden während ihrer Flitterwochen auf Hawaii gemacht hatten, als Hannah neben mir plötzlich stocksteif wurde. Jo und ich sahen erst zu ihr und folgten dann ihrem Blick quer durch den Raum. Wie das Kaninchen vor der Schlange starrte sie mit großen Augen zu einem jungen Mann, der in einer Ecke gerade einen Tisch abräumte.

Geschmack hatte sie ja, das musste man ihr lassen.

Ein bisschen zu jung für mich, aber ich konnte verstehen, was sie an ihm fand.

»Ist er das?«, fragte ich halblaut.

Sie nickte rasch und fuhr sich mit der Zunge über die Lippen. Ihre Nervosität verblüffte mich. Bislang hatte ich Hannah immer als selbstsicheres und offenes Mädchen erlebt. Angeblich war sie als Kind sehr schüchtern gewesen, was mir nie so recht eingeleuchtet hatte. Sie war zwar nicht besonders extrovertiert oder ausgelassen, im Gegenteil, meistens verhielt sie sich eher still. Aber sie sagte immer, was sie dachte, und zwar auf ihre ganz eigene, unnachahmlich geistreiche Art.

»Geh hin, und rede mit ihm.«

Hannah nickte entschlossen und stand vom Tisch auf. Sie trug Röhrenjeans und ein figurbetontes T-Shirt. Sie sah lässig und gleichzeitig wunderschön aus. Der Junge hatte nicht den Hauch einer Chance.

Ich spürte den Druck meiner vollen Blase und seufzte, weil das bedeutete, dass ich die Show verpassen würde. »Bin gleich wieder da«, entschuldigte ich mich und machte mich auf den Weg zu den Toiletten. Ich versuchte, mich möglichst unauffällig zu verhalten, während ich beobachtete, wie der junge Mann vor Erstaunen die Augen aufriss, als Hannah auf ihn zumarschierte.

Ich beeilte mich. Als ich aus der Toilette trat, stand ich zufällig direkt hinter Hannah und Marco im Schatten einer künstlichen Palme. Unschlüssig spähte ich zu unserem Tisch hinüber. Ich wusste, eigentlich hätte ich zurückgehen sollen, damit sie ungestört miteinander reden konnten. Andererseits mochte ich Hannah schrecklich gern, und falls der Idiot gemein wurde, wollte ich zur Stelle sein, um ihm seinen kleinen dreisten Arsch zu versohlen.

»Ich hab doch gesagt, dass ich viel zu tun hab«, sagte er gerade mit einem Achselzucken. Sein amerikanischer Akzent irritierte mich im ersten Moment, bis mir wieder einfiel, dass er ja aus Chicago kam.

Hannah blieb argwöhnisch. Ihr entzückendes spitzes Kinn war trotzig vorgereckt. »Du gehst mir also nicht aus dem Weg?«

Marco kratzte sich an der Wange und zog leicht die Oberlippe hoch. »Nein. Warum sollte ich?« Sein Blick ging über ihre Schulter hinweg. »Wie's aussieht, hast du ja sowieso genug Gesellschaft. Schon wieder ein Neuer?« Die Art, wie er das sagte, hatte etwas Besitzergreifendes.

Hannah sah ihn eine Weile einfach nur an. Ihre Ruhe imponierte mir. Sie war tausendmal cooler als ich – erst recht, wenn ich in ihrem Alter einem Jungen wie Marco gegenübergestanden hätte. Er war deutlich über eins achtzig groß, hatte einen athletischen Körperbau, und die Mischung aus afroamerikanischen und italienischen Wurzeln kam in seiner karamellfarbenen Haut, den hohen Wangenknochen, dem kantigen Kiefer und den geschwungenen Lippen aufs Vollendete zur Geltung. Seine blaugrünen Augen bildeten einen aparten Kontrast zu den schwarzen Wimpern und seinem dunklen Teint. Der äußere Eindruck wurde durch seine ruhige, aber eindringliche Art noch unterstrichen. Wahrscheinlich war er der grüblerische Typ.

»Das ist Cole«, antwortete Hannah schließlich. Sie legte den Kopf schief und lächelte fragend und zugleich amüsiert, um ihm zu signalisieren, dass sie seine Frage für ein Zeichen von Eifersucht hielt. »Er ist ein Freund der Familie. Wieso? Hast du was dagegen, wenn ich ein Date hab?«

Marco zog die Brauen zusammen. »Nein, Hannah, hab ich nicht. Du kannst machen, was du willst.«

Ich zollte ihr Respekt dafür, wie gut sie ihre Enttäuschung verbarg. »Na ja, eigentlich würde ich gerne mal wieder was mit meinem guten Freund unternehmen, aber an den kommt man in letzter Zeit so schwer ran.«

Jetzt war er derjenige, der sie schweigend anstarrte. Ich sah den Moment, in dem er unter dem Blick ihrer großen braunen Augen schwach wurde. Er schüttelte den Kopf, als könne er selbst nicht glauben, dass er einknickte. »Dienstagabend hab ich frei. Dann könnten wir was zusammen machen.«

»Prima. Du …«

»Es ist unhöflich, andere zu belauschen, hat man dir das nicht beigebracht?«, ertönte eine vertraute Stimme hinter mir.

Überrascht – ich konnte nicht sagen, ob positiv oder negativ – wirbelte ich herum. Vermutlich war mein Gesichtsausdruck ziemlich belämmert, als ich zu Benjamin hochschaute. »Benjamin«, japste ich, während mein Herz nur sehr langsam meinen Hals hinunter zurück an seinen Platz in meiner Brust rutschte.

Seine unvergleichlichen Augen blitzten, als freue er sich, dass ich mich an seinen Namen erinnern konnte. »Auch mal wieder hier«, sagte er grinsend und vergrub die Hände in den Hosentaschen.

»Ja, hi.« Ich warf rasch einen Blick zu Hannah hinüber. Sie war mittlerweile auf dem Weg zurück an unseren Tisch und sah sich stirnrunzelnd um, weil Marco von einem großen, gutaussehenden älteren Italiener mit leiser Stimme gerügt wurde. »Also …« Ich wandte mich wieder Benjamin zu. »Ich kenne sie.« Ich deutete auf Hannah. »Hannah. Ich wollte nur sichergehen, dass alles in Ordnung ist.« Ich zuckte verlegen mit den Schultern. »Und vielleicht habe ich ein ganz kleines bisschen gelauscht.«

Zu meiner Erleichterung lachte er, und auf einmal wurde mir klar, dass ich mit ihm geredet hatte, ohne zu stottern oder mich zu verhaspeln. Ich musste lächeln, und das Lächeln lenkte Benjamins Aufmerksamkeit auf meinen Mund.

Ich schluckte, als ich das anerkennende Funkeln in seinen Augen bemerkte, und meinte trocken: »Du gehst wohl gern ins *D'Alessandro*.«

»Mein Lieblingsitaliener.«

»Meiner auch«, sagte ich und spähte dann an ihm vorbei in den anderen Gastraum. »Bist du mit deinen Eltern hier?«

Auf einmal wirkte Benjamin verlegen. »Äh, nein, ein erstes

Date.« Er hob die Schultern. »Ich habe dich gesehen, und da dachte ich, ich komme kurz rüber und sage hallo.«

Zugegeben, die Worte »erstes Date« verpassten mir einen kleinen Dämpfer, aber die Tatsache, dass er extra aufgestanden war, um sich mit mir zu unterhalten, ließ den Großteil meiner Enttäuschung verpuffen. »Scheint ja gut zu laufen.«

Er beugte sich zu mir und flüsterte in gespieltem Entsetzen: »Sie hat Salat bestellt.«

Mein Entsetzen hingegen war echt. »Im *D'Alessandro*?«

»Salat und Mineralwasser. Ich kann kaum hinsehen.«

Ich kicherte. »Das glaube ich.«

Benjamin stimmte in mein Gelächter mit ein. Er sah mich an, und das war angenehm, aber gleichzeitig schien er irgendwie verwirrt. Kein Wunder: Dies war das erste Mal, dass er mir mehrere zusammenhängende Sätze entlockt hatte. »Na ja«, meinte er schließlich widerwillig. »Ich gehe dann mal besser. Ich habe ihr gesagt, dass ich zur Toilette muss.«

»Okay.« Ich grinste. »Wir sehen uns in der Bibliothek.«

»Auf jeden Fall«, raunte er bedeutungsvoll. Mein Grinsen wurde noch breiter, als ich ihm hinterhersah.

Kaum war er außer Sicht, kehrte ich an unseren Tisch zurück. In meiner Brust hatte sich ein warmes, flatterndes Gefühl breitgemacht. Das war gut gelaufen. Richtig gut. Meine Nachhilfestunden bei Nate zahlten sich aus!

Nate.

Ich runzelte die Stirn, als das warme Flattern sich plötzlich verflüchtigte und ich mich schwer auf meinen Stuhl fallen ließ.

»Wer war das?«, fragte Jo.

Alle sahen mich neugierig an.

Sogar Dad.

»Jemand aus der Bibliothek.«

Dad musterte mich neugierig mit schief gelegtem Kopf. »Ein Kollege?«

»Nein, ein Doktorand. Er ist nett.«

»Ein Doktorand«, wiederholte Dad. »Ein intelligenter Bursche also.« Er grinste schelmisch. »Er ist definitiv an dir interessiert, Kleines. Magst du ihn?«

Etwas Unangenehmes schnürte mir den Magen zusammen, als ich über Dads Worte nachdachte. Benjamin hatte wirklich interessiert gewirkt. Er hatte sein Date unterbrochen, um sich mit mir zu unterhalten. Bedeutete das … Wenn ich ihn wiedersah … Was würde passieren?

Und … verflixt noch mal …

Wollte ich überhaupt, dass etwas passierte?

Nate.

Ich zuckte mit den Achseln und atmete gegen die plötzliche Enge in meiner Brust an. »Ich kenne ihn kaum.«

***

Meine Beine waren schwer, als ich die Stufen zu meiner Wohnung hochstieg. Zum Glück hatte ich während des restlichen Abendessens von mir ablenken können, indem ich Hannah mit Fragen löcherte und mich darüber amüsierte, wie sie sich gegen Coles Sticheleien zur Wehr setzte.

Doch kaum war ich auf dem Heimweg und allein, spürte ich einen Kopfschmerz zwischen meinen Augen pochen, der die ganze Zeit nur darauf gewartet zu haben schien, sich bemerkbar zu machen. Ich rieb meine Nase. Warum musste in meinem Kopf so ein verdammtes Durcheinander herrschen?

Grenzen verschoben sich, andere Grenzen wurden überschritten. Es gab ziemlich viele Grenzen, und auf keine war Verlass.

Verfluchter Nachhilfeunterricht.

Mit einem tiefen Seufzer schloss ich die Tür zu meiner Wohnung auf und blieb wie angewurzelt stehen, als ich Nate an meinem Sofa lehnen sah, die Arme vor der Brust verschränkt, die Beine überkreuz.

Gott, er sah so gut aus.

Ohne dass er auch nur ein Wort sagen musste, fing mein Herz an zu hämmern.

Ich warf die Tür hinter mir zu, ließ mich dagegen sinken und verriegelte sie von innen. Unsere Blicke trafen sich und hielten einander fest. »Nachhilfe?« Es klang heiser und bedürftig.

Nate nickte und stieß sich von der Couch ab. »Thema heute: Zeig Initiative.«

Ohne ein weiteres Wort entledigte ich mich meiner Jacke und begann ich, mich auszuziehen.

Nates Augen glühten, als er auf mich zukam. »Genau das meinte ich.«

Kapitel 15

Neben mir sangen die Lumineers. Normalerweise war das etwas Gutes, aber die letzte Nacht war ziemlich kräfteraubend gewesen, und ich hätte am Samstagmorgen gerne ausgeschlafen.

Nates warmer Körper schmiegte sich an meinen. Ich lag auf dem Bauch, das Gesicht ins Kissen vergraben. Das Handy weckte ihn, und er begann, sich neben mir zu regen.

»Babe.« Er rieb mir sanft über den Rücken. »Dein Telefon.«

Ich brummte unwillig in mein Kopfkissen.

Die köstliche Hitze seines Körpers an meiner linken Seite verschwand, was mir ein zweites, noch unwilligeres Brummen entlockte. Kurz darauf schmiegte er sich wieder an mich, küsste meine Schulter und legte das Handy neben mein Ohr aufs Kopfkissen. Ich verzog das Gesicht, weil der Klingelton so laut war, hob dann aber trotzdem den Kopf und tastete nach dem Handy. »Hey«, meldete ich mich schlaftrunken, ohne vorher auf das Display geschaut zu haben.

Joss' raue Stimme kam aus der Leitung. »Na du? Wie geht's?«

Sofort war ich ein klein wenig wacher. Ich rappelte mich hoch, stützte mich auf den Ellbogen und genoss es, mir von Nate den Rücken streicheln zu lassen. »Joss, schön, dass du anrufst. Wie geht's dir? Wie waren die Flitterwochen?«

»Ein Traum. Du kennst ja Braden« sie lachte leise. »Es war einfach phantastisch.«

Ich schielte zu Nate, der unglaublich begehrenswert aussah, wie er so mit seinen Bartstoppeln im Gesicht dalag und mich beobachtete. Endlich wusste ich, woher dieses Lachen kam. »Ist Hawaii schön?«

»Atemberaubend. Ich kann es nur empfehlen. Wären die vielen komischen Leute nicht gewesen, hätte ich vielleicht *möglicherweise* mit dem Gedanken gespielt, nie mehr nach Hause zu kommen. Apropos: Ellie und Adam suchen nach einem Haus. Sie haben schon eins in unserer Straße besichtigt, aber Els hat gesagt, sie will es sich heute Nachmittag noch mal ansehen. Ich komme mit, und danach wollten wir noch zu mir, was trinken. Jo kann nicht, sie muss arbeiten, aber ich hatte gehofft, dass du vielleicht Lust hast mitzukommen.«

»Klar habe ich Lust. Wie viel Uhr?«

»Zwölf.«

Ich runzelte die Stirn. »Äh. Wie spät ist es denn jetzt?«

»Viertel …«, begann Nate, ehe ich ihm rasch die Hand auf den Mund schlug. Ich funkelte ihn erbost an und spürte, wie er unter meiner Hand schmunzelte. Seine Augen blitzten.

»Was war das?«, fragte Joss neugierig.

Das Letzte, was ich brauchte, war, dass meine Freunde dahinterkamen, was zwischen mir und Nate lief. Alles, nur keine besorgte Gardinenpredigt. »Das Radio. Der Wecker.«

»Na, dann muss ich dir ja wohl nicht erst sagen, dass es Viertel vor zehn ist. Komische Zeit, seinen Wecker zu stellen.«

»Es ist Samstag«, stotterte ich überrumpelt. »Samstags schlafe ich immer ein bisschen länger, und, na ja, halb zehn kommt mir irgendwie zu früh vor, aber zehn ist zu spät, das heißt …« Meine Hand presste sich fester auf Nates Mund, weil mein wirres Gestammel eine neuerliche Welle der Heiterkeit bei ihm auslöste.

»Dass du nicht ganz normal bist«, beendete Joss meinen Satz. »Das war mir ja bereits bekannt. Also. Bis nachher.« Sie legte auf. Ich nahm die Hand von Nates Mund, ballte sie zur Faust und boxte ihn in den Arm.

»Mann! Legst du es drauf an, dass sie was mitkriegen?«

Sein Gelächter ging in einen leisen Schmerzenslaut über. Er rieb sich den Arm. »Wäre mir egal.«

»Lügner.« Ich gab ihm einen Schubs. »Sofern du nicht ihr ›Oje, hältst du das wirklich für eine gute Idee?‹ hören willst, ist dir das mit Sicherheit *nicht* egal.«

Nate setzte sich auf, fing meine Hände ein und drehte mir die Arme auf den Rücken. Er hatte ein freches, verführerisches Grinsen im Gesicht, als er mit dem Knie meine Beine auseinanderschob.

»Was soll …?«

Sein geschickter Mund brachte mich zum Schweigen, und schon bald ließ ich mich auf die Matratze zurücksinken, während er mich küsste, bis ich keinen Widerstand mehr leistete. Als seine Lippen zu meinem Kinn wanderten und dann winzige Küsse auf meine Kehle tupften, fand ich meine Sprache wieder. »Was machst du da? Ich habe gerade mal zwei Stunden Zeit, um zu duschen, mich anzuziehen und zu Joss zu fahren.«

»Hmm.« Er glitt tiefer und ließ eins meiner Handgelenke los, um meine Brust zu umfassen und in den Mund zu nehmen. Unwillkürlich stöhnte ich auf und bog mich ihm entgegen, als er meine Brustwarze zu lecken begann. »Und ich muss in ein paar Stunden zum Judo. Ich beeile mich.« Seine Hand glitt zwischen meine Beine. »Versprochen.«

Allerlei köstliche Empfindungen durchfluteten mich. »Ich …«

Dann stand er plötzlich auf und ließ mich mit flehentlich durchgebogenem Rücken auf dem Bett allein. »Keine Sorge, ich bin gleich wieder da. Ich suche nur nach einer Strumpfhose.«

Verwirrt ließ ich mich zurück aufs Bett sinken. »So was besitze ich nicht. Aber ich habe ein Paar halterlose Strümpfe ganz unten in meiner Unterwäscheschublade.«

»Noch besser.«

»Will ich überhaupt wissen, wozu du die brauchst?«

Ohne zu antworten, suchte Nate nach den Strümpfen, fand sie und kam damit zurück ins Bett. Mit einem Geschick und einer Schnelligkeit, die mich völlig überrumpelten, band er die Strümpfe um meine Handgelenke und knotete dann das andere Ende um eine Latte am Kopfteil meines Betts.

Improvisierte Fesseln.

Ich zog versuchsweise daran. Das Material dehnte sich, ließ sich aber nicht abstreifen. »Was soll das?«

Nate beugte sich über mich. Jetzt lachte er nicht mehr. »Als ich dich gestern Abend festgehalten habe … das hat dich unglaublich scharf gemacht. Ich werde schon hart, wenn ich nur daran denke.« Seine Stimme war rau. »Es hat dir gefallen, gib's zu.«

Ich wurde rot bei der Erinnerung daran, wie sehr ich es genossen hatte, Nate völlig wehrlos ausgeliefert zu sein. Meine Reaktion hatte mich überrascht, andererseits wäre sie bestimmt nicht bei jedem Mann so ausgefallen. Die Vorstellung, mich Nate zu unterwerfen, erregte mich, ich ließ diese Phantasie zu, weil ich ihm vertraute. Weil ich die absolute Gewissheit hatte, dass er nur das tun würde, was auch mir gefiel, und dass er mir niemals weh tun würde.

Trotzdem war mir nicht klar gewesen, dass ich mein Gefallen so deutlich zum Ausdruck gebracht hatte.

Erneut zog ich an meinen Fesseln. Mein Atem beschleunigte sich. »Und was kommt jetzt?«

Er streichelte die Rückseite meiner Schenkel, umfasste sie und legte sich meine Beine um die Hüften, bevor er seine heiße, harte Erektion an meinem Eingang rieb. »Jetzt bist du mir hilflos ausgeliefert … während ich dich um den Verstand vögele.«

***

Ich sah mich in der komplett entkernten Küche um, und es drängte sich mir die Frage auf, ob Ellie und Adam den Verstand verloren hatten.

»Leute, wir reden hier von einer Menge Arbeit«, murmelte ich, während ich die losen Leitungen und den feuchten Fleck in der linken unteren Zimmerecke beäugte.

Ellie machte ein betretenes Gesicht. »Das hat Adam auch gesagt, aber ich wollte es mir trotzdem noch mal ansehen.« Sie streichelte die Wand. »Ich liebe Gebäude wie das hier.«

»Ellie, wenn du deine alte Wohnung wiederhaben willst, suchen Braden und ich uns gerne was anderes«, schlug Joss ihr vor.

Ebenso gut hätte sie Ellie anbieten können, ein kleines Kätzchen zu ertränken. »Joss, nein! Die Wohnung bedeutet euch so viel.«

»Euch doch auch.«

»Aber nicht so viel wie euch.« Sie schüttelte mit einem abgrundtiefen Seufzer den Kopf. »Lasst uns gehen. Wenn ich noch länger hierbleibe, kriege ich Depressionen.«

Wir verließen das Haus in der Dublin Street. Ellie warf sehnsüchtig einen Blick zurück, als wir den Hügel hinauf zu Joss' Wohnung gingen. »Man müsste zu viel renovieren. Dazu fehlt uns einfach die Zeit.«

»Und finanziell wäre es ein Fass ohne Boden«, fügte Joss hinzu. »Die Feuchtigkeit, die uralte Elektrik – Els, du hättest nichts als Stress damit.«

»Du hast recht, du hast recht. Ich weiß ja, dass du recht hast«, grummelte Ellie und zog einen Schmollmund, während Joss uns die Tür zu ihrer Wohnung aufschloss.

Ich streichelte Ellie aufmunternd den Arm, als ich an ihr vorbei in die Wohnung trat. »Ihr findet schon was.«

Braden war in seinem Club *Fire* beschäftigt, deshalb hatten wir die Wohnung für uns allein. Joss hatte bereits kleine Snacks vorbereitet und einen Cocktailmix gekauft. Wir saßen in der Küche, lachten und scherzten, tranken Mojitos und aßen winzige Sandwiches.

»Und? Verrätst du uns ein paar Details von eurer Hochzeitsreise?«, fragte ich Joss mit einem süffisanten Grinsen.

Joss grinste zurück. »Während Bradens kleine Schwester im Raum ist? Nein. Ich sage nur so viel: Alle Beteiligten sind voll auf ihre Kosten gekommen. Und Braden hat nur einen Mann angeknurrt.«

Ich stutzte. »Angeknurrt?«

»Er hat mir auf die Brüste geglotzt, noch dazu, während Braden direkt daneben stand.« Sie rümpfte die Nase und schüttelte den Kopf. »Ich dachte, Braden platzt gleich eine Ader.«

Wir lachten, aber mein Lachen schlug jäh in nervöse Angst um, als Joss mir einen teuflischen Blick zuwarf. »So. Ellie meinte, du wärst im *Club 39* richtig rangegangen, während ich weg war. Ein Typ hat dir seine Nummer gegeben?«

Ich lachte spöttisch, um den Umstand zu überspielen, dass mein Herz heftig zu klopfen begann und mir der Schweiß ausbrach. Lügen waren schrecklich, und sie zu rechtfertigen, indem ich mir sagte, dass ich streng genommen nicht log, sondern lediglich einen Teil der Wahrheit unter den Tisch fallen ließ, war einfach nur jämmerlich. Ich belog meine Freundinnen, und es ging mir richtig dreckig dabei. »Rangegangen? Es war doch bloß eine Telefonnummer.«

»Ich habe noch nie erlebt, dass du dich für einen Mann interessierst.« Ellie machte große Augen. »Du hättest sie mal sehen sollen, sie hat geflirtet wie eine Wilde. Wo wir gerade beim

Thema sind.« Sie wandte sich wieder an mich. »Was hältst du davon, mit einem Freund von Adam auszugehen?«

Zum Herzklopfen gesellte sich nun noch ein flaues Gefühl im Magen. »Ihr habt über mich geredet?«

»Erst seit dem Abend in der Bar. Wir dachten, vielleicht brauchst du ein bisschen Zeit, um dich hier einzuleben, bevor du anfängst, nach Männern Ausschau zu halten, deswegen haben wir das Thema bislang nicht angeschnitten. Aber dann hast du am Samstag plötzlich eine ganz andere Seite von dir gezeigt. Und Dougie ist echt nett.«

»Doogie?«

»Douglas. Dougie.«

Ich zog die Nase kraus. »Reizender Name.«

Joss lachte. »Ich muss gerade an Doogie Howser denken.«

»Genau.« Ich kicherte albern.

Ellie runzelte die Stirn. »Äh. Wer?«

»Das war mal eine amerikanische Fernsehsendung.«

»Worum ging es darin?«

»Um ein Wunderkind.«

Ellie sah uns mit Leidensmiene an. »Dougie ist kein Kind. Er ist ein sehr netter und sehr gut aussehender Architekt.«

»Lass das bloß Adam nicht hören.«

»Liv, es ist mein voller Ernst. Bitte überleg's dir.«

»Ich gehe nicht zu Blind Dates.«

»Hast du eigentlich den Typen angerufen, der dir seine Nummer gegeben hat?«, fragte sie daraufhin.

Uh-oh. Wie sollte ich ihr begreiflich machen, dass ich mich nicht mit diesem Dougie treffen wollte, weil ich mit Nate in die Kiste sprang? Ich zermarterte mir mein Hirn nach einer plausibel klingenden Ausrede und wurde immer nervöser, je länger sich das Schweigen dehnte. Ich warf Joss einen hilfesuchenden Blick zu, da sie gewissermaßen Expertin darin war, ausschließlich das zu tun, was ihr beliebte, und sich einen Scheißdreck darum scherte, wenn anderen ihre Gründe nicht in den Kram passten. Doch statt mir zu helfen, wurde sie lediglich kreidebleich im Gesicht.

»Joss, ist alles in Ordnung?« Ich lehnte mich zu ihr und berührte sie am Arm.

Sie presste die Lippen aufeinander und drehte sich in Richtung Spüle. Ich sah zu Ellie, die ihrerseits Joss voller Sorge beobachtete.

Nach einer Weile atmete Joss tief ein. »Sagt mal, schmecken euch die Mojitos?«, fragte sie mit matter Stimme.

»Ja.«

Joss erschauerte und holte erneut tief Luft.

»Also …« Vorsichtshalber wich ich ein paar Schritte zurück. »Musst du gleich reihern?«

Sie zog eine Grimasse. »Nein.«

»Hier.« Ellie hielt ihr die Platte mit den Sandwiches unter die Nase. »Du hast heute Morgen kaum was gegessen.«

»Ellie, wenn du nicht sofort den Teller wegnimmst, esse ich *dich*.«

»Ich glaube, sie muss reihern«, murmelte ich und zog Ellie zurück.

»Hör auf, ›reihern‹ zu sagen«, keifte Joss.

Ich zog eine Augenbraue hoch. »Da ist aber jemand mies drauf, wenn's ihr schlechtgeht.«

Els nickte. »Ich kann dir sagen. Letztes Jahr hatte sie Magen-Darm-Grippe und hat jeden angefaucht, der in ihre Nähe kam.«

»Ich bin hier drüben«, sagte Joss mit einem todbringenden Blick. Ihre schräg stehenden grauen Augen waren wie gemacht dafür.

»Und wir würden es vorziehen, wenn du da auch bleibst. Für den Fall, dass du dich tatsächlich übergeben musst.«

Ellie kicherte. Joss nicht.

»Du kannst von Glück sagen, dass ich dich mag, Olivia Holloway.«

Ich grinste sie an und gab bedeutungsvoll zurück: »Das weiß ich doch.«

»Ich kann nicht mies drauf sein, wenn du so zuckersüß bist.«

»Womit mein brillanter Plan aufgegangen wäre.«

Joss schnaubte, nur um sich gleich darauf die Hand vor den Mund zu pressen.

Wir warteten, während sie ein paar tiefe Atemzüge nahm. Dann drehte sie sich wieder zu uns um. »Geht schon.« Sie wankte zum Tisch in der Ecke und ließ sich auf einen Stuhl fallen. »Also, mir bekommen diese Mojitos irgendwie nicht.«

Ellie schenkte Joss ungefragt ein Glas Wasser ein, und wir setzten uns zu ihr an den Tisch. Zu meinem Leidwesen war das Erste, was Ellie sagte: »Und? Dougie? Ja?«

»Nein, ich …« Ich zuckte mit den Achseln und beschloss, ihnen einen klitzekleinen Teil der Wahrheit zu sagen. »Da gibt es einen Typen in der Bibliothek. Ich mag ihn.«

Ellie strahlte. Ihre hellen Augen funkelten vor Neugier. »Aha. Ist er ein Kollege?«

»Nein, ein Student. Schreibt gerade an seiner Doktorarbeit.« Mein Tonfall sagte deutlich: *Ich will nicht darüber reden*, und erstaunlicherweise beendete Ellie die Inquisition und fragte stattdessen: »Wie gefällt dir eigentlich die Arbeit?«

»Gut. Ich habe zwar keine nennenswerten Aufstiegschancen, aber das Klima ist angenehm, und ich mag meine Kollegen. Ich glaube nicht, dass ich da so schnell wieder wegwill. Und bei dir?«

»Meine Dissertation ist fast fertig. In der Fakultät überlegen sie schon, ob sie mir einen Jahresvertrag als Dozentin geben wollen. Sie sind beeindruckt von mir und meiner Arbeit, deswegen haben sie mir gestern inoffiziell mitgeteilt, dass sie erwägen, mir eine Stelle anzubieten.«

Ellie war Kunsthistorikerin. Ich verstand nicht viel von Kunstgeschichte, aber ich wusste, dass sie ihrem Stiefvater Clark nacheiferte und von einer Karriere in Lehre und Forschung träumte. Insofern waren das wunderbare Neuigkeiten.

»Du hast mir gar nichts davon erzählt«, sagte Joss leise und nahm vorsichtig ein Sandwich vom Teller.

Ellie zuckte mit den Schultern. »Ich wusste nicht so recht, ob ich es erwähnen soll, für den Fall, dass nichts draus wird.«

»Na klar wird da was draus, Els«, sagte Joss bestimmt. »Ich bin stolz auf dich.«

»Ich auch.«

Ellie schenkte uns ein aufrichtiges Lächeln. »Danke.«

»Dann werden wir uns ja vermutlich bald wegen neuer Anschaffungen für die Bibliothek unterhalten.«

»Okay. Vielleicht kannst du mir bei der Gelegenheit deinen Schwarm zeigen.«

Ich nickte lächelnd, bevor ich einen großen Schluck von meinem Mojito trank. Warum spürte ich, wenn ich an Benjamin dachte, auf einmal keine Schmetterlinge und keine freudige Erregung mehr?

Kapitel 16

Ich war glücklich.

Einfach nur zufrieden und glücklich.

Und ich hatte nicht die geringste Absicht, diesen Zustand zu hinterfragen.

Denn ihn zu hinterfragen wäre ein todsicherer Weg gewesen, das Gefühl zu zerstören.

Ich lag auf dem Sofa, den Kopf auf einem Kissen, die Beine auf Nates Schoß, und beobachtete ihn aus dem Augenwinkel, während er fernsah und dabei gedankenverloren meinen Knöchel streichelte.

Unsere sexuelle Beziehung war innerhalb der vergangenen zwei Wochen immer intensiver geworden, bis ich fast all meine Hemmungen verloren hatte. Der Sex mit Nate war unkompliziert. Bei ihm fühlte ich mich nicht unsicher und zerbrach mir nicht andauernd den Kopf darüber, ob ich vielleicht etwas falsch machte.

Meine Selbstsicherheit war gewachsen, trotzdem ging ich Benjamin nach wie vor aus dem Weg. Stattdessen war ich ganz in meiner Welt aus Sex und Spaß und Gelächter und Nate gefangen. Wie früher verbrachten wir viel Zeit zusammen, nur dass wir jetzt obendrein auch noch Sex hatten.

Ziemlich grandiosen Sex.

Wir trafen uns nie bei Nate zu Hause – ich hatte seine Wohnung noch nie betreten –, weil er lieber bei mir war, und dementsprechend oft kam der Zweitschlüssel zum Einsatz. Heute hatte ich mich besonders gefreut, als ich nach Hause kam und Nate auf meiner Couch vorfand, wo er Kartoffelchips aß und Fernsehen schaute. Ich kam gerade von dem gemeinsamen Essen mit Dee, das Dad mir einige Wochen zuvor vorgeschlagen hatte. Ich war ein wenig aufgewühlt – bis ich Nate in meinem Wohnzimmer sitzen sah.

Ich beugte mich zu ihm herab und gab ihm einen Kuss auf die Schläfe, um ihm zu zeigen, dass ich mich über seinen Besuch freute. Dann ging ich ins Schlafzimmer, um das seidene Nachthemd anzuziehen, das er mir geschenkt hatte. Als ich danach zu ihm zurückkam, sah er mich nur einmal an und klopfte dann neben sich auf die Couch. Ich rollte mich neben ihm zusammen und ließ mich von ihm in die Arme nehmen.

»Geht's dir gut?«, fragte er und drückte mir einen Kuss aufs Haar.

Ich nickte. »Es war nur … ach, ist nicht so schlimm. Wir haben die meiste Zeit über Mom geredet. Danach fühle ich mich immer wie durch den Fleischwolf gedreht.«

Daraufhin kuschelte er eine Weile mit mir. Das war wundervoll.

Auf dem Couchtisch summte Nates Handy, und ich nahm die Beine von seinem Schoß, damit er rangehen konnte. Er tippte auf das Display und las stirnrunzelnd die eingegangene SMS.

»Alles in Ordnung?«

»Die war von Cam«, sagte er. »Ich glaube, er schöpft so langsam Verdacht. Er will wissen, warum ich nie Zeit habe.«

»Sag ihm einfach, du bist gerade dabei, eine Frau klarzumachen. Wer genau diese Frau ist, muss er ja nicht wissen.«

»Das habe ich in letzter Zeit so oft gesagt, dass er langsam ahnen muss, dass es sich immer um dieselbe Frau handelt. Und dann wird er wissen wollen, wer diese Frau ist. Nicht mal ich kann jeden Tag eine neue Sexualpartnerin auftreiben.«

»Wir haben nicht jeden Tag Sex.«

»Aber fast.«

Ich zuckte mit den Achseln. Er hatte recht. »Von mir aus. Aber wir versuchen ja auch, innerhalb von ein paar Wochen einen jahrelangen Rückstand aufzuholen.«

Nate grinste. Dann packte er mich plötzlich bei den Füßen und zog mich auf die Couch herunter, ehe er sich auf mich setzte. »Ich weiß, das ist total anstrengend«, neckte er mich. »Ich habe so die Schnauze voll davon.«

Wie sehr er die Schnauze davon voll hatte, bewies er mir, indem er mir das Nachthemd vom Leib riss, sich dann sein Hemd auszog und seinen Gürtel öffnete. Meine Schenkel zitterten bereits vor Erregung, als er mir mein Höschen auszog und es hinter sich warf.

Bald darauf erfüllte mein flehentliches Wimmern die Wohnung, weil er den Kopf zwischen meinen Beinen vergrub und mich mit der Zunge zum Höhepunkt brachte. Ich konnte kaum noch klar denken, als Nate mich bei den Waden packte und sich meine Beine auf die Schultern legte.

Die Stellung kannte ich noch nicht.

Seine Lippen streiften meine. »Auf die Art fühlst du mich noch tiefer, Baby. Mach dich auf was gefasst.«

»Nate!«, schrie ich. Ich spürte jeden Zentimeter seiner Erektion, als er sich in mir zu bewegen begann.

Er hatte recht gehabt. Das Gefühl, wie er ganz tief in mich stieß, war einfach unvergleichlich, und der Druck in mir baute sich immer weiter auf, immer weiter …

»Ahhh!«, schrie ich plötzlich, griff mir an den Schenkel und biss vor Schmerzen die Zähne zusammen.

»Was? Was?« Erschrocken hielt Nate inne. »Liv?«

»Krampf im Bein!«, rief ich gepresst.

Sofort zog Nate sich aus mir zurück. Sein keuchender Atem war sehr laut in meinem kleinen Wohnzimmer.

»Wo?«

»Links«, stieß ich unter Schmerzen hervor.

Als Antwort glitt Nates Hand mein Bein hinauf und ertastete den steinharten Muskel an der Unterseite meines Schenkels. Ich krallte die Finger in die Couch, so weh tat es, als er die Stelle zu massieren begann.

Nach einer Weile ließ der Krampf allmählich nach. Kaum ging es mir besser, fing Nate an zu lachen, dass die Couchpolster bebten.

Ich hätte im Boden versinken können vor Scham.

Ich hatte beim Sex einen Krampf im Bein bekommen.

Das war nicht cool. Das war nicht sexy.

Ich wurde feuerrot und schlug die Hände vors Gesicht. »O nein.«

Nate lachte noch lauter.

Ich schämte mich so sehr, dass mir fast die Tränen kamen. Ich setzte mich aufrecht hin, zog den Kopf ein und schob Nate von mir herunter.

»Liv.« Nate hatte aufgehört zu lachen und wollte mich festhalten, aber ich schubste ihn heftiger und versuchte, an ihm vorbeizukrabbeln. »Olivia.«

»Lass. Mich.« Ich rammte ihm den Ellbogen in den Magen, aber das führte nur dazu, dass er mehr Widerstand leistete. Er hatte mehr Kraft als ich. Das Ende vom Lied war, dass ich irgendwann in einem Gewirr aus zappelnden Armen und Beinen flach auf dem Bauch lag. Meine linke Gesichtshälfte war ins Sofakissen gepresst, und Nate hielt meine Hände über dem Kopf fest.

Er küsste mich auf die Wange. »Würdest du dich jetzt bitte abregen?«

»Das ist mir so unsagbar peinlich«, wisperte ich und schloss die Augen.

Ich spürte Nates Brust an meinem Rücken und sein Kinn

auf meiner Schulter. Sein Mund war ganz dicht an meinem. »Warum sollte dir so was peinlich sein? Scheiße, Liv, ich bin's.«

Ich versuchte, mit den Schultern zu zucken, was mir unter seinem Gewicht nicht besonders gut gelang. »Ich habe einen Krampf bekommen. Beim Sex.«

»Babe.« Nate konnte seine Belustigung nicht ganz verbergen. »Bitte bring mich nicht schon wieder zum Lachen. Ich glaube nämlich, Lachen ist im Moment nicht die angemessene Reaktion.«

Ich funkelte ihn an. »Da liegst du richtig.«

»Aber komisch war's schon.« Erneut gab er mir einen Kuss auf die Wange. »Und nicht peinlich komisch. Einfach nur komisch. Die Liv, die ich kenne, kann über sich selbst lachen.«

Ich seufzte und drückte das Gesicht ins Kissen, als könne ich mich darin verstecken. »Ich bin wohl immer noch ein bisschen unsicher.«

»Was denn? Glaubst du, ein kleiner Beinkrampf reicht aus, dass ich dich nicht mehr will?«

Erneut versuchte ich mich an einem Schulterzucken.

Nates Gewicht auf meinem Rücken verschwand, aber kaum hatte er sich aufgesetzt, fasste er mich bei den Hüften und zog mich so schwungvoll in die Höhe, dass ich nach Luft schnappte und die Knie anzog, um nicht vom Sofa zu kippen. Auf allen vieren drehte ich mich um und sah ihn vorwurfsvoll an. »Was soll das werden?«

Er streichelte meinen runden Hintern, und seine Augen loderten, als er meine Knie mit seinen auseinanderschob. Ohne ein weiteres Wort drang er in mich ein.

Ich keuchte, während er genüsslich die Augen schloss. Er zog sich aus mir zurück und stieß dann mit aller Kraft wieder in mich hinein. Ich unterdrückte einen Aufschrei. Nate öffnete die Augen, sein Griff um meine Hüften wurde fast schmerzhaft. Durch zusammengebissene Zähne fragte er: »Fühlt sich das so an, als wäre ich nicht scharf auf dich?«

Ich bäumte mich auf, ein stummes Flehen nach mehr. »Nein.« Ich schüttelte den Kopf und warf ihn dann in den Nacken, als Nate erneut in mich stieß. Er vögelte meine Scham einfach weg.

Mein Kopf fiel nach vorn, meine Haare ergossen sich über die Kissen, und meine Schreie mischten sich mit Nates Stöhnen, als er mich in wachsender Heftigkeit nahm. Als seine Bewegungen dann plötzlich wieder langsamer wurden und meinen kurz bevorstehenden Höhepunkt hinauszögerten, sah ich ihn durch meine wilde Haarmähne an. »Warum?«, wimmerte ich.

»Ich will dich spüren«, sagte er mit rauer Stimme. Seine Hand glitt über meinen schweißfeuchten Bauch. Der Druck seiner Hand veranlasste mich dazu, mich aufzusetzen. Jetzt saß ich, den Rücken an seiner Brust, rittlings auf ihm, so dass er in einem anderen Winkel in mich eindringen konnte.

»Nate«, stöhnte ich, den Kopf an seiner Schulter.

Er umfasste liebevoll meine Brust, während er mir mit der anderen Hand über den Bauch kitzelte. Mein Becken zuckte, als seine Finger meine Klitoris fanden. Er liebkoste mich mit den Fingern und begann, sich gleichzeitig wieder in mir zu bewegen. Ich kam seinen Stößen entgegen, passte mich dem Rhythmus seiner sinnlichen Folter an, glitt auf seinem Schwanz auf und ab. Das Gefühl war unbeschreiblich. Ich hob den Arm, meine Finger krallten sich in seine Schulter. Wie eine Ertrinkende klammerte ich mich an ihn.

»Das hier sind wir beide«, keuchte er, während er immer schneller und härter in mich stieß. »Du musst nicht vor mir weglaufen. Nie.«

»Okay.« Ich nickte an seiner Schulter. »Okay.«

Seine Finger an meiner Klitoris hielten inne. »Versprich es mir.«

»Nate, nicht aufhören, bitte nicht aufhören!«, flehte ich atemlos. »Bitte, ich komme gleich. Hör nicht auf.«

Er stieß noch einmal in mich und bewegte sich dann gar nicht mehr.

»Nate!«, rief ich verzweifelt und packte ihn bei den Hüften. »Bitte!«

»Versprich es mir. Sag mir, dass du nicht vor mir wegläufst. Und dann sag mir, dass ich dich ficken soll.«

Mein Gehirn war so vernebelt, dass ich seine Worte gar nicht hinterfragte. »Ich werde niemals vor dir weglaufen«, keuchte ich und drängte mich mit meinem Hintern in seinen Schoß. »Und jetzt fick mich. Bitte. Mach, dass ich komme.«

Plötzlich lag ich auf dem Bauch. Nate hatte das Gesicht an meinen Rücken gepresst, und sein animalisches Stöhnen und Knurren erfüllte mein Ohr, als er wieder und wieder in mich stieß und mich auf einen Orgasmus zutrieb, der mich förmlich in Stücke riss.

Meine Schreie der Erlösung hallten in der Wohnung wider und vermischten sich mit Nates heiserem Aufschrei, als er beim ersten Zucken meines Höhepunkts kam.

Kapitel 17

Am darauffolgenden Samstag duckte ich mich zusammen mit Jo unter einen Regenschirm, während wir darauf warteten, dass Ellie und Joss aus dem Haus kamen. Makler Ryan, ein ehemaliger Kollege von Jo aus Bradens Maklerfirma *Carmichael & Co.*, begann gerade ein Gespräch mit Ellie, als Jo mich unterhakte.

Adam und Ellie hatten ein Apartment in der Scotland Street gefunden. Die geräumige georgianische Wohnung hatte Holzböden, hohe Decken und Stuck, und die anfallenden Renovierungsarbeiten waren rein kosmetischer Natur. Ellie war ganz vernarrt in die Wohnung, Adam gefiel sie auch, und nun wollte Els noch unsere Meinung dazu hören.

Sie fiel bei allen dreien gleich aus: ein begeistertes Ja!

Sobald Ryan sich verabschiedet hatte, kam Ellie mit einem aufgeregten Strahlen im Gesicht auf uns zu. »Ich freue mich so, dass sie euch gefällt. Danke, dass ihr gekommen seid.« Sie ging die Stufen vor dem Haus hinunter, und Joss beeilte sich, unter ihren Regenschirm zu kommen. Jo und ich folgten den beiden. »Vor allem du, Liv«, fügte Ellie mit einem rätselhaften Lächeln hinzu. »Du lässt dich ja in letzter Zeit kaum blicken.«

Ich erwiderte das Lächeln und hoffte, dass ich dabei nicht verdattert oder gar panisch wirkte.

Jo drückte meinen Arm. »Komisch«, meinte sie so leise, dass nur ich sie hören konnte. »Nate hat neuerdings auch nie Zeit.«

Ich zwang mich, nicht auf ihre Bemerkung einzugehen. Ich wollte nicht lügen, also blieb mir nichts anderes übrig, als zu schweigen. Seit fünf Wochen nahm ich jetzt schon bei Nate Nachhilfestunden – konnte man es überhaupt noch so nennen? –, und langsam platzte ich fast, so groß war mein Bedürfnis, mit jemandem darüber zu reden. Jo hatte in Sachen Beziehungen – und Männer im Allgemeinen – viel mehr Erfahrung als ich, und inzwischen brauchte ich wirklich dringend einen Rat, so dass ich mich fragte, ob ich nicht all die guten Gründe, die dafür sprachen, sie nicht einzuweihen, über Bord werfen und mich ihr anvertrauen sollte.

Als Joss' Handy klingelte, blieben wir stehen. Sie kramte in ihrer Tasche und warf uns ein entschuldigendes Lächeln zu, bevor sie ranging.

Mir wurde ganz mulmig zumute, als ich sie beim Telefonieren beobachtete. Da war plötzlich etwas in ihren Augen – ich verstand nicht, was, aber es verhieß definitiv nichts Gutes. Sie wurde blass, murmelte ihrem Gesprächspartner, wer auch immer es war, ein Dankeschön zu, legte auf und starrte dann, das Handy noch in der Hand, reglos vor sich hin.

»Joss?« Ellie schüttelte sie sanft. Ihr war die Sache genauso wenig geheuer wie Jo und mir.

Irgendetwas stimmte nicht.

»Joss, was ist?«

Sie blinzelte und sah uns an. Ihre Augen waren glasig vor Schreck. »Ich muss los.«

»Joss?« Ellie trat einen Schritt auf sie zu, als Joss Anstalten machte zu gehen. »Jocelyn?«

»Ich muss los.«

»Wohin?«

»Ich … einfach …« Sie legte die Hand an ihre Stirn. Sie wurde immer bleicher. »Ich muss einfach gehen.«

»Ganz im Ernst, du machst mir Angst. Was ist los mit dir?«

»Ellie!«, rief sie ungehalten, riss sich jedoch am Riemen, sobald ihr Blick den ihrer Schwägerin traf. »Ich … ich muss einfach kurz allein sein.«

Nach einem Moment des Schweigens nickte Ellie. Stumm sahen wir zu, wie Joss sich von uns abwandte und mit verschränkten Armen, den Kopf gesenkt, langsam davonging.

Ellie, Jo und ich wechselten besorgte Blicke. »Was war das?«, fragte ich, während es in meinem Magen rumorte.

Ellie antwortete nicht, sondern holte mit zitternden Händen ihr Handy aus der Tasche. Sie berührte einige Male den Bildschirm und begann dann, rasch zu tippen.

»Was machst du denn jetzt?« Jo deutete irritiert auf Ellies Handy, bevor sie sich wieder in die Richtung wandte, in die Joss verschwunden war.

»Ich schreibe Braden eine SMS, damit er Bescheid weiß.«

Ich seufzte und schmiegte mich enger an Jo, um sie zu trösten. »Weiß eine von euch, worum es bei dem Anruf ging?«

»Keine Ahnung.« Ellie schlang die Arme um ihren Leib und hätte dabei um ein Haar einen Passanten mit ihrem Regenschirm aufgespießt. Sie selbst merkte es gar nicht, und ihre ängstliche Besorgnis ließ auch mein Unbehagen anwachsen. »Aber ich habe Joss seit Ewigkeiten nicht mehr so verschlossen erlebt. Das ist gar nicht gut.«

***

»Das wird schon wieder«, meinte Dad aufmunternd und nahm mich in die Arme.

Nachdem Ellie Braden eine SMS geschickt hatte, war sie in ein Taxi gestiegen und zu Adam gefahren, während ich mich mit Jo – ebenfalls im Taxi – auf den Weg in deren Wohnung machte. Als wir dort ankamen, waren die Jungs schon vom Judo zurück, und wir erzählten ihnen, was vorgefallen war.

Keiner von ihnen hatte auch nur einen blassen Schimmer, was mit Joss los sein könnte.

Als wir im Wohnzimmer saßen, ging mir auf, dass dies das erste Mal seit zwei Wochen war, dass Nate und ich uns zusammen mit unseren Freunden in einem Raum aufhielten. Es kam mir komisch vor, denn nachdem ich die letzten Monate reichlich Gelegenheit gehabt hatte, vier verliebte Pärchen zu beobachten, musste ich mir eingestehen, dass das zwischen Nate und mir gar nicht so viel anders war. Nicht nur, dass wir sagenhaft guten Sex hatten: Wir verbrachten viel Zeit miteinander, wir redeten über alles, was uns beschäftigte, wir lachten … wir kuschelten. Nate machte andauernd Witze und ärgerte mich und klaute mein Handy, um Bilder von mir zu knipsen.

Wir mochten uns.

Sehr.

Dass wir das, was zwischen uns lief, mit der fadenscheinigen Ausrede von Sexnachhilfe rechtfertigten und vor den anderen geheim hielten, machte mir allmählich zu schaffen. Vor allem, weil ich Nate kannte.

Er hatte nach wie vor das Bedürfnis, jeden Tag das »A« auf seiner Brust zu betrachten, und ich wusste nicht, ob sich daran je etwas ändern würde. Aber eins wurde immer deutlicher: Ich bewegte mich auf dünnem Eis. Es war lediglich eine Frage der Zeit, bis ich einbrach.

Und trotzdem besaß ich nicht genug Verstand, die Sache zu beenden.

An diesem Nachmittag spürte ich ein paarmal Nates Blicke auf mir. Es war ein unangenehmes Gefühl, als könnte er direkt in mich hineinsehen und wüsste, was ich dachte.

Soda Pop, wenn er wüsste, was du denkst, wäre er schon längst über alle Berge.

Als daher Dad anrief und mich fragte, ob ich zum Abendessen vorbeikommen wolle, sagte ich sofort zu und floh aus Jos und Cams Wohnung, ohne Nate richtig auf Wiedersehen zu sagen.

Dad hatte mariniertes Hühnchen mit Kartoffeln und Salat gemacht. Ich saß neben ihm und stocherte mit der Gabel im Essen, während er mich zu beruhigen versuchte, nachdem ich ihm von Joss' seltsamem Verhalten berichtet hatte.

Ich schüttelte den Kopf. »Du hast ihr Gesicht nicht gesehen. Sie sah richtig … gequält aus.«

»Hat Braden sie denn gefunden?«

»Ja. Els hat mir gesimst. Er hat sie in der Nähe vom Schloss gefunden. Da, wo er sie vermutet hatte.«

»Na, dann warten wir doch erst einmal ab, bis wir von ihnen hören.«

Ich nickte, schob aber weiter lustlos mein Essen über den Teller. Meine Gedanken kreisten unablässig um Joss und Nate.

»Du hast abgenommen«, stellte Dad irgendwann fest. »Iss auf.«

Das war immerhin der Vorteil eines regen Sexlebens. Ich hatte tatsächlich ein paar Kilos verloren und war sogar muskulöser geworden. Nicht, dass ich meinem Dad das gesagt hätte. Schon beim bloßen Gedanken daran fingen meine Wangen an zu glühen. »Ich hatte viel zu tun und bin nicht richtig zum Essen gekommen.«

Dad zog fragend eine Braue hoch. »Mir ist aufgefallen, dass wir uns in den letzten Wochen kaum gesehen haben. Nimmt die Arbeit dich so sehr in Anspruch?«

»Ja, die Arbeit … und manchmal helfe ich Nate bei seinen Rezensionen.«

Aus dem Augenwinkel nahm ich wahr, wie mein Vater missbilligend die Lippen schürzte. »Es ist doch sein Job. Dafür wird er bezahlt.«

»Er ist mein Freund, Dad«, sagte ich warnend.

»Ich kann mir nicht helfen. Er ist achtundzwanzig Jahre alt

und noch nicht erwachsen geworden. Er macht den lieben, langen Tag nichts anderes, als Fotos zu knipsen, Videospiele zu spielen und sich Filme anzuschauen, *und* er steigt mit allem ins Bett, was sich bewegt. Er ist kein Mann, Olivia, er ist ein Junge. Einer, mit dem man nur Ärger hat. Und es gefällt mir nicht, wie er dich beschnüffelt.«

»He, das reicht jetzt«, fauchte ich ihn an und ließ meine Gabel klirrend auf den Teller fallen.

Völlig perplex sah Dad in mein wütendes Gesicht.

»Du kennst ihn nicht«, fuhr ich fort, ehe er reagieren konnte. »Du weißt rein gar nichts über ihn.«

»Dann klär mich auf. Was hat dieser Junge an sich, dass du dich mit ihm abgibst?«

»Er ist ein guter Freund, Ein loyaler, fürsorglicher, mitfühlender Freund.«

»Wie? Warum? Was hat er für dich getan?«

Ich verschränkte die Arme vor der Brust, lehnte mich zurück und sah durch das wunderschöne Erkerfenster mit Blick auf die Heriot Row. Ich konnte meinem Vater nicht in die Augen sehen, als ich antwortete: »Letztes Jahr an Thanksgiving habe ich dich angelogen. Ich habe gesagt, dass es mir gutgeht, aber das stimmte nicht.« Ich spürte, wie Dad ganz still wurde und sich in der Luft um ihn herum etwas zusammenbraute. »Nachdem wir uns verabschiedet hatten, bin ich nach Hause und hatte einen Zusammenbruch. Ich habe einen Truthahn gemacht, Kartoffeln, das ganze Programm, aber er ist mir angebrannt, und da habe ich die Nerven verloren und bin ausgerastet … so *richtig* ausgerastet. Zum Glück kam Nate zufällig vorbei. Er hat mich gefunden und ist die ganze Zeit bei mir geblieben, während ich ihm wegen Mom das Hemd vollgeheult habe.« Ich riskierte einen Blick auf meinen Dad. Sein Kiefer war angespannt, seine Augen glänzten vor Kummer. »Nate war für mich da, Dad. Und er hat es verstanden. Er hat *mich* verstanden. Er hat mit achtzehn die Liebe seines Lebens verloren.« Meine Stimme brach, als ich »Liebe seines Lebens« sagte. »Sie hatte Krebs.«

»Mein Gott.« Dad ließ den Kopf hängen und fuhr sich mit der Hand übers Gesicht, als habe ihn die Neuigkeit zutiefst erschöpft.

»Sie standen sich seit ihrer Kindheit sehr nahe, und nach allem, was er über sie erzählt hat, war sie ein ganz besonderer Mensch. Seitdem ist er anders. Das darfst du aber niemandem sagen, Dad. Er spricht nicht darüber.«

Dad nickte und sah mich dann scharf an. »Habt ihr was miteinander?«

Mein Puls begann zu rasen, und ich schlug zitternd die Augen nieder. Ich konnte meinen Vater nicht belügen. Das brachte ich einfach nicht übers Herz. »Wir haben keine Beziehung, falls du das meinst.«

»Ach, Kleines«, stöhnte er wie unter Schmerzen. »Ich hoffe, du weißt, was du tust.«

Weil ich Tränen in meinen Augen spürte, wandte ich mich ab. Ich hob meine Gabel auf und fuhr fort, das Essen auf meinem Teller hin- und herzuschieben. »Du darfst niemandem was sagen. Das mit uns weiß keiner.«

»Wem sollte ich es denn sagen?«

Ich lächelte traurig auf meinen Teller. »Bist du jetzt enttäuscht von mir?«

»Nein.« Seine Hand legte sich auf meine, und ich hielt inne. »Aber meine Tochter hat etwas Besseres verdient. Du solltest dir mit jemandem eine Zukunft aufbauen. Du verdienst es, für einen Mann die große Liebe zu sein.«

Irgendwie schaffte ich es, die Tränen zurückzuhalten. Stattdessen lächelte ich ihn munter an. »Ob du es glaubst oder nicht, Nate hat mich diesem Ziel ein gutes Stück näher gebracht.«

»Ich verstehe nicht ganz.«

»Das musst du auch nicht, Dad. Du musst nur wissen, dass es mir so gut geht wie schon lange nicht mehr.«

Er musterte mich einen Augenblick. »Schön. Das freut mich, Schatz.«

Mein Handy klingelte und unterbrach unser vertrauliches Gespräch. Als ich Jos Bild auf dem Display sah, nahm ich sofort ab. Bestimmt rief sie wegen Joss an. »Hey.«

»Ellie hat sich gerade gemeldet«, sagte sie ohne Einleitung.

»Und?«

»Joss ist schwanger.«

Ich stutzte und sah dann verwirrt zu meinem Vater. »Ist das nicht eigentlich eine gute Nachricht?«

Jo seufzte schwer. »Ich glaube, dadurch sind ein paar Dinge aus ihrer Vergangenheit wieder hochgekommen.«

Ich begriff und schloss mitfühlend die Augen. »Ihre Familie.«

»Hm.« Jo atmete zitternd aus. »Ellie meinte, Braden ist ziemlich fertig. Dabei sollte es eigentlich einer der glücklichsten Tage seines Lebens sein.«

Ich ließ den Kopf in die Hand sinken. Die beiden taten mir so leid. »Sie haben gerade erst geheiratet. Und jetzt das.«

»Ja. Jedenfalls wollte ich dir nur Bescheid geben. Ich wusste ja, dass du dir Sorgen machst.«

»Danke, Jo. Wir reden später.«

Nachdem wir aufgelegt hatten, wandte ich mich wieder meinem Vater zu. »Joss ist schwanger.«

Dads verwirrte Miene spiegelte ziemlich genau meine anfängliche Reaktion wider. »Ist das nicht etwas Schönes?«

»Es hat wohl bei ihr einige alte Wunden wieder aufgerissen … wegen ihrer Familie.«

»So was kann passieren. Das ist … Es gibt irgendeinen Auslöser, und schon kommt alles wieder hoch.«

Damit kannten wir beide uns aus. »Ich hoffe, sie kommt darüber hinweg.«

»Bestimmt.« Dad klang zuversichtlich. »Braden ist jetzt ihre Familie. Sie wird sich da durchbeißen. Schon seinetwillen.«

Ich konnte nur hoffen, dass mein optimistisch veranlagter Vater recht behielt, denn wenn irgendjemand es verdient hatte, glücklich zu sein, dann Joss und Braden Carmichael.

Kapitel 18

Der Wochenendausflug nach Longniddry hätte zu keinem günstigeren Zeitpunkt stattfinden können. Joss bot er die ideale Ausrede, sich zu verkriechen, zumal mehr als die Hälfte ihres Freundeskreises übers Wochenende nicht in der Stadt war. Ich wiederum hoffte, mir endlich über einiges Klarheit verschaffen zu können. Das war längst überfällig.

Zeit mit Nates Familie zu verbringen, noch dazu in einer ganz anderen Umgebung, bedeutete, dass ich auch Nate von einer anderen Seite kennenlernen würde. Außerdem würden wir viel Zeit miteinander verbringen, ohne Sex zu haben, und wenn ich ehrlich war, kam mir eine kleine Auszeit gerade recht. Nicht weil ich eine Auszeit *wollte*, sondern weil ich hoffte, wenn ich nicht länger seinem sexuellen Einfluss unterlag, würde ich endlich den Mut aufbringen, die Sache zwischen uns zu beenden.

Denn beenden musste ich sie, so viel stand fest.

Da Peetie ein Auto hatte, fuhren er und Lyn voraus. Nate mietete einen Wagen für sich, mich, Cam, Jo und Cole. Wir alle hatten uns den Freitag freigenommen, und Cole hatte die Erlaubnis erhalten, einen Tag in der Schule zu fehlen. Um kurz nach zwölf brachen wir auf. Nate saß am Steuer, Cam auf dem Beifahrersitz, und Jo quetschte sich mit mir und Cole auf die Rückbank. Als wir die Hauptstraße von Longniddry mit ihren hübschen Cottages und Blumen und dem urigen Pub entlangfuhren, konnte ich es gar nicht mehr erwarten, aus dem Wagen zu kommen. Ich hatte das Fenster heruntergekurbelt und roch schon die Seeluft.

Wir erreichten eine gepflegte Wohnsiedlung, und Nate bog in die Einfahrt eines weißgestrichenen Hauses mit rotem Dach ein. Peeties Auto stand bereits in der Einfahrt. Nate hatte erklärt, dass unser gemietetes Wochenenddomizil nur wenige Straßen von Cams Elternhaus entfernt lag.

»Nate hat die Größe meines Arschs nicht mit einkalkuliert, als er dieses … was auch immer das ist, gemietet hat«, beschwerte ich mich beim Aussteigen. Mein rechter Oberschenkel und mein Hintern taten weh, weil ich die ganze Zeit zwischen Jo und der Tür eingeklemmt gewesen war.

Nate feixte. »Das ist ein Nissan. Weil wir sparen mussten.«

Ich verzog spöttisch den Mund. »Sparen? Mein Arsch sagt, es gibt einen Unterschied zwischen Sparsamkeit und Geiz.« Ich rieb meinen schmerzenden Po.

»Dein Arsch war nicht das Problem«, grummelte Cole, der sich seinerseits die linke Seite rieb. »Sondern die Tasche, die nicht mehr in den Kofferraum gepasst hat.«

Wir schauten vielsagend zu Jo, die eine riesengroße Reisetasche vom Rücksitz zerrte. »Was? Ich wusste ja nicht, wie das Wetter wird, deswegen musste ich verschiedene Sachen mitnehmen.«

»Erzähl das meinem Arsch.«

Nate schnaubte belustigt und ging mit mir um den Wagen herum nach hinten. »Habe ich schon erwähnt, dass es mir gefällt, wie leicht du packst?«, sagte er, als er meinen Rucksack aus dem Kofferraum hob.

»Es sind ja auch bloß zwei Nächte.« Ich lehnte mich um das Heck des Wagens herum. Cam half Jo gerade mit ihrer Reisetasche. »Hast du gehört? *Zwei Nächte.*«

Sie sah mich genervt an. »Also gut, Onkel Mick hat mein Gehalt erhöht, und vielleicht habe ich mich ein bisschen gehenlassen und ein paar neue Klamotten gekauft. Und ich habe mich so auf das Wochenende gefreut, dass ich mich nicht entscheiden konnte, was ich einpacken soll.« Sie warf Cam einen entschuldigenden Blick zu. »Sorry.«

Er wischte ihre Zerknirschtheit mit einem Kuss beiseite. »Entschuldige dich nicht bei mir, Baby. Von mir aus kannst du einpacken, so viel du willst.« Er grinste mich spitzbübisch an. »Ich muss mich ja nicht mit euch zusammen auf den Rücksitz quetschen.«

»Shotgun!«, rief ich, vielleicht ein bisschen lauter als beabsichtigt.

Die anderen sahen mich an, als hätte ich nicht alle Tassen im Schrank.

»Shotgun«, wiederholte ich. »Für die Rückfahrt.« Als niemand reagierte, rang ich frustriert die Hände. »In Amerika gibt es diese Regel: Wer zuerst ›Shotgun‹ ruft, darf auf dem Beifahrersitz sitzen.«

Cam runzelte die Stirn. »Die Regel gilt bei uns nicht. Sorry.«

Meine Augen wurden schmal. »Stattdessen gilt bei euch die ungeschriebene frauenfeindliche Regel, dass die ältesten Männer vorne sitzen dürfen?«

Cam warf Jo einen leidenden Blick zu. »Musstest du dich unbedingt mit einer Feministin anfreunden?«

Jo schüttelte den Kopf. »Du hast sie doch auf Facebook ausfindig gemacht.«

»Wie nett. Ich liebe euch auch, Freunde. Ich liebe euch auch.« Ich drängte mich an ihnen vorbei und schubste Cam im Vorbeigehen. »Ich sitze bei der Rückfahrt vorne.«

»Kannst du vergessen.«

»Ach ja?« Ich blieb stehen und wandte mich an Nate, der das Gepäck aus dem Kofferraum geholt hatte und nun den Wagen abschloss. »Nate?«

Er schaute mit unschuldig fragender Miene zu mir auf, stutzte aber, als er mein selbstgefälliges Lächeln sah. »Ja?«, sagte er argwöhnisch.

»Wer darf auf der Rückfahrt vorne sitzen? Cam … oder ich?« *Wenn du nicht sagst, dass ich vorne sitzen darf, vergesse ich, dass du einen Schwanz hast.*

Er verstand meine stumme Botschaft und warf Cam ein entschuldigendes Lächeln zu, als er an uns vorbei aufs Haus zuging. »Tut mir leid, Alter. Sie hat ›Shotgun‹ gesagt.«

Hochzufrieden mit meinem Sieg, folgte ich Nate zum Haus. Als er mir die Tür aufhielt, wisperte er mir ins Ohr: »Sexuelle Erpressung … hast du dir das ganz alleine beigebracht?«

Ich sah ihn mit großen, arglosen Augen an und ging hinein. »Keine Ahnung, wovon du redest.«

Er haute mir scherzhaft auf den Hintern, und ich drehte mich zu ihm um. Ich kicherte, er grinste.

Ein Räuspern ließ uns zusammenfahren. Als wir uns umdrehten, standen Peetie und Lyn in der Tür zum Wohnzimmer. Lyns neugieriger Blick sprang zwischen mir und Nate hin und her, während Peetie seinen besten Freund mit unergründlicher Miene musterte.

Ich verfluchte mich im Stillen für meine leichtsinnige Bemerkung, tat jedoch so, als hätte dieser vertrauliche Moment zwischen mir und Nate rein gar nichts zu bedeuten. Ich marschierte zu Peetie und Lyn und umarmte sie zur Begrüßung.

Als Cole, Jo und Cam hereinkamen, war die Sache zum Glück vergessen. Wir schauten uns gemeinsam in dem gemütlichen Haus um und teilten die vier Schlafzimmer unter uns auf. Jo und Cam sowie Lyn und Peetie nahmen je eins der beiden Zimmer mit Doppelbett, Nate und Cole nahmen das größere der beiden Zweibettzimmer und ich das kleinere. Cole verschwand sofort, um seine Sachen auszupacken, während Nate mit einem übertriebenen Schmollmund zwischen seinem und meinem Zimmer hin- und hersah.

»Kein Sex für dich«, formulierte ich lautlos mit den Lippen.

»Tja, das bedeutet dann wohl auch keinen Sex für dich«, erwiderte er – nur mit dem Unterschied, dass er es laut sagte.

Ich riss die Augen auf, und Nate verschwand lachend auf seinem Zimmer, um sich vor meinem Zorn in Sicherheit zu bringen.

Legte er es darauf an, erwischt zu werden?

***

Der Pub in der Hauptstraße von Longniddry war urig und gemütlich – unverputztes Mauerwerk, ein großer offener Kamin, massive alte Holztische mit ebensolchen Stühlen und an den Wänden rotgepolsterte Holzbänke. Wir hatten einen großen Tisch direkt unter einem der Tudorfenster belegt. Ich saß zwischen Nate und Cole auf der Bank und war glücklich. Am Kopf des Tisches saß Nates Vater Nathan. Er war eine ältere Version seines Sohnes – dasselbe dichte ungebändigte Haar, wenngleich graumeliert, dieselben funkelnden Augen, dieselbe sonnengebräunte Haut, dieselben Grübchen, dieselbe Statur. Derselbe maskuline Charme.

Gegenüber von Nate saß seine Mutter Sylvie. Man konnte sehen, dass sie früher eine bildschöne Frau gewesen sein musste, sie war noch immer ausnehmend hübsch. Sie war zierlich gebaut, hatte lange dunkle Haare, strahlend blaue Augen und ein sanftes Gesicht.

Ich war erstaunt, wie innig das Verhältnis zwischen Nate und seinen Eltern war. Als wir den Pub betraten und sie von ihren Plätzen aufstanden, um uns zu begrüßen, nahm Nate seine Mutter in die Arme und hob sie hoch in die Luft. Danach umarmten er und sein Vater sich fest und strahlten sich an. Nate stellte uns alle der Reihe nach vor, dann machte Cam uns mit seinen Eltern Helena und Anderson bekannt, und zum

Schluss war Peetie mit seiner Tante Rose und seinem Onkel Jim an der Reihe. Die beiden hatten Peetie großgezogen, weil ihre damals noch blutjunge Nichte ihn nach der Geburt zur Adoption freigeben wollte.

Ich merkte schnell, dass Nate ein sehr enges Verhältnis zu seinen Eltern hatte. Das war mir bislang nicht klar gewesen. Natürlich wusste ich, dass er sie liebte und es zwischen ihnen keine Konflikte gab, aber er fuhr nur sehr selten nach Hause, insofern ... Schwer zu sagen, was genau ich erwartet hatte, jedenfalls keine so große Vertrautheit. Ganz offensichtlich hatte ich mich getäuscht.

Zu mir waren die beiden besonders nett und stellten mir unzählige Fragen. Nates Vater war fast noch charmanter als Nate selbst. Da wir eine so große Gruppe waren, war es nahezu unmöglich, eine gemeinsame Unterhaltung zu führen, deshalb hatten sich schon bald einzelne Grüppchen gebildet. Ich für meinen Teil freute mich sehr, mehr über Nate zu erfahren.

»Er hatte früher eine Zahnbürste, die überallhin mitmusste«, verriet mir sein Vater. Sylvie lachte.

»Eine Zahnbürste?«

Nate schlug sich stöhnend die Hände vor die Augen. »Müsst ihr unbedingt von der Zahnbürste anfangen?«

Nathan schenkte dem Leiden seines Sohnes keinerlei Beachtung, sondern grinste diebisch. Dabei sah er Nate so verblüffend ähnlich, dass ich einen Augenblick lang ganz durcheinander war. »Bei den meisten Kindern ist es eine Schmusedecke oder ein Kuscheltier, aber Nate hatte seine Zahnbürste. Und es war nicht die Zahnbürste, mit der er sich die Zähne geputzt hat. Seine Mutter musste sie ihm extra kaufen, nachdem er ihr eine Ewigkeit deswegen in den Ohren gelegen hatte.«

Ich verschluckte mich fast vor Lachen. »Eine Zahnbürste?«, wiederholte ich und sah Nate an, der so tat, als höre er nicht hin. Wie konnte ein Mann so rattenscharf und gleichzeitig so niedlich sein?

»Sie war gelb und hatte einen Smiley am Griff«, fuhr Nathan mit einem Nicken fort. »Er hat sie überallhin mitgenommen, sogar ins Bett. Er hat sie immer fest in seiner kleinen Hand gehalten, wenn er einschlief. Es gibt Beweisfotos.«

Erneut musste ich lachen.

Nate wandte sich kopfschüttelnd zu mir um. »Er *glaubt*, es gibt Beweisfotos.«

Sylvie schnappte empört nach Luft. »Ich hoffe doch sehr, dass du nichts mit den Fotos angestellt hast, Nathaniel Sawyer, sonst kannst du was erleben.«

Nathan erlöste seinen Sohn, indem er mir eine Frage stellte. »Nate hat erzählt, dass Ihr Vater Schotte ist?«

»Ja. Er kommt ursprünglich aus Paisley.«

»Hat er Ihnen schon seine alte Heimat gezeigt?«

»Ein bisschen. Wir waren vor ein paar Jahren schon mal hier, weiter im Norden, nördlich von Inverness, wenn ich mich recht erinnere. Seit wir hierhergezogen sind, haben wir auch schon den einen oder anderen Ausflug gemacht. In die westlichen Highlands zum Beispiel. Oh, und ich wollte den Geburtsort von Robert Burns besuchen, deswegen ist Dad mit mir nach Alloway gefahren und dann weiter Richtung Süden bis an die Grenze, nach Gretna Green. Ich liebe Bücher und habe gelesen, dass früher entführte Erbinnen oder junge Liebespaare, die in England nicht heiraten durften, oft nach Gretna Green durchgebrannt sind, weil das schottische Eherecht Paaren erlaubte, sich auch ohne die Zustimmung der Eltern trauen zu lassen. Das klang spannend, deswegen wollte ich den Ort unbedingt mal sehen.«

»Sie sind Bibliothekarin, richtig?«, fragte Sylvie lächelnd.

In dem Moment kam unser Essen, also konnte ich nicht gleich antworten. Erst als ich meinen Teller mit Fish and Chips

– Gift für meinen Bauchspeck – vor mir stehen hatte, nahm ich den Faden wieder auf. »Genau, in der Universitätsbibliothek.«

»Und haben Sie hier in Schottland schon jemanden kennengelernt, Olivia?«, erkundigte sich Nathan mit einem schelmischen Funkeln in den Augen.

Ich hatte Mühe, einen neutralen Gesichtsausdruck zu bewahren, zum einen wegen der Frage, zum anderen, weil ich spürte, wie sich unter dem Tisch Nates Bein neben meinem anspannte. Ich schüttelte den Kopf und schob mir schnell eine Gabel voll Essen in den Mund, um nicht antworten zu müssen.

»Sie sind eine bildhübsche junge Frau«, sagte Nathan ungläubig. »Und da gibt es niemanden?«

»Sie ist wählerisch«, kam Nate mir zu Hilfe. »Und das ist auch gut so.«

»Nun, den perfekten Partner gibt es nicht. Manchmal muss man sich mit dem zufriedengeben, was im Angebot ist. Stimmt's, Schatz?« Sylvie zwinkerte ihrem Ehemann belustigt zu. Plötzlich wusste ich, von wem Nate das Talent geerbt hatte, so umwerfend zu zwinkern.

Nathan bedachte seine Frau mit einem eigenartigen Blick und wandte sich dann wieder mir zu. »Sylvie hat recht. Wenn man auf den perfekten Partner wartet, bleibt man am Ende nur allein.«

Ich wollte ihre wohlmeinenden, wenngleich etwas sehr persönlichen Fragen nach meinem Liebesleben mit einem Lachen abtun – wir kannten uns gerade mal dreißig Minuten! –, aber dann sagte Nate leise: »Liv ist perfekt. Sie hat den perfekten Mann verdient. Und mit was anderem wird sie sich auch nicht zufriedengeben.«

Es hätte eine scherzhafte Bemerkung sein können. Eine liebgemeinte Stichelei. Doch die Art, wie er es sagte, hatte etwas so Ernsthaftes, dass wir alle drei stutzten. Nathan und Sylvie musterten ihren Sohn einen Augenblick lang forschend, bevor sich ihre Aufmerksamkeit wieder auf mich richtete. Ich wurde rot, schaute auf meinen Teller und fragte mich, wie wir das Wochenende überstehen sollten, ohne dass Nate uns auffliegen ließ.

Ich war sauer auf ihn. Und nicht wegen solcher fahrlässigen Bemerkungen wie der von eben.

Ich war sauer, weil das, was er gesagt hatte, so wunderschön war. Als ich ihn ansah, spürte ich einen Stich in der Brust, halb Glück, halb Schmerz. Mir wurde heiß, und meine Finger ballten sich unwillkürlich zu Fäusten. Wenn er so weitermachte, würde ich mich noch in ihn verlieben.

Das war nicht Teil der Abmachung.

Im Bemühen, das Unvermeidliche zumindest hinauszuzögern, wandte ich mich an Cole und fing eine Unterhaltung mit ihm an, und bald darauf kam ich mit Cams Vater Andy ins Gespräch. Andy war ein ruhiger, zurückhaltender Mann, der sich sehr gut mit Jos kleinem Bruder verstand. Kaum bekundete ich Interesse an der Geschichte des Ortes Longniddry, taute Andy auf. Er erwies sich als wahrer Quell von Informationen, und ich war heilfroh über die Ablenkung.

***

Das Essen nahm seinen Lauf, und je mehr sich die Gespräche überschnitten, je mehr Bier floss, desto lauter wurden wir. Es war unschwer zu erkennen, dass Nate, Cam, Peetie und ihre Familien sich sehr nahestanden. Wenn man Zeit mit den Jungs verbrachte, ließen sich diese Bindungen bereits erahnen, aber sie jetzt mit ihren Eltern zu sehen war der endgültige Beweis. Das hier waren Bande, die niemals zerreißen würden. Ich wusste nicht, ob der Umstand, dass keiner der Jungs Geschwister hatte, dabei eine Rolle spielte, aber bei ihrer Freundschaft untereinander spielte er auf jeden Fall eine Rolle.

Ich selbst hatte so etwas nie erlebt. Ich hatte meine Mom gehabt, die selbst nur wenige gute Freundinnen hatte. Dann war Dad aufgetaucht, und irgendwie hatte ich nie mehr gebraucht als die beiden. Ich weiß nicht, woran es lag, jedenfalls hatte ich nie eine beste Freundin gehabt, so, wie die Jungs sich hatten. Es gab auch keine Familientreffen, obwohl in unserem Haus ein ständiges Kommen und Gehen herrschte, weil Mom immer jemandem aus der Patsche half und Dad jemand anderem einen Gefallen tat.

Ich hatte nie geglaubt, dass ich so etwas wie das hier brauchen könnte – bis ich nach Edinburgh gekommen war und diese wunderbaren, unkomplizierten Menschen mich mit offenen Armen in ihren Kreis aufgenommen hatten. Zuvor hatten sie schon Joss aufgenommen, und Joss wiederum mich, ja, sie hatte mich sogar zu ihrer Brautjungfer gemacht.

Während Nathan, Andy und Jim die Rechnung untereinander aufteilten, beschloss ich, Joss sofort nach meiner Rückkehr aus Longniddry zu besuchen. Sie war für mich da gewesen. Jetzt musste ich für sie da sein.

Nach dem Essen war ich in einer eigenartig melancholischen Stimmung, deswegen freute es mich umso mehr, dass die Jungs so ausgelassen waren. Sie hatten ein paar Bier zum Abendessen getrunken, und nachdem sie sich von ihren Familien verabschiedet hatten und wir alle zusammen zum Haus zurückkamen, holten sie sofort noch mehr Bier aus dem Kühlschrank.

Zwei Stunden später waren sie stark angeheitert. Sie genossen ihre Freiheit von Alltag und Verantwortung. Nachdem Peetie verkündet hatte, dass weder Cam noch Nate es fertigbringen würden, ihn mit einem Judowurf auf die Matte zu schicken, hatten die beiden einen Blick auf ihren riesigen, Rugby spielenden Freund geworfen und die Herausforderung angenommen. Ich hätte sie aufhalten sollen. Irgendjemand würde sich noch weh tun. Aber da Jo und Lyn lachend in der Ecke saßen und keinerlei Anstalten machten dazwischenzugehen, beschloss ich, dass auch für mich kein Grund bestand, um Nates willen einzuschreiten.

Stattdessen schlenderte ich in die Küche und traf dort auf Cole, der gerade ein paar Knabbereien holte.

»Hey.« Ich knuffte ihn freundschaftlich. »Gehörst du neuerdings zum Cateringpersonal?«

Cole grinste. »Ich dachte, ich geh besser aus der Schusslinie.«

»Kluger Junge.« Ich nahm mir ein paar Erdnüsse. »Es wundert mich, dass du noch keinen von uns gefragt hast, ob du auch ein Bier haben darfst.«

Kaum hatte ich das gesagt, verhärteten sich seine Züge, und ich verfluchte mich für meine Gedankenlosigkeit.

»Ich steh nicht so auf das Zeug, ehrlich gesagt.«

Natürlich nicht. Er hatte eine alkoholsüchtige Mutter.

Bravo, Olivia.

»Tut mir …«

»Ich dachte, ich esse noch schnell einen Happen, während Cam Peetie fertigmacht.« Nate kam in die Küche geschlendert. Seine Augen waren leicht glasig vom Alkohol, und seine Wangen waren gerötet. Sein Blick wanderte von mir zu den Snacks. Er kam um den Tisch herum und drängte sich neben mich, während er die Hand nach einer Schüssel mit Chips ausstreckte. Mit der anderen Hand streichelte er meinen Hintern.

Ich versteifte mich und schielte zu Cole, der mein Hinterteil fixierte. Irgendwann hob er den Kopf, merkte, dass ich ihn ansah, und runzelte die Stirn.

Scheiße.

Nate strahlte uns an. Er hatte keinen blassen Schimmer, dass er beobachtet worden war. Dann schlenderte er seelenruhig aus der Küche. Cole und ich blieben zurück und starrten uns an.

Plötzlich kam *ich* mir wie der Teenager vor.

Erschöpft wandte ich den Blick ab und seufzte. »Ich gehe schlafen.«

Wenig später lag ich im Bett, blickte zur Zimmerdecke und lauschte auf das Gelächter von unten. Der Lärm und meine Gedanken hielten mich wach, und es dauerte lange, bis ich einschlief. Irgendwann schaffte ich es, mich davon zu überzeugen, dass Cole niemandem erzählen würde, was er gesehen hatte. Nates Griff an meinen Hintern bewies gar nichts, außer dass er unfähig war, sich mit einer Frau im selben Raum aufzuhalten, ohne sie anzugraben.

Oder?

Kapitel 19

Am nächsten Tag schien die Sonne, sehr zur Freude von Cam, Jo und Cole, die beschlossen hatten, sich mit Cams Eltern nebst Hund für ein Picknick am Strand zu treffen. Das klang verführerisch, allerdings waren Peetie und Lyn bei Peeties Onkel und Tante eingeladen, und Nate hatte den Wunsch geäußert, den Tag mit mir, Nathan und Sylvie zu verbringen.

Es war eine schwere Entscheidung: ein entspannter Tag am Strand oder die Gelegenheit, mehr über Nate zu erfahren.

Also gut, so schwer war die Entscheidung auch wieder nicht, aber um meines Stolzes willen tat ich so, als dächte ich länger als zehn Sekunden darüber nach.

Außerdem fürchtete ich mich vor Coles Adleraugen. Am Morgen beim gemeinsamen Frühstück hatte er Nate und mich die ganze Zeit beobachtet, vermutlich suchte er nach Indizien, dass zwischen uns etwas lief.

Wenig später saß ich bei Nates Eltern auf der Terrasse. Der Tag fing gut an. Nate hatte mir ein Kompliment über mein figurbetontes Maxikleid gemacht, das ich früher niemals angezogen hätte. Als wir an einer roten Ampel halten mussten, küsste er mich – zum ersten Mal seit Ewigkeiten, wie es mir schien. In Wahrheit waren seit unserem letzten Kuss nur ein paar Tage vergangen.

Wir hatten den Wagen genommen, da Nates Eltern am anderen Ende des Dorfes wohnten. Sylvie und Nathan kamen vor die Tür, um uns zu begrüßen, als wir vor ihrem wunderhübschen Cottage hielten. Nate war inmitten purer Idylle aufgewachsen.

Und jetzt trank ich Limonade und hörte zu, wie Nate und sein Vater sich gegenseitig aufzogen. Ich schmunzelte Sylvie zu und fühlte mich fast wie zu Hause.

»Ich habe drinnen ein Foto von dir mit einem Hund gesehen«, wandte ich mich an Nate. Im Flur war ich an einem Bild von ihm als Kind mit einem Labradorwelpen vorbeigekommen. »Du hast mir gar nicht gesagt, dass du einen Hund hattest.«

Nathan gab ein spöttisches Schnauben von sich. Nate stöhnte.

»Habe ich irgendwas verpasst?«, fragte ich grinsend.

»Den Hund.« Nathan lachte, dann räusperte er sich, um fortzufahren. »Er hieß Duke, und wir hatten ihn nur ungefähr vierzehn Monate – bis mein Sohn auf die glorreiche Idee kam, dass Duke sich zum Tauschobjekt viel besser eignete als zum Haustier.«

»O Gott.« Nate stöhnte noch mal und sah mich dann vorwurfsvoll an. »Du musstest natürlich nach dem Hund fragen.«

Sylvie kamen vor Lachen fast die Tränen.

Meine Neugier wuchs. »Was hast du gemacht?«, fragte ich kichernd.

»Gemacht?« Nathan lehnte sich zurück und schüttelte den Kopf. »Tja, er hatte mir und seiner Mutter seit Monaten wegen eines Surfbretts in den Ohren gelegen, und wir haben beide nein gesagt, weil uns nicht wohl bei dem Gedanken war, ihn ohne einen erfahrenen Surfer raus aufs Meer zu lassen. Irgendwann ist er mal mit Cam und seinen Eltern an den Strand gegangen und hat Duke mitgenommen. Andy und Lena haben ein paar Minuten lang nicht hingeschaut, und Nate sah seine Gelegenheit gekommen.«

Nate machte ein gequältes Gesicht.

»Er hat ein paar Surfer getroffen und ist mit ihnen ins Gespräch gekommen. Irgendwann hat er sie dann gefragt, ob sie sich vorstellen könnten, eins ihrer Boards einzutauschen.«

Meine Augen weiteten sich vor Entsetzen. »Das hast du nicht gemacht.«

Er verzog den Mund. »Ich war elf.«

»Mit anderen Worten: Du wusstest genau, was du tust.« Sylvie rieb sich die Augen.

»Wie du bereits erahnen kannst«, fuhr Nate fort, »hat einer der Typen gesagt, dass er sein Board gegen Duke eintauschen würde.«

»Du hast ihm Duke gegeben? Hast du ihn je zurückbekommen?«

»Nein.« Nate schüttelte den Kopf. »Als Andy klar wurde, was passiert war, ist er zurückgegangen, um nach ihm zu suchen, aber die Surfer waren schon weg. In der ersten Zeit habe ich jedes Wochenende nach ihnen Ausschau gehalten, aber ich habe sie nie wiedergesehen.«

Ich schnalzte mit der Zunge. »Das war ganz schön hartherzig, Nate.«

»He.« Er zeigte mit dem Finger auf mich. »Ich bin nicht völlig gefühllos. Später am Abend ist mir klargeworden, dass das eine bescheuerte Idee war. Ich habe mich richtig mies gefühlt deswegen.«

»Mies gefühlt?« Nathan lachte. »Du hast dir die Augen aus dem Kopf geweint.«

Ich presste die Lippen aufeinander, um nicht loszuprusten.

Nate runzelte die Stirn. »Das waren männliche Tränen. Männliche Tränen des Bedauerns.«

»Ich nehme mal an, ein neuer Hund stand nicht zur Debatte?«, zog ich ihn auf.

Sylvie schüttelte lächelnd den Kopf. »Wir hatten Angst, wogegen er den eintauschen würde.«

Nate schlug sich mit den Händen auf die Schenkel und stand

auf. »So, wenn ihr damit fertig seid, mich zu quälen, würde ich Liv jetzt gerne die Zelle zeigen, in der ich achtzehn Jahre lang hausen musste.« Er nahm mich bei der Hand und zog mich von meinem Stuhl hoch. Ich tauschte ein verschwörerisches Grinsen mit seinen Eltern, ehe ich mich von ihm ins Haus ziehen ließ.

Mit »Zelle« meinte er sein Zimmer. Und es war keine Zelle, sondern ein Jugendzimmer, wie es typischer nicht hätte sein können: An den Wänden hingen Poster von Indie-Bands, hier und da lagen noch Bücher und Comichefte herum. Mein Blick wanderte über die blauen Wände, die dunkelblaue Tagesdecke auf dem Bett und dann weiter zu den zahlreichen Fotos. Offenbar hatte Nate schon früher gerne fotografiert. Es gab einige wunderschöne Landschaftsaufnahmen von Longniddry und dem Strand, auf den meisten Fotos allerdings waren seine Eltern und Freunde zu sehen. Lächelnd betrachtete ich jüngere Ausgaben von Nate, Cam und Peetie, wie sie am Strand Faxen machten.

Dann tauchte auf immer mehr Bildern ein Mädchen auf, und mein Herzschlag beschleunigte sich. Nate lehnte die ganze Zeit schweigend am Türrahmen und ließ mich schauen. Schließlich entdeckte ich das einzige Foto, das er gerahmt hatte. Es stand auf seinem Nachttisch. Als ich mich aufs Bett setzte und es in die Hand nahm, spürte ich einen schmerzhaften Stich in der Brust.

Es war dasselbe Mädchen.

Sie saß auf einer niedrigen Steinmauer und blinzelte lächelnd in die Kamera. Ihre langen rotblonden Haare wehten im Wind. Sie war klein, blass und schlank mit zarten Gesichtszügen und einem bezaubernden Lächeln. Sie trug ein weißes Sommerkleid und sah aus wie ein Engel – genau wie Nate sie beschrieben hatte.

Irgendwann fand ich meine Stimme wieder. »Alana?«

Als Nate keine Antwort gab, hob ich den Blick. Er nickte und machte einen Schritt ins Zimmer hinein. »Alana.«

Ich stellte das Foto zurück an seinen Platz und sagte leise: »Sie war wunderschön, Nate.« Ich meinte es absolut aufrichtig.

»Ein paar Wochen nachdem ich das Foto gemacht habe, erfuhren wir, dass sie ein Lymphom hat.«

Weil ich nicht wusste, was ich sagen sollte, fragte ich: »Lebt ihre Familie noch hier?«

Er nickte und kam auf mich zu. Er ließ sich neben mir auf dem Bett nieder und starrte die Wand an, an der die vielen Fotos von Alana hingen. Mein Blick fiel auf eins der Bilder, das offenbar von einer dritten Person aufgenommen worden war. Nate, schlaksiger und jünger, aber schon genauso attraktiv wie heute, stand hinter Alana und hatte ihr die Arme um die Taille geschlungen. Sie lehnte sich an ihn, die Hände auf seinen Armen, wie um ihn festzuhalten. Beide lächelten. Sie sahen so glücklich aus. So unschuldig.

Sie ahnten nicht, was ihnen bevorstand.

Ich rang mit den Tränen und schlug rasch die Augen nieder. Der brennende Schmerz in meiner Brust wollte nicht weggehen.

»Ja, ihre Eltern leben noch hier. Ich habe aber keinen Kontakt mehr zu ihnen.«

»Warum nicht?«

Nate zuckte unwillig mit den Schultern, bevor er die Augen zusammenkniff. »Den Großteil unserer Kindheit habe ich damit verbracht, Alana einen sicheren Unterschlupf zu bieten, außerhalb der Reichweite ihres Stiefvaters.«

»Hat er sie geschlagen?«

»Nein, dann hätten wir ja was gegen ihn unternehmen können. Es waren psychische und verbale Misshandlungen. Andauernd. Mit ihrer Mutter ist er genauso umgesprungen, die hat es einfach mit sich machen lassen. Als die Krebsdiagnose kam, hat er aufgehört, aber da war der Schaden schon angerichtet. Alana war still und unsicher, sie hatte Schwierigkeiten, sich durchzusetzen. Ich musste immer ihre Kämpfe für sie ausfechten. Das war seine Schuld. Ich würde ja sagen, Alana war ein ängstlicher Mensch, aber als sie im Sterben lag, war sie so tapfer … Als es wirklich darauf ankam, hat sie unglaublichen Mut bewiesen. Nach ihrem Tod habe ich den Kontakt zu ihren Eltern abgebrochen.«

Ich rieb ihm tröstend die Schulter. »Alana konnte froh sein, jemanden wie dich zu haben.«

Er lächelte milde, war aber mit seinen Gedanken ganz woanders. »Wir hatten diesen Platz am Strand, nahe beim Golfclub, wo wir uns immer getroffen haben, wenn ihr Vater ihr mal wieder das Leben schwergemacht hat. Da saßen wir dann.« Er zuckte mit den Achseln. »Wir haben einfach dagesessen und geschwiegen. Ich musste nichts sagen, nur neben ihr sitzen. Durch sie hatte ich das Gefühl, eine Aufgabe zu haben.«

Schon wieder musste ich mit den Tränen kämpfen und konnte nichts sagen.

Als er mich anschaute und das verräterische Schimmern in meinen Augen sah, wurde seine Miene weicher. »Ich habe nie mit ihr geschlafen«, sagte er brüsk.

Meine Überraschung stand mir offenbar ins Gesicht geschrieben, denn Nate lachte freudlos. »Ja, wir waren beide noch Jungfrauen. Kannst du das glauben?«

»Bei dir? Nein«, antwortete ich wahrheitsgemäß.

»Alanas Mutter war fromme Katholikin. Alana hielt nichts von Sex vor der Ehe.«

»Solche Prinzipien sind heutzutage so selten geworden.«

Nates Mundwinkel zuckten. »Sie war einzigartig.«

»Ein Engel.«

»O ja, ein Engel.« Sein Grinsen wurde ein wenig selbstgefällig. »Aber nicht durch und durch. Wir haben so einiges ausprobiert, aber ich habe sie zu nichts gedrängt. Ich wollte nur das, was sie mir aus freien Stücken gegeben hat. Dann wurde sie krank. Etwa drei Monate nach ihrem Tod haben Peetie und Cam beschlossen, dass ich mich genug in meiner Trauer gesuhlt hatte. Sie sind mit mir in die Stadt gefahren, haben mich abgefüllt, und irgendwann bin ich in der Wohnung einer französischen Austauschstudentin gelandet. Es war Sex ohne Gefühle. Ohne Verpflichtungen, ohne alles.« Sein Blick wurde durchdringend. »Und was anderes will ich auch nicht, Liv.«

Ich hatte den Eindruck, dass er großen Wert darauf legte, dass ich dies begriff, und mir war, als würde sich in meiner Brust ein gähnendes Loch auftun. Weil ich verbergen wollte, wie sehr er mich, ohne es zu wissen, verletzt hatte, meinte ich grinsend: »Außer vielleicht ahnungslose beste Freundinnen, die dich um einen Gefallen bitten, der dir jede Menge unverbindlichen Sex garantiert.«

So was wie unverbindlichen Sex gibt es nicht, Soda Pop.

Ich zuckte innerlich zusammen.

Nate betrachtete mich einen Moment lang mit unergründlicher Miene, dann breitete sich ganz langsam ein Lächeln auf seinem Gesicht aus.

»Da wir gerade davon sprechen.« Ich biss mir auf die Lippe. »Ich glaube, Cole ahnt, dass zwischen uns was läuft. Du hast mich gestern Abend angefasst.«

Nate war sichtlich verwirrt. »Wann?«

»Du hast mir in der Küche an den Hintern gefasst, als du reingekommen bist, um dir was zu essen zu holen. Cole hat alles gesehen.«

Nates Miene hellte sich auf. »Ach, bestimmt denkt er sich nichts dabei. Er weiß, dass ich gern flirte.«

Ich hatte bereits denselben Gedanken gehabt ... aber es aus seinem Mund zu hören – die Andeutung, dass ich für ihn nicht mehr war als irgendeine x-beliebige Frau, die er in einer Bar aufgerissen hatte –, war wie Salz auf der klaffenden Wunde in meiner Brust. Der Schmerz war schuld daran, dass ich die nächsten Worte sagte, ohne nachzudenken. Nein, eigentlich waren es weniger die Worte, als der giftige Tonfall. »Kriegt er oft mit, wie du Frauen anbaggerst?«

Seine Miene war ausdruckslos. »Das klingt verdächtig nach dem Vorwurf einer eifersüchtigen Freundin.« Mit diesen Worten stand er vom Bett auf und ging zur Tür.

Sein Blick und die beiläufige Art, mit der er mich abfertigte, ließen die Wut in mir überkochen.

»Bild dir bloß nichts ein«, fauchte ich und drängte mich an ihm vorbei. Auf der Treppe nach unten nahm ich zwei Stufen auf einmal.

Auf dem Weg ins Badezimmer, wohin ich mich flüchten wollte, um mich zu sammeln, traf ich Sylvie. Als sie mein wütendes Gesicht sah, erkundigte sie sich sofort, ob mit mir alles in Ordnung sei. Ich beschwichtigte sie rasch, weil ich Nates Schritte auf der Treppe hörte.

Den Rest des Tages herrschte eine spürbare Anspannung zwischen uns. Ich lachte und scherzte mit seinen Eltern, aber Nates Blicken wich ich aus, und ich redete nur dann mit ihm, wenn es sich nicht vermeiden ließ.

Wir hatten zu Abend gegessen und uns bereits geraume Zeit angenehm unterhalten, als sich die Situation schließlich zuspitzte.

Nathan lächelte mich zufrieden und entspannt an. »Es ist schön, Nate mit so einer netten jungen Frau zu sehen, Olivia.«

»Dad. Liv ist bloß eine Freundin«, sagte Nate. In seinem Tonfall schwang eine Warnung mit, die mir einen Stich versetzte und seine Eltern sichtlich in Verlegenheit brachte.

Sein Vater warf ihm einen verärgerten Blick zu. Ich dachte schon, er würde seinen Sohn wegen seiner Unhöflichkeit zurechtweisen, doch stattdessen wurde seine Miene plötzlich weicher, und er griff nach seinem Bier. Damit schien die Sache erledigt, bis er einen Schluck trank und dann murmelte: »Ich bin doch nicht blind.«

Peinlich!

Nate sorgte dafür, dass wir so schnell wie möglich aufbrachen.

Als ich seine Eltern zum Abschied umarmte, wünschte ich mir, ich könnte noch bei ihnen bleiben und Nate würde alleine zum Haus zurückfahren. Er hatte eine so nette und herzensgute Familie – und er war sich dessen auch bewusst, was mein Unverständnis nur noch vergrößerte. Er hatte zwei Eltern, die sich und ihren Sohn liebten – er hatte unmittelbar vor Augen, wie es sein konnte … Warum wollte er eine solche Zukunft nicht auch für sich? Alana verfolgte ihn. Sie hinderte ihn daran, sein Leben in die Hand zu nehmen, aber nur weil er es zuließ. Sie war für ihn wie ein Schutzschild gegen …

Nun ja …

Mich.

Wir fuhren los. Ich wandte den Kopf ab und sah hartnäckig in die andere Richtung, die Wange an das kühle Glas des Beifahrerfensters gelehnt. Mein Blick ging hinauf zu den Sternen, die den dunklen Himmel sprenkelten, und ich gab mir Mühe, ruhig zu atmen, damit Nate nicht merkte, wie aufgewühlt ich war. Wir hatten noch nie Streit gehabt. Jedenfalls keinen ernstzunehmenden.

Zu meinem Erstaunen fuhren wir nicht direkt zum Haus zurück, sondern immer weiter, durch mir unbekannte Straßen, bis wir schließlich auf einen leeren Parkplatz einbogen, der von hohem gelben Dünengras umgeben war. Jenseits der Dünen hörte ich die Wellen an den Strand rauschen.

Als wir hielten, drehte ich mich widerwillig zu Nate um. »Was soll das?«

Er seufzte müde. »Heute Vormittag hast du gesagt, du möchtest gerne an den Strand.«

»Aber ist jetzt nicht Flut?«

»Um diese Zeit ist Ebbe.« Er stieg aus dem Wagen, ohne eine Erwiderung abzuwarten.

Ich stieg ebenfalls aus und fröstelte in der kalten Seeluft. Ich sah Nate hinterher, der auf die Dünen zustapfte, machte jedoch keine Anstalten, ihm zu folgen. Seine vornübergebeugten Schultern weckten mein Mitgefühl, und als er sich umdrehte, spiegelte sich das Mondlicht in seinen Augen. Er wirkte so niedergeschlagen. Ich konnte nicht ertragen, wenn es ihm schlechtging. Ganz egal, wie wütend ich auf ihn war.

»Nate. Was ist denn mit dir?«

Er holte tief Luft, schüttelte den Kopf und vergrub die Hände in den Taschen seiner Jeans. Sein Blick ging in die Ferne.

»Nate?«

Mein Herz klopfte heftig.

»Ich habe das Gefühl, er ist enttäuscht von mir.«

Ich sah ihn verständnislos an. »Wer?«

Er zögerte. »Dad.«

»Wieso denn?«

»Er ist kein Mann, der mit anderen spielt, Liv. Er ist immer anständig. Ehrlich. Er weiß, wie ich mit Frauen umspringe, und er findet es schrecklich.«

»Wie du mit Frauen *umspringst*? Nate, du bist doch nicht widerlich zu Frauen. Du hast einfach nur einen hohen Verschleiß. Und du …« Ich knetete hinter dem Rücken meine Finger, um mich von meinem inneren Schmerz abzulenken. »Du machst nie irgendwelche Versprechungen.«

»Ach, hör doch auf«, flüsterte er mit versagender Stimme. »Ich habe zig Frauen weh getan, weil es mir scheißegal war, wie es ihnen ging, nachdem ich sie gevögelt hatte. Tun wir nicht so, als wäre ich jemand, der ich nicht bin.«

Ich spürte Hitze in mir aufsteigen. »Wenn dir nicht gefällt, was du machst, dann hör doch auf. Dein Vater ist nicht enttäuscht von dir, Nate. Er liebt dich, und er ist stolz auf dich. Das sieht jeder, der auch nur ein bisschen Zeit mit euch beiden verbringt. Er will einfach, dass du nach vorne schaust, und weißt du was?« Ich hob frustriert die Hände. »Vielleicht hat er recht. Vielleicht ist es langsam an der Zeit, dass du Alana hinter dir lässt. Such dir eine nette Frau. Bau dir eine Zukunft auf.«

Das hätte ich lieber nicht sagen sollen.

Nate verzog spöttisch den Mund und sah mich voller Verachtung an. »Und dann was? Ich suche mir eine nette Frau, und du kannst endlich den ahnungslosen Benjamin ficken – deinen Typen aus der Bibliothek?«

Diese gehässige Seite an ihm gefiel mir ganz und gar nicht. Ich funkelte ihn an und lehnte mich mit verschränkten Armen gegen die Motorhaube. »Ich würde sagen, ich bin so weit. Du hast mich gut vorbereitet. Ich habe jetzt einiges drauf, meinst du nicht? Er wird bestimmt auf seine Kosten kommen.«

Ich sah gerade noch das Wutblitzen in seinen Augen, dann stürzte er sich auf mich. Er packte mich im Nacken, riss mich an sich und küsste mich. Es war ein harter, grober, schmerzhafter Kuss, und ich zahlte es ihm mit gleicher Münze heim.

Schwer atmend stieß Nate mich rücklings auf die Motorhaube und drängte sich zwischen meine Beine. Er schob mein Kleid hoch und beugte sich über mich. Seine Augen waren schwarz wie die Nacht um uns herum. Ich kam seinem Mund entgegen, als er die Träger meines Kleides und dann den BH herunterzog, damit er meine nackten Brüste küssen konnte. Seine Hand glitt an meinem Schenkel nach oben und in mein Höschen. Dann drang er mit den Fingern in mich ein.

Ich schrie auf, und Nate stieß gleichzeitig einen heiseren Fluch aus, weil ich so feucht war.

Dann gab es nichts mehr als pure Verzweiflung.

Mein Höschen war verschwunden. Nate zerrte den Reißverschluss seiner Hose herunter. Er packte mich grob bei den Hüften und zog mich auf der Motorhaube ein Stück nach vorn, damit er in mich eindringen konnte. Er stieß in mich und heizte meine Ekstase immer weiter an. Wir hatten alles um uns herum vergessen. Es spielte keine Rolle. Es war mir egal, dass ich auf einer Motorhaube lag. Alles, was zählte, war, dass Nate mich wollte. Meine Muskeln zogen sich um seine Erektion zusammen und brachten ihn zum Höhepunkt.

Er erschlaffte. Wir beide lagen auf der Motorhaube, sein warmer Atem an meiner Wange, meine Beine noch um seine Hüften geschlungen. Ich konnte seinen Herzschlag an meiner Brust spüren. Sein Rücken war warm und schweißfeucht unter meinen Händen. Ich nahm, was er mir gab.

Ich nahm es alles und hielt es fest.

Und er ließ es zu.

Denn wahrscheinlich wusste er, dass er mir schon bald alles wieder entreißen würde.

Kapitel 20

Nach dem wilden Sex auf der Motorhaube war Nate besonders zärtlich zu mir, als täte es ihm leid. Erst hinterher fiel mir auf, dass er beim Sex kein Wort gesagt hatte. Das war sehr ungewöhnlich. Normalerweise sagte er immer etwas Heißes, Schmutziges, um uns anzuheizen. Dass er es diesmal nicht getan hatte, legte den Schluss nahe, dass er genauso zornig und verwirrt gewesen war wie ich, und dass es ihm allein darum gegangen war, diese Verwirrung zu vergessen, eine Verbindung zu mir herzustellen, ohne zu denken oder zu reden. Wenigstens versuchte ich, mir das weiszumachen.

Auf der Fahrt zum Haus schwiegen wir, allerdings spürte ich, wie er mich hin und wieder nachdenklich von der Seite ansah. Als wir am Haus ankamen, überließ ich ihn der Gesellschaft unserer Freunde und zog mich auf mein Zimmer zurück. Jo folgte mir nach oben. Sie wunderte sich über mein Verhalten, aber ich konnte sie davon überzeugen, dass mit mir alles in Ordnung war. Bei meinem Kopfkissen gelang mir das nicht. Vermutlich lag das an den vielen Tränen, die ich hineinweinte.

Am nächsten Morgen hätte ich beinahe meinen Platz auf dem Beifahrersitz aufgegeben, aber das hätte Verdacht erregt, nachdem ich so vehement darum gekämpft hatte. Ich war still, was Jo nicht entging. Sie schrieb mir eine SMS vom Rücksitz, worin stand, dass sie sich Sorgen um mich mache.

Ich hielt es langsam nicht mehr aus.

Wie gerne hätte ich ihr alles erzählt.

Aber ich riss mich zusammen. Trotzdem fiel mir ein Stein vom Herzen, als Nate endlich vor meiner Tür hielt. Ich eilte ins Haus, um den neugierigen Blicken der anderen zu entkommen.

Nate ließ den ganzen Tag nichts von sich hören, und am Montag auch nicht. Auf dem Heimweg von der Arbeit dachte ich noch einmal genau über alles nach und versuchte, mir darüber klarzuwerden, was eigentlich passiert war. Warum ich sehenden Auges in diese Falle getappt war.

Als das zu keinem Ergebnis führte, half nur noch eins: Ablenkung …

»Liv?« Joss stand in der Tür zu ihrer Wohnung und machte große Augen.

Ich erschrak. Sie hatte dunkle Ringe unter den Augen, ihre Haut war teigig und blass. Sie sah überhaupt nicht wie eine gesunde Schwangere aus.

Um ihr keine Möglichkeit zu geben, mich abzuwimmeln, schob ich mich an ihr vorbei in den Flur. »Ist Braden da?«, rief ich über die Schulter zurück, als ich auf die Küche zusteuerte.

»Nein, der muss arbeiten.«

Sie erschien im Türrahmen, gerade als ich mich daranmachte, Tee aufzusetzen. Ich musterte sie. »Du solltest besser auf dich aufpassen.«

Joss fummelte sich eine Haarsträhne zurück in ihren Pferdeschwanz. »Ich hatte zu tun. Eine Literaturagentin aus New York vertritt mich jetzt.«

Der Teelöffel mit Zucker schwebte regungslos über meiner Tasse. »Dein Buch hat ihr gefallen?«

»Mein Buch hat ihr gefallen.«

Ich strahlte. »Joss, das ist ja phantastisch!«

Sie lächelte, aber ihre Augen lächelten nicht mit. »Ja.«

Mein Blick ging zu ihrem Bauch. »Und was …?«

»Sie findet, ich soll sofort mit meinem zweiten Roman anfangen«, fiel sie mir beinahe panisch ins Wort.

Ich seufzte. Das war eindeutig ein Ablenkungsmanöver. Trotzdem beschloss ich, das Thema fallenzulassen. Fürs Erste jedenfalls. Als der Tee fertig war und die Kekse auf einem Teller bereitlagen, brachte ich alles ins Wohnzimmer und machte es mir auf der Couch bequem, während Joss sich in einen Sessel kuschelte. Sie sprach abgehetzt und atemlos. Von ihrer üblichen kühlen Selbstbeherrschung war nichts mehr übrig, und mir wurde mit jeder Minute unbehaglicher zumute. Eins stand jedenfalls fest: Sie würde mit mir über ihre Bücher reden, bis mir die Ohren abfielen, nur damit ich sie nicht auf die Schwangerschaft ansprach.

Irgendwann – ich war kurz davor, sie zu unterbrechen und endlich zur Sache zu kommen – hörten wir den Schlüssel in der Wohnungstür. Ich sah, wie Joss sich unwillkürlich steif machte, als wäre sie eine dünne Scheibe Glas, die sich gegen einen Windstoß wappnen muss.

Mein Herz krampfte sich vor lauter Mitgefühl zusammen. Joss biss sich auf die Unterlippe und blickte unruhig in Richtung Wohnzimmertür, als wir schwere Schritte näher kommen hörten. Gleich darauf tauchte Braden im Türrahmen auf. Er hatte müde Augen, und seine Mundwinkel waren nach unten gezogen. »Liv.« Er nickte mir flüchtig zu, dann glitt sein Blick zu Joss. Seine Augen wurden schmal. »Hast du heute geschlafen?«

Joss schüttelte den Kopf. »Ich konnte nicht.«

Er seufzte genervt. »Du musst schlafen.« Ohne ein weiteres Wort drehte er sich um und ging hinaus.

Die Spannung zwischen ihnen war zum Schneiden. »Joss«, wisperte ich. »Was ist denn bloß los?«

»Lass.«

Also schwieg ich, unsicher, was ich sagen oder wie ich ihr

helfen sollte. Wenige Minuten später kam Braden am Wohnzimmer vorbei und rief: »Ich habe noch eine Besprechung mit Adam.« Dann fiel die Wohnungstür hinter ihm ins Schloss.

Joss zuckte zusammen. Ich sah, wie sie krampfhaft schluckte, um nicht weinen zu müssen.

»Ach, Süße.« Ich wollte aufstehen und sie in die Arme nehmen, aber sie hob abwehrend die Hand.

In ihren Augen schimmerten Tränen. »Wenn du mich umarmst, fange ich an zu weinen und höre nicht mehr auf. Und ich darf nicht weinen.«

Also blieb ich sitzen.

»Es liegt nicht an mir«, beteuerte sie. »Ich stoße ihn nicht weg. Es geht mir bloß im Moment ziemlich mies, und deswegen habe ich es verdorben. Ich habe ihm alles versaut.«

»*Er* redet nicht mehr mit *dir?*«

»Er redet schon«, antwortete sie bitter. »Aber … es ist, als ob er es kaum im selben Raum mit mir aushält. Er hat mich kein einziges Mal gefragt, wie ich mich fühle, jetzt, wo der erste Schreck vorbei ist. Es interessiert ihn gar nicht. Er will nicht, dass ich ihn anfasse …«

»Das tut mir so leid, Joss.«

»So war er noch nie. Ich glaube, ich hab's wirklich versaut.« Sie lachte hysterisch und fing gleich darauf an, hemmungslos zu schluchzen.

Jetzt hielt mich nichts mehr davon ab, sie in den Arm zu nehmen.

Ich drückte sie an mich und hielt sie fest, bis sie sich ausgeweint hatte.

Als sie irgendwann nicht mehr zitterte und ich ihren leisen Atem hörte, merkte ich, dass sie in meinen Armen eingeschlafen war. Ich wagte nicht, mich zu rühren, weil ich sie nicht wecken wollte.

Eine Viertelstunde später wurde die Wohnungstür aufgeschlossen, und Braden kam herein. Er sah aus wie ein Mann auf einer Mission. Offenbar hatte er seinen Termin mit Adam sausen lassen. Ich wusste nicht, weshalb er zurückgekommen war – ob er Joss anschreien oder einen versöhnlichen Schritt auf sie zu machen wollte. Es war auch egal, denn ich brachte ihn sofort mit einem erbosten Blick zum Schweigen.

»Sie hat sich in den Schlaf geweint«, zischte ich vorwurfsvoll.

Ein Muskel in seinem Kiefer zuckte. Er sah auf seine Frau herab. »Sie weint nicht oft«, gestand er leise.

Aus unerfindlichen Gründen war *mir* jetzt nach Weinen zumute. Der Schmerz meiner Freundin schien auf mich überzugehen. »Du musst ihr verzeihen.«

»Darum geht es nicht«, gab er mit belegter Stimme zurück. Er hatte den Blick auf Joss' schlafendes Gesicht gerichtet. »Ich bin nicht wütend auf sie. Ich bin einfach nur enttäuscht.«

»Das ist noch schlimmer.«

Er seufzte und fuhr sich mit der Hand durchs Haar. »Es geht hier um unser Kind, Liv. Mit Problemen zwischen uns beiden kann ich umgehen, aber wir reden hier von unserem Kind. Warum kann sie sich nicht freuen?«

»Du weißt genau, dass es nicht so einfach ist. Außerdem hast du doch gar keine Ahnung, was in ihr vorgeht, weil du sie nicht an dich ranlässt«, sagte ich anklagend. Ich wusste, es war falsch, meine Wut an ihm auszulassen, aber ich war nach Joss' Zusammenbruch aufgewühlt.

Braden strafte mich mit einem einschüchternden Blick. »Bist du fertig?«, fragte er scharf.

Ich schwieg. Eine besserwisserische Bemerkung wäre jetzt sicherlich nicht gut angekommen.

Ohne ein weiteres Wort kam Braden auf mich zu. Mein Körper war sofort in Alarmbereitschaft, weil ich nicht wusste, was er vorhatte, aber er beugte sich bloß vorsichtig herab und nahm Joss auf den Arm, als wäre sie leicht wie eine Feder. Joss wachte gerade lange genug auf, um ihm die Arme um den Hals zu schlingen und den Kopf an seine Brust zu schmiegen.

Der Anblick schnürte mir die Kehle zu. Sie *mussten* das irgendwie wieder hinkriegen. Sie waren das perfekte Paar. Wenn sie ihre Probleme nicht in den Griff bekamen – wer dann?

Rasch stand ich auf und drückte Braden noch einmal mitfühlend den Arm, bevor ich ging. Ich hoffte inständig, dass die beiden miteinander reden würden, sobald Joss aufwachte.

Die Begegnung mit ihnen hatte in keiner Weise dazu beigetragen, meinen eigenen Herzschmerz zu lindern, und weil ich nicht allein sein wollte, fuhr ich zu Dad. Wie in alten Zeiten kochte er für mich, wir saßen zusammen, sahen fern und leisteten uns Gesellschaft. Er wusste, dass etwas nicht mit mir stimmte, stellte aber keine Fragen. Er war einfach nur für mich da, so wie immer.

An diesem Abend ging ich nicht nach Hause. Falls Nate in meiner Wohnung auf mich wartete, bekam ich nichts davon mit.

***

Benjamin aus dem Weg zu gehen war in den letzten Wochen zu einer immer größeren Herausforderung geworden. Beim ersten Mal schloss ich mich auf der Angestelltentoilette ein. Beim zweiten Mal ging ich hinter den Bücherregalen in Deckung und schlich vor ihm davon, wann immer er ein Stück weiterwanderte. Einmal duckte ich mich sogar hinter einen Garderobenständer. Er stand beim Infoschalter und war das einzige Versteck in Reichweite, als ich Benjamin durch den Haupteingang kommen sah.

Ich betete, dass die Luft rein war, und trat aus meinem Versteck hervor. Vier Augenpaare waren auf mich gerichtet.

»Was um alles in der Welt sollte das denn?«, fragte Angus.

Ich blinzelte. Gab es überhaupt eine überzeugende Erklärung für mein Verhalten? »Da war eine Biene.«

Er musterte mich einen Moment, ehe er ohne ein weiteres Wort in seinem Büro verschwand.

Am Tag nach meinem Besuch bei Joss und Braden jedoch hatte mein Versteckspiel ein Ende. Ob das an den Umständen lag oder auch an der merkwürdigen Situation zwischen Nate und mir, war schwer zu sagen.

Ich stand am Infoschalter und blätterte in einem Buch, als ein Schatten über mich fiel. Ich hob den Kopf, und vor mir stand Ellie mit einem strahlenden Lächeln im Gesicht.

»Hattet ihr ein schönes Wochenende?«, fragte sie fröhlich.

»Hey«, grüßte ich sie erfreut und wandte mich an Jill. »Kann ich fünf Minuten Pause machen?«

»Klar.« Sie lächelte erst mich, dann Ellie an. »Hallo, Ms Carmichael. Wie ich gehört habe, heißt es ja bald Dr. Carmichael.«

Ellie wurde rot. »Bald, ja. Ein komisches Gefühl.«

»Ich finde es großartig.« Ich kam um den Tresen herum und umarmte sie, bevor ich mit ihr eine freie Couch in der Nähe der Haupttreppe ansteuerte. »Was machst du hier?«

»Ich wollte mich bei dir bedanken.« Sie sah mich mit ernsten Augen an. »Ich habe gehört, dass du gestern Abend bei Joss und Braden warst.«

»Ja?«

Ellie schüttelte den Kopf. »Die letzten Tage waren die Hölle. Man hat es nicht mit den beiden in einem Raum ausgehalten, und weil ich nicht wusste, auf wen ich wütender sein sollte, habe ich beschlossen, dass mir beide ganz schrecklich leidtun, und das war auch nicht gerade hilfreich.« Sie lächelte verschämt. »Aber ich höre auf zu plappern und komme zum Punkt. Keine Ahnung, was du gemacht oder gesagt hast, aber es hat geholfen. Adam hat sich eben gemeldet, um mir zu sagen, dass Braden schon viel besser gelaunt ist. Ich habe dann

Joss angerufen, und sie klang auch besser. Ich fahre gleich zu ihr.«

»Ich bin so froh.« Eine Woge der Erleichterung überschwemmte mich. »Aber ich habe nichts gemacht.«

Ellie zuckte mit den Achseln. »Braden hat dich Adam gegenüber erwähnt, *irgendwas* musst du also wohl gemacht haben.«

»Ich glaube, sie hätten das auch ohne mich hinbekommen. Ich war nur zufällig zur rechten Zeit am rechten Ort. Die beiden können doch gar nicht lange böse aufeinander sein.«

Anscheinend irrte ich mich, denn Ellie lachte. »Mann, du hättest sie mal sehen sollen, als sie sich getrennt haben. Die beiden können ausgezeichnet aufeinander böse sein – das ist gewissermaßen ihre Spezialität. Deswegen habe ich mir ja auch solche Sorgen gemacht. Aber egal, sie haben sich ausgesprochen, und Joss scheint sich so ganz allmählich ein bisschen über die Schwangerschaft zu freuen, das muss ich ausnutzen. Ich werde Tante!«, quietschte sie, als wäre ihr das erst in diesem Moment eingefallen.

Ich lachte, weil mehrere Studenten verwundert zu uns rübersahen. An einem von ihnen blieb mein Blick hängen, und mir verging das Lachen, als er quer durchs Foyer Kurs auf mich nahm.

»Liv?«, sagte Ellie irritiert.

»Olivia.« Benjamin blieb vor unserem Sofa stehen und richtete sein warmes, umwerfendes Lächeln zunächst auf Ellie und dann auf mich. »Dich habe ich ja schon lange nicht mehr gesehen.«

Diesmal konnte ich mich nicht vor ihm verstecken.

Und zum ersten Mal seit Wochen war ich mir auch nicht sicher, ob ich das überhaupt noch wollte. Ellie und ich standen auf. »Hi, Benjamin. Das ist meine Freundin Ellie. Ellie, das ist Benjamin.«

»Nenn mich Ben.« Er schenkte mir ein Lächeln, ehe er sich

Ellie zuwandte und ihr die Hand gab. Ich spürte, wie Ellie vor Neugier fast platzte.

»Hattest du Urlaub?«, fragte er. Er konzentrierte sich ganz auf mich, was sich umso besser anfühlte, wenn man bedachte, dass Ellie eine große, attraktive Blondine war.

»Nein. Wahrscheinlich haben wir uns einfach nur verpasst«, log ich.

»Schade«, murmelte er. »Aber schön, dich zu sehen.«

»Geht mir genauso«, sagte ich lächelnd.

Wir sahen uns einen Moment zu lange an.

Ben räusperte sich. »Ich muss dann mal«, verkündete er mit hörbarem Widerwillen.

»Übrigens«, mischte Ellie sich plötzlich ins Gespräch. »Ein paar von uns gehen am Samstag in den *Club 39*. Vielleicht hast du ja Lust zu kommen.«

Er begriff, worauf sie hinauswollte, und lächelte in meine Richtung. »Ja, warum nicht?«

Kaum war er weg, knöpfte ich mir Ellie vor. »Was sollte das?«

»Ich beschleunige nur eine Kennenlernphase, die ungefähr im gleichen Tempo voranschreitet wie die von mir und Adam. Ich will nicht, dass du auch fünf Jahre warten musst, Liv.« Sie tätschelte meine Schulter. »Das macht keinen Spaß.«

***

Ellies Nachricht, dass zwischen Joss und Braden wieder alles im Lot war, und Bens offensichtliches Interesse an mir versüßten meinen Tag ein wenig und halfen mir, den immer unerträglicher werdenden Schmerz und die Unsicherheit in Bezug auf die Situation mit Nate zu vergessen.

Insofern war es verständlich, dass ich, als ich an diesem Abend nach Hause kam, nicht wusste, wie ich darauf reagieren sollte, dass Nate auf meinem Sofa saß, meinen Kaffee trank und sich eine Sendung auf meinem Fernseher anschaute.

Mein Körper hingegen wusste sehr wohl, wie er darauf reagieren sollte.

Meinem Körper gefiel die schlanke, muskulöse Gestalt auf meiner Couch. Ihm gefielen die Bartstoppeln auf Nates Wangen und das Funkeln seiner göttlichen bitterschokoladenfarbenen Augen.

Mein Herz wusste ebenfalls, wie es reagieren sollte.

Es tanzte vor Freude, weil er in meinem Wohnzimmer auf mich wartete.

»Hey.«

Er setzte sich auf und griff nach der Fernbedienung, um den Fernseher auszuschalten. »Ich war gestern Abend schon hier. Du bist nicht nach Hause gekommen.«

»Ich habe bei Dad übernachtet.«

Die Anspannung in seinen Schultern legte sich. »Alles in Ordnung mit dir?«

»Klar, mir geht's gut.«

Er kratzte sich am Kinn und sah mich fragend an. »Haben wir am Wochenende was falsch gemacht?«

Ich trat einen Schritt auf ihn zu und seufzte schwer. »Keine Ahnung. Was meinst du?«

Nate stand auf und kam zu mir. Er musste mir nur die Hände auf die Hüften legen und mich an sich ziehen, und das war's: Ich erlag ihm. »Ich finde, das Wochenende war irgendwie komisch. Ich finde, wir sollten es vergessen.«

Was zum Geier meint er damit? Find es heraus!

»In Ordnung.« Ich verabscheute mich dafür, so leicht nachgegeben zu haben, aber das Gefühl seiner Lippen, die über meine Wange strichen, war einfach zu schön.

Nates warmer Atem kitzelte mein Ohr, als seine Hände sich an meinem Rücken in den Stoff meines Oberteils krallten. »Ich habe das Gefühl, als wäre ich seit Ewigkeiten nicht mehr in dir gewesen.«

Ich lehnte mich an ihn. »Es waren nur ein paar Abende.«

»Sag ich doch.« Er küsste die empfindliche Stelle unter meinem Ohr. »Ewigkeiten.«

Zuerst war er grob und unbeherrscht. Ich ließ mich von ihm küssen. Ich ließ mich von ihm ausziehen. Ich ließ mich von ihm ins Schlafzimmer ziehen. Ich ließ zu, dass er jeden Zentimeter meines Körpers liebkoste.

Irgendwann wurde er dann ganz liebevoll und sanft.

Ich nahm ihn in mir auf, und wir schliefen zärtlich miteinander. Ich schloss die Augen.

»Nein«, sagte er rau und umfasste meine Schenkel, um noch tiefer, noch genüsslicher in mich zu stoßen. »Schau mich an. Ich will deine Augen sehen.«

Also machte ich sie wieder auf, so dass er hineinsehen konnte, während er mich liebte. Als ich kam, hatte ich Tränen in den Augen.

Ich ließ zu, dass er meine Unsicherheit verdrängte.

Ich ließ ihn wieder an mich heran.

Nates Höhepunkt war heftig. Der Griff seiner Hände an meinem Körper schmerzte, als er stöhnend den Kopf in den Nacken warf. Als sein Becken aufgehört hatte zu zucken, wurde er seltsam still. Wachsam. Unsere Blicke trafen sich, und was auch immer Nate in meinen Augen las, veranlasste ihn dazu, sich von mir herunterzurollen, als stünde ich lichterloh in Flammen. Eilig stieg er in seine Jeans.

Irgendetwas stimmte ganz und gar nicht.

»Bleibst du nicht hier?«

Er gab keine Antwort, doch die Anspannung in seinen Schultern war wieder sichtbar. Ich wartete, während er sich das Hemd anzog. Zuerst sah er mich nicht an, sondern rieb sich nur mit der Hand übers Gesicht. Schließlich drehte er sich zu mir um.

Ich setzte mich auf. Das Herz klopfte hart in meiner Brust, und ich musste gegen eine Welle der Übelkeit ankämpfen.

»Ich mach Schluss, Liv. Ich kann das so nicht mehr.«

Alles in mir zog sich zusammen. »Wir …« Ich schüttelte den Kopf. »Wir lieben uns, und dann … machst du einfach Schluss?«

»Genau deswegen.« Er biss die Zähne aufeinander. »Uns *lieben*? Darum ging es hier doch nie.«

Plötzlich packte mich die Wut. Mit einem Satz war ich aus dem Bett und griff nach einem Nachthemd, damit ich mir nicht so entblößt vorkam. Ich zerrte es mir über den Kopf und drehte mich dann, die Hände in den Hüften, zu Nate um. »Warum bist du heute Abend hergekommen? Wenn du sowieso Schluss machen wolltest?«

»Weil ich mir nicht sicher war, ob ich Schluss machen *muss* … aber nach dem, was hier gerade eben passiert ist …« Er deutete mit einer hilflosen Geste auf das Bett und verstummte.

Ich starrte das Bett an, wo er Augenblicke zuvor noch so zärtlich zu mir gewesen war. »Ich bin doch nur deinem Beispiel gefolgt.«

»Lass das«, fuhr er mich an. »Komm mir bloß nicht mit diesem waidwunden Blick und diesem verletzten Tonfall. Wir waren uns einig, dass es nur um Sex geht. Und du hast mir versprochen«, sein Blick wurde weicher, fast flehentlich. »Du hast mir versprochen, dass du deswegen nicht unsere Freundschaft kaputtmachst.«

»Du verlangst ernsthaft von mir, dass ich das Versprechen einhalte? Nate, mach dir doch nichts vor! Die letzten sechs Wochen haben wir eine Beziehung gehabt, und ich habe es satt, so zu tun, als wäre es nicht so. Du bist fast jeden Abend hier, und es geht um mehr als Sex. Es geht um Freundschaft und Zuneigung und Vertrautheit.« Ich wollte nicht weinen, spürte aber Tränen in meinen Augenwinkeln brennen. »Wir bringen uns gegenseitig zum Lachen. Wir verstehen uns. Was ist daran so falsch?«

»Ich glaub es nicht«, flüsterte Nate heiser. Es klang, als wäre er von mir verraten worden, und seine Miene sagte dasselbe.

Meine erhitzte Haut wurde plötzlich eiskalt, und ich begann zu zittern.

»Ich habe dir tausendmal erklärt, dass ich so was nicht will, und du hast dagesessen und gesagt, dass du es verstehst. Du hast es mir versprochen, und dabei hast du mich die ganze Zeit über manipuliert!« Die letzten Worte brüllte er so laut, dass ich unwillkürlich den Kopf einzog.

Er bebte regelrecht vor Zorn.

So hatte ich ihn noch nie erlebt.

Als ich nichts sagte, wandte er sich zum Gehen.

Erst jetzt fand ich meine Stimme wieder. »Ich habe dich nicht gefragt, ob du nach dem Sex hier schlafen willst. Das warst du. Ich habe dich nicht gebeten, praktisch jeden Abend herzukommen. Das warst du. Ich habe nicht angefangen, auf dem Sofa zu kuscheln. Das warst du. Ich habe dich nicht gefragt, ob du meine Eltern kennenlernen willst. Das warst du.«

Nate stand stocksteif da. Seine Kiefer mahlten, während er mit starrem Blick meinen Teppich fixierte.

Da erst ging mir auf, dass ich im Begriff war, ihn für immer zu verlieren.

Die Erkenntnis schnürte mir die Luft ab. Es war ein Gefühl, als würden unsichtbare Hände mich in Stücke reißen.

Blind vor Tränen stieß ich hervor: »Rückblickend glaube ich, dass du wusstest, dass da mehr zwischen uns ist. Es gab Momente, da habe ich gemerkt, wie du dich vor mir zurückgezogen hast, und ich dachte dann jedes Mal: Das war's jetzt. Das mit uns ist vorbei. Aber du bist immer wieder zurückgekommen. Wieso?«

Als sich diesmal unsere Blicke begegneten, sah ich die Angst in seinen Augen.

»Liv, lass das.«

»Lass das? Warum soll ich es lassen?«

»Weil …«, fauchte er. Sein Tonfall war einfach nur widerlich. »Wenn du weiterredest, bin ich vielleicht gezwungen, Dinge zu sagen, die ich lieber nicht sagen möchte.«

Ich schürzte verächtlich die Lippen. »Sag sie doch einfach. Na, los. Raus damit. Ich bin erwachsen.«

»Ich will nicht, dass es hässlich wird.«

»Es ist bereits hässlich, wegen dir und deinem gottverdammten widersprüchlichen Verhalten, also sag es jetzt endlich!«

»Also gut. Ich liebe dich nicht. Ich kann dich nicht lieben, und ich werde dich nicht lieben, und das hast du von Anfang an gewusst, also steh jetzt nicht da wie ein Opfer.«

Ich lachte bitter, obwohl mir seine Worte unsagbar weh taten. Gott, wie ich ihn in dem Augenblick hasste. »Letzte Woche dachte ich, dass du vielleicht der beste Mensch bist, der mir je im Leben begegnet ist. Letzte Woche habe ich dich geliebt, wie ich noch nie jemanden geliebt habe.« Es war schwer, aber zugleich eine Erleichterung, es endlich offen auszusprechen. »Durch dich habe ich gelernt, wieder mutig zu sein, Nate.« Ich wischte meine Tränen ab. Mein Herz krampfte sich zusammen, als seine Augen sich in meine brannten. »Wie kann ein Feigling wie du jemandem Mut beibringen?«

Er zuckte zurück.

Gut.

»Weißt du, was ich noch von dir gelernt habe?«

Er antwortete nicht.

»Von dir habe ich gelernt, ganz und gar an mich zu glauben. Von dir habe ich gelernt, dass ich mehr bin als das, was ich im Spiegel sehe. Und jetzt versuchst du, mir das Gegenteil einzureden, und weißt du, was ich dazu sage? Leck mich.« Ich lachte freudlos. »Ich habe es verdient, geliebt zu werden. Alles oder nichts.«

Als wäre ihm klargeworden, worauf ich hinauswollte, war da plötzlich eine Spur Unsicherheit in Nates Blick. Er machte einen Schritt auf mich zu. »Liv, ich habe dir nie irgendwelche Versprechungen gemacht, das weißt du.«

»Tu nicht so dumm«, gab ich schroff zurück. »Du warst die letzten sechs Wochen doch auch dabei! Das war nicht nur irgendein belangloser Fick, Nate, das war ich!«

»Du hast mir versprochen ...«

Zu Tode erschöpft, zog ich mich vor ihm zurück. »Du hast recht, das habe ich. Ich hatte nicht damit gerechnet, dass du gewisse Grenzen überschreitest. Wir beide haben Grenzen überschritten. *Ich* gebe es wenigstens zu. Aber wenn du es zugibst, dann müsstest du ja gleichzeitig zugeben, was für ein egoistisches Arschloch du warst, und ich glaube kaum, dass du dazu imstande bist.«

»Du irrst dich«, knurrte er. »Ich gebe es zu. Ich dachte, wir könnten beste Freunde sein und Sex miteinander haben. Es hat nicht geklappt. Und ich bin trotzdem immer wieder zu dir gekommen und habe es schlimmer gemacht, weil ich deine Freundschaft nicht verlieren wollte. Das tut mir leid. Aber du kennst mich. Du weißt, dass ich mit Beziehungen nichts am Hut habe. Das war von Anfang an klar. Das kannst du mir nicht zum Vorwurf machen. Sei einfach ... sei einfach meine Freundin, verdammte Scheiße noch mal.«

Fassungslos starrte ich ihn an. »Ich habe dir gerade gesagt, dass ich mich in dich verliebt habe.«

Als ich seine entsetzte Miene sah, begannen meine Tränen, wieder heftiger zu fließen.

»Und da erwartest du, dass ich dich jetzt noch um mich haben will?«

»Liv, tu das nicht.«

»Ich muss aber. Tut mir leid. Wenn ich bei Verstand bleiben will, dann bleibt mir nichts anderes übrig. Wenn du durch die

Tür da gehst, Nate … wenn du durch die Tür gehst … dann brauchst du nie mehr wiederzukommen.«

Ein Muskel in seinem Kiefer zuckte. »Das meinst du nicht ernst.«

»Ach, nein«, sagte ich traurig. »Du hast mir gerade gesagt, dass du mich nicht liebst und mich auch nie lieben wirst. Bestimmt wirst du mich nicht mal vermissen.«

In seiner Stimme schwang so viel Qual mit, dass er nur noch flüstern konnte. »Olivia. Nicht.«

Diese Qual ließ mich innehalten. In mir regte sich die Hoffnung, dass er unter all der Verwirrung, all der Wut und Unsicherheit vielleicht wirklich etwas für mich empfand … und er bloß Angst davor hatte. Ich bot ihm eine letzte Chance, Mut zu beweisen.

»Ich liebe dich, Nate. Liebst du mich auch?«

Ich wusste, dass es vorbei war, als ich Tränen in seinen Augen glänzen sah. »Ich hatte nie die Absicht, dir weh zu tun, Babe.« Er brachte die Worte kaum heraus, so belegt war seine Stimme.

Ich machte mir längst nicht mehr die Mühe, meine Tränen wegzuwischen. Ich ließ sie einfach laufen. »Das heißt dann wohl auf Nimmerwiedersehen.«

Kapitel 21

Wieder einmal versuchte ich, den Vogel vor meinem Fenster niederzustarren. Ich wusste nicht, was für ein Vogel es war, aber er war winzig. Wahrscheinlich eine Meise oder so was Ähnliches. Er oder sie hatte braune Federn, einen weißen Hals und einen richtig coolen schwarzen Irokesen auf dem Kopf. Im Laufe der letzten Tage hatten wir uns bereits mehrere solcher Wettkämpfe im Langzeitstarren geliefert.

Ich hatte beschlossen, dass es ein Er war, und ihn Bob getauft.

»Hey, Bob«, flüsterte ich, das Kinn auf der Rückenlehne meiner Couch aufgestützt. Er saß auf meinem Fensterbrett und bewegte ruckartig den Kopf zwischen mir und der Welt draußen hin und her. »Heute tut's immer noch weh.«

Er hielt mit dem Rucken inne und legte den Kopf schief.

»Ja. Hast du schon die Nase voll von mir?«

Er neigte den Kopf zur anderen Seite.

»Das soll wohl Ja bedeuten. Keine Sorge.« Ich seufzte und merkte, wie meine Lippen zu zittern begannen. »Ich habe auch die Nase voll von mir.«

In der schrecklichen Nacht, als Nate meine Wohnung zum letzten Mal verlassen hatte, war ich wie von Sinnen gewesen. Ich konnte nicht aufhören zu weinen, und egal, wie fest ich mich umarmte, der Schmerz wollte einfach nicht nachlassen.

Es war ein Schmerz wie kein anderer. Ein Schmerz, den ich nur zu gut kannte.

Trauer.

Irgendwie, irgendwann, vielleicht lange, bevor wir eine sexuelle Beziehung angefangen hatten, war Nate mir unter die Haut gekrochen, bis er durch meine Adern floss und ich ihn in jedem Atemzug spürte. Er war zum elementaren Bestandteil eines Lebens geworden, auf das ich mich jeden Tag freute. Die Gewissheit, dass ich ihn nicht mehr lachen hören oder seine Lippen auf meinen spüren würde, dass ich mich nie wieder so vollständig fühlen würde, wie wenn ich ihm in die Augen sah, war mehr, als mein Körper verkraften konnte. Er reagierte, als hätte jemand mir einen Arm ausgerissen oder ein lebenswichtiges Organ entfernt. Nach Moms Tod hatte ich etwas Ähnliches empfunden, aber bei Nate war es anders, weil er mich absichtlich verlassen hatte. Das gab dem Schmerz eine ganz neue Note – es war ein scharfes Brennen, wie von einem Papierschnitt am Herzen.

»Findest du, das klingt melodramatisch, Bob?«, flüsterte ich. Meine Augen brannten, weil ich in den letzten Tagen einen ganzen Ozean an Tränen geweint hatte.

Bob wandte den Blick ab, als wäre er von mir gelangweilt.

»Ja, das liegt daran, dass du nie verliebt gewesen bist. Ich sag dir eins: Lass es bloß sein. Genauso gut könntest du dich durch einen Fleischwolf drehen.«

Mein Weinkrampf in der ersten Nacht war so heftig gewesen, dass ich mich am nächsten Tag hatte krankmelden müssen. Am Donnerstag gelang es mir, mich so weit am Riemen zu reißen, dass ich wieder zur Arbeit gehen konnte, aber meine Kollegen merkten sofort, dass etwas Schlimmes passiert war. Ich war still – nicht trübselig, sondern einfach nur verschlossen, um den Schmerz irgendwie in Schach zu halten. Kaum hatte ich nach Feierabend die Bibliothek verlassen, fuhr ich schnurstracks nach Hause. Die SMS von Jo und einen Anruf von Joss ignorierte ich. Als Dad anrief, ging ich ran. Ich konnte ihn zwar nicht davon überzeugen, dass mit mir alles in Ordnung war, aber immerhin davon, dass es das Beste wäre, mich vorerst in

Ruhe zu lassen. Am Freitag war es im Wesentlichen dasselbe. Samstag blieb ich den ganzen Tag zu Hause und nahm mir lediglich die Zeit, auf Ellies SMS zu antworten, in der sie mich gefragt hatte, ob ich am Abend mit den anderen in den *Club 39* kommen würde. Ich war ohnehin nicht in der Verfassung auszugehen, aber das Wissen, dass Ben möglicherweise auch da sein würde, versetzte mich regelrecht in Panik. Ich schrieb ihr, dass ich krank sei und nicht kommen könne.

Jo rief an. Ich nahm nicht ab, da schickte sie mir eine SMS.

Wenn du nicht antwortest, komme ich vorbei. Cam hat mit Nate geredet. Cam glaubt, ihr habt euch gestritten. Alles in Ordnung? xoxo

Ich holte schniefend Luft und schrieb ihr zurück.

Ich erklär's dir später. Mir geht's nicht so gut. Lieg im Bett. xoxo

Okay. Gib Bescheid, wenn du was brauchst. xoxo

Natürlich gab ich ihr nicht Bescheid.

Stattdessen lag ich den Rest der Nacht bis in den Sonntagvormittag hinein auf meiner Couch.

Als Dad zum zweiten Mal anrief, um mich zu fragen, ob ich zum Essen bei den Nichols kommen würde, tischte ich ihm eine Ausrede auf. Das weckte sein Misstrauen.

Wie groß seine Sorge war, merkte ich erst, als ich mich widerstrebend von Bob dem Vogel losriss, weil ich einen Schlüssel im Schloss meiner Wohnungstür knirschen hörte.

Mein Herz machte einen Satz bis in meinen Hals hinauf. Eine Sekunde lang erwachte in mir die flüchtige Hoffnung, dass es Nate sein könnte, und ich war wie gelähmt.

Der Anblick von Jos sorgenvoller Miene war wie ein riesiger rostiger Nagel, der meinen Ballon zum Platzen brachte.

»Was …« Ich verstummte abrupt, als Ellie und Joss hinter Jo durch die Tür kamen.

Jo winkte mit einem Schlüssel. »Onkel Mick hat angerufen und mir gesagt, dass er sich Sorgen um dich macht. Er hat mir seinen Zweitschlüssel gegeben.«

»Solltet ihr nicht eigentlich beim Sonntagsessen sein?« Ich zog mein Nachthemd über die Knie und kämmte mit den Fingern durch mein fettiges Haar. Ich sah zum Fürchten aus. Meine Wohnung war ein Saustall. Der Küchentresen war übersät mit Lebensmittelverpackungen, auf dem Couchtisch stapelten sich schmutzige Teller, der Holzboden war voller Krümel, und es roch muffig, so wie es eben riecht, wenn ein Mensch zu lange auf engem Raum lebt, ohne zu lüften.

Die drei zogen ihre Jacken aus, schauten sich kurz in meiner Wohnung um, richteten dann ihre Blicke auf mich und runzelten alle gleichzeitig die Stirn.

»Okay, das Wichtigste zuerst.« Jo machte sich ans Aufräumen. Ich sah dümmlich blinzelnd zu, während Ellie in die Küche ging und Wasser aufsetzte.

Fünf Minuten später war die Wohnung in einem marginal besseren Zustand, auch wenn sie nach wie vor dringend geputzt werden musste. Jo setzte sich neben mich auf die Couch. Ellie streifte ihre Schuhe ab und machte es sich auf meiner anderen Seite bequem. Joss stellte ein Tablett mit Tee, Kaffee und Keksen auf den Couchtisch und nahm in meinem Sessel Platz.

Dann schauten sie mich abwartend an.

Ich brach in Tränen aus.

Vielleicht war ich doch noch nicht ganz leer geweint.

Auch in Jos Augen schimmerten Tränen, als sie sanft meine Beine beiseiteschob, damit sie mich in die Arme nehmen konnte.

»Ich stinke«, schluchzte ich. »Tut mir leid.«

»Schh«, beruhigte sie mich und rieb mir tröstend über den Rücken.

Nach einer Weile ebbte mein Weinen bis zu einem Schniefen ab, und Jo rückte ein Stück von mir weg, um mir sanft die ungewaschenen Haare hinter die Ohren zu streichen.

»Willst du uns erzählen, was los ist?«

Ich ließ den Kopf hängen. »Ich glaube, das wisst ihr schon.«

Sie seufzte. »Nate.«

Ich nickte und sah zu ihr auf, bevor mein Blick zu Ellie und Joss ging, die beide gleichermaßen besorgt waren. »Angefangen hat alles mit einer Gefälligkeit …«

Als ich ihnen die ganze Geschichte erzählt hatte, war ich völlig ausgelaugt. Ich sackte in die Sofapolster zurück und starrte an die Decke. »Ich habe das Gefühl, wenn ich mich bewege, fällt mein Inneres raus. Ich hasse das. Ich hasse ihn, weil er schuld daran ist, dass ich mich so fühle.«

»Liv.« Die Ellbogen auf den Knien, beugte Joss sich vor. »Ich würde dir gerne sagen, dass er seine Meinung bestimmt noch ändern wird, weil es sich nämlich so anhört, als würde er genau das durchmachen, was ich schon mal durchgemacht habe. Aber das kann ich dir nicht sagen. Ich weiß nicht, was er für dich empfindet oder wie es zwischen euch war. Ich weiß nur eins: Wenn ich Braden nicht so sehr geliebt hätte, hätte ich nie die Kurve gekriegt. Das ist einfach so. Also, ohne die hundertprozentige Sicherheit, dass Nate so verrückt nach dir ist wie ich nach Braden, würde ich dir raten, ihn zu vergessen. Ich weiß, wahrscheinlich willst du mir für diesen Rat am liebsten eine reinhauen, aber ich habe einfach das Gefühl, dass es der beste Rat ist, den ich dir geben kann.«

Ellie nickte. Ihre Augen waren voller Aufrichtigkeit und Mitgefühl. »Ich sehe das genauso. Sosehr es auch schmerzt, du musst versuchen, ihn dir aus dem Kopf zu schlagen.«

Ich sah zu Jo, aber die wich meinem Blick aus und trank still ihren Tee.

Zu still.

»Jo? Was meinst du?«

»Die beiden haben schon irgendwie recht«, sagte sie.

»Jo?«

Sie seufzte schwer. »Cam und ich hatten schon seit ein paar Wochen den Verdacht, dass zwischen euch was läuft. Ich habe euch beide zusammen gesehen. Das war … das ist was Besonderes.« Ihr Lächeln hatte fast etwas Entschuldigendes. »Ich möchte gerne glauben, dass ihr zwei eine Chance habt. Ich weiß nicht … vielleicht musst du ihm einfach nur Zeit geben, dich zu vermissen.«

Ellie grinste Joss an. »Hatte Braden nicht einen ähnlichen Plan?«

Joss rollte mit den Augen. »Ja.«

»Und? Hat's funktioniert?«

»Na ja … schon, aber …«

»Aber Joss hat recht«, flüsterte ich. »Am Anfang würde Nate mich vielleicht vermissen, aber nicht für lange. Er mag mich. Aber er liebt mich nicht. Er hat mir selbst gesagt, dass er mich nicht liebt.«

»Und das heißt …?« Jos Augen trübten sich vor Enttäuschung.

Ich zuckte mit den Schultern. Schon wieder musste ich mit den Tränen kämpfen. »Das heißt, dass ich mir wohl am besten ein riesengroßes Pflaster kaufe, damit mir mein Inneres *nicht* rausfällt … Ich muss irgendwie über ihn hinwegkommen.«

***

Musiktherapie. Mein erster Versuch im Nach-vorne-Schauen.

Ich stellte eine Playlist auf meinem iPod Nano zusammen. Die kraftvollen Gesänge von Kelly Clarkson, Pink, Aretha Franklin und anderen Frauen, die sich von einer gescheiterten Liebe nicht unterkriegen ließen, schienen mir für meine Zwecke die beste Wahl zu sein.

Bevor ich am Montag zur Arbeit ging, gab ich mir besonders viel Mühe mit Haaren und Make-up. Ich zog meine Lieblingsröhrenjeans und eine violette Seidenbluse an. Das war alles Teil der Therapie. Wenn ich mich im Innern besser fühlen wollte, musste ich mit dem Äußeren anfangen.

Da ich den Arbeitstag teils im Büro, teils bei den Semesterapparaten mit dem Wiedereinstellen von Büchern verbrachte, bat ich Angus um einen Gefallen.

Er beäugte stirnrunzelnd meinen iPod. »Du willst was?«

»Nur heute Vormittag. Wenn ich später am Infoschalter arbeite, nehme ich die Ohrstöpsel selbstverständlich raus.«

Angus blickte mir forschend ins Gesicht, ehe er mir unsanft den iPod aus der Hand nahm. »Was hörst du?« Sein Daumen wischte über das Display, und als er meine Playlist überflog, schien ihm ein Licht aufzugehen. Als er mich danach ansah, leuchtete Sorge aus seinen blauen Augen. Er gab mir den iPod zurück. »Okay. Aber nur heute Morgen.«

»Danke. Das weiß ich zu schätzen.«

Ich wandte mich zum Gehen und wollte mir gerade die Stöpsel in die Ohren stecken, als Angus meinen Namen rief. Ich drehte mich um. »Kannte ich ihn?«, fragte er.

Mein Herz machte einen unangenehmen Purzelbaum in meiner Brust. »Es war Nate.«

Da Angus wusste, wie eng ich mit Nate befreundet gewesen war, überraschte es mich nicht, als er bleich wurde. »Das tut mir leid«, sagte er leise.

Ich lächelte traurig. »Du bist ein toller Chef, weißt du das?«

»Der beste«, entgegnete er.

Kurze Zeit später brüllte Pink mir »So What« ins Ohr. Ich war im hinteren Bereich der Semesterapparate, stellte neue Bücher ein und nahm die, die nicht länger gebraucht wurden, aus den Regalen. Ich war ganz auf meine Arbeit konzentriert und ließ die gesungenen Worte weiser Frauen auf mich wirken. Ich musste mich beherrschen, um nicht laut mitzusingen.

Das war wohl auch der Grund, weshalb ich ihn nicht kommen hörte. Als ich eine Hand auf meiner Schulter spürte, bekam ich einen solchen Schrecken, dass meine Knie nachgaben. Ich hörte nur die zweite Hälfte meines Schreis, weil ich mir im Fallen die Ohrstöpsel herausriss.

Ich saß auf dem Boden und schaute nach oben.

Vor mir stand Ben, der sich ein Lachen verkneifen musste. »Olivia.« Er streckte mir die Hand hin. Seine Schultern bebten vor mühsam unterdrücktem Gelächter. »Das tut mir leid. Warte, ich helfe dir.«

In meinem gegenwärtigen Zustand war mir so gut wie nichts mehr peinlich, also ließ ich mich von ihm auf die Füße ziehen. »Geht schon.« Ich klopfte mir den Staub von den Jeans. »Normalerweise dürfen wir bei der Arbeit keine Musik hören, und jetzt weiß ich auch, warum.«

Er grinste. »Tut mir echt leid.«

Ich schenkte ihm ein müdes Lächeln. »Nein, tut es dir nicht, aber mir würd's genauso gehen. Das war ziemlich komisch.«

Noch immer lächelnd und mit einem Funkeln seiner wunderschönen grünen Augen rückte Ben den Schulterriemen seines Rucksacks zurecht und sah mich an. Vor gar nicht allzu langer Zeit hätte ich bei der Vorstellung, im Zentrum seiner Aufmerksamkeit zu stehen, Schmetterlinge im Bauch gehabt, doch jetzt, stellte ich zu meinem Verdruss fest, war da … *gar nichts*. Ich empfand absolut nichts.

Mutlos ließ ich die Schultern hängen.

»Ich war am Samstag im Club, aber du warst nicht da, und deine Freunde auch nicht.«

»Tut mir leid. Ich war krank.«

»Oh.« Er runzelte die Stirn. »Hoffentlich geht's dir jetzt wieder besser.«

Er war so nett. So unglaublich nett. Und so gutaussehend.

»Ja, danke.«

Er nickte, sah nervös in die Runde, drehte sich dann wieder

zu mir und machte einen Schritt auf mich zu. »Hör zu, ich würde wirklich gerne mal essen gehen. Mit dir.« Er lächelte. Gott, er sah so schön und verwegen aus. »Kann ich deine Nummer haben?«

Es ging nicht. Ich hatte mich erst vor einer Woche von Nate getrennt … wenn man es überhaupt als Trennung bezeichnen konnte. Mein Herz war in Fetzen gerissen. Jegliche sexuellen Regungen hatten sich mit Nates Abgang komplett verflüchtigt. Und … na ja … ich hatte gerade erst mit meiner Musiktherapie begonnen. Ich musste ihr ein bisschen Zeit geben, damit sie ihre volle Wirkung entfalten konnte.

Mich jetzt mit einem Mann zu verabreden war ausgeschlossen.

Völlig ausgeschlossen.

»Ja«, sagte ich lächelnd und nickte. Er zückte sein Handy, damit ich ihm meine Nummer diktieren konnte.

Eine kleine Version meiner selbst verpasste mir einen heftigen Faustschlag gegen das Hirn. *Spinnst du?*, schrie sie, aber ich beachtete sie gar nicht, sondern schaute in Bens Gesicht und betete, dass die Schmetterlinge, die ich früher bei seinem Anblick im Bauch gehabt hatte, irgendwann zurückkehren würden.

Kapitel 22

Die Musiktherapie schlug nicht an.

Als hätte ich das nicht vorher gewusst.

Ich gab meiner Wohnung die Schuld.

Am Montag nach der Arbeit schloss ich meine Wohnungstür auf, blieb auf der Schwelle stehen und sah mich um. Alles im Zimmer erinnerte mich an ihn. Die Couch, auf der wir im letzten Jahr stundenlang gesessen hatten. Wir hatten phantastischen Sex – Gott, nein: *lebensverändernden* Sex – auf dieser Couch gehabt. Mehr als einmal. Mehr als mehrmals. Dann war da die Küche, wo wir zusammen gegessen und geredet hatten. Und, ja … wir hatten auch den Tresen eingeweiht. Die Wand bei der Tür. Die Wand beim Fenster. Die Dusche. Mein Schlafzimmer.

Er war überall.

Es tat weh. Es tat so weh, dass sogar meine Zähne und mein Zahnfleisch schmerzten vor lauter Sehnsucht nach ihm. Ich warf meine Tür mit dem Fuß zu und ließ mich dagegen fallen. Meine einzige Hoffnung war, dass das Gefühl früher oder später nachlassen würde. Irgendwann musste ich ja wieder wie ein normales menschliches Wesen funktionieren, oder?

Entweder das, oder ich musste mich nach einer neuen Wohnung umsehen. Aber die Vorstellung, den Ort zu verlassen, der so viele Erinnerungen an ihn barg …

Ich musste ihn sehen.

Ich holte mein Handy aus der Tasche. Meine Hände zitterten,

als ich es hochhielt und mein Daumen über den Schirm wischte. Das hatte ich seit der Trennung ganz bewusst vermieden.

Ich konnte kaum atmen, als ich die Bildergalerie öffnete und die Fotos betrachtete. Das letzte Bild, das ich von Nate gemacht hatte, zeigte ihn grinsend am Steuer des Mietwagens auf dem Weg zu seinen Eltern, wenige Stunden, bevor alles den Bach runtergegangen war. Auf dem Bild davor waren wir beide zu sehen. Nate schaute lasziv in die Kamera, die ich am ausgestreckten Arm über uns hielt, während wir zusammen im Bett lagen. Mein Kopf lag an seiner Schulter, und ich hatte ein glückliches Lächeln im Gesicht. Das Bild davor war noch schlimmer. Darauf küssten wir uns.

Es war wie ein Messer in meinem Bauch.

Rasch ging ich weiter zum nächsten Bild.

Auch dieses war eine Aufnahme von ihm, wie er den Kopf im Kissen vergrub, um sich vor mir zu verstecken. Dann folgten unzählige Schnappschüsse, die er von mir gemacht hatte. Wenn man Nate in die Nähe einer Kamera ließ, konnte man sicher sein, dass er regen Gebrauch davon machte.

Plötzlich packte mich ein unbändiger Zorn.

Mein Handy flog quer durch den Raum und knallte gegen die Wand. Ich rutschte an der Tür zu Boden, zog die Knie an und spülte all meine Bemühungen, nach vorne zu sehen, mit einem wahren Sturzbach an Tränen davon.

***

»Also, triffst du dich jetzt mit ihm?«, erkundigte Ellie sich beiläufig, als wir uns in Hannahs Zimmer versammelt hatten.

Die Tage waren im Schneckentempo vergangen. Und es war eine besonders eklige Schnecke gewesen, die überall ihre Schleimspuren hinterließ.

Anders ausgedrückt: Ich hatte keine gute Woche gehabt.

Nachdem ich mein Handy zertrümmert hatte, sorgte ich umgehend für Ersatz, weil ich hoffte, dass … ja, was genau hoffte ich eigentlich? Dass Nate anrufen würde? Haha. Natürlich rief Nate nicht an.

Dafür aber Ben. Er meldete sich am Dienstag, um mir zu sagen, dass er eine stressige Woche vor sich habe, wollte aber wissen, ob ich am nächsten Montag Zeit hätte, mit ihm essen zu gehen. Ich sagte ja, denn wenn ich ehrlich war, hoffte ich auf eine Art Wunder, das mir meinen Enthusiasmus und meine Lebenslust zurückgeben würde. Wenn ein großer, attraktiver Schotte das nicht bewerkstelligen konnte, war ich ernsthaft am Arsch.

Endlich kam der Sonntag, und diesmal kratzte ich all meinen Mut zusammen und wagte mich wieder unter Freunde – einschließlich der Jungs, die vermutlich über alles Bescheid wussten – und ging zum Essen bei den Nichols. Wie es seit einiger Zeit unsere Gewohnheit war, zogen wir uns in Hannahs Zimmer zurück, während Elodie und Clark das Essen zubereiteten und die Jungs sich unterhielten.

Ich hatte ihnen gerade von Bens Anruf berichtet.

»Ja. Ich habe zugesagt.«

»Ich finde das toll.« Joss nickte bekräftigend. »Das wird dir bestimmt guttun.«

»Ja. Also. Genug von mir.« Ich lenkte die Unterhaltung auf ein anderes Thema, indem ich der auf dem Bett fläzenden Hannah einen bedeutsamen Blick zuwarf. »Wie geht es Marco?«

Ich übertreibe nicht, wenn ich sage, dass sie mich anknurrte.

Hilfesuchend wandte ich mich an Ellie. »Das heißt wohl nichts Gutes?«

Ellie tätschelte ihrer Schwester das Bein. »Er ziert sich noch.«

»Er ziert sich nicht. Er will einfach nicht. Falsch.« Hannah machte ein finsteres Gesicht. »Er will schon. Er macht's einfach nicht.«

»Hat irgendjemand das verstanden?« Jo zog verwirrt die Nase kraus.

Hannah stieß einen Seufzer aus. »Es gibt Momente, da glaube ich, dass er mehr will, aber jedes Mal, wenn ich einen Schritt auf ihn zu mache, blockt er ab. Wenn das so weitergeht, bin ich vierzig, bevor ich meine Jungfräulichkeit verliere.«

Ellie schnaubte. »Das glaube ich kaum.«

»Ich will es nur mit ihm«, beharrte Hannah steif und in geradezu heiligem Ernst.

Als Ellie die Miene ihrer Schwester sah, wurden ihre Augen schmal. »Du wartest gefälligst damit, bis du achtzehn bist. Mindestens.«

»Pfff«, machte Hannah. »Alles klar, bestimmt hast du auch so lange gewartet.«

»Habe ich, wenn du's unbedingt wissen willst.«

Scheinbar erstaunt, fragte Hannah: »Im Ernst?«

»Ja, im Ernst. Es war in der Nacht nach der Party zu meinem achtzehnten Geburtstag.«

»Mit Liam?«

»Wer ist Liam?«, fragte ich neugierig.

»Mein damaliger Freund. Wir waren seit ein paar Wochen zusammen. Ich dachte, er könnte mir helfen, über Adam hinwegzukommen.« Sie lächelte wehmütig. »Ich hatte eigentlich nicht vor, an dem Abend mit ihm zu schlafen, obwohl er unbedingt wollte. Aber dann habe ich Adam hinter dem Hotel mit einer der Angestellten vom Catering gesehen. Ich war so verletzt, dass ich wieder reingegangen bin und mir Liam geschnappt habe. Wir sind von der Party weg und haben uns ein Zimmer genommen. Ich dachte, es würde mir helfen. Hat es aber nicht. Ich meine, es war ganz okay.« Ellie zuckte mit den Achseln, und ihre Mundwinkel verzogen sich ein Stück nach unten. »Aber ich hatte mir mehr vorgestellt. Es hätte mit jemandem sein sollen, den ich liebe. Jemandem, dem ich vertraue. Liam hat mich wenig später mit einer meiner sogenannten besten Freundinnen betrogen.«

»Wow«, machte Hannah und ließ die Schultern hängen. »So ein Mist, Els. Das tut mir leid für dich.«

»Ich war sechzehn«, meldete Jo sich plötzlich zu Wort. Sie grinste, aber es war kein fröhliches Grinsen. »Er war neunzehn, Student, kam aus einer reichen Familie. Das war das erste Mal, dass sich jemand um mich gekümmert hat – er hat mir Geschenke gekauft, sogar die Miete für mich bezahlt, wenn ich mal knapp bei Kasse war. Ich dachte wirklich, ich liebe ihn, deswegen habe ich mit ihm geschlafen. Aber die Sache ging schief, weil Mum und Cole für mich immer an erster Stelle kamen. Irgendwann hat er mich abserviert.« Sie schüttelte verächtlich den Kopf. »Als er an dem Abend zu mir kam, wusste er genau, dass er Schluss machen würde, hat aber trotzdem noch mal mit mir geschlafen. Sobald wir fertig waren – und ich meine, in der *Sekunde*, als wir fertig waren –, ist er aufgestanden, hat sich angezogen und gesagt, dass es aus ist.«

Ich verzog voller Unbehagen das Gesicht. Jos Geschichte war meiner ziemlich ähnlich.

»Jo«, flüsterte Hannah. »Das tut mir so leid für dich.«

Jo lächelte ihr zu. »Muss es nicht, Hannah. Jetzt habe ich Cameron, das macht John und all die Schwachköpfe nach ihm mehr als wett.«

Hannah nickte. Ihre Neugier war geweckt, und als Nächstes ging ihr Blick zu Joss. »Was ist mit dir, Joss?«

Die schüttelte bloß den Kopf. »Ich war viel zu jung, Hannah.« Als wir sie auffordernd ansahen, seufzte sie. »Also gut, es war ein paar Monate, nachdem meine Eltern ums Leben gekommen waren.«

Ellie stand der Mund offen. »Aber da warst du doch erst vierzehn.«

Ich war ähnlich geschockt wie sie. Ich hatte mit vierzehn Poster von hübschen Jungen an meine Zimmerdecke geklebt und davon geträumt, mit einem von ihnen in ein Barbie-Traumhaus zu ziehen, tolle Partys zu feiern und süße Küsse auszutauschen. Von sexueller Erweckung keine Spur.

Doch als ich sah, wie sich Joss' Blick trübte, wurde mir klar, dass sie durchaus wusste, dass sie einen Teil ihrer Kindheit verloren hatte, indem sie so früh Sex gehabt hatte.

»Mochtest du ihn wenigstens?«, fragte Hannah leise und voller Hoffnung, als könne ein Happy End diese Episode aus Joss' Vergangenheit ein bisschen erfreulicher machen.

»Nein, Hannah. Er ging im Nachbarort zur Schule. Wir hatten uns auf einer Party kennengelernt. Wir waren beide betrunken. Der Rest ist Geschichte. Und keine, die du wiederholen solltest.«

»Keine Sorge, das mache ich schon nicht«, beteuerte Hannah.

Nach einer Minute des Schweigens wanderten ihre Augen zu mir.

Darauf hatte ich gewartet. Ich stieß einen abgrundtiefen Seufzer aus. »Na ja, wenigstens war ich schon neunzehn, als ich meinen Fehler gemacht habe. Die Sache hatte absolut nichts Romantisches. Ich war es einfach satt, Jungfrau zu sein, also habe ich mich auf einer Collegeparty betrunken und bin mit einem – ebenfalls betrunkenen – Typen ein paar Semester über mir auf sein Zimmer gegangen. Es war keinerlei Raffinesse dabei. Rein, raus, das war alles. Es hat weh getan. Und kaum war er fertig, ist er von mir runtergestiegen und hat das Weite gesucht.«

Hannah wirkte richtiggehend traumatisiert. »Keine von euch hatte ein schönes erstes Mal?«

Wir sahen sie mit entschuldigenden Mienen an.

»Na, dann steht es fest: Ich mache es auf keinen Fall mit jemandem, den ich nicht liebe.«

Wir vier wechselten einen Blick, und ich lächelte. »Na ja, dann hat es sich ja wenigstens irgendwie gelohnt.«

Unser Gelächter wurde von einem Klopfen an der Tür unterbrochen. Eine Millisekunde später steckte Braden den Kopf durch den Türspalt. »Was ist denn hier los?«

»Klamotten«, antwortete Ellie rasch. »Wir unterhalten uns über Klamotten.«

Wir nickten, um Hannahs willen. Ich hatte die Geschichten von Ellie gehört. Das Letzte, was ich Hannah wünschte, war, dass Braden und Adam Wind davon bekamen, dass sie sich für einen Jungen interessierte. Sie würden ihr mit ihrem übertriebenen Beschützerinstinkt das Leben zur Hölle machen.

Braden wirkte nicht ganz überzeugt, schien jedoch zu sehr mit seinen eigenen Gedanken beschäftigt, um weiter nachzuhaken. Er trat ins Zimmer und ging, ein kleines Lächeln auf den Lippen, zu Joss, die auf Hannahs Kommode hockte. Er beugte sich zu ihr und gab ihr zärtlich einen Kuss auf den Mund. Wie von selbst glitt seine Hand dabei zu ihrem Bauch. »Wie geht's dir?«, murmelte er und blickte ihr tief in die Augen.

Meine Brust zog sich zusammen, aber auf eine gute Art. Es war das erste Mal seit der schrecklichen Begegnung in ihrer Wohnung, dass ich sie zusammen sah.

Aus Gesprächen mit Joss wusste ich, dass sie inzwischen verhaltene Freude über ihre Schwangerschaft empfand und es ihr gelungen war, Braden ihre Ängste zu erklären. Es freute mich sehr zu sehen, dass sie sich wieder vertragen hatten.

»Gut«, antwortete sie. Ein kleines Lächeln umspielte ihre Lippen. »Du musst mich nicht andauernd fragen, Liebling. Du weißt doch, ich melde mich schon, wenn was ist.«

Er streichelte ihren Bauch.

»Und damit kannst du auch aufhören«, sagte sie belustigt. »Man fühlt noch nichts.« Sie reckte den Hals, damit sie über seine Schulter zu uns sehen konnte. »Er freut sich schon auf den dicken Bauch.«

»Warum?«, fragte Ellie verblüfft.

Joss wurde rot, und Braden lachte ein tiefes, vertrauliches Lachen. Es legte nahe, dass er den Grund nicht preisgeben würde, solange seine kleine Schwester im Raum war.

Ellie machte ein Gesicht, als wäre ihr übel. »Okay, bitte nicht antworten.«

Braden lachte abermals, dann legte er Joss den Arm um die Schultern und wandte sich an uns. »Hat Jocelyn euch schon gesagt, dass ihre Agentin einen Verlag gefunden hat, der an ihrem Buch interessiert ist?«

»Nein!«, rief Jo laut. »Das ist ja großartig.«

Joss wiegelte ab. Sie war ein bescheidener Mensch. »Sie haben die ersten drei Kapitel gelesen und dann gesagt, dass sie den Rest auch noch lesen wollen. Das hat überhaupt nichts zu sagen.«

»Das hat jede Menge zu sagen«, musste ich ihr widersprechen. »Mist, dass du nichts trinken darfst, das wäre nämlich ein ausgezeichneter Grund, sich die Kante zu geben. Tut mir leid«, sagte ich mit einem Blick zu Hannah.

»Was tut dir leid? Dass du ›Mist‹ gesagt hast oder dass ich mir nicht auch die Kante geben darf?«

Ellie schnaubte. »Ich bin so froh, dass Mum nicht im Zimmer ist.«

***

Aus den Lautsprechern hörte man eine Italienerin eine beschwingte Melodie trällern, während der Kellner Ben und mir Rotwein einschenkte. Wir hatten uns im *D'Alessandro* verabredet, zum einen, weil wir beide gerne hier aßen, zum anderen wohl in der Hoffnung, dass die vertraute Umgebung uns die Nervosität nehmen würde.

Ben trug ein auberginefarbenes Hemd und sah zum Anbeißen aus. Unvermittelt musste ich daran denken, dass ich ihn noch nie in Schwarz gesehen hatte, und das fiel mir nur ein, weil Schwarz Nates Lieblingsfarbe war. Schwarz und Dunkelrot. Beides hatte ihm ausgezeichnet gestanden.

»Ich muss dir was gestehen«, sagte Ben, als der Kellner gegangen war. »Ich wollte dich seit Monaten fragen, ob du mal mit mir ausgehst.«

»*Wirklich?*«, stieß ich fassungslos hervor, nur um gleich darauf in meinem Kopf Nates Stimme zu hören, die mich für meine Selbstzweifel rügte. Ich gab mir einen Ruck. »Ich meine … wirklich?«, fragte ich ein zweites Mal, um etwas mehr Lässigkeit bemüht.

Ben musste schmunzeln. »Ja, wirklich. Aber … du schienst bislang nicht sonderlich interessiert …?«

»Ich gehe sehr in meiner Arbeit auf«, log ich. »Oft genug kriege ich nicht mal mit, wenn jemand mit mir flirtet, weil ich mit den Gedanken ganz woanders bin.«

Er nickte, als wäre das vollkommen normal. »Stimmt. Als ich dich hier getroffen habe, warst du ganz anders.«

Weil mir keine Erwiderung einfiel, lächelte ich bloß und schaute auf meinen Teller.

»Du wirkst ein bisschen distanziert.«

»Bin ich nicht.« Schon wieder eine Lüge.

»Ich dachte, der zweite Grund, weshalb du so zögerlich warst, ist vielleicht, dass es da noch jemand anderen gab?«

Ich verspannte mich und sah ihm in die Augen. »Den gab es auch.«

»Wie lange ist das her?«

Ich lächelte ihn unglücklich an. »So wollte ich eigentlich nicht in unser erstes Date einsteigen, aber du hast recht … Ich bin distanziert. Ich komme gerade aus einer Beziehung. Es war was Ernstes, und ich weiß nicht, ob ich schon bereit bin … Ich meine, ich weiß, dass ich bereit sein *sollte.* Und ich will, dass du weißt, dass ich dich toll finde, wirklich, es ist nur …«

»Olivia.« Er beugte sich vor und nahm meine zitternde Hand. Seine wunderschönen grünen Augen schauten mich aufrichtig an. »Ich kann das verstehen. Ich habe dasselbe durchgemacht.« Dann zog er sich wieder zurück und schenkte mir ein aufmunterndes Lächeln. »Lass uns einfach das Essen genießen. Vergessen wir, dass das hier ein Date sein soll. Wir sind einfach nur zwei Menschen, die gut essen und sich dabei unterhalten.«

Und genauso machten wir es dann auch. Hinterher teilten wir uns die Rechnung (ich bestand darauf, zumal es ja kein Date war), und Ben begleitete mich den kurzen Fußweg zu meiner Wohnung. Auf dem Gehsteig vor meinem Haus gab er mir einen Kuss auf die Wange und sagte: »Ich mag dich, Olivia. Wenn du so weit bist, dann … melde dich bei mir.«

Kapitel 23

Wie gebannt verfolgte ich den Abspann des Films. Ich saß immer noch da, als die Lichter im Kinosaal angingen und die anderen Besucher aufstanden und dem Ausgang zustrebten.

Ich hatte mich für eine Komödie entschieden, weil es guttat, über platte Witze zu lachen, auch wenn mein Lachen nicht von Herzen kam.

Es war jetzt drei Wochen her, dass ich Nate zum letzten Mal gesehen hatte, und noch immer hatte ich nichts von ihm gehört. Er hatte mich also definitiv beim Wort genommen, als ich ihm gesagt hatte, er solle nie wiederkommen. Meine Freunde, mit Ausnahme von Jo, erwähnten ihn mit keinem Wort, obwohl seine Abwesenheit spürbar war, wann immer wir zusammen ausgingen. Ich hatte Gewissensbisse deswegen. Nate war Cams, Adams und Bradens Freund, und jetzt musste er zu Hause bleiben, wann immer ich dabei war. Nicht dass Nate große Lust darauf zu haben schien auszugehen, jedenfalls nicht, wenn man Jo glauben konnte. Sie streute hin und wieder Informationen über ihn in unsere Unterhaltungen ein. Cam machte sich Sorgen um Nate. Er hatte ihn in letzter Zeit nicht oft gesehen, außer beim Judo, und beim letzten Training war Nate so verbissen, ja geradezu aggressiv gewesen, dass der Trainer ihn rausgeworfen und ihm nahegelegt hatte, sich anderswo abzureagieren, ehe er wiederkam.

Ich wollte das alles nicht hören. Es wäre viel einfacher für mich gewesen zu glauben, Nate ginge das Ende unserer Beziehung kein bisschen nahe. Aber Jo wollte, dass ich Bescheid wusste. Sie hielt es für ein gutes Zeichen. Sie glaubte, dass noch Hoffnung bestand.

Sie kapierte es einfach nicht.

»He, der Film ist vorbei!«, hörte ich plötzlich eine mürrische Stimme.

Ich sah zu dem jungen Kinomitarbeiter hoch. »Ja, und?«

»Und deswegen müssen Sie jetzt gehen«, gab er gereizt zurück.

Ich stand ganz langsam auf. »Sie gehen so richtig in Ihrem Job auf, was?«

Sein Blick hätte den Sensenmann persönlich erbleichen lassen. Ich schnappte mir meine Tasche und suchte das Weite.

Als ich das Foyer des Multiplexkinos betrat, schob ich mir seufzend die Haare aus dem Gesicht. Ich war an einem Freitagabend ins Omni Centre am Leith Walk gegangen, weil es mit dem Nach-vorne-Schauen nicht besonders gut funktionierte, wenn ich alleine zu Hause saß und mich an all die Freitagabende erinnerte, an denen ich mit Nate zusammen Filme geschaut hatte.

»Liv!«

Kurz vor der Treppe drehte ich mich um und sah Cole mit einigen Freunden am Getränkestand stehen. Er war leicht auszumachen, weil er so groß war. Er lächelte zu mir herüber, sagte etwas zu einem Freund und kam dann in meine Richtung geschlendert. Ich musste den Kopf ein wenig in den Nacken legen, um ihm ins Gesicht sehen zu können.

»Hey.« Ich grinste ihn an. »Wie geht's dir?«

Er zuckte mit den Achseln. »Ich wollte mir mit ein paar Freunden einen Film anschauen.« Er sah mir forschend ins Gesicht. »Und bei dir? Alles klar?«

»Alles super. Ich bin gerade auf dem Weg nach Hause.«

»Warst du alleine hier?«

»Es ist nicht verboten, alleine ins Kino zu gehen.«

Coles Augen wurden schmal. »Sicher.« Er schaute zurück zu seinen Freunden, ehe er sich wieder zu mir umwandte. »Komm, wir gehen zu uns. Jo und Cam sind heute Abend zu Hause, wir können uns alle zusammen einen Film reinziehen.«

»Cole, nein. Geh, und amüsier dich mit deinen Freunden.«

»Nee, ist schon gut. Die wollen sich einen Film ansehen, den ich schon kenne. Jo hat diese kleinen Schoko-Cupcake-Dinger gekauft, die du so gerne isst …«

Ich stöhnte. »Du kennst mich zu gut.«

Er grinste. »Na, dann los.«

Vielleicht wäre es ganz angenehm, noch nicht so bald in meine leere Wohnung zurückzukehren.

»Okay.«

Wir wandten uns zur Treppe. »He, Cole!« Als wir uns umdrehten, löste sich ein hübsches blondes Mädchen aus der Gruppe und sah mit großen fragenden Augen zu uns herüber. »Wo willst du hin?«

»Die ist aber hübsch«, raunte ich ihm zu. »Bist du sicher, dass du gehen willst?«

Cole machte eine wegwerfende Handbewegung. »Eigentlich stehe ich nicht auf die«, antwortete er ebenso leise.

»Du stehst nicht auf hübsch?«

»Sie nervt ein bisschen.«

»Coooole?«, rief die Blonde weinerlich. Sie hatte eine unglaublich durchdringende Stimme.

»Ah ja, jetzt verstehe ich dich.«

Er lachte auf. »Wir sehen uns später, okay?«, rief er seinen Freunden zum Abschied zu.

Einer der Jungs drehte sich um und riss, sobald er mich sah, die Augen auf. »Scheiße, Cole, legst du die flach, oder was?«

Cole funkelte ihn finster an. »Del, warum drehst du dich

nicht wieder um und lässt deinen Arsch reden? Dann müssen wir den Scheiß, den du verzapfst, wenigstens nicht ernst nehmen.«

Daraufhin lachten die anderen und knufften besagten Del schadenfroh in die Seite. Cole nahm mich beim Ellbogen und ging mit mir die Treppe hinunter.

Ich erstickte fast vor Lachen. »Ich weiß, eigentlich müsste ich dir jetzt sagen, dass du so was nicht sagen sollst, aber … du wirst Cam immer ähnlicher, das ist zu komisch.«

Cole freute sich sichtlich über diese Bemerkung. Er versuchte, es zu verbergen, aber die Röte, die ihm den Hals hinaufstieg, und das Zucken seiner Mundwinkel verrieten ihn. Ich verstand ihn gut. Cam war ein Held, der ihn und seine Schwester aus einem trostlosen Leben gerettet hatte. Er war Coles absolutes Idol.

Schweigend gingen wir den Leith Walk hinunter, bis mir irgendwann das hübsche blonde Mädchen wieder einfiel, das Cole mit solch unverhohlener Faszination angeschaut hatte. »Also, wenn du nichts für die weinerliche Blonde übrighast, gibt es vielleicht eine andere?«

Cole wurde rot, überraschte mich aber, indem er, den Blick auf den Boden geheftet, antwortete: »Es gibt da jemanden, aber ich bin zu jung für sie. Außerdem steht sie auf jemand anderen, glaub ich.«

Ich empfand eine tiefe Zuneigung für ihn. »Du weißt wirklich, wie man das Selbstvertrauen einer Frau aufbaut.«

Er grinste flüchtig, doch dann musterte er mich forschend. »Ich hab mitgekriegt, wie Jo und Cam sich unterhalten haben. Ich weiß das von dir und Nate und was er abgezogen hat. Ich hab ihm gesagt, mit Idioten und Arschlöchern will ich nichts zu tun haben, und er ist beides, deswegen bin ich fertig mit ihm.«

Aus unerfindlichen Gründen tat Nate mir leid. »Cole, ich

weiß deine Loyalität zu schätzen, aber Nate ist dein Freund. Er mag dich sehr gern. Wirf das nicht wegen mir weg.«

»Aber er hat sich dir gegenüber total beschissen verhalten.«

»Ja, das stimmt. Und ich bin deswegen auch stinksauer auf ihn. Aber bitte sei du nicht auch sauer.«

Cole schwieg, doch schließlich nickte er. »Ich glaub, ihm geht's ziemlich mies. Er sieht ganz schön scheiße aus.«

»Das ist jetzt schon das dritte Mal, dass du so einen Ausdruck in den Mund nimmst, ist dir das eigentlich klar?«

Er zuckte gleichmütig mit den Achseln.

»Na schön, ich überlasse es Jo, deswegen mit dir zu schimpfen. Lass uns über was weniger Deprimierendes reden. Was macht die Schule?«

»Du meinst, das ist weniger deprimierend?«

»So schlimm kann es ja wohl nicht sein.«

Schon wieder ein Achselzucken.

»Also gut. Was macht die Kunst?«

Bei dem Thema taute er sofort auf. »An meinem achtzehnten Geburtstag will ich mir ein Tattoo stechen lassen. Ich hab schon jede Menge Entwürfe gemacht.«

»Aha? Dann willst du also nach wie vor Tattookünstler werden?«

»Ja, hat Jo es dir nicht erzählt?«

»Was denn?«

»Der Cousin von einem Freund von Adam hat ein Tattoostudio in Leith. In den Sommerferien darf ich da ein paar Tage pro Woche arbeiten. Nach der Schule kann ich vielleicht eine Ausbildung anfangen. Wenn er mich gut findet. Er hat gesagt, ich soll meine Skizzen aufheben und eine Mappe zusammenstellen.«

»Das ist toll. Respekt, du hast dein Leben tausendmal besser im Griff als ich mit fünfzehn.«

Er schnaubte. »Sag das mal Jo. Sie will, dass ich erst aufs College gehe.«

»Vielleicht wäre das nicht das Schlechteste.«

»Mal sehen. Ich hab ja noch Zeit, auch wenn sie das wahrscheinlich anders sieht.«

»Sie möchte nur, dass dir alle Möglichkeiten offenstehen, Cole.«

»Hm.« Er nickte, und seine Miene hellte sich ein wenig auf. »Weiß ich doch.«

Wir unterhielten uns über die Schule, über Filme und Bücher, und der kurze Fußweg verging wie im Flug. Cole war meistens ziemlich wortkarg, und ich war stolz, dass er mich zum Kreis seiner engen Freunde zählte, denen gegenüber er sich öffnen konnte.

Bei Cam und Jo schloss Cole die Wohnungstür auf und rief: »Bin wieder da!«

»Wir sind in der Küche!«, kam Jos Antwort.

Cole rümpfte die Nase. »Da kriegen mich keine zehn Pferde rein«, raunte er mir zu. »Wenn sie glauben, dass sie allein sind, werden sie manchmal so … schmusig.«

Ich lachte leise und ging hinter ihm her ins Wohnzimmer. Plötzlich blieb er wie angewurzelt stehen, und ich musste einen Schritt zur Seite machen, damit ich an ihm vorbeisehen konnte.

Wäre ein Bus durch die Wand gebrochen und in mich hineingerast, hätte mein Schock nicht größer sein können. Nate saß da. Unsere Blicke trafen sich, und Nate stand im Zeitlupentempo vom Sofa auf. Nachdem ich eine Weile wie vom Donner gerührt dagestanden hatte, erlaubte ich mir, ihn zu mustern. Mit seinem struppigen Bart und den dunklen Ringen unter den Augen wirkte er müde und ungepflegt. Das war absolut untypisch für ihn.

»Tut mir leid, Liv«, entschuldigte Cole sich leise bei mir. »Ich wusste nicht, dass er hier ist.«

»Schon gut.«

»Wie …?« Nate machte einen Schritt auf mich zu, und ich wich reflexartig zurück. Er blieb stehen und schluckte schwer, während er mich fast gierig betrachtete. »Wie geht es dir?«

Ehe ich mir irgendeine Antwort auf diese unfassbar dämliche Frage zurechtlegen konnte, hörten wir hinter uns im Flur das Klackern von Absätzen. Ich drehte mich um und beobachtete durch zusammengekniffene Augen, wie eine große Rothaarige in einem tief ausgeschnittenen Tanktop und Röhrenjeans auf Zwölf-Zentimeter-Highheels ins Wohnzimmer gestöckelt kam.

»Das Bad ist der Hammer!« Sie quittierte meine Anwesenheit mit einem höflichen Lächeln und ging dann zu Nate. Sie schlang einen durchtrainierten Arm um seine Hüfte und drückte ihre Brüste an seine Seite. »Deine Freunde haben eine echt schöne Wohnung.«

Eine Hitze überkam mich, wie ich sie noch nie zuvor in mir gespürt hatte. Es war, als würde ein Feuer in meiner Brust lodern, dessen Flammen bis in meinen Hals hinaufzüngelten, so dass ich kein Wort herausbrachte. Ich stand einfach nur da und starrte die beiden in ohnmächtiger Eifersucht an.

»Liv?«

Beim Klang von Jos Stimme fuhr ich herum. Sie stand im Türrahmen und wirkte völlig überrumpelt. »Was machst du denn …?«

»Ich wollte gerade gehen«, unterbrach ich sie und drängte mich eiligst an ihr vorbei. Ich reagierte nicht, als sie besorgt meinen Namen rief, sondern stürzte aus der Wohnung und die Treppe hinunter. Ich hörte, wie hinter mir die Wohnungstür aufging, rannte aber weiter. Ich musste unbedingt weg – irgendwohin, wo ich allein war, damit ich ungestört meinen düsteren Gedanken nachhängen und Nate Sawyer zum Teufel wünschen konnte.

»Olivia!«

O *nein.*

»Olivia, warte«, knurrte Nate hinter mir. Ziemlich dicht hinter mir. Zu dicht.

Seine Hand schloss sich um meinen Arm, und ich kam abrupt zum Stillstand. Ich fuhr zu ihm herum.

Er stand ein paar Stufen über mir, schwer atmend und mit panikverzerrtem Gesicht. »Liv, geh nicht.«

Ich riss meinen Arm los und sehnte mich gleich darauf nach der Berührung zurück. »Geh wieder rein, Nate.« Meine Miene war die pure Verachtung. »Ich hätte ja wissen müssen, dass du dich nicht lange unterkriegen lässt.«

Zu meinem Erstaunen wurden seine Augen hart. Es sah fast nach Empörung aus.

Entschuldigung? Welches Recht hatte *er*, empört zu sein?

»Wer im Glashaus sitzt«, gab er zurück, kam eine Stufe tiefer und blieb vor mir stehen. »Ich habe das von dir und deinem Doktoranden gehört.« Er taxierte mich von oben bis unten. »Ich gehe mal davon aus, dass du es ihm so richtig besorgt hast und er jetzt die Früchte meiner Arbeit erntet.«

Ein Schlag in die Magengrube hätte sich nicht schlimmer anfühlen können. Wahrscheinlich hätte der sogar längst nicht so weh getan.

Als Nate meine Miene sah, huschte etwas über sein Gesicht. Er raufte sich die langen Haare und ballte dann die Hand zur Faust. »Scheiße, Liv. Entschuldige«, sagte er rau. »Das war nicht so gemeint.«

Ich wandte mich zum Gehen und wurde prompt wieder festgehalten.

»Lass mich los«, fauchte ich.

Doch stattdessen zog er mich an sich. Der vertraute Geruch und das Gefühl seines Körpers weckten eine qualvolle Sehnsucht in mir. »Sag mir erst, dass es dir gutgeht.«

Ich entspannte mich in der Hoffnung, dass er mich dann loslassen würde. »Mir geht es gut«, antwortete ich leise. »Geh zurück zu deiner Freundin, Nate.«

Nates Griff um meinen Arm verstärkte sich. »Das ist nicht meine Freundin.«

Ich schüttelte den Kopf. »Ich meinte nicht die Rothaarige. Ich meinte das Gespenst, das du über deinem Herzen tätowiert hast.«

Daraufhin gab er meinen Arm frei.

Ich schlug die Augen nieder, um seinen gequälten Ausdruck nicht sehen zu müssen. Dann wandte ich mich ab und verschwand die Treppe hinunter, aus seinem Leben.

Kapitel 24

Nate wiederzusehen war, als hätte ich eine frisch verheilte Verletzung zu früh belastet. Kaum war ich zu Hause, musste ich sofort Eis auflegen.

Deshalb war ich froh über die Ablenkung, als am nächsten Abend, während ich gerade mit Dad und Dee beim Abendessen saß, Ben anrief.

»Ich weiß, so gut kennen wir uns nicht, aber ich werde das aus rein egoistischen Motiven mal ignorieren, damit ich dich um einen riesengroßen Gefallen bitten kann.«

Das weckte meine Neugier. Ich stützte den Ellbogen auf den Küchentresen meines Vaters und ließ mich auf das Gespräch ein. »Was für einen denn?«

»Meine Schwester hat mich irgendwie dazu überredet, am Samstag auf meine Nichte Zoe aufzupassen. Ich liebe meine Nichte, aber sie ist acht und ein echtes Mädchen, und als ich sie gefragt habe, was sie gerne machen möchte, hat sie gesagt, sie will sich irgendeine Disney-Prinzessinnen-Musikschnulze im Kino ansehen. Zoe kriegt immer ihren Willen, ich komme also aus der Nummer nicht mehr raus. Ich hatte gehofft, du könntest vielleicht mitkommen, damit ich mir nicht wie ein Perverser vorkomme, der freiwillig in einen Disneyfilm geht, sondern …«

»Wie ein Vater, der seinen elterlichen Pflichten nachkommt?«

»Exakt.«

Ich lachte. »Dann habe ich aber was gut bei dir.«

»Das heißt, du kommst mit?«

»Klar. Aber es ist ein Gefallen. Kein Date.«

»Kein Date. Da sind wir uns vollkommen einig. Nichts erstickt romantische Gefühle wirkungsvoller als ein Musical für junge Mädchen.«

Die nächste Minute lang besprachen wir die Einzelheiten, wo und wann wir uns treffen wollten. Als ich aufgelegt hatte, merkte ich, dass Dad mich neugierig ansah.

»Was?«

»Bist du dir sicher, dass das eine gute Idee ist?«

»Wir sind bloß Freunde«, versicherte ich ihm.

»Den Satz kenne ich irgendwoher.«

»Mick«, mahnte Dee mit einem tadelnden Blick.

Dad verzog das Gesicht. »Tut mir leid, Schatz, aber dein Gesichtsausdruck jetzt gerade sagt mir, dass es *keine* gute Idee ist, wenn du dich mit einem anderen Mann verabredest. Und übrigens«, er fuhr mit der Gabel über seinen Teller und vermied es, mich anzusehen. »Jo hat mir gesagt, dass es Nate gar nicht gutgeht. Sie meinte, er sieht furchtbar aus. Und anscheinend hat er versucht, dich zu erreichen.«

Ich kniff die Augen zusammen. »Ich dachte, du magst Nate nicht.«

»Das war auch so, bis du mir mehr über ihn erzählt hast.«

»Dad …«

»Er war noch sehr jung, als seine Freundin gestorben ist«, fiel mein Vater mir ins Wort. Er schob seinen Teller von sich und lehnte sich zu mir. »Ich kann mir nicht vorstellen, wie hart es sein muss, in so jungen Jahren einen geliebten Menschen zu verlieren. Aber ich kann mir vorstellen, dass es einen lähmt. Nate hatte nie die Gelegenheit, Erfahrungen zu sammeln, die ihm hätten helfen können, mit dem Verlust umzugehen. Oder auch nur mit der Angst vor Verlust. Vielleicht braucht er einfach Zeit.«

Dads Verständnis und Einfühlungsvermögen überraschten mich nicht. Ich fühlte eine dumpfe Leere in der Brust, als ich meine Hand auf seine legte. »Dad, selbst wenn Nate es sich morgen anders überlegen und mir sagen würde, dass er uns beiden eine Chance geben will … ich würde trotzdem nein sagen.«

»Ich dachte, du liebst ihn.«

»Das tue ich auch. Ich liebe ihn sogar sehr. Aber Nate wird sich niemals erlauben, mich so zu lieben, wie er Alana geliebt hat. Sie war seine große Liebe. Ich will auch für jemanden die große Liebe sein, Dad. Ich finde, ich habe es verdient, dass der Mann, mit dem ich zusammen bin, mich genauso liebt wie ich ihn.«

***

Am Samstagnachmittag traf ich mich mit Ben und seiner bezaubernden Nichte vor dem Eingang des Omni Centre. Zoe war ganz zappelig vor Aufregung, und Ben schien sehr erleichtert, mich zu sehen. Mit gerunzelter Stirn hörte er seiner Nichte zu, so sehr musste er sich anstrengen, Zoe zu folgen, die ihm in einem nicht enden wollenden Wortschwall von ihrer schweren Entscheidung berichtete, irgendeine international bekannte Boygroup auf den Status ihrer *zweit*liebsten Boygroup zurückzustufen und den Status ihrer *Lieblings*band einer anderen, cooleren Band zu verleihen, die gerade die Charts stürmte.

Da ich, ehe ich dreizehn wurde, selbst eine Boygroup-Phase durchlaufen hatte, kannte ich mich mit dem Thema aus und hörte Zoe aufmerksam zu, während wir gemeinsam das Kino betraten. Als sie bei den Snacks stand und hin und her überlegte, welche Süßigkeiten sie nun haben wollte, drückte Ben meine Schulter und raunte mir ein »Dankeschön« ins Ohr, so dass ich ein Kribbeln überall auf meiner Haut spürte.

Ich lächelte erleichtert. Vielleicht würde ich ja doch über Nate hinwegkommen.

Der Film war genauso schlecht, wie Ben und ich befürchtet hatten, aber Zoe war hellauf begeistert. Als wir das Kino verließen, lachte und sang sie immer noch. In kindlicher Unschuld schlängelte sie sich zwischen uns und nahm erst meine Hand, dann die ihres Onkels. Wir gaben das Bild einer perfekten Familie ab.

Die Situation war mir ziemlich unangenehm, zumal Ben und ich uns ja kaum kannten. Er allerdings hatte damit keine Probleme, wenn ich sein Schmunzeln richtig interpretierte. Im Gegenteil, er schien die Sache sogar zu genießen. Der argwöhnische Teil meiner Persönlichkeit fragte sich, ob das womöglich von Anfang an sein Plan gewesen war. War der gute Ben es leid gewesen, auf meinen Anruf zu warten, und hatte deshalb beschlossen, die Sache ein wenig zu beschleunigen?

Ich drückte Zoes Hand und sah gleichzeitig Ben kopfschüttelnd an. Wir waren auf dem Weg zu McDonald's, weil wir Zoe versprochen hatten, dort mit ihr zu Mittag zu essen.

»Du benutzt ein Kind, um an ein Date mit mir zu kommen?«, flüsterte ich über Zoes Geträller hinweg.

Ben strahlte mich an. »Wie kommst du denn auf die Idee?«

»Tu bloß nicht so.« Ich verdrehte die Augen. »Du wusstest genau, dass du mich mit deiner süßen Nichte mürbe machen kannst.«

Ben warf lachend den Kopf zurück, was Zoe dazu veranlasste, zu uns hochzuschauen und zu fragen, was los sei.

Bevor ich zu einer Erklärung ansetzen konnte, ließ der Klang einer vertrauten Stimme mich erstarren.

»Olivia?«

Immer noch Hand in Hand, blieben wir stehen. Vor uns auf dem Gehweg stand Nate. Passanten drängelten sich ungehalten an uns vorbei, aber wir standen wie gelähmt da und starrten einander an. Nates Gesicht war unrasiert, er hatte seine fettigen Haare unter einem Beanie versteckt, unter seinen Augen lagen dunkle Schatten. Die waren mir schon beim letzten Mal aufgefallen. Mein Herz machte einen schmerzhaften Satz in meiner Brust.

Die Schmerzen wurden noch größer, als Nate Zoe und Benjamin registrierte und ihm daraufhin alle Farbe aus dem Gesicht wich.

»Ben, das ist Nate. Nate, das sind Ben und seine Nichte Zoe.«

»Hi!«, rief Zoe fröhlich.

Normalerweise hätte Nate, der geborene Charmeur, das bezaubernde kleine Mädchen angelacht und ebenso fröhlich zurückgegrüßt. Doch als er von Ben zu Zoe und dann zu unseren verschränkten Händen sah, geschah etwas mit ihm. Auf seinen Zügen spiegelte sich Entsetzen.

»Nate?«, flüsterte ich und machte einen Schritt auf ihn zu.

»Ich, äh, ich ...« Sein Blick war fahrig, und er atmete flach. »Ich.« Er hob eine Hand. Sie zitterte.

»Nate?«

»Entschuldigt mich.« Er schob sich an uns vorbei und eilte davon, als wäre ihm ein Rudel Höllenhunde auf den Fersen.

Ich sah ihm nach und ärgerte mich maßlos darüber, dass ich mir überhaupt Sorgen um ihn machte, während ich gleichzeitig überlegte, was um alles in der Welt mit ihm los gewesen war.

»Na, da steckt bestimmt eine Geschichte dahinter«, stellte Ben leise fest.

»Ja, kann schon sein.«

»Magst du sie mir erzählen?«

Ich schielte zu Zoe, deren verdatterter Blick zwischen uns hin- und herpendelte. »Eher nicht.«

»Okay, kann ich verstehen. Ein Vorschlag: Wie wär's, wenn wir das da eben vergessen – was auch immer es war –, zu McDonald's gehen, ein paar Industrielebensmittel in uns reinstopfen und du dich dann von mir dazu überreden lässt, auf die Hochzeit meiner Kusine mitzukommen. Als mein Date?«

Ich sah ihn mit offenem Mund an.

Erst als Zoe lachte und aufgeregt an meiner Hand zog, erwachte ich aus meiner Erstarrung. »Sag ja! Ich bin Blumenmädchen, dann kannst du mein Kleid sehen!«

Ich strafte Ben mit einem anklagenden Blick. Seine Lippen zuckten verräterisch. »Du bist ein teuflisches Genie.«

***

Ich konnte mir nach wie vor nicht erklären, was in Nate vorgegangen war, als er mich mit Ben und Zoe gesehen hatte, aber ich wusste, dass er das Bedürfnis hatte, mit mir darüber zu reden. Er fing nämlich wieder an, mich anzurufen. Großartig. Jetzt musste ich *permanent* Eis auf meine Verletzung legen.

Der erste Anruf kam noch am selben Abend. Als ich nicht ranging, schickte er mir eine SMS, ich möge ihn zurückrufen. Am nächsten Tag rief er wieder an. Er hinterließ eine Nachricht auf meiner Mailbox, die ich nicht abhörte. Am Tag darauf kam erneut ein Anruf. So hatte ich meine tägliche Dosis Nate.

Es kostete mich all meine Selbstbeherrschung, nicht ranzugehen. Ich *wollte* rangehen, denn ganz offensichtlich bereute er, mich verletzt zu haben. Ich verstand das. Ich konnte es nachvollziehen. Aber es änderte nichts daran, dass es immer noch zu schmerzhaft war, ihn um mich zu haben.

Folglich beschloss ich, am nächsten Samstag mit Ben auf die Hochzeit zu gehen.

Da sie anscheinend ein fester Bestandteil jeder anständigen schottischen Trauung waren, schallten auch diesmal die Proclaimers durchs Hochzeitszelt, während ich und Ben an unserem Tisch saßen. Ich hatte ihm bereits hundertmal gesagt, er solle ruhig aufstehen und sich unter die Gäste mischen, woraufhin er jedoch erklärt hatte, der Sinn und Zweck, eine Fremde zu einer Hochzeit mitzubringen, bestehe gerade darin, dass man eine Entschuldigung hatte, genau das *nicht* tun zu müssen.

Er bewies mir mehr und mehr, dass er humorvoll und charmant war – und dass ich eine Vollidiotin wäre, wenn ich es nicht wenigstens mit ihm versuchte.

»Kann ich dir noch was zu trinken bringen?«, fragte Ben und deutete auf mein fast leeres Champagnerglas.

Ich schüttelte bedauernd den Kopf. »Bei meiner letzten Hochzeit habe ich mich betrunken und Dinge gesagt, dich ich inzwischen bereue.«

Er lächelte spitzbübisch. »Jetzt will ich erst recht, dass du mehr trinkst.«

Ich lachte. »Nein, das willst du nicht.«

»Und … was hast du damals gesagt?«

»Es ist weniger das, was ich gesagt habe, als das, wozu das Gesagte am Ende geführt hat.«

»Nämlich?«

»Ein gebrochenes Herz.« Kaum waren die Worte heraus, bereute ich sie. »Ben, entschuldige. Ich bin die schlimmste Hochzeitsbegleitung aller Zeiten.«

Er schenkte mir ein verständnisvolles Lächeln. »Weißt du, womit du es wiedergutmachen könntest?«

»Womit?«

»Erzähl mir von ihm. Nate«, vermutete er richtig. »Was ist passiert? Vielleicht hilft das.«

Ich schüttelte den Kopf. »Das willst du dir nicht antun.«

»Und wenn ich den Anfang mache?«

Natürlich siegte meine Neugier. Ich hätte zu gerne die Geschichte von Bens Liebeskummer gehört, doch gerade als ich ihn bitten wollte zu erzählen, klingelte mein Handy. Mit einem entschuldigenden Lächeln holte ich es aus meiner Clutch.

Als ich den Namen auf dem Display las, bekam ich am ganzen Körper eine Gänsehaut.

Nate.

Wusste er, dass ich mit Ben verabredet war? Rief er deshalb an? Erbost darüber, dass er sich ständig in mein Leben einmischte, steckte ich das Handy wieder weg.

Ben deutete mit dem Kinn auf meine Clutch. »War er das?«

»Woher weißt du das?«

»Weil ich mir ziemlich sicher bin, dass ich auch jedes Mal so ein Gesicht mache, wenn meine Ex versucht, mich anzurufen.«

»Was für ein Gesicht?«

»Ein ›Am liebsten würde ich dich in Stücke reißen, warum lässt du mich nicht endlich in Ruhe, du blöde Kuh‹-Gesicht. Oder in deinem Fall: ›du blöder Arsch‹.«

Ich lachte humorlos und zuckte dann mit den Schultern. »Nah dran. Eigentlich ist es eher so, dass ich mich krampfhaft bemühe, wieder der Mensch zu werden, der ich war, bevor das alles passiert ist, aber jedes Mal, wenn jemand seinen Namen sagt oder er anruft, muss ich daran denken, dass ich vermutlich nie wieder so sein werde, weil … er mich unwiederbringlich verändert hat.«

Eine Zeitlang saßen wir da und schwiegen.

Schließlich nahm Ben meine Hand und strich mit dem Daumen über meine Fingerknöchel. »Irgendwann wirst du morgens beim Aufwachen nicht mehr als Erstes an ihn denken.«

»Versprochen?«

»Versprochen.«

Mein Handy klingelte erneut, und der Moment war dahin. Mit einem frustrierten Knurren griff ich nach meiner Clutch, um es auszuschalten. Doch diesmal war es Jo.

Ich weiß nicht genau, warum, aber ich bekam ein ganz flaues Gefühl im Magen.

»Tut mir leid«, sagte ich, an Ben gewandt. »Das ist eine Freundin. Ich glaube, ich sollte besser rangehen.«

»Klar.«

»Jo?«, sagte ich, das Handy am Ohr.

»Liv?« Sie klang abgehetzt. »Liv, Nate hat versucht, dich zu erreichen. Es ist was passiert.«

»Was denn?« Von einer Sekunde zur nächsten war ich in heller Panik. »Geht es ihm gut?«

»Er ist … Der Notarzt war da. Sein Vater musste ins Krankenhaus gebracht werden.«

***

Ich musste Ewigkeiten auf das Taxi warten, deswegen dauerte es nach Jos Anruf noch fast eine Stunde, bis ich endlich am Krankenhaus ankam. Die ganze Zeit über flehte und bettelte ich jedes höhere Wesen, das mir einfiel, an, es möge Nathan nicht im Stich lassen. Jo hatte gesagt, es bestehe Verdacht auf Herzinfarkt.

Ich warf dem Taxifahrer das Fahrgeld hin, sprang aus dem Wagen und rannte zum Haupteingang des Krankenhauses.

Bitte, bitte, mach, dass es Nathan gutgeht. Bitte.

Er war so ein netter Mann.

Noch einen Verlust kann Nate nicht verkraften.

Ich stürzte zur Anmeldung, um mich nach Nathan zu erkundigen, doch dann hörte ich Nate meinen Namen rufen. Ich blieb stehen und sah mich um. Nate stand in der Mitte des vollbesetzten Wartebereichs. Er war bleich und erschöpft.

Trotzdem konnte ich mich nicht an ihm sattsehen. Der Bart war verschwunden, aber seine Augen waren immer noch so wunderschön wie früher, nur hatte er jetzt vor Sorge einen verkniffenen Zug um den Mund. Hinter ihm saßen Sylvie, Cam, Cole und Jo. Sylvie war dabei, ein Papiertaschentuch in kleine

Fetzen zu reißen. Wie sie mit großen Augen verzweifelt auf die Türen zu den OPs starrte, erinnerte sie mich an ein verängstigtes Tier.

»Nate.« Zögernd blieb ich vor ihm stehen. Ich wusste nicht, ob ich ihn umarmen sollte. Am liebsten hätte ich es getan. »Gibt es schon Neuigkeiten?«

Er schüttelte mit trüben Augen den Kopf. »Er ist im OP. Bisher ist noch niemand rausgekommen.«

Jetzt hielt mich nichts mehr. Ich überbrückte den Abstand zwischen uns mit einem letzten Schritt und schlang die Arme um ihn.

Nate lehnte sich an mich. Seine starken Arme legten sich um meine Taille, und er barg den Kopf an meinem Hals.

So blieben wir eine ganze Weile stehen.

***

»Die Angehörigen von Nathan Sawyer?«, fragte ein Arzt in die Runde.

Nate und seine Mutter schnellten von ihren Sitzen in die Höhe und eilten zu ihm. Ich warf einen Blick auf Jo, Cam und Cole, dann auf Peetie und Lyn, die kurz nach mir gekommen waren. Wir hatten stundenlang gewartet, und jetzt war in allen Gesichtern dasselbe zu lesen.

Hoffnung.

Verzweifelte Hoffnung.

Als ich Sylvie aufschluchzen hörte, wich mir die Luft aus den Lungen. Wie durch einen Nebel nahm ich wahr, dass Nate seine Mutter in die Arme schloss. Cam, der vor Sorge und Müdigkeit eingefallene Augen hatte, stand auf, ging zu seinem Freund und legte ihm eine Hand auf die Schulter. Nate schüttelte den Kopf und brachte ein dünnes Lächeln zustande.

Daraufhin sackte Cam in sich zusammen, als fiele eine Last

von ihm ab, und ich konnte wieder atmen. Er kam zu uns zurück und fuhr sich zitternd mit der Hand durchs Haar. »Nathan hat die OP überstanden. Sein Zustand ist stabil.«

***

»Klopf, klopf.« Ich setzte mein bestes Lächeln auf und steckte den Kopf durch den Türspalt.

Die letzten Tage über hatte ich mich Nate und seinen Eltern nicht aufdrängen wollen, aber am Montag ging ich früher von der Arbeit nach Hause, um es noch vor Ende der Besuchszeit in die Klinik zu schaffen.

Nathan war allein in seinem Krankenzimmer und schaute fern. Erst blinzelte er verblüfft, als er mich sah, doch dann breitete sich ein Lächeln auf seinem Gesicht aus. Da ich lange einen schwerkranken Menschen gepflegt hatte, war ich eine Meisterin darin, meine Reaktion auf die körperlichen Veränderungen, die eine Krankheit mit sich brachte, zu verbergen. Nathan wirkte geschrumpft, wie er so in seinem Bett lag. Seine Wangen waren hohl, und er hatte mehr Falten um den Mund als bei unserer letzten Begegnung.

»Was verschafft mir die Ehre?«, fragte er. Er setzte sich auf, wobei er auf die Schläuche achtgab, die ihn mit diversen Monitoren neben seinem Bett verbanden.

Ich legte die mitgebrachten Blumen auf den Nachttisch und holte mir einen Stuhl. »Ich habe mir Sorgen um Sie gemacht.«

»Ach was.« Er winkte ab. »Was ist schon ein kleiner Herzinfarkt?«

Ich sah ihn mahnend an.

»Ja. Sylvie fand das auch nicht komisch.«

Meine Mundwinkel zuckten. »Bringen Sie mich ja nicht zum Lachen. Ich versuche, streng zu sein.«

»Streng?«, wiederholte er beleidigt. »Streng? Ich muss für

den Rest meines Lebens Medikamente nehmen und auf all meine Lieblingsgerichte verzichten. Mein ganzes zukünftiges Leben sieht streng aus, da muss eine hübsche junge Frau nicht auch noch streng zu mir sein.«

»Also gut«, lenkte ich ein. »Dann verkneife ich es mir.« Verwirrt sah ich mich im Zimmer um. »Wo ist Sylvie?«

»Ach, die habe ich nach Hause geschickt. Sie war zu Tode erschöpft, aber sie wollte mich nicht allein lassen.« Er schnalzte mit der Zunge. »Ich musste den Arzt dazu anstiften, dass er sie überredet, nach Hause zu gehen und sich ein bisschen hinzulegen. Bestimmt bekomme ich später noch die Quittung dafür.«

Ich lachte. »Möchte ich wetten.«

»Nate ist unten und holt sich gerade einen Kaffee, falls Sie sich fragen …«

Meine Augen wurden schmal. »Sie wissen Bescheid.«

»Sie haben es nicht sehr gut verheimlicht, als Sie bei uns waren. Tut mir leid, dass es nicht geklappt hat … Was dann auch wohl die Frage aufwirft … weshalb Sie hier sind.«

»Ist es neuerdings verboten, jemanden am Krankenbett zu besuchen?«, fragte ich leicht gereizt zurück.

»Selbstverständlich nicht. Sie sind ein netter Mensch und waren vermutlich in Sorge um mich. Das weiß ich wirklich zu schätzen, trotzdem hege ich den Verdacht, dass Ihre Sorge in erster Linie meinem Sohn gilt. Womit wir schon zwei wären.« Er zog die Brauen zusammen. »Er vermisst Sie sehr.«

»Ich ihn auch«, gestand ich leise.

Hinter mir war ein Räuspern zu hören.

Ich drehte mich um. In der Tür stand Nate und rührte in einem Becher Kaffee. Sein Blick nagelte mich förmlich auf meinem Stuhl fest.

»Nate.« Endlich fand ich meine Stimme wieder. »Ich wollte nur kurz nach deinem Vater schauen. Ich gehe dann mal wieder.« Ich stand auf.

»Unsinn«, widersprach Nathan und gebot mir, mich wieder zu setzen. »Die Besuchszeit dauert noch eine halbe Stunde. Setzen Sie sich. Erzählen Sie was.« Er sah zu seinem Sohn. »Komm rein.«

Nate sah aus, als müsse er sich ein Lachen verkneifen, als er sich betont entspannt auf dem Stuhl neben mir niederließ.

Meine Augen verselbständigten sich und wanderten an seinen ausgestreckten Beinen entlang. Ich spürte ein Kribbeln, als mein Blick bei seinen Händen ankam. Nate hatte wunderschöne, männliche Hände mit grazilen und zugleich kräftigen Fingern, die vom Judo Schwielen hatten. Diese Mischung aus weich und rau hatte sich immer wundervoll angefühlt. Er trug ein T-Shirt, unter dem sich seine muskulösen Unterarme abzeichneten. Rasch wandte ich den Blick von der dicken Vene ab, die seinen Arm entlanglief. Ich hatte mit der Zunge ihre gesamte Länge erkundet.

Um nicht an Ort und Stelle zu kollabieren, richtete ich meine Aufmerksamkeit wieder auf Nathan.

Der beobachtete mich schmunzelnd.

Großartig. Selbst todkrank zog der Mann einen noch auf.

»Und, wie geht es Ihnen so, Olivia? Nate sagte, Sie treffen sich mit jemandem?« Seine Frage hatte einen eindeutig missbilligenden Unterton.

»Ich treffe mich mit niemandem«, gab ich leicht verärgert zurück. Strenggenommen traf ich mich ja auch nicht mit Ben. Jedenfalls noch nicht.

Das ließ Nate aufhorchen. »Nicht?«

Ich warf ihm einen raschen Blick zu, bevor ich mich wieder an seinen Vater wandte. »Wir waren nur ein paarmal zusammen weg.«

Nathan runzelte die Stirn. »So definiert man doch ›jemanden treffen‹.« Er sah zu seinem Sohn. »Wie siehst du das?«

»Finde ich auch«, pflichtete Nate seinem Vater in schroffem Tonfall bei. »Und es schien definitiv was Ernstes zu sein.«

Allmählich wurde es mir zu bunt. Ich stieß genervt die Luft aus. »Können wir vielleicht über was anderes reden?«

»Warum denn? Mir fällt nichts Interessantes ein.«

Ich stöhnte. Auf ein Wortgefecht mit zwei Sawyer-Männern hatte ich absolut keine Lust. »Gut, dann verabschiede ich mich. Nathan, ich bin wirklich froh, dass es Ihnen bessergeht.« Ich beugte mich zu ihm und gab ihm einen Kuss auf die Wange, wobei ich seine verdutzte Miene demonstrativ ignorierte.

Ohne Nate noch einmal anzusehen, verließ ich das Krankenzimmer.

»Olivia. Warte!«, rief er, als ich schon im Flur war.

Selbstverständlich wartete ich nicht.

Das war auch der Grund, weshalb ich plötzlich seinen harten Griff an meinem Arm spürte und ohne viel Federlesens in eine Besenkammer gezerrt wurde.

»Was soll das?«, keifte ich empört. Nates Atem streifte meine Wange, als er mich von innen gegen die Tür der Kammer drückte.

Statt mir zu antworten, küsste er mich.

Im ersten Moment war ich wie paralysiert, aber unter der Berührung seiner warmen, verführerischen Lippen ließ mein Schreck schon bald nach. Vielleicht lag es auch daran, dass sein Kuss nicht wild oder grob war, sondern sanft und sehnsuchtsvoll. Wie von selbst teilten sich meine Lippen, und bevor ich wusste, wie mir geschah, erwiderte ich seinen Kuss.

Nate war derjenige, der sich als Erster zurückzog. Atemlos presste er seine Wange an meine, hielt mit den Händen meine Oberarme umfasst und atmete meinen Duft ein. Wir waren uns ganz nahe. Er war überall, seine vertraute Kraft, sein Duft, sein Geschmack auf meiner Zunge, sogar das Reiben seiner Bartstoppeln an meiner Wange.

Ich schloss die Augen. In meinen Wimpern hingen Tränen.

Vielleicht hatte ich mich geirrt. Vielleicht war es doch nicht das Schmerzhafteste gewesen, ihn zu verlieren. Während ich so dastand, in seinen Armen und mit der Gewissheit, dass er nie wirklich mir gehören würde, kam mir der Gedanke, dass es wohl weniger der Verlust an sich war, der schmerzte, sondern die Sehnsucht nach ihm.

»Ich habe als Erstes an dich gedacht«, gestand er mir heiser. Seine Worte vibrierten in meinem Ohr und jagten mir einen Schauer über den Rücken. »Du warst die Einzige, die ich bei mir haben wollte.«

Ich schluckte, um den brennenden Kloß in meiner Kehle loszuwerden. »Tut mir leid, dass ich nicht rangegangen bin, als du angerufen hast«, flüsterte ich.

»Nein. Du bist gekommen, das allein zählt.«

Weil ich dringend Abstand zu ihm brauchte und die Spannung zwischen uns auflockern musste, flüchtete ich mich in eine flapsige Bemerkung. »Darüber könnte man jetzt sicher den ein oder anderen unpassenden Witz machen.«

Er lachte dicht an meiner Haut, bevor er den Kopf hob. »Scheiße, Liv. Du hast mir so gefehlt.«

»Nate.« Ich drückte sanft gegen seine Schultern, bis er verstand. Er ließ meine Arme los, und sofort fühlte ich mich beraubt. »Ich freue mich wirklich, dass dein Dad wieder gesund wird, aber ich muss jetzt gehen.«

»Liv, bitte …«

»Ben wartet«, log ich aus einem Impuls heraus. Auf einmal hatte ich Angst, dass Nate mit seinen Anrufen und dem Geständnis, er habe mich vermisst, auf etwas ganz Bestimmtes hinsteuerte. Und ich wusste nicht, ob ich, wenn es tatsächlich dazu käme, stark genug wäre, das Richtige zu tun. Besser war es, ihm gar nicht erst die Gelegenheit zu geben, mich in eine solche Lage zu bringen. »Wir sind verabredet.«

Wir standen schweigend im Dunkeln.

Und dann …

»Wir müssen reden.«

»Nein. Das müssen wir ganz sicher nicht.« Ich tastete nach der Türklinke und schlüpfte hinaus auf den Gang. Er kam mir nicht hinterher.

Er hatte wohl begriffen, dass es zwecklos war, sich weiter um mich zu bemühen.

Kapitel 25

Anscheinend hatte er es doch nicht begriffen.

Eigentlich hätte es mich nicht überraschen dürfen, als ich an dem Abend von der Arbeit kam und Nate in meiner Wohnung antraf. Ich knallte die Tür zu und streckte die Hand aus. »Ich will meinen Schlüssel wiederhaben.«

Bei meinem Eintreten war Nate aufgestanden, und nun kam er mit wiegenden Schritten und einem verspielten Funkeln in den Augen auf mich zu. Man konnte ganz kurz seine Grübchen sehen, und ich verzog das Gesicht wie eine Fünfjährige, die sich auf einen Wutanfall vorbereitet. Ich wollte nicht, dass er atemberaubend und charmant war! Und seine Grübchen wollte ich schon gar nicht sehen.

»Den habe ich verschluckt.«

»Hast du nicht. Wenn du ihn verschluckt hättest, hätte ich eine Leiche in meiner Wohnung gefunden.«

Nate blieb stehen und hob eine Braue. »Muss ich mir jetzt Sorgen machen, weil dich die Vorstellung so gar nicht zu beunruhigen scheint?«

Meine Nasenflügel blähten sich. Wusste ich es doch! Er wollte mich mit seinem Charme um den Finger wickeln.

Ich musste ihn loswerden, sofort.

»Gib mir den Schlüssel.«

Nate zuckte mit den Achseln. »Auf keinen Fall.«

»Das musst du aber«, sagte ich empört. »Es ist mein Schlüssel.«

»Warum reden wir die ganze Zeit über den Schlüssel?«

»Wir haben noch nicht mal angefangen, über den Schlüssel zu reden.« Mein rechter Fuß machte einen Schritt rückwärts, als Nate auf mich zukam. Seine Lider waren halb geschlossen. Sexy. Sein Verführergesicht. »Nate …«

»Ich liebe dich.«

Ich blieb wie angewurzelt stehen. Seine Worte waren wie Fäuste, die klaffende Löcher in meine Brust schlugen.

Nate nutzte meine Erstarrung, um sich mir bis auf wenige Zentimeter zu nähern. Wir berührten uns nicht, aber das war auch gar nicht nötig. Die Hitze seines Körpers strich mir über die Haut.

»Ohne dich war mein Leben die reinste Hölle«, gestand er zerknirscht und mit leiser Stimme. »Ich dachte, ich schaffe es. Ich dachte, ich kann uns beide belügen. Aber als ich dich letzte Woche auf der Straße gesehen habe, mit diesem Typen und dem kleinen Mädchen … das war, als würde ich einen Blick in die Zukunft werfen. In dem Moment habe ich überhaupt erst richtig begriffen, was es bedeutet, dass ich dich verlassen habe. Dass ich das mit uns nicht wahrhaben wollte. Es bedeutet nämlich, dass ich zusehen muss, wie du mit jemand anderem glücklich wirst und mit jemand anderem irgendwann mal Kinder kriegst.« Wie unter Schmerzen schloss er die Augen. »Das hat mich fast zerrissen – zu sehen, wie du mit diesem Kerl die glückliche Familie spielst. Gott, Liv, ich habe fast keine Luft mehr gekriegt, so sehr hat es weh getan.«

Ich musste der Situation ein Ende machen. Es war einfach nicht genug.

Kopfschüttelnd machte ich einen Schritt zur Seite, damit er mich nicht in eine Ecke drängen konnte. »Nate, geh jetzt.«

Er sah mich eindringlich an. »Du willst das alles nicht hören. Du bist noch nicht so weit«, schloss er. »Aber ich will, dass du weißt, dass ich um dich kämpfen werde. Ich mache nicht noch mal den Fehler, dich zu verlassen, glaub mir. Der einzige Mann in deiner Zukunft bin ich, Liv. Die einzigen Kinder, die du mal haben wirst, sind meine.«

Nate öffnete die Wohnungstür, steckte die Hand in seine Tasche und zog meinen Schlüssel hervor. Er hielt ihn mir hin, und ich nahm ihn zögernd. Sein Verhalten verwirrte mich. »Ich muss nicht unangemeldet bei dir reinplatzen. Du willst mich nicht in deiner Wohnung haben, und das verstehe ich. Aber ich werde draußen vor deiner Tür stehen und dich so lange nerven, bis du nachgibst.« Ein Lächeln flog über sein Gesicht. »Bis du mich wieder reinlässt.« Dann verdüsterte sich urplötzlich seine Miene, als wäre eine Sturmwolke aufgezogen. »Aber ich warne dich. Wenn du diesen Benjamin an dich ranlässt, wird der Kampf schmutzig.«

Ehe ich etwas erwidern konnte, schlüpfte Nate aus der Tür, und ich blieb innerlich zerrissen zurück.

Ein Teil von mir wollte ihm hinterherrufen, er solle zurückkommen und diese drei kleinen Worte, die ihm herausgerutscht waren, noch einmal sagen. Und noch einmal und noch einmal und noch einmal.

Aber ein größerer Teil von mir wusste, dass das immer noch nicht reichte. Vielleicht war es egoistisch, aber es genügte mir nicht, dass Nate mich liebte. Er sollte mich so sehr lieben, wie ich ihn liebte. Es sollte eine Liebe sein, die so stark war, dass sie bis in alle Ewigkeit dauern würde.

Eine Liebe wie die, die er für Alana empfand.

***

Keine Ahnung, was ich erwartet hatte. Aber weil Nate alles im Leben so locker nahm, hatte ich nicht damit gerechnet, dass er wirklich um mich kämpfen würde. Insgeheim hatte ich sogar *gehofft*, er würde es nicht tun. Dann wäre es leichter für mich gewesen, standhaft zu bleiben.

Am Tag nach seinem unangekündigten Besuch in meiner Wohnung bekam ich einen kleinen Korb mit Pralinen aus meinem Lieblingspralinengeschäft in die Bibliothek geliefert. Bei den Pralinen lag eine Karte, auf der stand:

Irgendwo in der Zukunft wartet eine Verabredung mit flüssiger Schokolade auf uns … Ich werde Dich damit anmalen und so gründlich ablecken, bis Du … Wie sagen die Franzosen so schön? La Petite Mort. *Ich liebe Dich. Nate.*

Nicht nur hatte er keinerlei Skrupel, so etwas auf eine Karte zu schreiben, die der Lieferant jederzeit lesen konnte; ich musste mich auch noch mit meinen Kollegen herumschlagen, die mir die Karte aus der Hand rissen.

Angus gab sie mir mit einem breiten Grinsen zurück. »Der französische Ausdruck für ›Orgasmus‹. Stilvoll. Den solltest du dir auf alle Fälle warmhalten.«

»Er wollte sich entschuldigen und hat was über Orgasmen geschrieben«, sagte ich. »Das findest du stilvoll?«

»Nein, aber es ist unglaublich erotisch«, meldete Jill sich zu Wort und sah mich mit gerunzelter Stirn an. »Jetzt verzeih ihm endlich, du dumme Nudel. Hast du eine Ahnung, wie viele Männer es gibt, die sich so was einfallen lassen würden?« Sie stupste das Pralinenkörbchen mit dem Finger an. »Nicht viele.«

Den Rest des Arbeitstages verbrachte ich damit, dem Körbchen vernichtende Blicke zuzuwerfen.

Am nächsten Tag bekam ich eine riesige Geschenkschachtel geliefert. Diesmal verzog ich mich damit in den Pausenraum, damit ich sie ungestört aufmachen konnte. Aber natürlich sagte Jill, sobald sie die Schachtel sah, sofort Angus Bescheid, und Angus sagte Ronan Bescheid. So viel zu meiner Privatsphäre. Meine Kollegen standen hinter mir, als ich das schwarze Satinband von der blassrosa Schachtel löste und den Deckel abnahm. Unter mehreren Lagen Seidenpapier kamen ein wunderschönes und sehr teures schwarzes Bustier aus Spitze und Satin, ein passendes Höschen und Seidenstrümpfe zum Vorschein. Auch diesem Geschenk lag eine Karte bei.

Wunderschön, sexy, sinnlich. Die Dessous sind auch nicht schlecht. Ich hoffe, dass Du sie eines Tages für mich tragen wirst, und wenn nicht, hoffe ich wenigstens, dass Du, wenn du sie anziehst und in den Spiegel schaust, das siehst, was ich in Dir sehe. Ich liebe Dich. Nate.

Danach saß ich heulend auf dem Klo, verfluchte Nate Sawyer in blumigen Worten und hoffte, dass am nächsten Tag nicht noch ein Geschenk für mich käme. Wenn das so weiterging, würde es nicht mehr lange dauern, bis ich diese gottverdammte Tür aufmachte und ihn reinließ. In einem albernen Versuch, ihn auszumanövrieren, rief ich nach Feierabend Benjamin an und verabredete mich mit ihm für den nächsten Nachmittag zum Kaffeetrinken in seinem Lieblingscafé unweit der Bibliothek. Ich hoffte, dass er mich daran erinnern würde, dass mein Leben sich nicht ausschließlich um Nate drehte und ich ihn vergessen konnte. *Ich konnte es, ich konnte es, ich konnte es, ich konnte es.*

Am nächsten Tag stand ich gerade am Infoschalter, als der Mann vom Sicherheitsdienst mit einem weiteren Geschenk zu mir kam. Diesmal war es ein kleines, flaches Päckchen, an dem ein Umschlag befestigt war. Mit klopfendem Herzen drehte ich Wendy, die neben mir stand, den Rücken zu und öffnete es.

Es war eine Blu-Ray-Ausgabe von *Der Zauberer von Oz.*

Ich hatte Tränen in den Augen, und meine Finger gehorchten mir nur schwer, als ich mich an dem Umschlag zu schaffen machte. Ich holte einmal tief Luft, dann begann ich, den handgeschriebenen Brief von Nate zu lesen.

Liebe Liv,
es wird höchste Zeit, dass wir Deinen Lieblingsfilm ins einundzwanzigste Jahrhundert holen, selbst wenn es Der Zauberer von Oz *ist.*

Und nur damit Du es weißt: Wenn Du ein Film wärst, wärst Du Der

Pate – *ich könnte Dich wieder und wieder anschauen, weil … na ja, weil Du eben mein Lieblingsfilm bist.*

Ich vermisse Dich.

Ich vermisse unsere »Was wäre dir lieber«-Gespräche und Deine verrückten Antworten. Ich vermisse Dein Lachen. Ich vermisse das gute Gefühl, das ich habe, wenn ich Dich zum Lachen bringe. Als hätte ich einen Preis gewonnen. Ich vermisse es, einfach neben Dir zu sitzen und nichts zu sagen, weil wir uns auch ohne Worte verstehen. Ich vermisse Deine Eigenschaft, nie jemanden zu verurteilen. So etwas findet man wirklich selten, Liv. Und ich vermisse es, miterleben zu dürfen, wie freundlich Du zu allen bist. Ich vermisse es, Dich anzurufen und mit Dir über alle wichtigen und unwichtigen Dinge dieser Welt zu reden.

Ich vermisse meine beste Freundin.

Ich vermisse Dich.

Ich liebe Dich.

Nate.

Mit zitternden Fingern holte ich mein Handy aus der Tasche. Angus würde hoffentlich verstehen, dass ich dringend ein privates Telefongespräch führen musste.

Jo nahm ab. Sie klang außer Atem. »Hey, Liv, kann ich dich zurückrufen? Ich habe gerade eine Bahn eingepinselt, die muss so schnell wie möglich an die Wand.«

»Ich mache es kurz: Sag Nate, er soll aufhören, mir Geschenke zu schicken. Es ist aus zwischen uns.«

Sie schwieg einen Moment. »Kannst du ihm das nicht selber sagen?«

»Nein, er … ich kann einfach nicht in seiner Nähe sein. Bitte sag ihm einfach, dass er mich in Ruhe lassen soll. Bitte.«

»Liv, der Grund, weshalb du ihn nicht sehen willst, ist doch der: Du empfindest noch etwas für ihn, und wenn du in seiner Nähe bist, geht es dir besser, und dann kommst du in Versuchung, ihm noch eine Chance zu geben. Ich persönlich halte das ja für gar keine so schlechte Idee.«

»Du irrst dich«, sagte ich verschnupft. »Ich habe Nate abgehakt. Ich treffe mich nach der Arbeit mit Ben im *Black Medicine.*«

Jo spitzte die Ohren. »In der Nicholson Street?«

»Ja. Ich spiele sogar mit dem Gedanken, ihm vorzuschlagen, ob wir unsere Beziehung nicht offiziell machen wollen.«

»Na, dann hoffe ich mal um Bens willen, dass du nicht nur darauf aus bist, Nate eins reinzuwürgen. Er scheint nämlich echt ein netter Kerl zu sein und hat es nicht verdient, dass man ihn verarscht.« Jo seufzte. »Ich muss jetzt Schluss machen.«

Damit war das Gespräch beendet. Ich hatte sie ganz offensichtlich verärgert und kam mir schäbig vor.

Fünf Stunden später allerdings geschah etwas, das mein schlechtes Gewissen ein wenig besänftigte …

***

»Was zum Teufel machst du hier?«, fauchte ich Nate an.

Er stand zwischen mir und Ben und hatte die Hände auf die Rückenlehne meines Stuhls gelegt. In seinem Blick lag etwas Hartes, doch dann gab er sich einen Ruck, wandte sich mit einem freundlichen Lächeln an Ben und streckte ihm die Hand hin. »Ich bin Nate. Wir sind uns schon mal kurz begegnet.«

Wir saßen ganz hinten im *Black Medicine*, einem urigen kleinen Café mit massiven, handgeschnitzten Holzmöbeln, die sehr gut ans Set von *Herr der Ringe* gepasst hätten. Ich berichtete Ben gerade von meinen Sorgen mit Nate, da stand der unwiderstehliche Mistkerl doch allen Ernstes leibhaftig vor uns. Wie durch Zauberei.

Nur dass es mit Zauberei nicht das Geringste zu tun hatte.

Jo hatte unseren Treffpunkt durchsickern lassen.

Ich würde sie umbringen.

Ben blinzelte. Nates Auftauchen kam für ihn ebenso überraschend wie für mich. Er betrachtete Nates ausgestreckte Rechte und ergriff sie schließlich zögernd, um sie zu schütteln. »Schön, dich zu sehen«, sagte er verhalten mit einem Blick auf mich.

»Tja.« Nate schnalzte bedauernd mit der Zunge. »Leider muss ich dich jetzt bitten zu gehen. Ich habe was mit Liv zu besprechen.«

Bei dieser ungeheuren Dreistigkeit fiel mir die Kinnlade herunter. »Hast du noch alle Tassen im Schrank?«

Als er mich ansah, war da wieder diese Härte in seinem Blick, und ich erkannte, dass er wütend war. *Er* war wütend auf *mich*? Sollte das ein Witz sein? »Wir haben noch was Dringendes zu klären«, sagte er leise, »und ich finde es nicht fair, Benny Boy da mit reinzuziehen.«

Ben räusperte sich. »Abgesehen von dem herablassenden Spitznamen hat er nicht ganz unrecht.« Er erhob sich von seinem Stuhl und zückte seinen Geldbeutel. Sprachlos musste ich mit ansehen, wie er einen Fünfpfundschein für seinen Kaffee auf den Tisch legte.

»Du willst jetzt ernsthaft gehen?«, zischte ich ihm zu.

Er nickte, halb überfordert, halb resigniert. »Du hast die letzte Viertelstunde damit verbracht, mir bis ins letzte Detail zu schildern, wie er die ganz Woche über versucht hat, dich davon zu überzeugen, dass er dich liebt. Ich finde, du solltest das mit ihm besprechen, nicht mit mir.« Er lächelte freundlich, ehe er Nate einen warnenden Blick zuwarf. Kurz darauf ruhten seine grünen Augen wieder auf mir. »Ruf mich nachher an, und sag Bescheid, ob es dir gutgeht.«

Ich kniff die Augen zusammen. »Ich rede nicht mit Verrätern.«

Ben schüttelte lachend den Kopf. »Ruf mich einfach an.« Dann überließ er mich meinem Schicksal.

Nate wartete nicht einmal, bis er weg war. Er setzte sich auf den Stuhl, den Ben frei gemacht hatte, und rückte so nah an mich heran, dass unsere Beine sich berührten. Ich wiederum schob meinen Stuhl zurück und machte Anstalten aufzustehen.

Blitzschnell legte Nate seine Hand auf meinen Arm. »Liv, bitte.«

Wir funkelten uns gegenseitig an. Leider war meine Willenskraft durch die Wärme und das Flehen in Nates Augen stark in Mitleidenschaft gezogen, so dass ich irgendwann seufzend meine Hand unter seiner wegzog und mit dem Stuhl wieder an den Tisch rückte, allerdings so, dass wir keinen Körperkontakt mehr hatten. »Du hast fünf Minuten.«

Er betrachtete mich einen Moment lang aufmerksam, als wolle er sich meine Züge einprägen. Dabei hatte er etwas so Verletzliches, dass mein Herz schneller schlug. Schließlich beugte er sich zu mir und begann mit leiser Stimme: »An dem Abend bei Cam … die Rothaarige.«

Ich zuckte kurz zusammen, dann fuhr ich die Schutzschilde hoch.

Ich wollte nicht darüber reden, dass ich Höllenqualen gelitten hatte, während Nate sämtliche Erinnerungen an mich einfach wegvögelte.

»Ich habe nicht mit ihr geschlafen«, beeilte er sich, mir zu versichern. Er klang beinahe verzweifelt. »Liv, ich hatte nach dir nichts mehr mit anderen Frauen.«

Ich schnaubte und trank dann betont entspannt einen Schluck von meinem Kaffee, obwohl unsere Unterhaltung alles andere als entspannt war. »Natürlich«, murmelte ich spöttisch und stellte meine Tasse zurück auf den Unterteller.

»Ich würde dich niemals anlügen.«

Sein Tonfall war schroff, beinahe vorwurfsvoll. Das war wirklich ein starkes Stück. »Du bist sauer, weil ich dir nicht glaube? Im Ernst, Nate? Ich habe dich ganz direkt gefragt, ob du mich liebst, und du hast nein gesagt. Jetzt, Wochen später, behauptest du auf einmal, dass du mich *doch* liebst. Und da wunderst du dich, dass es mir schwerfällt, dir zu glauben?«

Ich dachte schon, er würde nichts darauf erwidern, doch dann holte er tief Luft, als müsse er um Geduld ringen. »An dem Abend, als wir uns gestritten haben – das war das einzige Mal, dass ich dich belogen habe. Und ich habe nicht nur dich belogen, sondern auch mich. Ich wollte mich nicht in dich verlieben. Du weißt das besser als jeder andere. Aber es ist passiert, und ich bin immerhin mutig genug zuzugeben, dass mir das eine Scheißangst eingejagt hat. Tut es übrigens immer noch.« Er legte mir sanft die Hand aufs Knie und sah mich beschwörend an. »Nach dir gab es keine andere Frau, weil ich keine andere will. Du hast mich für andere Frauen verdorben.« Seine Hand strich federleicht meinen Schenkel hinauf, und leider rief diese Berührung einhundert Erinnerungen an zärtliche Liebkosungen in mir wach. Offenbar war mir mein Verlangen allzu deutlich anzusehen, denn Nates Augen wurden schmal. »Du fehlst mir, Babe. Alles an dir fehlt mir.« Seine Finger malten Kreise auf meinen Schenkel, und ich kam mir wie gefesselt vor, war unfähig mich zu rühren, während mein Inneres vor Sehnsucht zu vibrieren begann. Nates Augen verdunkelten sich, als er den Blick über meinen Körper und dann zu meinen Lippen wandern ließ. »Dein Mund fehlt mir«, gestand er rau. »Deine Zunge. Wie sie sich anfühlt. Auf meiner Haut.« Er kam mir immer näher, bis ich nichts anderes mehr wahrnahm als ihn. »Dein Mund um meinen Schwanz.«

Ich schluckte. Das Blut rauschte mir in den Ohren, als seine Worte mich mit einem erotischen Zauber belegten.

Unablässig malte er mit den Fingerspitzen Kreise auf meinen Schenkel, langsam und genüsslich. »Mir fehlen deine Brüste, Liv. Deine Nippel – wie sie sich anfühlen, wie sie schmecken. Es fehlt mir, wie sie hart werden, wenn ich sie mit dem Daumen streichle oder sie lecke … und dass ich nur deine Titten zu berühren brauche, und schon bist du feucht.« Er stöhnte, seine Finger krallten sich in meinen Schenkel. »Das alles fehlt mir. Wie feucht und heiß und eng du bist, wenn ich in dir bin. Wie du dabei deine Fingernägel in meinen Rücken gräbst, deine Beine um mich schlingst und mich ansiehst.«

Ich glaube, ich stieß ein Wimmern aus.

Nates Augen flackerten. »Wie du meinen Namen schreist, wenn du kommst. Das fehlt mir am meisten.«

Atemlos sah ich ihn an. Meine Wangen waren gerötet, mein Atem kam stockend. Ich konnte nicht fassen, dass er das in aller Öffentlichkeit zu mir gesagt hatte. Und ich konnte nicht fassen, wie mein Körper darauf reagierte.

Er rieb mir mit der flachen Hand über den Schenkel. »Wenn ich jetzt zwischen deine Beine fassen würde, wärst du feucht, oder, Babe? Du wärst genauso feucht, wie ich hart bin.«

Ich holte tief Luft und versuchte, mein lustvernebeltes Hirn wieder in Gang zu bringen.

Irgendwie fand ich die Kraft, seine Hand von meinem Bein zu schieben. Zitternd griff ich nach meiner Tasche. »Sex ist nicht Liebe.«

»Verdammt noch mal, das weiß ich doch!« Nate fasste mich am Handgelenk. »Geh nicht, Liv. Wenn du jetzt gehst, dann ist das einfach nur … sinnloser Trotz.«

Wut packte mich, und ich schüttelte seine Hand ab. »*Du* hast *mich* verlassen«, knurrte ich. »Du hast mich behandelt wie eine deiner Fickbekanntschaften, und auf einmal kommst du auf die Idee, dass du mich doch liebst, und erwartest von mir, dass ich springe?« Ich stand so hastig auf, dass mein Stuhl umkippte. »Was du sagst, klingt alles sehr schön, Nate. Aber letztlich sind deine Worte einen Scheißdreck wert. Du hast nicht mal Respekt vor deinen eigenen Gefühlen, Nate. Wie solltest du da Respekt vor meinen haben?«

Bevor er etwas entgegnen konnte, war ich aus dem Café geflüchtet. Den ganzen Heimweg über musste ich schlucken, um nicht loszuheulen. Es hatte mich unendlich viel Kraft gekostet zu gehen. Kraft, von der ich nicht gewusst hatte, dass ich sie überhaupt besaß.

Kapitel 26

Obwohl Ben mich, wie ich fand, den Wölfen zum Fraß vorgeworfen hatte, schmeichelte es mir, dass er sich genug sorgte, um mich zu bitten, ihn anzurufen, sobald ich wieder zu Hause sei. Als ich dann jedoch seiner Bitte nachkam, fiel ich bei dem, was er sagte, aus allen Wolken.

»Ihr seid eins dieser Paare«, stellte er leise fest.

»Was für eins?«, fragte ich irritiert.

»Eins dieser Paare, die ein Paar sind, auch wenn sie kein Paar sind.«

»Du hast ganze fünf Sekunden mit uns verbracht«, gab ich zu bedenken.

»Ja, und das hat mir gereicht, um zu erkennen, dass das zwischen dir und Nate längst nicht vorbei ist. Ihr habt noch jede Menge zu klären, und bis du weißt, ob du zu ihm zurückwillst oder nicht, ist es für mich am sichersten, wenn ich nicht in der Schusslinie stehe. Hör zu, ich mag dich wirklich, Olivia, falls du also wider Erwarten zu dem Schluss kommen solltest, dass du doch nichts mehr von ihm willst, dann melde dich.«

Damit legte er auf.

***

Die nächsten Tage hatte ich eine Mordswut auf Nate. Nicht nur wegen des emotionalen Schadens, den er bei mir angerichtet hatte, sondern weil mein Körper seit seiner kleinen verbalen

Verführungsnummer in der dunklen Ecke des *Black Medicine* praktisch dauererregt war und sich anfühlte wie eine bis kurz vor dem Zerreißen gespannte Gitarrensaite.

Arschloch.

Die einzigen guten Nachrichten der Woche waren Jos beiläufige Bemerkung, dass Nathan inzwischen wieder zu Hause sei und sich gut erhole, und die Ankündigung einer Party, die Elodie und Clark zu Ehren von Joss' Schwangerschaft geben wollten. Jo hatte den Verdacht geäußert, dass Joss nur mitspielte, um aller Welt zu beweisen, dass sie sich über das Kind freute. Aber ich war mir da nicht so sicher. Der einzige Mensch, dessen Meinung für Joss wirklich zählte, war Braden, und soweit ich es beurteilen konnte, war er glücklich, weil er wusste, dass *sie* glücklich war. Nein, wahrscheinlich hatten sie in erster Linie in die Partypläne eingewilligt, um Elodie eine Freude zu machen.

Die dritte gute Nachricht – und ich war wild entschlossen zu glauben, dass es sich dabei um eine gute Nachricht handelte – war, dass Nate nicht mehr anrief. Inzwischen war es Samstag, seit unserer Unterredung im Café hatte ich keinen Ton mehr von ihm gehört. Das war gut. Es bedeutete, dass ich recht gehabt hatte.

Nate liebte mich nicht.

Er hatte den Kampf aufgegeben.

Er liebte mich nicht.

Und das war auch gut so.

O ja, sehr überzeugend, Soda Pop.

Okay, es genügt zu sagen, dass ich nicht gerade blendender Laune war, als ich am Samstagabend bei Clarks und Elodies Party auflief. Die rosafarbenen und hellblauen Luftballons, die niedlichen Strampler und Bodys mit lustigen Sprüchen auf der Brust, die gigantische, mit pinkfarbener und blauer Buttercreme verzierte Torte, der eisgekühlte Champagner und das köstliche Fingerfood – nichts von alldem vermochte mich aus meiner trübseligen Stimmung zu reißen.

Aber ich ließ mir nichts anmerken. Zumindest gab ich mir Mühe …

»Du siehst besser aus.« Joss gesellte sich zu mir, nachdem ich mich mit einem Glas Champagner in eine Ecke des rappelvollen Wohnzimmers zurückgezogen hatte. Sie selbst hatte ein Glas Wasser in der Hand.

»Du auch.«

Es stimmte. Sie wirkte ausgeruht und glücklich.

»Es geht mir auch gut«, sagte sie, und ein kleines Lächeln huschte über ihre Lippen, als sie quer durch den Raum zu ihrem Ehemann sah. Er unterhielt sich gerade mit jemandem, den ich nicht kannte, doch sein Blick wanderte immer wieder in Joss' Richtung. »Braden ist im Moment ein bisschen überfürsorglich, und eigentlich hatte ich gedacht, dass mir das innerhalb kürzester Zeit total auf den Geist gehen würde.« Sie grinste. »Tja, da habe ich mich wohl geirrt. Du würdest staunen, wozu er alles bereit ist, nur damit es mir gutgeht.«

Ich sah sie argwöhnisch an. »Soll das etwa heißen, du benutzt deine Schwangerschaft, um deinen Mann zu manipulieren, damit er dir vollkommen abstruse Wünsche erfüllt?«

»Ich würde nicht so weit gehen, es ›abstrus‹ zu nennen, wenn er wegen mir um zwei Uhr nachts aufsteht und sich ins Auto setzt, um einen Supermarkt zu finden, der vierundzwanzig Stunden geöffnet hat und in dem man Schoko-Erdnussbutter-Eis von Häagen Dasz kaufen kann.«

Ich riss die Augen auf. »Das hast du gemacht?«

Joss lachte. »Nein.« Ihre Augen blitzten teuflisch, während sie an ihrem Wasser nippte. »Aber was nicht ist, kann ja noch werden.«

Ich lachte aus vollem Hals, wodurch ich die Blicke mehrerer Gäste auf mich zog. Einer dieser Blicke ließ mich erstarren.

Nate war da. Und es schien ihm gutzugehen. Seine Haare waren ein bisschen kürzer, und er hatte einen Dreitagebart. Er trug ein dunkelrotes T-Shirt zu schwarzen Jeans. Nichts Außergewöhnliches, und trotzdem sah er zum Anbeißen aus. Das hasste ich so an ihm.

Kaum waren sich unsere Blicke begegnet, wurde seine Miene ausdruckslos, und er wandte sich sofort wieder seiner Unterhaltung mit Cam und Jo zu.

Wie bitte? Ich kniff erbost die Augen zusammen. *Er* zeigte *mir* die kalte Schulter?

Joss holte erschrocken Luft. »Haben wir vergessen, dir zu sagen, dass Nate kommt?«

Ich unterdrückte meine Wut und drehte mich zu Joss um. »Er ist euer Freund. Ich kann wohl kaum erwarten, dass ihr ihn nicht mehr einladet.«

»Trotzdem ... ein bisschen krampfig ist es ja schon. Ich hätte dich vorwarnen sollen.«

»Schon gut. Wir ignorieren uns gegenseitig.« Ich schluckte, weil ich plötzlich einen Kloß im Hals hatte. »Es besteht kein Grund, weshalb wir nicht beide mit unseren Freunden feiern können, ohne dass einer dem anderen gleich eine Gabel ins Auge rammen will!«, fügte ich ungehalten hinzu und kippte meinen Champagner in einem Zug hinunter.

Joss musterte mich eine Sekunde lang. »Okay, dann überlasse ich dich mal deinen ... Gewaltphantasien.«

Sie war fort, bevor ich mich für meinen kleinen Ausbruch entschuldigen konnte.

»Scheiße«, grummelte ich.

»Wie reizend.«

Ich fuhr herum und sah Ellie, die mit großen Augen schmunzelnd vor mir stand. »Hey, Els. Tut mir leid, dass mir das S-Wort rausgerutscht ist. Ich habe vergessen, meinen Frust an der Garderobe abzugeben. Joss habe ich damit auch schon vergrault.«

Ellie winkte ab. »Ach, Joss macht das nichts. Sie weiß Bescheid. Außerdem lebt sie im Moment in ihrer eigenen kleinen Blase aus Glück, an der prallt alles Negative einfach ab.«

»Sie sollte meine Negativität aber nicht abprallen lassen müssen. Meine Negativität hätte ich zusammen mit meinem Frust an der Garderobe abgeben sollen.«

Ellie trat einen Schritt näher. Ihre Miene hatte etwas Verschwörerisches, war aber gleichzeitig voller Mitgefühl. »Geht's dir immer noch dreckig?«

Ich blinzelte stumm.

»Das heißt wohl ja.« Und ohne ein weiteres Wort ließ sie mich stehen.

»O Gott«, murmelte ich, als mir klar wurde, dass ich mit meiner miesen Laune alle Freunde in die Flucht trieb.

Ich war dankbar, als mein Vater durch die Gästeschar Kurs auf mich nahm, doch als ich seine finstere Miene sah, wich meine Dankbarkeit rasch der Besorgnis.

»Was ist denn los?«, fragte ich ihn leise, als er mich sanft am Ellbogen nahm.

»Ich muss mit dir reden«, war alles, was er sagte.

Verwundert und ein wenig beunruhigt, folgte ich ihm aus dem Wohnzimmer in den ersten Stock. Zu meinem Erstaunen öffnete er die Tür zu Hannahs Zimmer. Auf der Schwelle ließ er mir den Vortritt.

Ich warf ihm einen fragenden Blick zu, als ich an ihm vorbeiging. Gleich darauf blieb ich wie angewurzelt stehen. Mit dem Rücken zu mir im Zimmer stand Nate. Ich wirbelte herum, um meinen Dad zur Rede zu stellen, aber genau in dem Moment fiel die Tür hinter mir ins Schloss.

Mir stand der Mund offen. Als ich mich wieder zu Nate herumdrehte, sah der mich irritiert an.

»Du bist nicht Cam«, stellte er fest.

»Ach wirklich?«, fauchte ich zurück. »Wir wurden reingelegt. Mein Dad hat mich unter einem dämlichen Vorwand nach oben gelockt.«

Nate zog eine Braue hoch. Ein belustigtes Funkeln trat in seine dunklen Augen. »Mick war eingeweiht? Seit wann ist er denn auf meiner Seite?«

Ich wusste genau, wann Dad zur dunklen Seite der Macht übergelaufen war, es war ganz allein meine Schuld. Ich Idiotin. »Bevor du dich als Vollarsch entpuppt hast, habe ich den Fehler gemacht, ihn davon zu überzeugen, dass du ein anständiger Kerl bist. Leider scheint das, was ich ihm gesagt habe, mehr Eindruck bei ihm hinterlassen zu haben als die Tatsache, dass du aufhörst, anständig zu sein, sobald dein Schwanz ins Spiel kommt.«

Nate war nicht beleidigt, im Gegenteil: Er lachte. »Es ist noch gar nicht so lange her, da wärst du bei so einer Bemerkung knallrot geworden.«

»Es ist noch gar nicht so lange her, da dachte ich, du wärst ein wundervoller Mensch.«

Schlagartig war es mit seiner Belustigung vorbei. Wir sahen einander in angespanntem Schweigen an, bis Nate traurig den Kopf schüttelte. »Mir geht es beschissen damit, dass ich dir so was angetan habe. Die Liv, in die ich mich verliebt habe, ist die freundlichste, mitfühlendste und verständnisvollste Frau, der ich je begegnet bin. Es ist meine Schuld, dass du dich so verändert hast.«

Obwohl sie vermutlich nicht als Vorwurf gemeint war, tat diese Bemerkung weh, und ich konnte die Tränen nicht länger zurückhalten. Meine Kehle war wie zugeschnürt, als ich mich zum Gehen wandte.

Ich hörte seine schnellen Schritte hinter mir. Ich hatte gerade die Tür geöffnet, als ich Nates Hitze im Rücken spürte und er die Tür mit einer Bewegung seines ausgestreckten Arms wieder zuwarf. Ich versteifte mich, als er sich von hinten an mich drängte. Das vertraute Gefühl seines starken Körpers an meinem war fast schmerzhaft.

»Ich weiß, du glaubst, ich habe aufgegeben, Babe«, wisperte er dicht an meinem Ohr. Ich musste die Augen schließen, so überwältigend war seine Nähe. »Aber das stimmt nicht. Ich gebe dir bloß Zeit, dich wiederzufinden.«

Plötzlich traf mich die Erkenntnis, dass ich Nate nie vergessen und nach vorn schauen konnte, solange er auf eine Versöhnung hoffte. Ich musste einen endgültigen Schlussstrich ziehen, aber zugleich wollte ich ihn noch ein letztes Mal schmecken. Also drehte ich mich in seinen Armen um, legte ihm die Hände in den Nacken und zog ihn zu mir herab. Ich hatte vergessen, was er in mir anrichtete, und verlor mich einen Moment lang in dem überwältigenden Gefühl seiner Nähe. Ohne zu zögern, riss Nate mich an sich und erwiderte den Kuss. Er war verzweifelt und fast ein wenig grob. Die feuchte, tiefe Hitze war wie eine euphorisierende Droge.

Dann wurde ich gegen die Tür gedrückt. Nates Hand wanderte über meinen Körper, als wisse er nicht, wo er mich zuerst berühren sollte. Als er die Unterseite meines Schenkels fasste und mein Bein hochhob, damit er seine Erektion an mir reiben konnte, flammte Begierde in mir auf. Ich knurrte in seinen Mund, und sein Griff um meinen Schenkel wurde schmerzhaft.

Ein Glück, denn dieser kleine Schmerz drang in mein Bewusstsein vor, und irgendwie fand ich die Kraft, mich von ihm zu lösen.

Ich drückte meine Hände gegen seine Brust, damit er mich losließ.

Ich streichelte zärtlich seinen Nacken, strich mit den Händen über seine Wangen bis zum Kinn und fuhr ihm mit der Daumenkuppe über die Unterlippe. Sobald meine Atmung sich etwas beruhigt hatte, riss ich den Blick von seinem Mund los und schaute in seine lodernden Augen. Erneut kamen mir die Tränen, so dass ich ihn wie durch einen Schleier sah. »Hör auf zu warten, Nate. Ich vergebe dir, okay? Ich verstehe dich, und ich bin dir nicht böse. Nicht wirklich. Weil es nicht deine Schuld ist. Ich ärgere mich einfach über die Situation, und das habe ich an dir ausgelassen.«

Nate machte ein verwirrtes Gesicht. »Liv, ich …« Er schüttelte den Kopf und drückte fragend meine Taille.

Also wurde ich deutlicher.

»Ich will eine Liebe, so wie mein Dad und meine Mom sie hatten. Ich will, was Joss und Braden haben oder Jo und Cam. Ellie und Adam.« Meine Tränen ließen sich nicht mehr aufhalten und flossen jetzt ungehindert. »Du hattest das bereits mit Alana.«

Nate zuckte zurück, als hätte ich auf ihn geschossen.

»Mag sein, dass es egoistisch und kindisch klingt, aber so empfinde ich nun mal. Ich will für jemanden die große Liebe sein, nicht die zweite Wahl. Und ich will auf gar keinen Fall *deine* zweite Wahl sein.« Ich griff hinter mich und drückte die Türklinke herunter. »Es tut mir leid, Nate. Ehrlich. Aber ich kann nicht mein Leben lang einen Mann lieben, der mich nicht genauso sehr zurückliebt.« Ich zog die Tür auf und vermied es, dabei in Nates gequältes Gesicht zu blicken. »Also hör auf damit. Um unser beider willen. Bitte.«

Ich gab ihm nicht die Chance, etwas zu entgegnen, weil ich ein Feigling war und den Schmerz, den ich in seinen Augen gesehen hatte, nicht auch noch in seiner Stimme hören wollte. Also ging ich – ich lief die Treppe hinunter und aus dem Haus, bevor jemand mich aufhalten konnte.

***

Später am selben Abend stand mein Vater vor der Tür. Ich ließ ihn herein, strafte ihn dabei aber mit wütenden Blicken. Als er meine verquollenen Augen und meine rote Nase sah, trat ein Anflug von Reue in sein Gesicht.

»Ich dachte, ich tue was Gutes«, sagte er zerknirscht und nahm mich in die Arme.

Ich klammerte mich an ihm fest wie eine Ertrinkende. Mein Dad konnte gut umarmen. »Ich weiß«, schniefte ich an seiner breiten Brust.

Er drückte mich und gab mir einen Kuss aufs Haar. »Nate sah nicht so gut aus, als er wieder runterkam.«

Ich versteifte mich und schob ihn von mir weg. »Dad, lass es.«

»Ich will nur nicht, dass du aus purem Trotz etwas Gutes wegwirfst.«

»Du klingst haargenau wie er.«

»Vielleicht weil er recht hat.«

Ich trat einen Schritt zurück. Mein Blick war ruhig, auch wenn es in meinem Innern anders aussah. »Er kann mich nicht so lieben, wie ich es will. Das wäre katastrophal für uns beide.«

Dads Miene wurde weicher. »Kleines, du gibst ihm ja nicht mal die Chance, dir zu beweisen, dass du dich irrst.«

»Du weißt nicht, wie er über Alana redet. Du hast keine Ahnung«, wisperte ich hitzig.

Das brachte Dad zum Schweigen. Er drückte mich noch ein letztes Mal und ging dann in meine Küche, um Kakao zu kochen und uns eine Kleinigkeit zu essen zu machen.

Er blieb, bis ich einschlief, und als ich am nächsten Morgen aufwachte, lag ich warm und geborgen in meinem Bett.

Mein Kissen war nass von Tränen.

Kapitel 27

Weil ich allen beweisen wollte, dass es mir gutging, verbrachte ich die folgenden Tage damit, genau das vorzutäuschen. Ich stand auf, zog mich an, ging zur Arbeit, lächelte, wenn Lächeln gefragt war, lachte, wenn ich lachen sollte, und war ernst, wenn es von mir erwartet wurde. Die ganze Zeit hoffte ich inständig, dass mein Theater überzeugte. Die Wahrheit sah natürlich anders aus: Ohne Nate fühlte ich mich immer noch verloren. Ich war wütend auf mich, und ich hatte Angst. Angst, dass ich vielleicht nie wieder zu der Olivia zurückfinden würde, die ich vorher gewesen war. Es war ein Gefühl, als hätte ich einen Arm oder ein Bein verloren und noch nicht ganz begriffen, wie radikal anders mein Leben von nun an aussehen würde.

Wenn ich wenigstens so tat, als wäre alles in Ordnung, kam ich mir nicht ganz so sehr wie ein feiger Jammerlappen vor.

Vielleicht wäre es einfacher gewesen, wenn Nate meinen Wunsch respektiert und mich tatsächlich in Ruhe gelassen hätte.

Stattdessen rief er mich beharrlich weiterhin an.

Ich nahm nie ab, und genau wie ihn ignorierte ich auch Jo. Ein bisschen jedenfalls. Ich telefonierte mit ihr wie mit meinen anderen Freunden und mit Dad, aber nachdem sie mich reingelegt hatten (ich wusste, dass sie alle in den Plan, mich auf der Party mit Nate zusammenzubringen, eingeweiht gewesen waren), vertraute ich ihnen nicht mehr. Womöglich würden sie es ein zweites Mal versuchen, deshalb verbrachte ich so wenig Zeit wie möglich mit ihnen.

Vier Tage nach der Party war ich in die Jamaica Lane eingebogen und hatte Nate auf den Stufen vor meiner Haustür sitzen sehen, den Kopf gesenkt, den Blick zu Boden geheftet. Ich war umgedreht, bevor er mich gesehen hatte, und zu meinem Dad geflüchtet, dem einzigen Menschen, von dem ich wusste, dass er mich nicht noch mal hintergehen würde.

Ich tat so, als ließe mich das alles kalt, aber in mir begann erneut der Zorn zu brodeln. Warum konnte Nate es nicht einfach gut sein lassen? Er hatte doch gehört, was ich gesagt hatte, und keinerlei Einwände dagegen vorbringen können.

Nachdem ich ihn sieben Tage lang eisern ignoriert hatte, schien er endlich einzusehen, dass seine Bemühungen umsonst waren, und die Anrufe hörten auf. Ein paar Tage lang blieb alles ruhig, so dass ich versuchen konnte, ein wenig Ordnung in meine Gedanken zu bringen. Ich stürzte mich in die Arbeit und machte Überstunden, zumal es in der Bibliothek von Studenten, die für ihre Prüfungen lernten, nur so wimmelte. Ben schaute bei den Semesterapparaten vorbei, und wir unterhielten uns freundschaftlich, allerdings verriet ich ihm nicht, dass ich mich gegen Nate entschieden hatte. Das tat ich deshalb nicht, weil eine Entscheidung gegen Nate nicht automatisch eine Entscheidung für Ben bedeutete.

Sondern eine Entscheidung für mich selbst.

Und dieses Selbst brauchte Freiraum und Ruhe, fernab von potentiellem Liebeskummer.

Ich stand gerade am Infoschalter, sortierte die Post und schob resolut jeden Gedanken an Nate und alles, was auch nur im Entferntesten mit ihm zusammenhing, beiseite. Ich hatte auch ohne ihn ein erfülltes Leben. Darauf wollte ich mich ab jetzt konzentrieren, es dürfte ein Kinderspiel werden.

Dachte ich zumindest.

»Olivia.« Angus kam mit einem Stapel Ordner in der Hand auf mich zugeeilt. »Kannst du mir einen Gefallen tun?«

»Klar«, sagte ich übereifrig. Ich war froh über jede Form der Ablenkung.

Er musterte mich mit besorgter Miene, verkniff sich aber einen Kommentar. »Es gibt da ... ein kleines Problem in einem der barrierefreien Räume. Nummer fünf. Könntest du so gut sein und dich darum kümmern? Ich ersticke in Arbeit.« Wie zur Bekräftigung hob er den Ordnerstapel hoch.

Ich rümpfte die Nase. »Schon wieder ein Problem.« Kopfschüttelnd trat ich hinter dem Schalter hervor. »Kann hier eigentlich niemand seine Hosen anbehalten?«

Angus brummte etwas Unverständliches und verschwand wieder.

Ich straffte die Schultern und marschierte, am Gewimmel der Studenten vorbei, die Treppe in den ersten Stock hoch. Man hätte ja meinen sollen, dass die Studenten momentan andere Dinge im Kopf hatten – aber nein, nicht mal in der Prüfungszeit war das Thema Sex vom Tisch.

Im wahrsten Sinne des Wortes.

Ich holte tief Luft, stieß die Tür zu Zimmer Nummer 5 auf und machte entschieden einen Schritt hinein.

Es war, als würde ich gegen eine unsichtbare Wand prallen. Am Tisch lehnte Nate, die Arme vor der Brust verschränkt, die Knöchel lässig über Kreuz.

Das Geräusch der zufallenden Tür holte mich in die Wirklichkeit zurück.

»Was machst du hier?«, fragte ich entrüstet. Meine Hände ballten sich zu Fäusten.

»Angus hat mir geholfen.«

Verräter! »Na warte, der kann was erleben«, schäumte ich.

Nates Lippen zuckten. »Tu ihm nichts. Ich war ziemlich überzeugend. Der Arme wusste gar nicht, wie ihm geschah.«

»Das glaube ich gern.« Wahrscheinlich war Angus unter dem Blick von Nates dunklen Schokoladenaugen sofort dahingeschmolzen! »Falls es dir nichts ausmacht, muss ich dich jetzt bitten zu gehen.« Ich zeigte auf die Tür und bemühte mich, dabei nicht zu zittern. Mir kam es vor, als hätte ich ihn hundert Jahre nicht gesehen, und ich verabscheute das warme Gefühl, das sich in meinem Bauch ausbreitete, nur weil ich in seiner Nähe war.

»Das geht nicht. Erst muss ich was erklären.« Er stieß sich vom Tisch ab und zog sich zu meinem großen Entsetzen das T-Shirt über den Kopf.

»Was machst du da?«, sagte ich verärgert und trat einen Schritt vor, um ihn davon abzuhalten, sich zu entkleiden. Dann sah ich das Tattoo.

Mein Herz begann, lautstark zu hämmern.

Ohne den Blick von mir abzuwenden, warf Nate das T-Shirt auf den Schreibtisch. »Ich habe das Tattoo vor ein paar Wochen ändern lassen. Was du während unseres Streits zu mir gesagt hast … das hat mich nicht mehr losgelassen, Liv. Ich hatte viel Zeit, darüber nachzudenken. Mir alles durch den Kopf gehen zu lassen. Mit der Vergangenheit abzuschließen. Und das hier …« Er zeigte auf die Tätowierung. »Seit dem Tag, an dem ich sie mir habe stechen lassen, wollte ich mit dir darüber reden, was sie bedeutet.«

Das verschnörkelte »A« auf seiner Brust war zu einem »Always« erweitert worden.

Ein Kloß von der Größe Mexikos saß in meiner Kehle fest.

Nate machte einen Schritt auf mich zu. Sein Blick war offen und eindringlich, und er sprach mit leiser, beschwörender Stimme. »Vor dir gab es Alana. Das kann ich nicht ändern, Liv, und ich will es auch gar nicht. Sie war meine erste Liebe. Es war eine unschuldige Liebe. Eine Liebe zwischen Kindern.« Er blickte mir forschend ins Gesicht. Er wollte wohl meine Reaktion abschätzen, aber ich war wie betäubt. Nate redete leise weiter. »Ich dachte immer, dass ich mich nicht auf Frauen einlasse, weil ich weiß, dass ich niemals eine so lieben kann, wie ich sie geliebt habe. Ich habe mich geirrt. Ich habe mich nicht auf Frauen eingelassen, weil ich Angst hatte, eine Liebe zu finden, wie meine Eltern sie haben, und ich hatte Angst, was mit mir passieren würde, wenn ich eine solche Liebe wieder verliere.« Er machte einen weiteren Schritt auf mich zu, und mit jedem Schritt fiel mir das Atmen schwerer. »Ich hatte nie die Absicht, mich in dich zu verlieben. Es ist einfach passiert. Ich habe es in der Nacht gemerkt, als wir zum ersten Mal Sex hatten. Ich habe versucht, es zu beenden, weil ich mich noch nie so verloren und gleichzeitig so aufgehoben gefühlt habe wie an dem Abend, als wir miteinander geschlafen haben und ich dir dabei in die Augen gesehen habe. Ich dachte, ich muss Schluss machen ... aber ich konnte nicht.« Er lächelte. »Ich war süchtig nach dir, schon nach dem ersten Mal. Es tut mir so leid, was du meinetwegen durchmachen musstest. Es tut mir leid, dass ich so ein Egoist war. Es tut mir leid, dass du wegen mir an dem gezweifelt hast, was von Anfang an zwischen uns da war. Es *war* nämlich von Anfang an da, Liv. Durch die Nachhilfestunden ist es nur an die Oberfläche gekommen. Seit wir uns kennen, bin ich mit niemandem so gerne zusammen wie mit dir. Bei dir lache ich mehr. Ich bin mehr ich selbst. Ich kann dir alles anvertrauen – mein wahres Ich. Wenn was schiefläuft, wenn was Schönes passiert, wenn ich einen guten Witz höre oder etwas Komisches sehe, dann bist du die Erste, der ich davon erzählen will. Dazu noch der beste Sex, den ich je im Leben hatte – kein Wunder, dass ich es nicht ohne dich aushalte.« Seine Stimme wurde tiefer, als er mit einem letzten Schritt die Distanz zwischen uns überbrückte. »Ich muss die ganze Zeit an dich denken, Olivia. Die letzten Wochen ohne dich waren die reinste Folter. Und egal, was du vielleicht immer noch glaubst, ich schwöre dir, dass es nach dir keine andere gegeben hat. Das hätte ich gar nicht gekonnt.«

Mir war gar nicht bewusst, dass ich weinte, bis er mein Gesicht in seine Hände nahm, um die Tränen mit den Daumen aufzufangen.

»Alana war meine erste Liebe, und ich werde sie nie vergessen. Sie ist ein Teil von mir, und das wird sie immer sein. Aber ich weiß jetzt, dass es Zeit ist, nach vorne zu schauen. Es ist Zeit, im Danach zu leben. Und das Danach bist du, Liv. Du bist die Liebe meines Lebens. Für immer.«

Ein Schluchzen kam mir über die Lippen, ehe ich es zurückhalten konnte. Nate zog mich an sich, lehnte seine Stirn gegen meine und streichelte meine Arme.

»Bitte, Liv. Bitte sag mir, was ich machen soll, damit du mir glaubst.«

Ich schluckte und versuchte, den Schmerz in meiner Brust loszuwerden, der für mein Schluchzen verantwortlich war. Ich holte tief Luft, sah auf seine Brust und berührte vorsichtig seine neue Tätowierung.

Always. Immer.

Ich blickte zu ihm auf und lächelte unter Tränen. »Du hast es schon getan.«

Daraufhin schlang Nate ganz fest die Arme um mich und senkte den Kopf, so dass ich seine nächsten Worte auf meinen Lippen spürte: »Ich liebe dich bis zum Wahnsinn.«

Mit wild klopfendem Herzen schloss ich die Augen. Ich war so unendlich erleichtert. »Ich liebe dich auch.«

Er küsste mich.

Es war ein ungestümer Kuss.

Und ich klammerte mich an ihm fest.

Wir stolperten gegen den Tisch, während wir uns küssten, als wäre es unser allerletzter Kuss. Nate hob mich auf die Tischplatte, ohne den Kuss zu unterbrechen. Sofort schlang ich die Beine um ihn und zog ihn noch näher an mich heran. Als er mich bei den Hüften packte, krallten sich meine Finger tief in seine Rückenmuskeln. Ich saugte an seiner Zunge und spürte, wie sein steifer Schwanz sich drängend zwischen meinen Beinen rieb.

Von draußen drang lautes Gelächter zu uns. Ich riss mich von Nate los und schüttelte benommen den Kopf. »Das geht nicht«, keuchte ich atemlos. »Nicht hier. Hast du eine Ahnung, wie viele Studenten es schon auf diesem Tisch getrieben haben?«

Nates Augen waren verhangen, seine Wangen glühten. Zuerst schien er ein bisschen verdattert, als er an mir vorbei zum Tisch sah, doch dann hob er den Blick, und Hoffnung leuchtete aus seinen Augen. »Bis zu meiner Wohnung sind es nur fünf Minuten zu Fuß.«

Der Vorschlag überraschte mich. Ich lächelte. »Ich war noch nie in deiner Wohnung.«

Nate strich mir zärtlich eine Haarsträhne hinters Ohr. »Ich finde, du solltest sie dir unbedingt ansehen, Babe. Sofort.«

Ich biss mir auf die Lippe und dachte nach – allerdings nur ganz kurz. »Ich kann noch ein paar Überstunden abfeiern. Angus hat bestimmt nichts dagegen, wenn ich mir einen halben Tag freinehme.«

***

Nates starke, warme Hand lag in meiner, und da er mit Riesenschritten ging, blieb mir nichts anderes übrig, als neben ihm herzulaufen, sonst hätte er mir den Arm ausgekugelt.

Kaum hatte ich Angus meine Bitte vorgetragen, die er mir mit einem süffisanten Grinsen gewährte, hatte Nate mich bei der Hand genommen und sich mit mir aus dem Staub gemacht. Ohne ein Wort zu sagen, zog er mich am Arm quer durch die Meadows bis nach Marchmont.

Wir liefen im Eiltempo die Stufen zu seiner Wohnung hoch. Im zweiten Stock kramte Nate nach seinem Schlüssel – ohne meine Hand loszulassen, wohlgemerkt –, öffnete einhändig die schwarzglänzende Wohnungstür und zerrte mich über die Schwelle.

Ich hatte keine Gelegenheit, mich umzusehen, denn Nate versperrte mir sofort die Sicht. Er knallte die Tür zu, und in der nächsten Sekunde presste er schon seine Lippen auf meine und drängte mich gegen die Wand.

Ich fing ziemlich schnell Feuer.

Seine Bartstoppeln an meiner Wange, die Berührung seiner Zunge, das seidige Gefühl seiner Haare, als ich meine Finger hineinwühlte, um ihm noch näher zu sein – all das machte mich fast rasend. Nate zog sich ganz kurz zurück, um sich das T-Shirt vom Leib zu reißen, dann nahm er sich meins vor.

Ich hob die Arme und stand kurz darauf ohne Oberteil da.

Sekunden später folgte mein BH.

Ein lustvolles Wimmern kam aus meiner Kehle, als Nate meine Brustwarze in den Mund nahm. Ich schloss die Augen, bog den Rücken durch und drückte in purer sexueller Verzückung seinen Kopf an meine Brust.

»Ich habe dich so vermisst«, keuchte ich, als das Kribbeln zwischen meinen Beinen immer stärker wurde.

Bei diesen Worten hob Nate den Kopf und küsste mich wieder auf den Mund, ehe er eine Spur heißer, feuchter Küsse über meinen Hals wandern ließ. Ich erschauerte, als seine Fingerspitzen mein Geschlecht berührten. Er rieb mich durch den Stoff meiner Hose, und ich stöhnte seinen Namen und drängte mich der Berührung entgegen.

»Ich wäre fast verrückt geworden«, sagte Nate plötzlich mit vor Erregung heiserer Stimme, »als du mich gefragt hast, ob ich dir was beibringen kann … als du mich gebeten hast, dich zu ficken.« Er vergrub stöhnend den Kopf in meiner Halsbeuge, während seine Finger mich unermüdlich weiter liebkosten. »Es brauchte jedes bisschen Willenskraft, die ich hatte, dich nicht zu packen, in deine Wohnung zu zerren und dich zu ficken, bis wir beide vor Erschöpfung tot umfallen.«

»Ist das wahr?«, keuchte ich. Meine Hände glitten seinen warmen, nackten Rücken hinunter bis zu seinen Hüften. Ich umfasste seinen Hintern und zog ihn noch näher an mich heran.

»Ja, das ist wahr.« Nate hob den Kopf und sah mir in die Augen. Es fehlte nicht viel, und ich wäre allein von diesem Blick gekommen. Nate wollte mich. Er wollte mich wirklich, ohne Vorbehalte. Ganz und gar. »Das war die Ausrede, nach der ich neun Monate lang gesucht hatte.«

Einen emotionsgeladenen Moment lang hörte man nichts als unsere keuchenden Atemstöße, dann reckte ich mich ihm entgegen und küsste ihn. Ich küsste ihn mit jedem Funken Liebe, den ich empfand. Als ich mich zurückzog, waren wir beide völlig außer Atem. Ich nahm sein Gesicht in beide Hände und ließ alle Schutzschilde fallen. Ich wollte, dass er durch meine Augen direkt in meine Seele schauen konnte, und Nate schien meinem Wunsch nachzukommen, denn sein Griff um meine Taille verstärkte sich. »Niemand«, wisperte ich, und meine Lippen zitterten vor lauter Emotion, »hat mir jemals das Gefühl gegeben, der Mensch zu sein, der ich immer sein wollte. Bei dir fühle ich mich schön, Nate. Innen und außen. So habe ich mich bis jetzt bei niemandem gefühlt. Bei niemandem.«

»Da bin ich froh«, murmelte er an meinem Mund. »Nicht nur weil du es verdient hast … sondern weil das heißt, dass du mir gehörst.«

»Nate …« Bei seinem besitzergreifenden Ton lief mir ein Schauer über den Rücken.

»Heute Nacht wirst du für mich schreien.« Er strich mit seinen Lippen sanft über meinen Mund, während seine Finger gleichzeitig den Reißverschluss meiner Hose öffneten. »Heute Nacht wirst du schreien, dass du mir gehörst.« Seine Hand glitt in meine Hose, seine Finger schoben sich unter den Bund meines Höschens und drangen sanft in mich ein.

Ich kam ihm mit einem Wimmern entgegen. »Ich will dich in mir haben«, bat ich. »Das habe ich so vermisst.«

»Ich bin doch in dir«, lautete seine Antwort. Um mich zu quälen, schob er einen weiteren Finger in mich hinein.

Ich stöhnte, weil er mich ganz ausfüllte und es trotzdem nicht genug war. »Nein … ich will deinen Schwanz. Ich will deinen Schwanz in mir. Ich will ihn ganz tief in mir haben. Ganz tief, Nate.«

Er presste seinen Mund auf meinen. Sein Kuss war ebenso ungestüm wie die Bewegungen, mit denen er meine Hose herunterzerrte. Wir lösten uns gerade lange genug voneinander, so dass ich meine Schuhe, die Hose und den Slip loswerden konnte. Eine Welle der Erregung überschwemmte mich, als Nate mich ansah, wie ich nackt und bebend vor Erwartung an der Wand stand.

»Hast du eine Ahnung, wie unglaublich sexy du gerade aussiehst?«

Sein Blick war heiß, und ich hatte das Gefühl, jeden Moment in Flammen aufzugehen. Kurz: Ich wollte nicht länger angestarrt werden. Ich wollte gevögelt werden. »Nate, jetzt mach schon.«

Nates flackernde Augen ruhten auf mir, während er seine Jeans aufknöpfte. Sein Brustkorb hob und senkte sich im Rhythmus seiner hektischen Atemstöße. »Sag das noch mal. Sag das, während du mit gespreizten Beinen dastehst und auf mich wartest.«

Ich fühlte mich ein wenig befangen unter seinem Blick, aber mein Verlangen war stärker. Ich war feucht und bereit für ihn. »Was soll ich sagen?«

Ein Mundwinkel zuckte. »Du weißt genau, was du sagen sollst, Babe.«

Schmutzig. Nate mochte es schmutzig.

Ach, wem machte ich etwas vor? *Wir beide* mochten es schmutzig.

Die Schultern gegen die Wand gedrückt und mit bebenden Brüsten spreizte ich die Beine. Nates Nasenflügel blähten sich. »Ich will deinen großen, harten Schwanz in mir haben. Jetzt sofort. Ich will, dass du mich gegen die Wand drückst und fickst, bis wir beide keine Luft mehr kriegen.«

Ich sah gerade noch das kurze Zucken seiner Bauchmuskeln, dann drängte er sich schon an mich. Seine Küsse taten fast weh. Er rieb sich an mir und zerrte sich in fieberhafter Eile die Jeans herunter, um seinen Schwanz zu befreien. Sekunden später packte er meine Beine und hob mich an der Wand ein Stück nach oben, um mich in die richtige Position zu bringen.

Dann stieß er in mich hinein.

Hart.

Tief.

Wir beide schrien auf, als meine Muskeln sich um ihn zusammenzogen. Ich schlang die Arme um seine Schultern, legte die Beine um seine Hüften und krallte mich an ihm fest, während er mich nahm.

»Du triefst ja förmlich«, keuchte er heiser. »Du bist so feucht für mich, Babe. Ich kann gar nicht genug davon kriegen, wie heiß und feucht du bist.«

»Nur für dich«, beteuerte ich atemlos, woraufhin er noch schneller und härter in mich stieß.

Ich schrie lautstark, als der durch die köstliche, quälende Reibung verursachte Druck in meinem Innern immer stärker wurde.

Dann segelte ich plötzlich durch die Luft und fiel auf Nate, als er mit mir zu Boden ging. Er war immer noch in mir, als er uns herumdrehte, so dass ich nun unter ihm lag. Er hob mein rechtes Bein an und spreizte das linke behutsam weiter ab, so dass er noch tiefer in mich eindringen konnte.

Es war kaum auszuhalten.

»Nate!«, schrie ich. Ich konnte mich nicht rühren, so fest hielt er mich umklammert. Die Spannung in mir wurde immer größer, ich kam dem Höhepunkt immer näher …

»So ist es gut«, keuchte er, ohne den Blick von mir zu lassen. »Ich sorge dafür, dass du kommst, Babe.«

»Ich komme gleich.« Meine Fingernägel gruben sich in den Holzfußboden. »Ich komme.«

Da verlangsamte er urplötzlich seine Bewegungen und riss mich vom Abgrund zurück.

»Nein!«, flehte ich verzweifelt und griff nach ihm. »Nicht aufhören!«

Seine Augen blitzten. »Sag, dass du mir gehörst.«

»Was?«

»Sag, dass du mir gehörst.«

Was zum Teufel sollte das jetzt?

»Nate, mach weiter. Ich bin so kurz davor.«

Er ließ aufreizend die Hüften kreisen. »Sag mir, dass du mir gehörst.«

»Natürlich gehöre ich dir!«, rief ich ungehalten. »Und jetzt fick mich gefälligst, verdammt noch mal!«

Nate grinste, aber nur kurz, dann ließ er seinem Verlangen freien Lauf und begann aufs Neue, in mich zu stoßen. Seine Bewegungen wurden immer schneller, mein Atem kam in abgehackten Stößen.

Das Gefühl wurde unerträglich, und der Orgasmus, der sich gleich darauf in mir entlud, war so heftig, dass sich für einen Augenblick alles um mich herum verdunkelte. Mein Unterleib bebte unter Nates Stößen, und meine Muskeln zogen sich so eng um ihn zusammen, dass er nicht wie sonst mit einem

Stöhnen, sondern mit einem gellenden Schrei kam. Ich spürte die harten Zuckungen seines Beckens, als der Höhepunkt ihn überrollte und in meinem Körper kleine Nachbeben auslöste.

Als es vorbei war, sahen wir uns in ungläubigem Staunen an.

Man konnte mit Fug und Recht behaupten, dass das … der beste Sex meines Lebens gewesen war. Der allerallerbeste!

Nate ließ vorsichtig meine Beine los und sank neben mir zu Boden. Schwer atmend und schweißgebadet, lagen wir nebeneinander und blickten zur weißen Zimmerdecke hinauf.

»Tja«, sagte Nate, sobald er wieder ein wenig zu Atem gekommen war. »Das ist also meine Wohnung.«

»Die Wand gefällt mir«, antwortete ich lächelnd. »Die Decke ist auch ganz hübsch.«

Wir sahen uns an und lachten befreit.

Ich kicherte immer noch, als Nate sich an mich schmiegte und mir mit den Fingern durchs Haar fuhr. Ich schlang locker die Arme um ihn. »Willst du den Rest auch noch sehen?«

Ich tat so, als müsste ich erst darüber nachdenken, dann fragte ich: »Hat dein Bett ein Kopfteil, an dem man etwas befestigen kann?«

Er reagierte mit einem teuflischen Grinsen. »Fragst du mich gerade, ob ich dich fesseln soll?«

Ich nickte. »Auf jede nur erdenkliche Art.«

Auf einmal wurde Nates Miene ganz weich und zärtlich. Er beugte sich zu mir und gab mir einen federleichten Kuss auf den Mund. »Das«, flüsterte er, »kann ich auf jeden Fall.«

Kapitel 28

Es war ein lauer Frühlingsabend, und eine leichte Brise streichelte meine nackten Arme, als ich in Stilettos auf den *Club 39* zustöckelte. Zwei Männer kamen an mir vorbei. Ich spürte ihre Blicke auf mir, und als ich sie verstohlen aus dem Augenwinkel ansah, merkte ich, dass sie anerkennend meine Beine musterten.

Noch vor wenigen Monaten wäre ich der felsenfesten Überzeugung gewesen, dass sie nicht anerkennend schauten, sondern belustigt, weil das fette Mädchen sich getraut hatte, einen Rock anzuziehen. Doch inzwischen war ich eines Besseren belehrt. Ich hatte schöne Beine, die ich gerne zur Schau stellte.

Allerdings nicht für diese zwei.

Nein, meine Beine waren ausschließlich für Nate Sawyer bestimmt. Einzig und allein für ihn.

Ich freue mich für dich, Soda Pop.

Ich lächelte in mich hinein. Ja. Bestimmt hätte meine Mom sich sehr für mich gefreut.

Ich hatte gerade das Ende der Schlange vor dem *Club 39* erreicht, als mein Handy klingelte. Ich zog es aus der schwarzen Clutch mit der Rubinschließe, die zu meinem scharlachroten Kleid passte, und las »Dad« auf dem Display. Ich nahm sofort ab.

»Hey, Kleines. Dee und ich wollten fragen, ob du und Nate vielleicht Lust habt, auf ein Bier vorbeizukommen.«

»Das klingt toll, Dad, aber wie wäre es mit morgen? Ich treffe mich mit Nate und der Clique in der Bar.«

»Kein Problem. Morgen passt es auch gut. Ist Nate da? Ich wollte ihn fragen, ob er schon mit seinem Kollegen gesprochen hat, der vielleicht einen Artikel über die Firma schreiben wollte.«

Ich schmunzelte und betrachtete derweil meine Stilettos. Sie waren aus dunkelrotem Wildleder, der absolute Hammer. Ich hatte mein Outfit sorgfältig zusammengestellt – für Nate. Nate, mit dem ich offiziell erst seit einer Woche zusammen war – und schon bat mein Dad ihn um eine Gefälligkeit. »Ich treffe ihn drinnen. Du kannst ihn morgen selbst fragen.«

»In Ordnung, Schatz.« Er schwieg einen Moment, während ich in der Schlange vorrückte. »Dann läuft es gut mit euch beiden?«

»Sehr gut sogar.«

»Ich freue mich für dich. Deine Mom hätte sich auch für dich gefreut.«

Prompt stiegen mir die Tränen in die Augen. »Weißt du was? Gerade eben habe ich genau dasselbe gedacht.«

»Also.« An der barschen Stimme meines Vaters hörte ich, dass er mit seiner Rührung kämpfte. »Dann will ich dich mal nicht länger stören. Amüsier dich gut.«

»Bye, Dad.«

Während ich das Handy wieder in meiner Clutch verstaute, sinnierte ich darüber, wie gut es mir ging. Zum ersten Mal seit einer scheinbaren Ewigkeit hatte ich das Gefühl, frei atmen zu können. Nate gegenüber hatte ich einmal gestanden, dass ich Angst davor hatte, ich könnte meiner Mutter insgeheim die Schuld dafür geben, wie mein Leben gelaufen war. Mittlerweile wusste ich, dass das nicht stimmte. In Wahrheit hatte ich nur vor einem Angst: davor, sie zu enttäuschen. Und ich hatte auch erkannt, dass ich sie nur enttäuschen konnte, wenn ich unglücklich war.

Es war kaum zu glauben, wie unbeschreiblich gut es sich anfühlte, glücklich zu sein.

Alles in meinem Leben fügte sich zusammen. Ich hatte einen Job, den ich liebte, tolle Freunde, eine wunderbare Ersatzfamilie, ich mochte mich endlich mit all meinen Facetten, und ich war in einen einzigartigen Mann verliebt, der mich genauso sehr liebte wie ich ihn.

Das hatte Nate mir die ganze vergangene Woche über nach Kräften in allen Variationen bewiesen.

Der Türsteher des *Club 39* schenkte mir zur Begrüßung ein wölfisches Grinsen und nickte mir zu, als ich mit einem kleinen Lächeln an ihm vorbeiging. Allerdings lächelte ich nicht wegen ihm. Sondern weil ich gleich Nate sehen würde. Angus hatte mich gebeten, heute etwas länger zu bleiben, also hatte ich Nate angerufen, um ihm zu sagen, dass wir uns direkt in der Bar treffen würden. Zum einen hatte das den Vorteil, dass ich einen Auftritt hinlegen konnte, zum anderen war es ein Garant dafür, dass wir auch tatsächlich ausgingen, statt im Schlafzimmer hängenzubleiben. Und es war wichtig, dass wir heute Abend ausgingen, denn dies war der erste Abend, den wir als offizielles Paar gemeinsam mit der Clique verbringen würden. Sogar Joss wollte mit dabei sein, auch wenn sie natürlich keinen Alkohol trank.

»Du kommst?«, hatte ich sie erstaunt gefragt, als sie mich angerufen hatte, um sich zu erkundigen, um wie viel Uhr wir uns treffen wollten.

»Aber klar doch. Nate Sawyer wurde gezähmt. Das will ich auf jeden Fall mit eigenen Augen sehen.«

»Ich habe ihn nicht gezähmt«, widersprach ich.

»Olivia, solange ich ihn kenne, hat er alles flachgelegt, was weiblich ist und zwei Beine hat. Die ganze Zeit habe ich mich danach gesehnt, dass endlich eine Frau kommt, die ihn aus seiner Umlaufbahn wirft. Nichts auf dieser Erde wird mich davon abhalten, mir anzusehen, wie er hechelnd neben dir sitzt.«

Ich hatte artig gelacht. Ich wollte sie nicht enttäuschen, indem ich ihr sagte, dass Nate kein Typ Mann war, der hechelte.

Als ich in die Bar kam, erspähte ich meine Freunde an einem Tisch und ging auf sie zu. Mein Herzschlag beschleunigte sich, als ich Nate sah, der gerade über eine Bemerkung von Cam lachte. Als hätte er meine Anwesenheit gespürt, wandte er langsam den Kopf. Er musterte mich mit einer Miene, als würde ihm bei meinem Anblick das Wasser im Mund zusammenlaufen.

Dann stand er auf und kam um den Tisch herum auf mich zu.

Mein Begrüßungslächeln ging in einem heftigen Kuss unter. Nate schlang seine starken Arme um mich und zog mich an seine muskulöse Brust. Während ich den Kuss erwiderte, kraulten meine Finger sanft die Haare in seinem Nacken. Als unsere Lippen sich endlich voneinander lösten, zog ich die Brauen hoch. »Das ist mal eine Begrüßung.«

Nates halbgeschlossene Augen waren auf meinen Mund geheftet. »Das ist mal ein Kleid.«

»Deine Lieblingsfarbe.«

»An meiner Lieblingsperson.«

Lächelnd gab ich ihm noch einen schnellen Kuss. »Wollen wir uns hinsetzen, bevor alle glotzen?«

»Wir könnten auch einfach zu dir gehen«, schlug er vor und streichelte meine Hüfte.

Obwohl mir bereits bei dem bloßen Gedanken daran ein köstlicher Schauer über den Rücken lief, legte ich die Hand an seine Brust und schob ihn sanft ein Stück von mir weg. »Ich denke, wir können es uns leisten, das Schlafzimmer für ein paar Stunden sich selbst zu überlassen, um Zeit mit unseren Freunden zu verbringen.«

»Eine Stunde.«

»Drei.«

»Eineinhalb Stunden.«

Ich lachte leise und zuckte mit den Schultern. »Also gut, zwei.«

»Zwei Stunden.« Er küsste mich noch einmal und ließ dann meine Taille los, um mich stattdessen bei der Hand zu nehmen. Als er mit mir zu den anderen ging, spürte ich die Blicke unserer Freunde auf uns.

Ich setzte mich neben Nate und musste mir das Lachen verkneifen. Ellie, Jo, Joss, Braden, Adam und Cam – sie alle starrten Nate an, als wäre er ein Wesen von einem anderen Stern.

»Des Wüstlings wundersame Bekehrung«, hauchte Joss ehrfurchtsvoll.

Nate warf ihr einen empörten Blick zu, woraufhin ich ihn kichernd in die Seite stieß.

»Stimmt doch«, pflichtete Ellie Joss bei. »Ich wollte es nicht glauben, bis ich es mit eigenen Augen gesehen habe: Nate liebt Olivia.«

Nates Augen verfinsterten sich drohend, aber die Mädels schienen das gar nicht zu bemerken.

»Ich wusste es«, behauptete Jo mit einem triumphierenden Grinsen. »Ich habe die ganze Zeit gewusst, dass er auf sie steht.«

»Ich bin einfach nur froh, dass er endlich seine Meisterin gefunden hat.« Joss feixte ihn selbstzufrieden an.

»Er hat ja auch viele Frauen durchprobiert, bis er sie gefunden hat«, setzte Ellie hinzu. »Es wurde wirklich allerhöchste Zeit.«

»Männer«, knurrte Nate plötzlich durch zusammengebissene Zähne. »Haltet gefälligst eure Weiber im Zaum.«

Während Braden, Cam und Adam über Nates Unbehagen lachten, versuchte ich selbst, meine Belustigung zu zügeln. Es fiel mir nicht leicht. Es war einfach zu komisch, dass ausgerechnet Nate, sonst die personifizierte Lockerheit, wegen ein paar harmloser Sticheleien plötzlich Schaum vor dem Mund hatte.

Joss öffnete den Mund. Sie war drauf und dran, noch einmal

nachzulegen, aber Nate kam ihr zuvor. Seine Miene war geradezu mordlüstern. »Es ist nicht nötig, Liv an meine … schillernde Vergangenheit zu erinnern. Können wir das Thema also vielleicht abhaken und über was anderes reden? Bitte?«

Die anderen wechselten hämische Blicke, taten Nate aber den Gefallen und begannen eine Unterhaltung über die Renovierungen, die Joss und Braden für Ellies ehemaliges Zimmer in ihrer Wohnung planten. Sie wollten es in ein Kinderzimmer umwandeln, und sobald sie das Geschlecht des Babys wussten, würden Dad und Dee bei der Gestaltung helfen.

»Ich hole uns noch eine Runde«, verkündete Nate und wandte sich an mich. »Kommst du mit an die Bar?«

Ich nickte und ließ mich von ihm an der Hand durch die Menge zur Theke ziehen. Während wir warteten, lehnte ich mich an ihn und drückte seine Hand. »Babe, deine Bettgeschichten von früher sind mir egal, okay?«

Ein Muskel in seinem Kiefer zuckte. Er sah mich an. »Ich hab einfach keine Lust, dass ständig darauf rumgeritten wird.«

»Warum ist dir das so unangenehm?«

Die Frage schien ihn ehrlich zu verblüffen, als läge die Antwort auf der Hand. »Ich habe Wochen gebraucht, um dich davon zu überzeugen, dass meine Gefühle für dich echt sind, Liv. Ich will auf keinen Fall, dass mir meine Vergangenheit jetzt einen Strich durch die Rechnung macht.«

Wow. Nate hatte Angst, mich zu verlieren?

Ich schmiegte mich an ihn und schüttelte leicht den Kopf. »Nate, die Frauen haben dir nichts bedeutet. Damit hatte ich nie ein Problem.«

»Bist du sicher?«

»Ganz sicher. Meine Unsicherheit hatte mit Alana zu tun, aber das ist vorbei, okay? Ich liebe dich, und ich bin mit dir zusammen. Mich wirst du nicht mehr los.«

Seine Augen verdüsterten sich. Begierde flackerte darin auf

und noch etwas anderes, das ich nie zuvor gesehen hatte. »Versprochen?«, fragte er.

Besorgt musste ich erkennen, dass unsere Trennung Nate offenbar viel mehr zu schaffen gemacht hatte, als mir bislang bewusst gewesen war. Plötzlich ging mir auch auf, dass Nate sich die ganz letzte Woche über bemüht hatte, mir seine Liebe unter Beweis zu stellen. Dabei hätte ich mich ebenso bemühen müssen, *ihm* zu zeigen, dass ich mir seiner Liebe sicher war und nichts zwischen uns kommen lassen würde.

Ich stellte mich auf die Zehenspitzen und streifte mit den Lippen sein Ohr. »Lass uns jetzt gleich zu mir nach Hause gehen.«

Nate zog sich von mir zurück und sah mich fragend an.

»Ich muss dir noch ein Versprechen geben«, antwortete ich mit einem zweideutigen Lächeln.

Er hatte verstanden. Gleich darauf bahnten wir uns den Weg durch die Menge zum Ausgang. Ich schrieb Jo nur noch schnell eine SMS, um ihr Bescheid zu sagen, dass wir uns aus dem Staub machten. In spannungsgeladenem Schweigen eilten wir die Straße entlang, bis wir die Jamaica Lane erreicht hatten.

Oben in der Wohnung, in meinem Bett, wo alles angefangen hatte, liebte ich Nate langsam und zärtlich und versprach ihm mit jeder Faser meines Körpers, dass das, was wir gefunden hatten, wirklich für immer war.

Epilog

Ich weiß euren Einsatz zu schätzen«, sagte Ellie dankbar, als sie ein Tablett mit Getränken und Snacks zwischen den zahllosen Kartons abstellte. »Adam hasst Unordnung, deshalb habe ich ihm versprochen, dass ich mich um den ganzen Kleinkram kümmere, ehe wir einziehen.«

Ich stand mit einer in Zeitungspapier gewickelten Nippesfigur in der Hand da, während Jo und Joss sich durch die Kisten wühlten. »Du kannst aufhören, dich zu bedanken«, versicherte ich ihr. »Wir helfen gern. Du hast so viel um die Ohren. Neues Haus. Neuer Job. Hochzeitspläne.« Ich sah sie stirnrunzelnd an, legte die Nippesfigur weg und nahm mir ein Glas. »Habe ich dir übrigens schon gesagt, dass du verrückt bist?«

Es war ein paar Wochen nach unserem Abend mit der Clique. Ellie und Adam hatten die Schlüssel zu ihrem neuen Domizil in der Scotland Street überreicht bekommen, und zum Umzugsstress kamen nun auch noch die Hochzeitsvorbereitungen. Die Trauung sollte in neun Monaten stattfinden.

Ellie lachte. »Na ja, ich dachte, es gäbe da eine Person, die mir helfen würde, aber dann musste die sich ja von meinem überfürsorglichen Bruder schwängern lassen, der sie, möchte ich erwähnen, nicht mal aus dem Haus lässt, damit sie mir beim Auspacken helfen kann.«

Joss hob den Kopf. »Genau. Ich habe mir absichtlich ein Kind machen lassen, damit ich keine schweren Kisten schleppen oder Blumensträuße aussuchen muss.«

»Da wir gerade von schweren Kisten reden.« Jo runzelte die Stirn. »Wo ist eigentlich Cole?«

Ich schaute zur Tür. »Ich glaube, er ist rausgegangen. Soll ich ihn wieder reinholen?«

»Ja«, seufzte sie. »Wenn's sein muss, bestich ihn mit was zu essen.«

»Du hättest ihn nicht zwingen müssen, mir zu helfen«, meinte Ellie lächelnd. Cole schien ihr leidzutun.

»Wieso nicht?« Plötzlich tauchte Hannah mit einer Kiste auf dem Arm im Flur auf. »Ich muss schließlich auch helfen. Wenn ich mich nicht drücken darf, darf Cole sich auch nicht drücken.«

»Ich gehe ihn holen«, sagte ich und trat aus der Wohnung ins breite, helle Treppenhaus. Unten stand die Vordertür weit offen, damit wir die Sachen besser hineintragen konnten, und als ich mich ihr näherte, hörte ich Coles Stimme, gefolgt von der helleren Stimme eines Mädchens. Ich verlangsamte meine Schritte.

Meine Augen weiteten sich vor Staunen, als ich Cole mit einem zierlichen rothaarigen Mädchen vor den Eingangsstufen stehen sah. Es war weniger die Tatsache, dass er mit einem Mädchen redete, die mich überraschte, sondern vielmehr seine Körpersprache. Er hatte sich beinahe beschützend vor ihr aufgebaut, und die Art, wie er sie anschaute …

Das Mädchen lachte über etwas, das Cole ihr zugeraunt hatte, und ich biss mir auf die Lippe, als ich das Leuchten in seinen Augen sah. Sie redeten noch eine Weile leise und vertraut miteinander, bis ich irgendwann beschloss, die beiden nicht zu stören, und auf leisen Sohlen den Rückzug antrat.

Jo blickte von ihrem Umzugskarton auf. »Und? Wo steckt er?«

Ich schmunzelte. »Er flirtet gerade draußen mit einer hübschen Rothaarigen. Das wollte ich auf keinen Fall unterbrechen.«

Ihre Augenbrauen schossen in die Höhe. »Ernsthaft?«

»Ernsthaft. Stell dich schon mal darauf ein, dass das Mädel ab jetzt öfter bei euch zu Hause vorbeikommt.«

Hannah grinste. »Perfekt. Jetzt kann ich es ihm heimzahlen.«

Ellie knuffte sie mahnend. »Sei nett zu ihm.«

»Wieso? Er macht die ganze Zeit blöde Bemerkungen. Jetzt habe ich endlich auch was, womit ich ihn quälen kann.«

Wir schüttelten die Köpfe und packten weiter Kisten aus.

Zwanzig Minuten später kam Cole mit finsterer Miene in die Wohnung gestiefelt.

Jo war sofort beunruhigt. »Hey, Kurzer, alles klar bei dir?«

Er grunzte sie an und marschierte auf einen Umzugskarton zu.

Ich wechselte einen Blick mit seiner Schwester, ehe ich den Mut zusammennahm, ihn zu fragen: »Was ist denn mit dem Mädchen? Der Rothaarigen?«

Cole zuckte zusammen, als hätte ich ihm einen Stromstoß versetzt. Ohne mich anzusehen, brummte er: »Die musste weg.«

»Hast du denn wenigstens ihre Nummer?«

Er hob den Kopf und funkelte mich aus seinen grünen Augen wütend an. »Was glaubst du denn?«, schnauzte er mich an, dann stürmte er aus dem Zimmer. Jo rief ihm hinterher, er solle sich für seine Unhöflichkeit entschuldigen, doch er hörte nicht auf sie.

»Ist schon gut«, wiegelte ich ab. »Lass ihn erst mal in Ruhe.«

Bevor Jo etwas erwidern konnte, klingelte mein Handy. Als ich Nates Foto auf dem Display sah, hellte sich meine Laune gleich ein wenig auf. »Da muss ich rangehen.« Ich zog mich in die leere Küche zurück. »Hey, Baby.«

»Selber hey.« Seine tiefe, warme Stimme war wie ein Streicheln auf meiner Haut. »Seid ihr bald fertig bei Ellie?«

»Leider nicht. Ein paar Stunden wird's bestimmt noch dauern.«

»Okay. Dann hängen Cam und ich noch ein bisschen zusammen ab.«

»Weißt du, vielleicht wäre es ganz gut, wenn ihr kurz vorbeikommt und Cole abholt.«

Nate schnaubte. »Langweilt er sich?«

»Er ist schlecht drauf. Irgendwas ist vorgefallen. Mit einem Mädchen, das heißt, mit uns will er ganz bestimmt nicht darüber reden.«

»Wir sind gleich da.«

Mir wurde ganz warm ums Herz. »Dafür bekommst du heute Abend etwas ganz Besonderes.«

Er lachte leise. »Bekomme ich das nicht jeden Abend?«

»Ja, aber heute Abend mache ich alles, was du willst.«

»Alles?«, fragte er.

»Absolut alles.«

»Erinnere mich daran, öfter nett zu dir zu sein, wenn das meine Belohnung ist.«

Mit einem verträumten Lächeln auf den Lippen lehnte ich mich gegen die Wand. In mir wurde alles zu Pudding, sobald ich nur an ihn dachte. »Okay. Aber sei nicht *zu* nett. Mir gefällt's, wenn du böse bist.«

»Reden die Leute in echt so?« Eine Stimme holte mich jäh in die Realität zurück. Ich stieß mich von der Wand ab. Hannah stand in der Tür und hatte ein breites, leicht spöttisches Grinsen im Gesicht.

Ich wurde rot, als ich am anderen Ende der Leitung Nates Lachen hörte. »Das ist nicht komisch«, sagte ich vorwurfsvoll.

»Und ob das komisch ist, Babe«, widersprach er. »Bis später.«

Ich legte auf und wandte mich dann anklagend zu Hannah. »Du hättest ruhig auf dich aufmerksam machen können.«

»Stimmt«, sagte sie ungerührt. »Aber dann hätte ich ja eure köstliche Unterhaltung nicht mitbekommen.«

Mit missbilligend zusammengekniffenen Augen schob ich mich an ihr vorbei. »Eines Tages, Hannah Nichols, wirst du einen Jungen kennenlernen, bei dem du derart weiche Knie kriegst, dass du alles Mögliche sagst und tust, das du vorher nie für möglich gehalten hättest. Wollen mal sehen, wem dann nach Lachen zumute ist.«

Hannahs Grinsen wurde noch breiter. »Uns allen hoffentlich.«

»Du hast auf alles eine Antwort, oder?«

»Ich glaub schon, ja.«

Lachend legte ich ihr den Arm um die Schultern und zog sie mit mir mit. »Komm, wir müssen die Wohnung einräumen.«

Achtzehn Monate später

Ich schielte zur Badezimmertür und dachte an den Gegenstand, den ich im Bad hatte liegen lassen.

Okay.

Ich musste es Nate sagen.

Ich ließ einen Moment verstreichen, dann seufzte ich schwer. Ich sah zu Nate, dann zum Fernseher, dann wieder zu Nate.

Es half alles nichts.

»Was schaust du gerade?«

Ich war so ein jämmerlicher Feigling!

Nate sah mich an. »Denselben Film, den wir seit einer halben Stunde zusammen schauen. Alles klar bei dir?«

Sag es ihm.

Ich zuckte mit den Schultern. »Ich bin irgendwie nicht so ganz bei der Sache, entschuldige.«

Nate gab sich mit dieser Erklärung zufrieden und wandte

sich wieder dem Film zu. Eine Zeitlang verfolgten wir schweigend die Handlung. Soll heißen: Nate verfolgte sie. Ich saß aufgewühlt daneben.

Vor etwas mehr als einem Jahr hatte Nate seine Wohnung in Marchmont gekündigt und war zu mir in das winzige Apartment in der Jamaica Lane gezogen.

Dad, Jo, Cam und Nates Eltern freuten sich sehr für uns, man konnte sogar sagen, dass Nathan und Sylvie mir regelrecht dankbar waren. Allerdings waren sie nicht die Einzigen, die Grund zur Dankbarkeit hatten.

Obwohl er beileibe nicht vollkommen war – wer war das schon? –, tat Nate alles, um mir zu beweisen, dass er mich von ganzem Herzen liebte. Allzu sehr musste er sich dafür nicht anstrengen. Als ich ihm gesagt hatte, dass sein Tattoo und das nachfolgende Liebesgeständnis mich bereits überzeugt hätten, war das mein voller Ernst gewesen. Seitdem war alles wieder wie früher. Dazu gehörte auch, dass Nate viel Zeit bei mir verbrachte. Wenn wir nicht beide Angst davor gehabt hätten, den anderen zu stark unter Druck zu setzen, wäre Nate vermutlich sofort bei mir eingezogen. So aber kamen wir erst sechs Monate später auf das Thema zu sprechen.

Unsere neue Beziehung machte nicht nur uns glücklich, sondern vor allem unsere Eltern. Weil ich darauf bestand – und wegen Nathans Herzinfarkt –, fuhren Nate und ich, sooft es ging, zu seinen Eltern nach Longniddry. Wir besuchten sie mindestens einmal im Monat und blieben über Nacht. Für Nathan und Sylvie war ich die Größte. Was meinen Dad anging – na ja, der würde sich ein Leben lang Sorgen um mich machen, aber seit Nate zu mir gezogen war, hatte er einen Gang heruntergeschaltet, zumal Nate deutlich gemacht hatte, dass es von jetzt an seine Aufgabe sei, mich zu beschützen. Und eins musste man sagen, er machte seine Sache wirklich gut.

Ich tat nicht mal so, als wäre es mir lästig.

Ich war eine unabhängige, kluge, starke Frau … Trotzdem liebte ich es, wenn Nate besitzergreifend war, denn darauf folgte in der Regel heißer Sex.

Apropos Sex … Ihm hatten wir auch unsere gegenwärtige Situation zu verdanken …

Ich betrachtete Nate von der Seite. Der Schein des Fernsehers flackerte auf seinem Gesicht, während er gebannt einem Gefängnisausbruch zusah.

»Was wäre dir lieber?«, fragte er unvermittelt. »Lebenslänglich in einem Hochsicherheitsgefängnis eingesperrt zu sein oder im Jurassic Park festzusitzen?«

Ich legte den Kopf schief und dachte nach. »Habe ich im Gefängnis einen hohen Status?«

»Nein, du bist ein stinknormaler Häftling.«

Ich stieß einen dramatischen Seufzer aus, als würde mir die Entscheidung sehr, sehr schwerfallen. »In dem Fall entscheide ich mich für Jurassic Park.«

Nate lächelte, ohne sich zu mir umzudrehen. »Warum?«

»Na ja, zum einen wäre ich immer an der frischen Luft. Und wenn ich schon Beute bin, möchte ich lieber die Beute eines Tiers sein, das aus Instinkt handelt, als die eines mordlüsternen Psychopathen.«

Nates Lachen erfüllte die Wohnung, und mir wurde ganz warm dabei. »Gute Antwort, Babe. Wie immer.«

»Und du?«

Er zuckte gleichmütig mit den Schultern. »Wenn du im Jurassic Park bist, bin ich im Jurassic Park.«

Es gab Momente, in denen mich das, was ich für ihn empfand, vollkommen überwältigte. Dies war so ein Moment. »Ich liebe dich wie verrückt, das weißt du, oder?«

Er drehte sich zu mir um und nickte zärtlich. »Ich dich auch, Babe.«

Wir lächelten uns an, ehe wir uns wieder dem Film widmeten.

Mein Glück in diesem Augenblick hätte vollkommen sein können – wäre da nicht dieses Ding gewesen, das im Bad lag und mich nicht losließ.

Ich schluckte trocken. »Und was wäre dir lieber? Eine Dreizimmerwohnung in New Town oder eine Vierzimmerwohnung am Stadtrand?«

Nate sah mich verdattert an. Er hatte keine Ahnung, was ich mit der Frage bezweckte. »Warum sollten wir das eine *oder* das andere wollen? Die Wohnung hier ist doch toll.«

Bumm, bumm, bumm machte mein Herz. Bestimmt konnte er sehen, wie der Puls an meinem Hals klopfte. »Also gut.« Ich holte zitternd Luft. »Dann drücke ich mich klarer aus. Was wäre dir lieber? Ein Junge … oder ein Mädchen?«

Er saß da wie versteinert.

»Nate?«

Im Zeitlupentempo drehte er sich zu mir um. Seine Augen waren weit aufgerissen. In ihnen stand eine Frage.

Ich biss mir auf die Unterlippe und nickte stumm.

Das Lächeln, das sich daraufhin auf Nates Gesicht ausbreitete, war das schönste, das ich je gesehen hatte.

Erleichterung und Freude durchfluteten mich. Ich wusste nicht, weshalb ich mir solche Sorgen gemacht hatte. Er hatte schon oft gesagt, dass er eines Tages Kinder haben wollte.

Ich kroch über das Sofa auf seinen Schoß. Verblüffte dunkle Augen schauten in meine, als er mich in die Arme nahm. »Du bist schwanger?«

Ich beugte mich zu ihm. »Herzlichen Glückwunsch, Daddy«, flüsterte ich an seinen Lippen.

Sein Jubelschrei hallte durch die ganze Wohnung und vermischte sich mit meinem erleichterten Lachen, als er mich packte, mit mir im Arm von der Couch aufsprang und entschlossenen Schrittes ins Schlafzimmer eilte. Wenn Nate nach

Feiern zumute war, warf er mich normalerweise einfach aufs Bett, aber diesmal legte er mich ganz behutsam ab, als könnte ich sonst kaputtgehen. Ich musste lachen.

»Wirst du jetzt zum Softie?«, neckte ich ihn leise.

»Du hast unser Baby in deinem Bauch. Ich muss vorsichtig sein.«

»Doch hoffentlich nicht beim Sex.« Ich griff nach den Knöpfen seiner Jeans.

Ohne sich zu rühren, die Hände neben meinem Kopf abgestützt, sah Nate mich an. Auf einmal war er so ernst, dass mir fast das Herz stehenblieb. »Was ist denn?«

»Ich hatte diesen Plan«, gestand er mit leiser Stimme. »Ich wollte bis zu unserem zweiten Jahrestag warten und dann mit dir nach Arizona fliegen, damit wir deine alten Freunde und das Grab deiner Mutter besuchen können. Du hättest ihr von uns erzählt, und nach unserer Rückkehr hätte ich dir einen Antrag gemacht.«

Ich spürte ein wunderbares Ziehen in der Brust. »Nate …«

»Aber jetzt, wo wir ein Baby kriegen … vielleicht sollten wir uns lieber sofort verloben?«

Ich grinste. Es war ein ziemlich breites Grinsen. »In Ordnung.«

Seine Miene hellte sich auf. »›In Ordnung‹ im Sinne von ›Ja‹?«

Ich lachte. »Ja.«

Doch dann runzelte Nate erneut die Stirn. »Mist. Das war nicht gerade die romantischste Art, einen Heiratsantrag zu machen, oder?«

Mit den Fingerspitzen glättete ich die Falten auf seiner Stirn. »Ich fand es sehr romantisch«, beteuerte ich.

Er sah mir lächelnd in die Augen und legte eine Hand auf meinen Bauch. »Ich hätte nie gedacht, dass mein Leben mal so verlaufen würde.«

»Ich auch nicht«, wisperte ich.

»Aber ich bin so verdammt froh, dass irgendjemand da draußen der Ansicht ist, dass es so sein soll.«

Ich fuhr mit den Fingern durch sein Haar und zog dann behutsam seinen Kopf zu mir herab, damit ich ihn küssen konnte. »Für immer, Baby.«

Unsere Lippen trafen sich, und Nate zog mich ganz fest in seine Arme.

Danksagung

Schon als Olivia und Nate in Joss' und Bradens Freundeskreis noch ganz neu waren, wusste ich, dass Olivia unbedingt Bibliothekarin werden sollte. Nicht nur weil ich mir, bevor ich Schriftstellerin wurde, immer vorgestellt hatte, einmal in einer Bibliothek zu arbeiten, sondern weil Tammy Blackwell darauf bestanden hat. Okay, Tammy, ich weiß, Du hast nur Spaß gemacht, aber es ist mir im Gedächtnis geblieben. Also: Danke dafür, dass Du mich zu Olivias Berufswahl inspiriert hast, und für Deine Informationen aus der Welt des Bibliothekswesens.

Danke auch an Paul Gorman von der Hauptbibliothek der University of Edinburgh, der sich trotz der vielen Arbeit Zeit genommen hat, mir die Bibliothek aus der Sicht eines Bibliothekars nahezubringen. Sie haben mich nicht nur mit unschätzbaren fachlichen Details versorgt, so dass Olivia als Bibliothekarin authentisch wirkt, sondern auch mit überraschenden Einblicken in die Dreistigkeit der Studenten. Ich habe Ihnen doch gesagt, dass ich sie ins Buch mit aufnehmen würde.

Mein tiefempfundener Dank gilt meiner außergewöhnlichen Agentin Lauren Abramo. Du bist immer da, um mich zu unterstützen. Jedes Mal, wenn ich eine E-Mail von Dir in meiner Inbox sehe, muss ich schmunzeln. Du leistest jeden Tag großartige Arbeit, und ich bin Dir jeden Tag aufs Neue dafür dankbar. Es gibt keine Zweite wie Dich.

An meine Lektorin Kerry Donovan: eine Million mal danke schön. Dein Vertrauen in meine Figuren und in mich macht mich einfach sprachlos. Du wirst nie wissen, wie viel mir das bedeutet. Es gibt nichts Schöneres, als gemeinsam mit Dir an dieser Welt zu arbeiten, und ich hoffe, dass wir in Zukunft noch an vielen anderen Welten arbeiten werden!

Ein weiteres Riesendankeschön geht an meine Presseagentin Erin Galloway und an alle bei NAL, die sich dafür eingesetzt haben, dass *Jamaica Lane* gedruckt und gelesen wird.

Mein Dank gilt außerdem meinen Lektorinnen Claire Pelly und Hana Osman und meiner Presseagentin Katie Sheldrake bei Michael Joseph (Penguin UK) für ihren unermüdlichen Einsatz.

Außerdem muss ich mich bei Nina Wegscheider und ihrem Team von Ullstein bedanken; ihre Begeisterung für die Reihe ist unerschütterlich, und es ist phantastisch mitzuerleben, wie sehr deutsche Leserinnen meine Figuren in ihr Herz geschlossen haben; danke auch, dass ich über alle Entwicklungen auf dem Laufenden gehalten werde.

Wie immer (und das wird sich niemals ändern) danke ich meiner Familie und meinen Freunden, die meine Geistesabwesenheit ebenso klaglos ertragen wie mein Abtauchen in fiktionale Welten und meine Unfähigkeit, halbwegs zeitnah auf SMS zu antworten.

Und natürlich an meine Leser: Danke, dass Sie diese Reihe so sehr lieben. Ihnen habe ich es zu verdanken, dass für mich jeder Tag ein guter Tag ist.